亲爱的小孩

Lucy Dillon

[英] **露西·狄伦** ／著　　周星竹／译

江苏凤凰文艺出版社
JIANGSU PHOENIX LITERATURE AND ART PUBLISHING, LTD

献给斯科特，愿他跟他的博得猎狐犬，

从此幸福快乐地生活下去。

目录

contents

序幕　伦敦牛津街

序幕
伦敦牛津街

南希紧握着手里的焦糖坚果袋子，凝视着窗外，牛津街两旁楼房之间雀跃的灯光，犹如颗颗金星银星在灰暗的天空中灿烂闪耀，成千上万的人在灯下匆忙赶路。坐在公交车里高高在上，南希很高兴他们没有挤在下面的人群之中。所有人都在快速移动，连推带搡地冲进商店里。先前在公交车站的时候，他们就差点把乔尔弄丢，爸爸大声呼喊，说了几句什么话之后，妈妈也跟着喊了起来。

她冲哥哥那边瞥了一眼，看看他还在不在。他还在。乔尔[①]正朝着人群挥手，仿佛自己是英国女王，从前他们在老家布里斯托坐公交车的时候，他也会这样。他说他这是在趁出名之前先练习练习。

南希和妈妈坐在红色大公交车上层的前面，乔尔坐在位子的边沿上，每次公交车转过街角，他就摇摇晃晃装作要摔倒的样子。

南希觉得乔尔就是在搞笑，可爸爸却不这么想。他们正在去见圣诞老人的路上，这可谓是接踵而至的奇妙见闻中最精彩的部分，然而爸爸的心情却并不好。自从他们来到这里，他的心情就一直很差。

“那个警察在朝我挥手！”乔尔大喊，“快看！那个警察在挥手！”

爸爸抓住乔尔的手臂。“乔尔，快给我停下！你现在不该在这儿胡闹。”他的视线越过乔尔的绒球帽，怒视着妈妈。他双眼充血，毫无善意。“该死的牛津广场，又赶上圣诞节，简直疯了。”

---

① 英文中“约瑟夫”的一种昵称。

“真有意思！”妈妈抱着南希，“你会永远记得这次去找圣诞老人的旅行，对吗，小俏妞希希[1]？”

她点了点头，但还是忍不住望着爸爸怒气冲冲的脸。每当爸爸很生气的时候，他看起来就不像是平常的他，会让南希觉得像是个她不认识的人。此刻，他紧闭着嘴唇，拿出了手机。

南希忽然有些慌张，要是圣诞老人觉得爸爸是因为她和乔尔捣蛋才生气的呢？要是他觉得他们俩不配得到礼物呢？她感觉心里一阵翻腾。

妈妈弯下身，翻起南希帽子上的耳罩，对着她的耳朵说起了悄悄话：“别忘啦，你还有一个愿望没许哦！”

南希最喜欢的书讲的是一只帮人实现愿望的魔法猫，第二喜欢的书讲的是一个小女孩跟她的妈妈去伦敦游玩。于是妈妈就在她软软的手包里放了一只特别的猫咪，说她和乔尔每见到书里的一处伦敦景点，就能许一个心愿。到现在为止，他们已经看到了大本钟、伦敦眼和十辆黑色出租车。

“一天最多三个愿望。”爸爸打断道，但是南希无须别人教她不能贪婪。她看魔法猫那本书的时候就懂得了，要是你的愿望太过贪婪或者自私，就会有坏事发生。你一定要非常小心。

“我的天啊！我要摔下去了！”乔尔浮夸地大叫。

“乔尔！”爸爸拽着他的兜帽，把他猛地拉了回来，“听话，不然我们就不去汉姆利玩具店了，直接回家。”

南希愈发恐慌。玩具店里的圣诞老人知道他们要去——妈妈之前确认过了。要是因为乔尔捣蛋，最后他们没去成，圣诞老人会怎么想？

妈妈俯下身子，一面把乔尔拉到她们的座位上，一面让南希滑到她膝盖上好腾出点位置。她环抱住他俩，可南希无心享受这拥抱，因为爸爸还在另一边瞪着妈妈。他要给圣诞老人告状吗？这就是他为什么会拿出手机的原因吗？南希感觉很不舒服。

“安静下来，乔尔。你也可以再多许一个愿望。”妈妈说，“你想要什么？”

---

① 儿童绘本《小俏妞希希》（*Fancy Nancy*）主人公的名字。

“我希望……我希望……”乔尔嗓门之大，让一车的人都看着他们。

南希想说：“小声点儿，乔尔。”可她的脑子里一团混乱。

“乔尔！”爸爸使出了他最可怕的声音，低声嘶鸣的那种。

妈妈轻轻用手捂住乔尔的嘴，然后弯下身，亲了亲他帽子上的绒球。让南希惊慌的是，她看见妈妈的眼睛是湿亮亮的，一眨眼，睫毛边竟有了黑黑的污迹。或许她也在担心圣诞老人的事。

我希望爸爸离开，去别的地方，然后我和乔尔还有妈妈就能自己去看圣诞老人了。南希心想，旋即有一种阴暗的感觉包围了她，她觉得自己做了一件大错特错的事。

她还没来得及收回这个想法，许下其他更好的愿望，公交车就抖了抖，然后停了下来，人们纷纷站起身，湿漉漉的外套和大包小包的购物袋堵住了过道，大家不耐烦地拖着步子，朝楼梯挪动。公交车突然间变得很不友好，这就没那么好玩了。

南希的心里翻江倒海。

“摄政街到了！”爸爸说完便站起身，低下头以免撞上低矮的车顶。南希转头看见后座上的人也都站了起来，更后面的人也是，等她再回过头，爸爸的深蓝色外套竟然消失了。他不见了！南希面前只剩冷着脸的陌生人站成的高墙，她身后是窗外灯火灿烂的灰暗天空。

“快点儿，快点儿，你们两个。”妈妈一边说，一边抓起自己的包、乔尔的包还有南希的国旗印花背包，可南希却僵在了座位上。

已经开始应验了！爸爸不见了！要是他们还没下车，车就启动了呢？他们就可能再也找不到他了！她许愿爸爸离开，居然真的实现了！

“走啊，南希。”妈妈伸出手，可是南希却伸手一推，挤了出去。她的双腿只想飞奔起来，她甚至害怕它们会自顾自地跑掉，然后冲下车，把她的身子甩在后面。

“南希！”妈妈叫道，可是南希已经钻进了人堆里，全然不听乘客们冲她大声抱怨。她满脑子都想着爸爸，要找到爸爸，然后紧紧抓住他的手不让他消失。她不是真心的！她不是真心许那个愿的！只要可怕的人群没有把爸爸吃掉，他就能告诉圣诞老人他喜欢什么。

他不在楼梯下面，也不在门边，他真的不见了。南希挤过站在黄色扶手杆边上的人，从公交车上跳到了拥挤的街道上。她闻到了圣诞节的味道，但嘴里却只尝到了从前得流感时那种呕吐物的怪味。

大口大口的抽噎从她的胸腔一涌而出。

伦敦一点也不神奇，反倒很吓人。一切都喧嚣而陌生。商店一会儿热浪连连，一会儿又寒气逼人。爸爸在这里不像是爸爸了。妈妈也有些异样。他们不跟彼此说话，为了一些在家时绝不会为之生气的事而大发雷霆。南希在心里一而再再而三地许愿，希望自己能回到布里斯托，回到他们街道尽头的家里，那里有绿色的壁炉，隔壁家还有一只黑猫。她想感受爸爸妈妈一人牵着她一只手的那种美好，她也好想哭。可是她已经许过三个愿望了。没有剩余的机会再来弥补了。

然而就在那一刻，她看见爸爸站在一家商店门口看手机。

她又宽慰，又惊讶。是她许愿让爸爸回来了吗？她的愿望现在能够实现了吗？是伦敦听到了她的心愿吗？她的脑子再也装不下这些大大的想法，她只觉得有些天旋地转。

“爸爸！”她啜泣着大喊一声，然后朝他奔去。路上一辆自行车猛地转向，骑车的人骂骂咧咧，她也浑然不觉。

爸爸抬起头，此时南希正好朝着他的腿一跃而起，两手一抓，他有些晃荡不稳。

“小心点儿，南希。”他说，这声音熟悉得让南希将一切都抛诸脑后，只剩下爸爸外套的味道，还有他双臂环抱着她的感觉。

“不要走，爸爸。”她哭喊着，“不要走！”

“我不走，南希。”他说，可他的声音听起来却是那么的遥远。

或许你正被生活的粗砺磨得不知所措，

或许你害怕了不再单纯的人生，

或许你早已忘记自己真正想要的是什么，

……

每个人都能在这个故事中寻找到自己的影子。

调解会议

帕特里克翻开笔记本，里面写着他将在调解中提出的种种问题，而此时的凯特琳正用指甲戳着掌心，努力回想着自己是在哪里读到的：往往是你钟爱的点点小事，让你最终想要拿刀捅死你的另一半。

帕特里克依旧英俊帅气，他的颧骨棱角分明，一头浓密的棕发比凯特琳的长得还快。作为一个显然苦于即将妻离子散的人，他依旧精神饱满，容光焕发得不像话。他依旧裹挟着咖啡和须后水的味道，依旧会彬彬有礼地为她打开调解地点的房门，依旧戴着乔尔和南希圣诞节送给他的果冻豆型袖扣，然而这一切跟他没完没了、单调乏味、令人火大的控制癖比起来，统统黯然失色，凯特琳最开始还误以为这是旧时献殷勤的一种方式。

凯特琳断定，离婚和分居能把控制狂最为丑恶的一面展现出来，甚至比结婚还见效。

“再简单核计一下抚养费吧？”帕特里克拿笔在一页纸上敲着，“我不确定我太……”他愣了一秒，一丝脆弱忽地闪现在他脸上，接着又被眼前的数据驱散，消失不见。“凯特琳给出的这些数目好像不大对。比如，我看了看每周的食品账单，加起来不是这个数。”他顿了顿，“真的。”

凯特琳目不转睛地盯着调解员桌上的仙人掌。从前，帕特里克很喜欢把她称作自己的太太，每每说到这个词，他都会痴痴地笑，像是不敢相信自己如此幸运。不过帕特里克就是那样，如同身披华丽盔甲的骑士， 在六年前 M25 高速路的路边上，把车停在了凯特琳抛锚的雷诺后面，他是唯一为她停下车来的司机。当时凯特琳早已惊慌得上气不接下气，眼泪汪汪的乔尔被绑在后座上。高速路上的车辆接连飞驰而过，他们的小车被震得摇摇晃晃，可她的手机却总是没有信号。帕特里克敲了敲车窗，她本该心惊胆战，但他的神情竟是如此坦诚，分明是在担忧这对困境里的孤儿寡母，于是她发自内心地感觉自己很安全。大雨滂沱，帕特里克去了紧急电话亭（他很合时宜地带了雨衣，而她没有），然后又陪着他们一直等到援助人员赶来。最初气氛有些尴尬，但当汽车协会救援车的前灯划破蚕茧一般的黑暗时，凯特琳不知不觉地握住了帕特里克的手，而他也没有松开。

后来自然而然地，在几次体贴周到的约会之后，两个人正式地谈起了恋爱。帕特里克继续在各方各面搭救着凯特琳。她常常把事情搞得一团糟，家务上、财务上、生活上，但是没有帕特里克不能解决的麻烦事。他们小小的家里，绝对没有他修不好的坏东西。他讨厌混乱，讨厌不公，他自己填好了退保申请表，又徒手去救浴盆里的蜘蛛。好一个当代骑士。而凯特琳，带着个没有父亲的孩子，自己的“废柴”程度又高，自尊心也消耗殆尽，能够得到拯救，自然是乐不可支。

然而那种有条不紊的安稳感如今却如同水刑，他们的婚姻已经破裂到连帕特里克都选择放弃的地步。此刻他继续说着，凯特琳惊讶于他竟能将所有错误及其原因都分门别类，便于调解员评定。他从前也是像这样一字摆好他们第一个宜家衣柜的部件，以免漏掉任何一颗螺丝或者垫圈。这里一组最后一击，那里一摞理性演算。井井有条，一锤定音，不粘连半点感性扰乱结论。

这便是他俩的不同之处，凯特琳心想。而此时帕特里克的注意力已如激光般转移到了税额减免上。凯特琳应对分居的方式和从前还没遇到他时，自己处理宜家衣柜的法子如出一辙：也就是说，没有小心谨慎地咨询专家指示，而是风急火燎地直奔主题，结果随之而来的是自讨苦吃，挫败失落，以泪洗面。流泪，然后喝酒，然后花大把时间上网看不知是用哪国语言写的分居指南。最糟的莫过于那份内疚之痛，是她自己粗心大意，才弄丢了那把开启帕特里克心门的珍贵小扳手。

帕特里克也曾以为她很完美，可如今，他却甚少直视她的眼睛。凯特琳毕生所求的，能为她带来幸福与安全感的爱情已然支离破碎。

凯特琳重重地靠在塑料椅子上。也许她和帕特里克就是两个天差地别的人，注定了无法长久。哪怕是此时此刻，当帕特里克和调解员正在交谈之时，她也不禁有点窃喜，自己终于可以随心所欲地往洗碗机里塞餐具，或者是挑染一缕金发而不必看见某人挑眉暗示“真的假的”，她可以自己看着办。很久之前，她也曾自己看着办过。可真正的问题在于怎么在这场纷扰之中，不伤及两个不知所措的局外人，两个孩子不该被拉扯进他们父母的烂事里。

乔尔和南希焦虑的脸庞打断了凯特琳还想要文一个小文身的想法，她顿时打了个激灵。但这对他们肯定更好，毕竟不必再夹在两个争吵不休的大人中间，是吧？

“我们不需要在第一场调解就敲定任何资金方面的协议。”调解员安德烈娅说，她的表情摆明了不想再把分配给他们的时间浪费在算数上。“当务之急是要安排一下孩子的事。我们说的是……”她低头瞥了一眼笔记，“乔尔，我看他有十岁了，还有南希，四岁。”

“下个月就四岁半了。”凯特琳说，“九月十号满五岁。”她朝安德烈娅微微一笑。她看起来像是个成熟的妈妈——她明白这是调节过程中唯一重要的环节。钱不重要，车给谁也不重要。“简直不敢相信她九月份就要开始上小学了！我的小腌菜。”

“是我们的小腌菜。”帕特里克指出。凯特琳跷起二郎腿不予争辩。没错，她是该说“我们”。帕特里克总是这样挑她的刺，抓着一些她无心造成的伤害不放。但是，是她在喂养孩子们，懂得他们滑稽的童言童语，预感他们的泪水、疲惫、欢笑和饥饿。是她的生活紧紧围绕着他们的睡眠，他们身上的虱子，他们无休止的提问，他们从爱意到沮丧的各种情绪宣泄，他们想要到处乱摸乱碰的双手。帕特里克总是冷冷地笑笑，然后说是他在赚钱养孩子。此话一出，他俩都不好受。

“我想跟她共同抚养孩子。”帕特里克补充道，“尽可能多的跟他们保持联系，这对我很重要。”

凯特琳一听，不禁侧目怒视着他。帕特里克工作太拼命，甚至临近分手了都很少来见他们。她想叫帕特里克随便说出南希最喜欢的三种泰迪熊样式，但又努力克制住了这股冲动，因为她知道他说不出来。

他都不知道南希会给泰迪熊排名，而且每周变换一次。

“怎么？”帕特里克转身对着她，然后扬起了眉毛。凯特琳察觉到他深色的鬓角新长了些银丝。“让孩子们和我们俩都见面，你是想说你连这也不愿意？”

“当然没有！”天呐，他真的烦死人了。“我怎么可能会这么想？”

帕特里克无声的指责悬在空气里，他一反常态地有些卑鄙。他再也不喜欢我了。凯特琳悲凉地想着，被摆上高处就是会这样——总有一天你会跌落下来。

“你想共同承担责任是好事。”安德烈娅拿起一支笔记下来，“眼下的住处是怎么安排的？凯特琳，你还是住在布里斯托的家里？”

她点点头。“对，那是我的房子。”

“现在又是谁在争了？”帕特里克回击道，“那是我们的房子。”

凯特琳懒得跟他置气。“那房子以前是我外婆的，她在遗嘱里把房子留给了我。从乔尔出生起，我就住在那里。帕特里克是我们结婚的时候搬进来的，然后一月份他得到了新工作，于是搬出去了。”

“那不是新工作，是同一份工作，不同的地点。”帕特里克说。

安德烈娅在写字板上记了两笔。“那你现在住在哪里，帕特里克？”

哈！说啊。凯特琳心想，快告诉她啊。

帕特里克顿了顿，尽其所能给自己的答案打上最好的光。“我正在找房子——我的公司今年年初把我派到了纽卡斯尔。”

五周之前的星期一早上，凯特琳突然想到情人节近在眼前，胸口就像是有什么东西坍塌了似的。以前至少会有一打玫瑰花，和一些写着甜言蜜语的纸条藏在她外套口袋里。今年没有了，再也不会有了。

“你在三百英里之外。”她开口道，填满了难熬的谈话间隙，“你觉得让乔尔和南希每周往返六百英里合理吗？”

“什么？那你丈夫明明得到了机会改善整个家庭状况，你却拒绝跟他搬家，就因为你喜欢你的客厅，你觉得这就合理了吗？”他满嘴“我足够多的耐心都快要没了”的口气，凯特琳听得攥紧了拳头。

她坐在椅子上转身看着他，她眼睛里的怒气喷涌而出。“既然你要跟我讨论什么是合理，那好啊，你申请去十万八千里以外的地方工作，都不跟家里说一声，我还真不觉得哪儿合理了。”

“我没有申请！我是被总部派过去的——这是我的职责所在！”帕特里克挥起双手，“我能做什么？告诉他们我去不了？因为我的妻子更关心老家的壁炉，而不怎么关心我？有些事不是这么操作的，凯特琳。你往往没得选择。”

凯特琳咬紧嘴唇。她不想搬家不只是因为壁炉，他是知道的。不过的确有这方面的原因。她大学毕业之后，一切都土崩瓦解，她奶奶就是在那壁炉边上，把她支离破碎的世界又拼凑复原的；凯特琳在那里照料过两个孩子，那时她坐在帕特里克身边，看着他注视着南希熟睡的脸蛋，他惊讶于自己竟会这般爱意满满。炉子里燃烧的煤火让她感觉安稳而幸福。从前的帕特里克也让她有同样的感觉。她确实不想抛下那个壁炉。虽然主要原因并不在此，但却是压垮她的最后一根稻草。一根象征性的稻草。

她回过身看着安德烈娅，决心保持自己的尊严。

“我们不用还按揭，所以在资金上就宽松一些。孩子们各有各的房间。乔尔在一所很棒的学校上学，隔壁还有一个操场，南希九月份也会去。那里离我工作的地方也很近，因为我也得上班，虽然工资不如帕特里克的高，然后……”眼瞧着帕特里克貌似不愿听下去，凯特琳说出了事实真相，“我感觉就算搬了家，我们的婚姻也坚持不下去。我们已经很少交谈了。我不想让孩子们搬走，最后还得再搬回来。”

帕特里克用他毫不含糊、直戳脑仁的神情盯着她。她想随便说点什么，好让他别再……看着她。“你不想离开布里斯托只是因为这个吗？说真心话，凯特琳。”

凯特琳困惑地注视着他。“我真不知道你在说什么。”

帕特里克不是第一次这么说话了，可他又不会去解释他的言下之意。凯特琳以前追问过他，但他闪烁其词，仿佛她应该知道似的。好吧，于是事情僵持了一段时间。哪对睡眠不足、过度劳累、性欲寡淡的老夫老妻不会对彼此恼怒急躁呢？然而在某个时刻，“僵持”凝固成了坚冷如磐石的沉默。在那之前，他们的爱还没消失殆尽：十二月初凯特琳生日当晚，他们还一起外出，仿佛他们双双记起了一开始缘何而相恋。凯特琳把自己塞进波点圆裙里，帕特里克下了班也早早地回了家，之后他几个月以来第一次握住了她的手，两人一起漫步去市区。凯特琳在一扇橱窗里瞥见了自己，深色的螺旋形卷发，鲜红的嘴唇，活脱脱一个沙漏形身材的性感尤物在跟一个帅气的男人约会，她的心就像是系上了一百万个气球似的飞上了天。酒吧里，几杯苹果酒下肚，她重演了乔尔的校园剧，简直滑稽得可以登上喜剧舞台，帕特里克像从前一样开怀大笑。他看起来年轻了十岁，也比平日更开心。他们慢悠悠地走回家，无视掉保姆的电话，凯特琳把他拉到路灯下面，亲吻了他。然后帕特里克的手伸进了她的防寒夹克，抚摸着她的腰。谢天谢地。她宽慰地想着，会好起来的。

然而，接下来的一周却糟糕透顶。她上完每周一次的尊巴舞课之后，回家晚了些，帕特里克向来会为此焦虑不安，可凯特琳却很抵触这一点——帕特里克担心她大晚上的只身在外，可她却讨厌被人“监控”的感觉。先是乔尔又长了虱子，再是滚筒烘干机也坏了，而且因为她忘了注册，所以保修期也过了。然后帕特里克的领导来电说了工作调派的事，他们意见不一。一开始两个人还心平气和，等到乔尔和南希上床睡觉之后——争吵就激烈了起来。圣诞节时，她和帕特里克带孩子们踏上伦敦惊喜之游，在那之前，他们俩都已经说过了太多话，然而这还没完。比争吵不休更糟的，便是沉默冷战。双方都砌起了一堵愤恨的砖墙。当帕特里克再次提起工作的事时，凯特琳才发现自己给的理由，他一个都没又听进去——要不然，就是他根本不在乎。

新年过后，帕特里克说他必须得做个决定了，而凯特琳一边要安抚发脾气的南希，一边要收拾乔尔的书包，于是含糊着告诉他还是把工作放在首位，反正他本来也打算如此。帕特里克仍然对她摆出一副凶巴巴的“你犯事儿了”的表情，可凯特琳真的不知道她干了什么。她只知道帕特里克曾一直想要相信她是个完美的女人，然而她偏偏不是。

羞愧感涌上她的心头。

“凯特琳？”安德烈娅叫她，“你想要说点什么吗？就是关于共同抚养这件事？”

她努力把注意力集中在眼下重要的事情上。“我不想让乔尔和南希觉得这是他们的错——我们不想给他们带来过多的影响。乔尔的……呃，乔尔一点关于他亲生父亲的记忆都没有，因为他从来就没有在乔尔的生活里出现过……”她的声音越发微弱，因为纵然一晃十年，她还是没找到理想的方式来解释这件事。

帕特里克插话进来。“乔尔从四岁起就叫我爸爸，我希望他把我当成他的父亲。我对他和南希的爱向来都是一样的，完全一样。”

“是这样没错。”凯特琳在脑海中看见当年风哮雨嚎的高速路，帕特里克把放声大哭的乔尔从车座上举起来，抱进救援车里，结果乔尔的眼泪瞬间干了。在那一刻她便知道了，乔尔也知道了。眼前是一个好男人，她再也不是孤军奋战了。可如今，他却变心了。不是对乔尔，也不是对南希，而是对她，对他们。

“很明显你们两个人都为了他俩的幸福殚精竭虑。”安德烈娅的语气满是安抚的意味，“这是个好的开端。那么，这几周我们就先找一个折中的地方吧。有没有老人愿意主持你们见面啊？”

“很不幸，没有——我父亲在我很小的时候就去世了，我母亲现在在养老院。”处于弱势的帕特里克消失不见了，他又开始掌控大局。凯特琳伸手去拿冰咖啡，心里却希望那是一杯红酒。

待会儿回家我一定要喝上一杯冰凉可口的红酒。她在心里想着想着，嘴里有些淌口水。只要等到乔尔上床睡觉了就行，反正现在帕特里克也不会在旁边对着酒瓶不以为然地叹气。

“凯特琳呢？”

“我父母不在那个方向，他们住在伦敦北部[①]。”

“好吧。”安德烈娅又转向帕特里克，“那还有别的亲戚吗？伯伯姑姑？教父教母，有吗？世交呢？”

凯特琳听见帕特里克清了清嗓子，顿时有些惊愕。“我正想要提议我姐。”他说，“她住在朗汉普顿——周末去那儿不算远。”

“伊娃？”凯特琳脱口而出，语气出乎意料的强烈。

---

① 纽卡斯尔在布里斯托的东北方向，而伦敦在东南边。

“对，伊娃。”帕特里克听起来有些吃惊，“干吗反应这么强烈？”

“我反应这么强烈是因为那个可怜的女人才失去了丈夫！”对于别人的情感需求，帕特里克的反应可以变得极其迟钝。“难不成你真觉得，对我们中任何一个人来说，把乔尔和南希送去跟一个还在悲痛中的女人住是合情合理的？”

“米克[①]已经去世两年了。”帕特里克有理有据地说道，“而且她不是那种会下半辈子都穿一身黑，还足不出户的女人。”

“你怎么知道？我们都那么久没见过她了。”居然都两年了，天呐！上次见到伊娃还是在米克的葬礼上。凯特琳之前真的打算常给她大姑子打打电话，结果她参加参加亲子活动，逛逛街，忙忙家务事，日子就飞逝而过了，况且伊娃又时常在外度假。但即便那样，伊娃也不属于凯特琳会轻易拨通电话与之聊聊天的人，她有着很多凯特琳不曾拥有的东西。她经营着自己的公司，她认识许多社会名流，她养了两只狗，没有丈夫孩子，而这似乎还挺适合她。凯特琳永远不知道跟伊娃聊什么，所以她们的对话似乎一直都是以客客气气地尴尬地聊着天气收场。

还有她那栋让人惊叹的房子，哪怕是此刻，凯特琳一想起来，都觉得自己邋里邋遢。“而且貌似伊娃的家不是用来给小孩子待的吧？她家一片洁白，沙发是白的，地毯是白的……什么都是白的。”

还有玻璃，她家肉眼可见的玻璃简直一尘不染，很漂亮，但是对两个精力旺盛的小孩儿来说可不怎么好玩。

“我不懂她的地毯跟这件事有什么关系。”帕特里克摇摇头，仿佛她是在无理取闹，“伊娃是他们的姑姑，是他们的家人，我确信她会帮我们的。”

凯特琳接过话茬说：“你问过她了吗？”

帕特里克神色忽闪：“问过了。”

“不，你没有。”

安德烈娅插话进来：“呃，只有安排得当，而且让人乐意接受，我们才会最终拿定主意。”

---

① 英文中“迈克尔”的一种昵称。

“大家现在都很煎熬，我姐一直都在给予支持。”帕特里克接着说，而凯特琳知道他是在胡编乱造，他这个人睡觉的时候都能编出一套这种毫无意义的官方说辞。要是他真在圣诞节礼节性地通话之后还跟伊娃聊过天，那才是奇了怪了。

她突然灵光一闪。“那伊娃的狗呢？”

“狗怎么了？”帕特里克坐在椅子上转过身来。

“如果狗不习惯旁边有小孩儿，它们可能会有领地意识。你也看过一些可怕的文章说，不习惯有小孩儿在身边的狗会突然变得很不友好，哪怕是好狗也会这样。”凯特琳小时候就被一只这样的杰克罗素梗咬掉了腿上的一小块肉，痛得不行。从此她见到那些所谓温顺的狗，都万分警惕。一想到乔尔硬要给伊娃的狗套上绳子，演一出即兴音乐剧，或者南希硬要使劲拥抱伊娃的狗，如同挤压一排排毛绒玩具……凯特琳的皮肤窜过一丝凉意。

“你姐姐养的是什么狗？”安德烈娅平静地问帕特里克。

“巴哥。两只胖胖的巴哥，绝对不是狂躁的罗威纳。估计这两只小狗还更害怕乔尔会直接坐在自己身上。”

“为什么你总是把我的担忧最小化？”凯特琳问道。

“我没有！我只是不懂为什么你总是在担忧一些不相干的东西，而放着那些大问题不管。孩子们待在伊娃家怎么了？”又来了，那种表情，那种满眼责备、一脸受伤的表情。

她摇了摇头，败下阵来，说不出话。其实没别的原因，只是我不想让你把我的孩子从我身边带走。

帕特里克的嘴紧紧地抿成一条直线。“反正周末你可以歇着了，这不就是你想要的吗？你总是抱怨你没有自己的时间，没有自己的空间。做个决定吧。”

哦，现在我算是记起来为什么我们会分居了。凯特琳想着想着就捏紧了拳头，现在我记起来了。

安德烈娅推了一盒面巾纸过来，凯特琳猜到自己已然泪盈眼眶。“也许第一次周末探视之前，你可以先带孩子们过去看看？也好让乔尔和南希适应一下，之后进一步的安排你也可以放心了。”

“我也应该过去。”帕特里克说。

“当然。”安德烈娅显得略不耐烦了。好心累啊。凯特琳心想，得听着一对对夫妻喋喋不休，跟小屁孩在争最大块的蛋糕似的，还一连就是好几个小时。“对南希和乔尔来说，探视得是积极向上、鼓舞人心的，这一点相当重要。”

“你能欣然接受了吗？”他转过身，扬起一只眉毛。跟帕特里克的对话似乎都是这么结束的，就像是你没赶上火车，结果在车底下被拖拽了一路。他是什么时候变成另一个人的？她百思不得其解。眼前这个异于往日的男人还会从抛锚的车里抱起一个放声大哭的小孩吗？他还会在第一次约会时，送上燃油、三角警示牌，还有郁金香吗？

安德烈娅注视着她。凯特琳艰难地下定决心。伊娃可能并不会同意，或许她不想让乔尔和南希在她纤尘不染、铺满白色地毯的家里放肆撒野，或许她根本就不住在那儿，或许她已经去了米克的度假别墅所在地——普罗旺斯，或者圣特罗佩，某个人人都西装革履，喝着金汤力，知晓克里夫·理查德[①]的地方。

“行吧。”她说，“给伊娃打个电话，看看她周末有没有空让我们先造访一下。”

“我下午打给她。”帕特里克说，“之后我们就能进行下一步了。”

“很好！”安德烈娅听起来松了一口气，“那么我们今天的调解就圆满结束了。你们俩都做得很好。”

“我提的那些每月预算的小问题，我们还有时间再处理一下吗？”帕特里克问，“趁我还没走。”

凯特琳抬头瞄了一眼时钟，只剩五分钟了，然而感觉好像他们已经在这里待了好几个小时。

“不必了。”安德烈娅坚决地说，“我们见好就收吧。”

① 英国音乐史上最受欢迎的歌手之一，被称作“英国猫王”。

挣扎的伊娃

迈克尔·奎因[①]——好莱坞演员、电视明星、约克郡名人——虽然只是矿工家庭出身，梳头也只拿肥皂水弄弄，但却很珍爱自己的衣服。伊娃站在他足有整个更衣室那么宽的衣柜面前，抬起一只手拉开柜门，然后松手让门自行滑动打开。她知道这里面是什么，也知道自己该做什么，只是她受不了罢了。

她推迟收拾米克的遗物已有好几个月。衣柜里的木质衣架一动，一丝熟悉的古龙水味飘逸而出，有那么一秒钟，伊娃想象着他就在身后，长久以来，他只不过是一直待在另一个房间里而已。米克的衣物就是他本人，他一生五彩斑斓的篇章随之依次展开：最前面的是她买的休闲灯芯绒裤和乡村风衬衫，后面是他结婚之前名人时期的大牌夹克，最后面是佩斯利[②]纹样的丝绸和天鹅绒，那是好几十年前的东西了，那时候的米克会在凌晨三点钟从苏豪区[③]的酒吧里踉踉跄跄地走出来，而她……还只是个小婴儿。伊娃从这些衣物开始收拾，反正对她而言也没什么特殊意义，但是衣服口袋里却总冒出许多让她不明就里的东西，而她再也找不到答案：零钱、一家爵士夜店的纸板火柴、记着 071 伦敦电话号的废纸、发黄的出租车发票。伊娃的心在胸腔里拧作一团，她知道自己再也无法问出那家夜店在哪儿，他在那儿见到了谁，那是

---

① 即米克。

② 一种由曲线和圆点构成的花纹，诞生于古巴比伦。

③ 伦敦西部一处酒吧夜店云集的区域。

谁的号码，那又是谁的名片。跟这些陈年秘事比起来，七年的时光还不够隔靴搔痒。想到彻头彻尾的陌生人竟有些许关于米克生活的记忆，而她居然从不知晓，伊娃一时间备受折磨。

她将额头靠在衣柜门上，深深吸进他的气味。往事没有如同他们所希冀的那样，成为生命中璀璨的第二春，只变成了一段简短却快乐的插曲。伊娃再也不会哭着醒来，再也不会落寞凄苦地过日子，但这最后一项任务让她原已忘却的记忆奔涌回来。可是还能有谁会为他做这件事？米克纵然享誉在外，却没有别的家人，他只有两任前妻和一个十年没见的儿子。无论他在或不在，这里都是伊娃的家。在米克弥留之际，他那痞气的蓝眼睛已经苍白如褪色的牛仔布，在合上双眼之前，他告诉她的最后一句话是：亲爱的，不要因为我走了就放弃你自己的生活。

他说这话倒是轻巧。

伊娃抬起头，让自己打起精神，却被衣柜镜子里的中年妇女吓了一跳。米克喜欢她的“自然”美，而十年前她的娃娃脸也足以让她侥幸无须化什么妆，但是突然之间，她上个生日过后，她开始刻意避开镜子。她的面容很疲惫，她也确实感到很疲累。伊娃自厌地眯起了眼睛，心碎在她消瘦的面庞上削出棱角，也挖空了她的脸颊，凸显出她长长的鼻子。她看得见自己的棕发里生出白丝，眉目之间像她父亲一样皱出了一条纹路。好在她的眼睛还说得过去。米克以前常说，她的眼睛就像是大海，变幻无常：时而是地中海般的蓝绿色，时而是北海般的冷灰色——当她恼怒的时候。

伊娃把刘海拨到一边，然后又捋到另一边，看是否能起点作用。眉间纹确实被遮住了，但却让她尴尬地神似她母亲。

小爪子在木质地板上轻快地蹦蹦跳跳，一听这啪啪嗒嗒的击打声，伊娃就知道是蜂蜂这只小公巴哥在朝她扑过来。两只巴哥大清早沿着屋后的小路散完步之后，就一直在厨房里呼呼大睡。蜜蜜，它那胖得像桃子、拽得像老板的妹妹会一觉睡到午饭时间，但是蜂蜂需要监视一下家里剩下的人类。被其他生命需要自然是件好事，但是两只狗如今只独宠她一人，伊娃打心底感觉有种被团团围住的不适感。

“你好呀，蜂蜂。”她头也不回地说。

小巴哥贴着衣柜“扑通”一声滑坐到地上，上气不接下气，然后抬起头打量着她，脸上的皱纹依旧带着探询的意味，蜂蜂从小就这样。蜜蜜就不会一副永远都很焦虑的样子，它相信自己人见人爱。伊娃就是这样教别人区分这两只几乎一模一样的杏黄色巴哥的：“看起来很忧愁？那就是蜂蜂。硬要蹿上你的膝盖？那就是蜜蜜。”

伊娃从横杆上取下两件难看的《迈阿密风云》[①]款白色夹克——拜米克所赐，一些朗汉普顿的少年可以在今年的毕业舞会上闪亮登场了——然后她又把手伸进口袋里看看有没有暗藏风流韵事。没有。很好。

“你觉得呢？”她一面说，一面把夹克叠起来，“你觉得我们应该把米克的新郎礼服捐给我们遇到的那家慈善商店吗？”伊娃从来不会在狗狗面前把米克称作“爸爸”，虽然米克倒是会高兴地把伊娃称作“妈妈”。“难道不会是一个美好又讽刺的转折？我觉得我不可能在那儿碰见另一个明星了。虽然谁也说不清楚。”

听到她的声音，蜂蜂的皱纹舒展成了一个微笑，粉色的舌头也垂了下来。它喜欢别人跟它说话。蜜蜜也喜欢。以前米克会让两只狗狗心甘情愿地当他表演口技的玩偶，而他死后，他们的世界就陡然坠入了沉寂。葬礼过后的几周时间里，蜂蜂一直搜寻着米克的踪迹，更感人的是，向来我行我素的蜜蜜也做着同样的事，它们耷拉着的耳朵会为了类似从前总是听到的声音而抽动。它们会歪着软软的脑袋收听伊娃的声音，仿佛它们莫名其妙地变聋了，伊娃真是受不了它们一头雾水的样子。

“干脆还是从我没什么印象的衣服开始收拾吧。”她说完便感知到了四周的沉寂，从前此时米克会给蜂蜂配上一句忧郁的台词。她装好两件丝绸衬衫和西装、一条礼服腰带、两个红色领结和一条丝绸围巾。

米克身为演员，给狗狗配音总是格外自然，有时伊娃都忘了狗狗们其实不会说话。蜂蜂会带着北方口音娘里娘气地哀鸣，然后有时又转而模仿起阿兰·本奈特[②]；蜜蜜说话像是情景喜剧里赌球赌赢了的伯

① 美国警匪电影。

② 英国演员、编剧。

明翰家庭主妇。有一次他们举办圣诞派对，米克即兴表演了狗狗说话让他得以为《面包师巴尼》献声，里面的主角是一个痞气的黑乡[①]面包商人——这是他生前最后一份工作，单是重播费收入就比他在洛杉矶整个职业生涯所得还多。“这都是我的功劳。”蜜蜜常常“告诉”来访的人，“爸爸养老全靠我，真棒。”

伊娃一动不动地站在原地，手里拿着一件佩斯利无尾礼服。上一次他穿这件衣服是在他赢得英国电影学院奖最佳儿童电视剧奖的时候。“一切都要归功于我家的两只巴哥和平底鞋 IT 女神。”他说着便给坐在一众明星身边的伊娃抛了个媚眼并甩了个飞吻。如今礼服上还有典礼过后的派对上沾到的蜡渍。回忆如同闪光灯一般引爆在她的脑海里，鲜亮耀眼，还有点梦幻。

蜂蜂呻吟了一声，然后趴在了地毯上，眼睛仍旧盯着伊娃的脸。

“对不起，蜂蜂。”她说，她只不过是想让它听听她的声音，但旋即又觉得很蠢，“我也不喜欢家里这么安静。”

没有了米克喧闹刺耳的大笑、时有时无的歌声、变化多端的情绪、日常“伊娃？伊——娃？”的呐喊，家里变得空荡荡的。木材吸收了所有噪音，让空气也变得平淡。她试着跟米克一样多和狗狗们说说话，但没有像米克那样模仿声音。说真的，他们三个处境都一样：没有了主人，在自己家里都感觉有点迷失方向。

她往慈善袋子里又塞了两件难看的马甲。伊娃可不认识那个会选这些衣服的米克。可能是谢里尔或者尤娜买的吧。“我知道只有我一个人在家里，你们会很无聊。”她又说。

隔壁卧室的电话响了起来，小巴哥的耳朵满怀希望地动了一下。迄今为止，只有三个人打过伊娃的座机。罗杰——米克多年的好友兼律师；金——米克的经纪人，事到如今还在劝伊娃接受以“与迈克尔·奎因的同居生活”为主题的相关采访；还有就是伊娃的朋友安娜，她在城里经营着一家书店，也是伊娃在这里遇到过的最善良的人，要知道这里连兽医院的护士都给两只巴哥寄过慰问卡。从圣诞节开始，安娜

① 英格兰中部西米德兰兹郡的一个地区。

发动了一场名为“重拾美好生活”的活动，伊娃时不时会乐意参加一下。

铃声停了又响。伊娃叹了一口气，然后走进主卧，蜂蜂一直跟在她脚边。米克过去睡在靠门的一侧，电话就在他的床头，旁边依旧摆着他用来装袖扣的银碗——另一样她不愿挪动的东西。

拿起听筒时，伊娃的肩膀愈发紧绷。

“喂？”遵照隐私保护规则，电话上没有显示姓名和号码。米克死后那段噩梦般的日子里，电话接连不断地响起，尽是一些记者以及她基本不熟的“朋友”。那段时间把她搞得比以前更加小心谨慎。

电话另一头的声音出乎了她的意料。

“伊娃，我是帕特里克。”

“帕迪[①]！是你呀！”伊娃难掩自己的惊喜，她弟弟已经好几周没有打过电话来了，不过她也没主动打过。“你又在车里打电话？”

“是啊，那是当然。”帕特里克通常都是在车里打来电话。他在一家连锁宠物用品超市担任全国销售经理，常年都在为了解决荷兰猪的相关问题，从英国的一头飙车到另一头。他难得打给他姐姐，通常都是一通礼节性的电话，聊聊他们母亲在家乡伯克郡郊外一家养老院里享受夕阳红的日子。利用高速路交叉口等待时间来打电话，在伊娃看来，仿佛是一种策略。“我在回家的路上。”

“那你到了再给我打电话不是更好吗？到时候你就可以好好聊天，不用盯着 M40 高速路了。”

“我没在 M40，我在 M1 上。反正我不……”他顿了顿，“我不回布里斯托了。”

“什么？”伊娃原本在卧室里走动，听了他的口气，立马坐在了梳妆台凳子上。蜂蜂也一屁股坐在地上，又焦虑又警觉。“一切都还好吗？”

“不怎么好。我和凯特琳离婚了，我要搬去纽卡斯尔了。呃，严格来说，我已经搬去纽卡斯尔了。”

“什么？什么时候的事？”伊娃猛地站起来，又坐下，心中惊讶不已。

---

① 英文中“帕特里克”的一种昵称。

“刚过完新年的时候。几周之前。”

“哦，天呐，我很遗憾。哪件事在先？工作变动还是婚姻变故？”

帕特里克叹了一口气。“工作变动。呃，不是。工作变动导致了婚姻变故，但是选择离婚绝不是一朝一夕这么简单的事。公司的北方销售经理走了，所以在他们找到人来接替之前，我除了要干自己的本职工作之外，还需要负责她那个片区的业务。我没法在布里斯托完成这项工作，于是总部提出把我调过去，而且如果我能完成那边的销售目标的话，他们还会给我一大笔奖金。说真的，我本来想着对我们来说，这是个大好的机会。新的房子，更多的钱，崭新的开始——我们可以一起过去。但凯特[①]断然拒绝考虑搬家，然后我们一直吵架，最后……就成这样了。其实我们一直都过得不开心。就像我常常说的，这只不过是最后一击。”

伊娃一时失语。这根本说不通。她以前一直都以为帕特里克属于那种结了婚就是一辈子的人，而且他非常喜欢凯特琳。在婚礼致辞里，他甜蜜地感谢了新娘把他的枯燥的人生从黑白变成了彩色，而且当天他就穿上了红色的新袜子，这让婚宴上所有人都为之落泪。“我还以为你们俩幸福快乐得不得了。”

“并没有。凯特琳显然……”他听起来很受伤，“听着，我不想说这些，反正木已成舟，最重要的就是我们要尽可能和气地完成这档子事。”

也就是说确实发生了一些事。可怜的帕特里克，伊娃惊讶地想着，哎，可怜的凯特琳，真的。可怜的大家。

其实伊娃一直不太理解，做事小心谨慎、合乎逻辑的弟弟怎么最后娶了个凯特琳这样生龙活虎的人。她总穿着马丁靴和紫色裤袜，发带像水母似的飘在她脑后。伊娃觉得四岁的南希都比她妈妈穿得更成熟，不过她倒是没说出来过。并不是说伊娃不喜欢凯特琳：她们少有的几次碰面里，凯特琳暖心又友善，而且有点费尽心思地显得风趣——更何况帕特里克很爱她。他总是谨慎地做决定，并且很少出岔子，所以天生活力四射的凯特琳必定有什么直击他灵魂的闪光点。

---

① 英文中“凯特琳”的一种昵称。

然而这就是爱吧。在你最意想不到的时刻，击中你和最出乎你意料的那个人。芸芸众生，偏偏是她，这便是最好的例证。

伊娃用手撩了一下头发。“我不知道该说什么了，帕迪。我很遗憾。为什么你不早点告诉我？”

“你有你的麻烦事，我可不要雪上加霜。”

“你又不是个麻烦……你是我弟弟。”可问题在于伊娃和帕特里克并不亲近。即使小时候她常常照顾帕特里克，他们家里人也不太会公然向彼此表露情感。她不必时时关注自己的弟弟，岁月也能如常度过，虽然他们其实住得离对方很近。反正似乎一切并无大碍。如果帕特里克在交叉口上需要打发时间，他们就会在电话上聊聊。“孩子们感觉如何？”

“我们跟他们说了我要去北边工作，然后会不在家一段时间。”

“他们觉得没关系吗？”她难以置信地问道。

“我怀疑他们发现我已经走了。”他的语气里有一丝心碎的味道，“凯特琳多半很开心，她可以让他俩早点去睡觉，而不必等我回家了。”

“哎，帕迪。”她说，“我真的很遗憾。你确定你们……”

“对。不必再说了，都结束了。”他长叹一口气，惊得伊娃咽下了正要讲出的老生常谈。她明白这种肝肠寸断的悲痛，绝望丛生，陈词滥调又怎能起到作用。

沉默之中，伊娃听见帕特里克的导航仪指引他穿过下一个交叉口，那是个霸气外露的女声。有那么一刻，她心如刀割，因为帕特里克才被工作危机支配，现在又要听命于一个不见其人的声音。不过话说回来，帕特里克倒是喜欢制定时间表，他打小就会列待办事项清单，是妈妈把这个特性遗传给他的，因为从前爸爸对于家庭秩序的要求极为严苛，导致妈妈被打磨得极其高效。

“那接下来怎么办？”帕特里克需要的是实际操作，而不是同情慰问。“你们讨论过什么时候见孩子了吗？”

“对，这就是问题所在。我得拜托你帮个忙。”

“你尽管说，你的律师够好吗？罗杰不处理离婚的案子，但我相信他肯定认识一个非常厉害……”

“不是！我们不打算让律师牵扯进来。”帕特里克听起来像是受到了侮辱，“短期内有一个调解员帮助我们。我想要尽可能多的看到孩子们，但是周末探视的话，显然我的新住处离得太远了。所以我在想我能否把南希和乔尔带到你家，以便到时候进行探视吗？”

她皱起了眉头。“来朗汉普顿？”

“对，朗汉普顿，除非你没告诉我你搞了一栋秘密房产。”

他故作风趣，但伊娃猝不及防地心生退缩。她原以为帕特里克会请求她付律师费，或者找她借钱付购房定金——帕特里克工作拼命，可收入却不算太高。但是……让其他人住进米克的家里……

而且不只是其他人这么简单——要来的是小孩子。他们声音稚嫩，有如难以把控的能量球晃荡在家里，粉碎掉她和巴哥惯常平静的作息。一想到这些改变，伊娃很是揪心。乔尔和南希是她的亲人，跟她有着同样的血脉、习性、特征（呃，南希确实是，她更正了一下自己的说法，不过这倒不是重点），可是她不太了解他们，他们也不太了解伊娃。整个“离婚爸爸”的经历会因为他们的不快、帕特里克的苦痛以及她的不幸，而雪上加霜。

不行，不行，不行。

趴在地毯上的蜂蜂抬起头看着她，伊娃突然散发出来的紧张气息让其心中的焦虑加倍了。

“隔一周才有一次。”帕特里克继续说着，“你会有机会更了解他们。”他在最后加了点欢快的语气，伊娃不由得瞪着电话。这话的意思难不成是在暗指她以前就该去了解他们？她又不是没有照常送上生日、圣诞和节庆礼物，虽说都是看的网上推荐，毕竟帕特里克和凯特琳从未给过她提示两个孩子喜欢什么。

“他们也有机会更了解你。”他慢了一拍补充道。

“这件事凯特琳怎么说？”她温和地问道。

“凯特琳觉得这主意不错。你是他们的姑姑，而且你家那么美，花园又漂亮，有足够的空间让他们玩耍。”

“帕特里克，你不清楚这房子是什么样的，你都没怎么来过。你都不知道，我这儿可能到处都摆着工艺刀。”伊娃尽力让语气保持轻柔。父母们总是对家里可能伤及小孩的危险事物敏感万分：热茶、随手放置的包以及脏话。甚至有一次她给米克教子的孩子玩她的钥匙串，结果孩子的妈妈紧张地笑了笑，然后“趁他把自己弄伤之前”，把钥匙串从他手里拽了下来。

不过帕特里克貌似毫不担忧。“上次我们去你家，我怎么没注意到有刀。”

“你没注意到？在玻璃茶几上，米克的气枪旁边。”

“哈哈哈，怪好笑的。”

伊娃把米克父母的一张照片从老式梳妆台的一边移到另一边，暗暗斗争着心里固执的抗拒感。她不喜欢这种感觉，但同时却又阻挡不住。

她又一次在镜子里瞄到了自己的样子。她神色严肃，满脸拒绝的意味，像极了他们的爸爸。这似曾相识的感觉让她心生凉意。

“不好意思。”她说，“如果这能帮助你们解决问题，我很乐意你们来这儿。你们定好时间了吗？”

帕特里克的语气里的宽慰显而易见。“凯特琳希望我们找个周末一起过去，试试效果。可能下下个周末吧，只要你方便接纳我们，随时都可以。”他顿了顿，“谢谢你，伊娃。我……真的很想他们。”

伊娃的心捕捉到了这片刻的犹豫——如果他们同处一室，帕特里克绝不会说出这样的话——实在是太过感性。

“所以说摩纳哥怎么样？”解决了要事，他的语气也愉快了起来。

“摩纳哥？”伊娃不得不飞快思考起来：圣诞节的时候，她没去参加里尔登一家的聚会，而是假装受米克老友之邀前往摩纳哥。可她也告诉了米克的老友她会跟帕特里克他们一起过节。伊娃不想成为节庆时分悲伤的寡妇幽灵，或者是毁掉人家互赠礼物美好一刻的古怪姑姑。最后，她、蜂蜂和蜜蜜看着考古学纪录片，喝着百利甜度过了圣诞节。其实也没那么糟。

“很好啊，谢谢。”此话不假，摩纳哥真的很好。她去过三次，每次都很喜欢。

现在我应该不会再去摩纳哥了，她心想，旋即有了一丝奇怪的感觉，仿佛她根本从未去过那里。很多婚姻生活的记忆也是如此——仿佛是别人身上发生的事。

“你知道你本来可以来找我们的吧。”帕特里克说，“虽然我们晚餐之前不喝鸡尾酒，但我们还是欢迎你来。”

蜂蜂翻身朝上，光溜溜的肚皮亟待爱抚，伊娃弯腰抚摸起来。“帕特里克，你这次圣诞节貌似已经发生了好些事情，我不必再去添乱了。”

“好吧。但是我们都想着你。”

“谢谢。”

“孩子们很喜欢你给的礼物。”

“太好了！”伊娃试图去回想自己给他们送了些什么，但又机智地明白过来帕特里克肯定也忘了。

电话里“哔哔”地响起来，看来有人打电话进来了，帕特里克立马转入工作模式。

“伊娃，是桑德兰[①]那边的店打过来的。”他说，“我得挂电话了，对不起。珍妮·斯科尔斯留下来的烂摊子害得我连轴转。”

“比平时还要忙吗？”

“你想想，连我都觉得很忙。”他听起来筋疲力尽，“但我别无选择，你明白现在是什么情况吧。老板只盯着数据拿主意，而你才是那个跟其他人打交道的人。”

“那你会抽时间跟我好好聊聊吧？”她说，“我们得赶在……孩子们来之前，把事情都捋一捋。”尽管伊娃很不好意思去打探弟弟的私事，但这一次实在是免不了一问——她需要知道他跟凯特琳为什么分开，错在谁，背后究竟发生了什么……

不过我真的需要知道吗？米克的经纪人总是跟她说有些“粉丝”想了解她的婚姻生活，结果她此刻不也一样低级。每个人都有权保有个人秘密。

“当然，时间定了我就给你发短信。”帕特里克说，“多半会是在某个星期六。”

“一定要及时提醒我，我好把工艺刀全都收起来，然后你要跟我说我需要……”

---

① 英国城市名。

但帕特里克的声音盖过了她，仿佛只是在打一通公事电话。“对不起，伊娃，我得挂了——感激不尽。我会联系你的。谢了，拜拜。”

“……给乔尔和南希准备些什么。”伊娃对着空气说完了要说的话。

蜂蜂躺在羊皮地毯上，上下颠倒地盯着她，仿佛从她的表情里读到了什么凶兆。它翻身坐直，水汪汪的棕色眼睛恳求能完成自己一生唯一的任务：陪伴她，追随她，爱护她。

我刚才干什么了？伊娃心想，她的手指在电话线上反复缠绕。有什么东西变了。原先时光一直是飞速逝去，一周接着一周，直到一连好几个月都消失不见，但此时此刻，空气因了某些别的事突然静止不动。平静与单调如尘埃般覆满了她近来的生活，如今一个终将到来的日子却刺破了这一切。那一天一到，很多事都将面临改变，她也会被推入人生的下一个阶段：那里有纷扰、挑战、新的声音，还有别人婚姻的裂痕。

她不确定地看着电话。她应该打给凯特琳，告诉她自己已经知道了，而且深表遗憾吗？或许她乐意一听呢？

伊娃犹豫不决。还是说这样会把自己搞得像那些透过金给她捎信的女人一样，说她们为她失去丈夫而难过——这些上了年纪的女粉丝虽是一片好心，但却让伊娃想大声告诉她们，她们根本就不了解她和米克，不了解他们的婚姻状况，就更不用说她如今的生活有多空虚了。如果凯特琳想向她吐露心声，她肯定早就先打来了吧？而且她会说什么呢？要是凯特琳很开心他们分开了呢？如果是帕特里克做了一些无法原谅的事呢？又或者是她做了呢？

刚才那尴尬的对话，让伊娃起了一身鸡皮疙瘩。

我还是等着帕特里克联系我吧，她心想，然后把电话放了回去。

三人世界

“我们要迟到了！”乔尔在楼梯下面大喊，“迟到了！迟到了！迟到了！迟到了！迟到了！”

他习惯于把一连串“迟到了”唱成一段升调的琶音[①]，活像个在开嗓的歌剧演员。他能把他整个音域都过上一遍，只要这能让凯特琳加快动作。其实一般都能奏效，就隔壁莉萨和史蒂夫的摔门声音来看，貌似这些天他们的出门速度也快了不少。

“别唱了，我们不会迟到的！”楼上洗手间里，凯特琳绕过原地打转的女儿，用袖子在布满水汽的镜子上擦出一块清晰的地方，拿起睫毛膏，对准自己最近又小又无神的眼睛。有一个四岁大的小孩子像是被杰米罗奎尔[②]附身了似的，硬要在洗手间里撒欢，所以此刻化起妆来想要准确无误可没那么容易。“我要化妆。”

“为什么？”南希停了下来，手指还指着半空。

“因为我要出门了，我不想让别人知道我本来长什么样子。”

两人都不再吱声，南希得理解一番这话的意思，接着乔尔又唱起了“迟到了！迟到了！迟到了”，比刚才的声调还要高，嗓门大得压过了剪刀姐妹[③]的歌声——南希最近精心挑选的晨间音乐。

“妈妈？为什么你不想让别人知道你本来长什么样子？”南希问

---

① 从低到高依次连续奏出的和弦音。

② 英国流行乐团。

③ 英国乐队。

道。她暂时停下了舞蹈，转而注视着凯特琳，毫不掩饰自己的勃勃兴致。她聚精会神的蓝色眸子让凯特琳想起了帕特里克。南希的眼睛又大又圆，就像个小精灵。肯定是拜他的基因所赐——凯特琳很清楚自己遗传不出那般全神贯注的眼神。

“因为我不想让他们知道，我到了晚上会变身女蜘蛛侠，在布里斯托打击罪犯，这就是为什么我看起来累得不行。”她嘬起嘴吸住脸颊，在颧骨的位置打上腮红。心碎吃不下饭的减肥效果也不过如此。

“你好漂亮啊，妈妈。”

“谢谢你，亲爱的。”

“你的头发就像……就像是一只黑色的大绵羊。”

“呃，谢谢。”凯特琳放下腮红，审视着鼻子皮肤下面快要冒出来的痘痘，位置刁钻得没法去挤，简直了！三十二岁还长痘痘，太不公平了。

压力在她身上没起到减肥的良效，反倒是招来了痘痘和眼袋，而且当你比哥特式着装[①]的人还要面色苍白时，这两者会更加明显。意识到时间正“滴答滴答”地过去，凯特琳只好在痘痘上多擦些遮瑕膏，然后把剩下的抹在眼睛下方紫乎乎的半圆上。很久很久以前，她曾认真考虑过从事艺术工作——要么就是错视画，要么就是布景设计。现在，修饰自己疲惫不堪的脸倒是和挥毫作画颇为相近。一边忙着照顾孩子，一边没日没夜地上网研究接下来能做什么，凯特琳早就忘了晚上睡个好觉是什么滋味，更不用提闪粉眼影该怎么用了。

“妈妈！爸爸的时间表说我们十二分钟之前就该出门了！”乔尔冲着楼上吼叫。

“我们已经没有用爸爸的时间表了，不是吗？”凯特琳喊着回答。

“为什么没有？”

“因为爸爸没在家里贯彻落实。”

“为什么没贯彻落实？”

“因为他……”凯特琳自行打住，然后把化妆品胡乱塞进从大学

① 哥特文化以阴郁恐怖为特征，崇尚者通常将皮肤画得极其苍白。

一直用到现在的廉价小包里。莉萨和史蒂夫可不需要听到这些内容。这里的墙壁虽然造于维多利亚时代，而且质地坚硬，但是完全不隔音。她走到外面的楼梯平台上，往下一看，乔尔正抓着最下面的一根楼梯柱子荡来荡去，他已经穿上了校服外套，脖子上的纽扣像是拴披风一样系得紧紧的，肩上背着个书包。

“因为爸爸有特殊任务，在纽卡斯尔工作。”她小声了些，“既然他不必把你送去学校，然后再按点去上班，我们就不必严格按照那张时间表走了。”

“但我们总是迟到。”乔尔抗议道，“我不想迟到，今天早上我们要开始学罗马人的历史了。”

“我们不会迟到的，我保证。”

凯特琳转身走进洗手间，南希一脸古怪地看着她。

“你还好吗，小俏妞希希？”她问道。

“爸爸什么时候从纽卡斯尔回来？”南希心形的脸上没有表情，她的眼神洞穿了凯特琳的灵魂。

凯特琳感到一丝凉意，她刚才就有点担心会这样。凯特琳希望南希像乔尔一样左耳进右耳出，然而南希并不是这类人，她更像帕特里克。

“他还不知道。”她轻声说，仿佛这并不是大事。她和帕特里克决定先不告诉孩子们，除非他们自己明白过来发生了什么事。“他有很重要的工作要做，而且因为他干得得心应手，所以需要在那儿多待一段时间。你吃早餐了吗？你穿好衣服了吗？”

“没有。”刚才凯特琳在处理乔尔只做了一半的作业时，南希就开始打扮自己了。她选了一条跟凯特琳近似同款的羊毛裤袜，不过外面又套了一条粉色花瓣型的蓬蓬裙，上身穿着她的圣诞针织衫，衣服前面缀着一个毛茸茸的雪人，眼睛像她爸爸。凯特琳心想，时尚品位像她妈妈。

已经八点一刻了，早晨的时间都去哪儿了？不过她绝不会向帕特里克的时间表低头认输。那张表压了塑料薄膜，是用磁铁吸附在冰箱上的——他有一个“有用的”养儿育女小招数，凯特琳的妈妈林恩觉得这法子妙不可言，但凯特琳觉得还不如帕特里克真的在那儿煮粥或者找运动装备来得有用。

“我们得赶快了。”凯特琳朝楼梯倾斜着身子，“乔尔，请在烤面包机里给南希放几片吐司。”她冲着南希做了一个手势，示意她举起手臂，南希乖乖照做。她的雪人毛衣下面，是帕特里克在他们伦敦圣诞游的第一天给她买的“冰雪奇缘”T恤。就在那短短的一天里，所有事情都很顺利，里尔登一家人还过得喜气洋洋。

艾莎公主在南希的胸口微笑着，凯特琳心里一紧。南希每天随时随地都穿着这件T恤，凯特琳怀疑她是借此方法幻想帕特里克还在家里。她还常常想穿着它睡觉，哪怕她明明就有“冰雪奇缘”的睡衣。这些日子两个孩子会爬上凯特琳的床睡觉，好填补帕特里克留下的空缺，所以她才知道南希有时候会偷偷穿上那件衣服。两个小小的身躯跟她蜷缩在一起，为她带来了额外的温暖，可是当那件T恤悄然无声地让她想起身边少了些什么的时候，她心里的寒意又抵消了那一丁点热气。

“这件衣服不是该洗了吗？”她问道。

南希摇摇头。“我想穿。”

“说不定爸爸可以在纽卡斯尔再给你买一件？”

南希注视着凯特琳，她此时的眼神连凯特琳的妈妈林恩都知道是“我们早就讨论过这个问题了”的意思。她俩都很为此惊奇。“那不一样，这件是圣诞节买的。”

“猫！猫——”乔尔尖叫着跑进花园，刺耳的声音穿透洗手间的窗户，凯特琳立马想象出一群受惊的鸟儿从树上四散飞走的场景。

她探出窗外喊：“喂，乔尔！小声点！”然后回过身对着南希，现在已经八点二十了。“那好吧，但这是一条室内穿的裙子，要不然今天穿格子裙？”

“我不想穿苏格兰短裙。”南希踮起一只脚开始旋转，网状的裙子跟着浮动起来，“穿那种裙子没法这样。”

“你不能穿着这个去幼儿园。”凯特琳很佩服南希的决心，但这又每一天都考验着她。有时候她感觉好似有一颗进化到更高水平的心在磨炼她，而那颗心就在一个小小年纪、伶牙俐齿的女孩体内。“这才三月份。”她指着窗外依旧阴沉的天空说，“三月就穿小仙女的衣服太冷了，你需要穿格子裙！”

南希交叉起双臂，凯特琳奋力让自己的表情保持克制，这太不像南希的做派了。平常她比乔尔更快准备好出门——她很爱去幼儿园。上学，放学，一直到睡觉她都能喋喋不休地讲着幼儿园的事。可今天早上，她像是在故意拖延时间。

帕特里克的时间表里有这一项吗？凯特琳刻薄地思考着。不，没有。帕特里克可受不了别人在穿衣问题上“大做文章”。以前由他负责的时候（星期一和星期六），他会在前一天晚上就把孩子们的衣服放到床边，容不得一丁点关于穿什么的争论。凯特琳常常裹在温暖的羽绒被里，准备好迎接大吵大闹的声音，然而从未有过，这似乎有些奇怪。

“拜托了，南希。”凯特琳听见自己在恳求，“求你了，我不想让乔尔上学迟到，我们得走了。格子裙，快换上。”

“我不。”南希扬起了小下巴。

凯特琳忽地灵机一动，想起有一本讲过这种事的书，书里随便什么内容都能说服她。只要书里有，那就是毋庸置疑的真理。“那个脚趾头被冻成蓝色的小女孩是怎么办的？她穿上了厚衣服，不是吗？”她劝诱式地微笑着，“然后她的脚趾头就变回了粉红色。”

南希低垂着下巴，凯特琳看见她的眼神像是被吸引住了，转瞬又滑到了别处。“不。”她说，这回的声音微小而稚嫩。

“什么？”以前从没发生过这样的事，“哦，拜托，你不希望你的脚趾头像贝蒂一样变成蓝色，对吗？书里发生了这种事——那在现实生活里也有可能发生！”

南希的目光变得暗淡，她还没来得及回答，只听见如雷贯耳的脚步声震颤着楼梯，乔尔端着一盘吐司推门而入。

“快一点。”他一边催，一边把吐司塞到了南希面前。他在上面刷上了大量的黄油和厚厚的一层能多益①——南希的最爱。他自己的嘴上也沾了厚厚一圈。凯特琳也不在意，反倒是注意到了乔尔竟如此关

① 著名巧克力榛子酱品牌。

心自己的妹妹。他一直以来都很照顾南希，不过自从帕特里克搬出去之后，她愈发察觉到这一点。乔尔会检查妹妹的鞋带，要过街时牵起她的手。凯特琳为此感到无比骄傲，仿佛她独自带乔尔的那四年并不像她妈妈暗示的那样如同一场灾难。

南希盘腿坐在马桶上，像一只闷闷不乐的小精灵。

“你不能穿这条裙子，南希。”乔尔就事论事地指出，“外面太冷了，花园里全是霜，而且我们得走去学校。”他浮夸地冲着凯特琳叹了口气。“为什么我们不能坐车？”

“因为这儿离哪里都很近。”凯特琳轻松地说，“这就是这栋房子的好处！也是为什么我外婆琼会喜欢这里的原因，这里前所未有地方便。”

其实琼喜欢这里只是因为1983年的时候，作为一个没什么钱的中年寡妇，她也只买得起这栋房子，只不过如今的克利夫顿[①]已经今非昔比。

“那祖婆婆上过我的学校吗？”乔尔靠在门框上，吃起了一片吐司。显然只要有能多益在手，他不在乎迟到与否。

“没有，她的学校在伦敦。”凯特琳说，“海格特。”

“什么时候？维多利亚时代吗？”

他们说话的时候，南希最后再转了一圈，从盘子上抓起一片吐司，溜出了洗手间。

“不是！是在……”凯特琳飞快地算了一下。她的外婆度过了一段愉快的寡妇时光之后，在八十二岁的时候，也就是七年前去世了。凯特琳大学毕业的那年夏天去了格拉斯顿伯里，而回来之时，已经不知不觉地踏上了单身妈妈的新生活之路，家里人听闻此事，唯有琼没有大惊失色。“六十年代的时候情况更糟。”琼一边跟她说话，一边为她及其匆忙购置的二手婴儿衣服腾出一间空房，“好像你妈妈那一辈人都以为我们是在醋栗丛里捡到他们的。”

“是在什么时候？”乔尔扬起了眉毛。琼对他而言，就是弗洛伦

---

① 布里斯托的一个区。

斯·南丁格尔[①]、埃米琳·潘克赫斯特[②]以及其他任何历史人物的合体，总之取决于他正在学校里上哪门课。

“她是在战争年代去伦敦上学的。”凯特琳说。

“第一次布尔战争[③]吗？”

“不是，是第二次[④]的时候。那时有空袭，还有食物配给。”

“那你为什么跟祖婆婆一起住，不跟外公外婆一起住呢？”

“因为你外婆在……呃，她在工作，没法帮我照顾当时还是小婴儿的你，但你祖婆婆可以。”凯特琳已经给乔尔讲过很多次这个故事，可他还是喜欢听。她偶尔会提醒自己乔尔已经这么大了，她其实可以慢慢展开一些细节，让他去领会其中微妙的区别，比如你搬去和你外婆住，其实是因为你妈妈还在“逐步接受现状”，她打包好你的个人物品放进那辆几乎全新的大众波罗里，这辆车是因为你高考全A他们送你的，他们还附带在本地报纸上刊登了一条祝贺广告。不过后来生孩子就没这种广告可看了。取得艺术史学位也没用，因为那明显就是所有错误的开端，毕竟念工程学或者现代语言学可不会让你意外怀孕。

“后来祖婆婆去世的时候把这房子给你了，就是她临终躺在床上的时候！”乔尔很喜欢惨烈的细节，“然后我们就能住在这里了。”

凯特琳轻抚着他的头发，虽然是刺猬头，发质却依旧柔软——这是乔尔身上她不愿松开的最后一丝孩子气。

“没错，她希望我们能在她家里开开心心地生活。后来我遇见了你爸爸，然后他搬来跟我们一起住，再后来南希出生了。”

“而现在只剩下你和我，”他继续说道，“还有南希了。”他努力笑了笑，但凯特琳看得出来他只是硬生生抬了抬嘴角。这是他们学校戏剧社教他们的“别人坐在大厅最后也能瞅见”的笑容——他这样

---

① 世界上第一位护士。

② 英国女权运动代表人物。

③ 1880 年至 1881 年，英国与在南非的荷兰人后裔布尔人之间的一次小规模战争。

④ 1899 年至 1902 年，英国与布尔人为争夺南非领土和资源而进行的又一次战争。

是想让凯特琳感觉好受一点。她的嗓子有些干涩，她抓起乔尔的两只小手，那上面还有他做作业时染上的墨水印。

“乔尔……”

她凝视着他忧心忡忡的脸。我应该告诉他。她心想，我应该直接撕下伪装，说：“爸爸不会再回来了。”但要怎么说？你要如何才能说得出口？总之，她决定，等到帕特里克在的时候就说。他才是一切的始作俑者。

凯特琳费心费神地不告诉两个孩子任何坏事，小到金鱼真实寿命，大到飞机不幸坠机，这已经让她穷于应付。书上总说向孩子解释父母分居是件易事，但当你面对着自己的孩子，看着他们完美而满怀希望的脸上投射出与自己同样的目光时，就不会那么容易了。她想说：“真的很对不起，都是我们不好，不是你们的错。”但她知道他们不会听到这番话，她发自内心地不愿向两个幼小的灵魂坦白自己的失败，他们需要相信自己的爸爸妈妈足够强大，能够为他们遮风挡雨。

外婆，我真希望你在这里。她紧握住乔尔的手想着，努力不让心里的害怕流露出来。琼向来都无视所谓的失败，她不在乎生活有时将你带上一条意料之外的道路。琼是唯一没有说过凯特琳应该“重新开始”的人，因为平心而论，她也是唯一不明白为什么凯特琳需要重新开始的人。凯特琳从未像现在这样想念她的外婆。如若真要离开外婆，离开外婆的家……她真的无能为力。

乔尔伸手摸了摸她的嘴唇，她也强行挤出了一个毫无说服力的微笑。

“别难过，妈妈。”他悄声说道，凯特琳调动起全身每一寸的自制力让自己忍住不哭。圣诞节之前，乔尔为了表现自己满了十岁更加成熟，便不再叫她妈妈，但伦敦之行过后，他又开始叫了。凯特琳逼迫自己的嘴角再上扬了些。

琼如果在这里的话，会说什么呢？还是去寻找积极的方面吧，单身抚育孩子确实有积极的方面。她可以自定规则，不必围绕纪律问题同帕特里克吵架。他们可以在早餐、午餐、下午茶的时候随心所欲地吃能多益。她再一次有了寻找幸福的机会。而这对她的孩子们来说，只会是百利而无一害，不是吗？

“怎么样？”

南希出现在洗手间门边，双手叉腰，总算是穿上了她的红色格子裙，以及另一件圣诞针织衫。

“我准备好要出门了。”她带着责备的语气大声说道，“你们准备好了吗，妈妈？”

凯特琳看了看表——帕特里克搬出去之后她才开始戴的。八点半了。他们绝对要迟到了，哪怕学校就在这条路上。

但她突然觉得，眼下便有机会将迟到转化成积极的事：他俩的童年就这么一次，我们干脆去冒险吧！

她把手腕递到乔尔眼前，他眯起眼睛看着表——他才学会看时间没多久。

“我的妈呀，八点半了。”乔尔说着又唱起了琶音，“迟到了，迟到了。八点半了，凯特琳迟到了。”

“要不然我们今天都不去上班上学了？”她睁大了眼睛，“要不然我们坐公交车去……动物园？好吗？我们逃跑一天！玩一天！”

乔尔叹了口气。“但今天要学罗马历史，妈妈，而且南希他们要去森林一日游。”

“哦，是吗？”凯特琳全然忘了森林一日游的事，“那你还打算穿你的仙子蓬蓬裙去森林？这才三月份。”

“森林里的仙子就是这么穿的啊。”南希说道，毫不掩饰自己觉得凯特琳是在明知故问的表情，“比如花仙子之类的书里就是那么写的。”

他俩看着凯特琳，眼神和帕特里克如出一辙。一个是天生就有的，一个是后天养成的。

“好吧。”凯特琳叹息着说，“那我们还是去学校吧。”

乔尔一到操场，就像一颗戴着红色兜帽的弹珠，“砰”的一声被弹进了弹球机[①]里，里面满是又跑又叫的小孩。凯特琳和南希转过拐角往幼儿园方向去。凯特琳走着，而南希一边蹦蹦跳跳，一边给树上的鸟儿和15号围墙上等她的白猫道早安。

走在路上的时候，凯特琳的手机震动起来——是她妈妈林恩照常从办公室打来“了解近况”的，也就是一连串的询问，外加养育孩子方面的好心建议——但凯特琳挂掉了电话，转头看着南希，端详着她上下晃动的耳罩和飞舞的手指。

这样的日子不长了，她心疼地想着。九月份南希就会在乔尔的学校开始上学前班，然后凯特琳便会有好几个小时的空闲时间可以自由支配，但每天就不会再有跟这两个小大人一起的特别时光了。南希和乔尔在一起时很好笑，像是一出“行走的二人转”，但是乔尔浮夸的本性让南希越来越难插话。凯特琳知道自己会很想念跟女儿每天早晨的聊天，听她分享她缤纷多彩的心里那个妙趣横生的世界。

“我应该告诉你我今天要做什么吗，南希？”凯特琳说。她们天天早上都是这样——凯特琳在咖啡厅工作，南希会细致入微地问她店里的各种蛋糕，还会问到老顾客和员工的事。

南希放下在墙上弹来跳去的手，转过身，点了点头。

“我要做三明治，给星冰乐打泡沫。”凯特琳说着说着，再次被震动的手机打断了。屏幕上又是林恩的号码和头像——深色的眼睛、金属框架眼镜、干净利落的灰色波波头。凯特琳心里一沉，难道她妈妈心灵感应到她跟帕特里克出了问题？林恩天生就有这样的本领，她工作的职责之一就是防患于未然。凯特琳决定待会儿再回拨过去，等她手头有咖啡可喝，脑子里有了更多点子来应对她。

“然后……”凯特琳继续说，“我可能还会切黄瓜，我肯定要煎香肠，然后烤小青瓜。”

她顿了顿，等着南希说她常说的那句：“是青小瓜，不是小青瓜！”然而南希已经走到了那只白猫身边，全神贯注地盯着它粉色的大耳朵。

“我肯定会带蛋糕走的。”凯特琳走到南希身后，轻轻在她头上

---

① 一种弹珠被发射至斜板顶部然后自由滚落的游戏。

吻了吻，“你希望我下班的时候看看有没有卖剩下的蛋糕吗？”

南希使劲点点头，猫一溜烟地蹿下了墙。

“你要什么颜色的蛋糕？”南希朝她伸出戴着连指手套的小手，凯特琳将其紧握在自己的红手套里，“胡萝卜色的还是黄色的？”

南希停下脚步，示意凯特琳俯身。

“胡萝卜色的！”她煞有介事地对着凯特琳的耳朵低语，仿佛在说一个秘密。

“好。”凯特琳说。奇怪的是南希一路上居然没有唱歌，不过可能她是在玩游戏吧。圣诞节的时候，林恩教他们玩了“你来比画我来猜”的游戏。乔尔本来就倾心于任何能让他甩开手脚演戏的东西，于是至今沉迷其中不能自拔，甚至常常一口气就指手画脚地演上几个小时。南希常常模仿乔尔，虽然她自己也不完全明白她模仿的是什么。

可是南希不唱歌了真的很不寻常，凯特琳心想，而此时的南希蹦跶着往前去了，帽子上的耳罩弹上弹下。平日里，南希的注意力就像是鸽子一样四处扑腾，她又甜又高的声音会随着一个又一个出现在她面前的新奇观而一刻不停。每天她都会说出一些奇思妙想，让凯特琳十分惊喜自己竟生了个这般聪明的小生灵，她眼里的世界有趣而新鲜，她说的话不知是从何而来，又没有人教过她。跟南希在一起，感觉一切都轻松自在。乔尔一直都是个忧心忡忡的孩子，说话慢吞吞的（哈哈！想不到吧），不过南希没完没了、亮点频频的话语，让凯特琳感觉好像自己也算不上是个没用的母亲。

阴云忽然压在她心头。我要尽快告诉他们帕特里克这件事。她心想，一起说，我们要一起告诉他们。

“这就是你今天的愿望吗？一个胡萝卜色的蛋糕？”她们快到幼儿园了，凯特琳俯身紧握南希的手，“你要是想的话，可以再说一个愿望。”

能多许一个愿望——这是伦敦之行时那个许愿游戏的翻版——并没有让她欢呼雀跃，她摇了摇脑袋，耳罩也随之摆动起来。

“你说吧，你可以许愿……快点下雪呀。”

南希皱起了眉头。

“哦，好吧。”凯特琳错愕地直起身子，然后看见幼儿园的园长谢利站在操场上。她朝谢利挥了挥手。“快看，谢利在那儿！她戴着一顶跟你一样有耳罩的帽子！南希？”

南希一边低头看着地，一边用黑色皮鞋尖刮着路上的一块污迹。

“小心点，南希，你会磨坏你的鞋的。”凯特琳拽了拽她的手。帕特里克觉着一个活泼好动的四岁小孩穿皮鞋不合适，但是凯特琳却记得自己在和南希一个年纪的时候，是多么迷恋自己亮晶晶的鞋子，于是她编了一个善意的谎言：其他无聊的实用材质没有南希的鞋码了。

南希没有作声。

“南希，你准备好进去了吗？我现在要走咯。”

南希没有说话，径自投入凯特琳的怀里，紧紧地拥抱着她，她的脸蛋埋进了凯特琳的外套里。凯特琳拥抱着她左右摇晃，南希的双脚都从地上扬了起来——一般她都会兴奋地尖叫。可是今天早上，她没有。凯特琳把她放下来，她心形的小脸神色严肃，像极了波提切利[①]画里的小天使，凯特琳随之心中一紧。

南希招呼她弯腰，好让她自己的嘴跟凯特琳的耳朵齐平。“放学的时候你会来这里接我吗？”

“当然啦，小俏妞希希。”凯特琳说。出什么问题了吗？“我会带蛋糕来的，我保证。”

南希抿起嘴。“我爱你，妈妈。”话音刚落，她就跑了进去，带着凯特琳心上的一块碎片离开了。今早的离别时刻会融进凯特琳的心里，成为她心房里的又一幅拼贴画。

凯特琳硬生生做出一个开心的表情，然后挥了挥手，转身快步走上主路。每天早上常有的感觉又向她袭来：离开南希的伤感，夹杂着愧疚的宽慰感——她这一天的成年人时间终于开始，不会再有她答不上来的问题，不会再有远处东西摔碎以及随之而来的拌嘴声。

对了。她心想，我今天要干什么来着？每天到这个时刻，凯特琳

---

① 欧洲文艺复兴早期的佛罗伦萨画派艺术家，代表作有《维纳斯的诞生》《春》等。

就不得不奋力压制住点上一根烟的强烈欲望，因为她总算是可以抽了。不过她没有。

就一件事：确认一下周末把孩子们带去伊娃家的安排。

我希望她会找人临时照看一下巴哥。她心想，旋即又觉得不太好。叫一个寡妇把她仅有的两个伙伴送去狗舍不太合理吧？应该是，而且这会让帕特里克再逮到一个说她不愿意配合的证据。

她摇动着手提包，想象着周末碰面时的气氛会有多紧张——又得看着两个孩子，又得跟帕特里克和伊娃说话。他俩都不是会扯闲话的人，而且伊娃的家又属于那种极简主义设计师的梦想之作，两个孩子分分钟就能将其彻底摧毁。她发现去没有孩子的人家里颇有压力，不是因为会有赤裸裸的插座和装饰品，就是因为果汁洒了，或者孩子们童心未泯，到处乱跑，这时你会倒吸无数口凉气。

说不定那里还会有一架钢琴。凯特琳心想，越想心就越沉。像米克这类老派演员往往都会有钢琴，不是吗？上面摆着一大堆相框，但又从来没人弹。可以说没有人能拦住乔尔去碰那架钢琴。他已经找了佛莱迪·摩克瑞[①]站在钢琴上弹琴的视频来看，这还不止……天呐！

此外，她还得跟帕特里克坐下来，商讨一番要以何种适当的方式告诉孩子们他们离婚了。

帕特里克的脸闪过凯特琳的脑海——那是调解结束后，他要返回纽卡斯尔时抛给凯特琳的表情，他当时在竭力压制着内心对于她、对于他自己，乃至对于一切的失望。他俩无法再跟彼此多生活一天，不过奇怪的是，凯特琳如今反而更容易察觉到他不在身边，要知道从前帕特里克工作的时间就很长，所以她实在有些始料未及。帕特里克不在了，感觉整个房子都变得不对劲：变得脆弱难当，无人守护。她的床顿时变得很大，沙发也变得很空。他们的婚纱照还挂在墙上，因为若是取下来，则势必会给孩子们一个信号——也会给她自己一个信号——一切都彻底结束了。

可是确实都已经结束了。凯特琳一面告诉自己，一面把包吊在肩

---

① 英国音乐家，皇后乐队主唱。

上，你无法跟一个坚信你完美无缺的人生活在一起。没有人绝对完美。为了不让帕特里克失望，你总是如履薄冰……然而这根本就行不通，哪怕你拼了命地想活成他心目中所希冀的“我们”的样子。

凯特琳凝望着前方，想到很多事情她原本可以用不同的方式妥善处理，忽地又一次心情沉重。可能真正令人难以置信的就是，帕特里克居然固执地坚信了那么久，她一切都如他所想吧。

凯特琳工作的咖啡店就在街道尽头，整条街都是来来往往的办公室上班族，也有少许结伴的老人慢悠悠地逛着商店。一个从萨迪厨房买了一杯咖啡的女人跟凯特琳擦肩而过，于是她加快了脚步。

走过六家商铺，凯特琳在一家酒水贩售店外停了下来，看着送货卡车的后视镜，补她的粉色口红，就在此时，有个什么东西——确切地说是一个人——抓住了她的目光。凯特琳僵住了，手里的口红停在半空中。

那是他吗？穿着深色短裤和红色运动鞋，在街对面跑步的那个人？

她站直身子，下巴差点磕到后视镜。那个人已经跑远了，凯特琳只看得见他的后脑勺，金色的卷发上压着一顶柔软的针织帽。顺着一双大长腿往下看，他的小腿因为经常跑步而强壮结实。他的步子依旧熟悉——大步流星、毫不费力，她已经无数次见识过这种技巧，甚至能在一百个慢跑的人当中一眼就认出来。

就是他——李。凯特琳感觉有一只无形的手抓住了她，将她向上举起。她仿佛站在无限可能的边缘，道路突然朝向四面八方延伸展开。

那个人在路边停下脚步，左右张望了两次来往的车辆。尽管他朝着凯特琳的方向瞥了一眼，可他没认出她来。随后他便沿着马路接着跑步，最后转过了街角。他从视线里消失掉几秒钟之后，凯特琳仍旧缓不过神，也透不过气。

直到这一刻她才想起来。一切都将改变。一切也必须改变。而这一次，她将视之为一件好事。

遇见亚力克斯

伊娃先前抵达了位于皮卡迪利街的帕丁顿车站，从出租车上下来的时候，她在沃尔斯利咖啡店的窗户上瞄见了自己的身影，直到此刻，她才终于搞清楚那种一直折磨着自己的感觉是什么——那是她多年以前的恐惧：穿错了衣服。

伊娃灰心丧气地看着她中年模样的倒影。为什么来伦敦跟人吃午餐穿了一件风雪大衣？她的大脑给出了一个毫无帮助的答案：因为这种衣服有一种北欧神探的气质，在朗汉普顿很时髦。其实在朗汉普顿，任何不是摇粒绒做的衣服都称得上时髦。然而腿上这条牛仔裤，她就找不到任何借口了。这个世界是从什么时候开始不穿紧身牛仔裤的？她穿这条裤子又是从什么时候开始显得这么……皮包骨头的？更糟的是，她此时束手无策，因为已经 12 点 50 分，罗杰肯定已经在咖啡店里了，坐在米克常坐的位置上，打着电话，默默吃掉一整篮餐前面包。

透过咖啡店的窗户，伊娃看见办公室白领们排队等着买卡布奇诺，他们都比她穿得好看，一个个有备而来，衣服裹挟着满满的自信。真是天大的讽刺，她离职之前，刚好给“从鞋开始”的网站监制过一条病毒式营销广告，其情节跟她此时此刻的情形如出一辙：一个要去参加派对的女人不知所措，花容失色，结果只用了“从鞋开始”这个献计献策的网站和一张信用卡，她就成功蜕变，焕然新生。“轻轻一点，秒变潮人”，最后以两个人接吻收尾——还有一条铅笔裙，和一个吹风机。注意，那可是十年前的广告了。谁知道你现在需要的是什么呢？一剂全脸瘦脸针和一个……一个……

一个什么呢？伊娃发现自己也说不上来。

皮卡迪利街的尽头延伸过去是骑士桥街，她漫不经心地望了望那条街上的商店，很清楚其实自己也不知道该去买一件什么“必需品”，尽管她确实也有时间跑过去看看。在前几年的某个节点上，她跟时尚分道扬镳，虽然她订阅的英国版 *Vogue*、美国版 *Vogue* 还有 *Porter* 仍旧会一本又一本地砸在家里的地板垫上，但她再也没抽时间去看过。真相就是，她不再需要关心风向和潮流——不管她穿什么，米克都爱，况且黑衣服粘上狗毛未免过于显眼。其实她还是有很多衣服的，美轮美奂的衣服，但那些衣服只属于从前那个出入格子间办公室和健身房的都市女孩。连伊娃自己都不知道她现在的身份到底是什么。不做商人，不当人妻，不为人母，不是……一个有任何特殊身份的人。

她深吸一口气，然后挺直了身板。罗杰七十岁出头，是个极其传统的律师。他不知道风雪大衣和普拉达有什么差别。而且，说不定伦敦东部的某个时尚编辑也正穿着这样的大衣，只不过还会混搭一双橙色布洛克皮鞋和一顶圆顶礼帽。所以她可能还真走在了潮流尖端。

“喂，贝姬！贝姬！”

窗户的倒影里有什么东西在动：街对面的星巴克旁边有一个男人在挥手。一辆黑色的出租车经过，挡住了他的身影，紧跟着又来了一辆双层公交车。等到车辆双双驶过，他还站在那儿傻傻地挥手。他穿着一件常人更冷的天才会穿出来的灰色粗呢大衣。

男人这么穿倒是没什么关系，伊娃心想。他们什么衣服都穿，而且想穿多久穿多久，然后大家还会说：“啊，真是别出心裁。”

伊娃犹豫不决，思考着自己还有没有时间去买杯浓咖啡，好让脑子运转起来，结果她又听见那个人大喊：“贝姬！这边！”这一次她忍不住转过身去。他厚厚的浅棕色头发被梳成了一个松软的背头，他戴着一副莫里西[①]那样的时尚眼镜，伊娃还看见了他大大的微笑，哪怕隔着伦敦四车道的马路也看得一清二楚。贝姬真是可怜，伊娃心想，她肯定是躲在了某个邮筒后面。

---

① 英国八十年代摇滚乐代表人物。

已经12点55分，喝咖啡有点太晚了，她决定补一个鲜亮的唇色抢救一下自己的妆容。以前好几次夜间航班过后，唇彩及其神奇的润色效果就帮过伊娃一把，它会展现出你没有彻底放弃的决心。

伊娃站到咖啡店前的角落里，拿出粉饼盒，准备再上一层唇彩，这时她突然感觉到有两只手拍了拍她的肩膀。她警觉地转过身，一只手飞也似的把住自己的包。她的发丝粘在了黏黏的嘴唇上，她想走开，结果却撞上了厚玻璃窗。

“哎哟！”伊娃的肩膀从窗户上弹开，她瞄见店里一个穿蓝色西装的女人目瞪口呆。风雪大衣唯一的好处就是里面的填充物够厚实。

“贝姬！你是故意不理我的吗？还是说你戴了耳机？”就是他，那个男人。他离伊娃近得能看清他鼻子上的雀斑。他貌似没有刚才隔街相望时伊娃预想的那么年轻——可能已经三十好几了吧——伊娃一把将他推开，他失去了平衡，当他发现自己认错人时，一个卡通人物式的震惊表情凝在了他脸上。

“你究竟想干吗？”伊娃喊道，“走开！”

“天啊！实在对不起！”那个男的睁大了眼睛，踉踉跄跄地往后退，撞上了两个往咖啡店里去的女人。她们个子高高的，一头金发，提着几个邦德街的购物袋，属于那种伊娃每天从早到晚打了十年交道的女人。尽管伊娃自己也错愕不已，但看见她们怒目瞋视着那个趔趔趄趄的男人，她也不由得为之捏一把汗。

“等一下！对不起！对不起！天呐，真的很对不起。”他先是对着她们说，然后又对着伊娃说，迷迷糊糊地转来转去，不知该先给哪一方道歉为好。他满脸通红，然后又跌跌撞撞地避开来往的游人。“我都不知道该说什么好了，我以为你是……”

“贝姬。”伊娃说。她的心还在咚咚直跳，可他摇摇晃晃，傻里傻气，跟在演闹剧似的，实在让她感受不到任何威胁。“我不是贝姬。”

“对，我现在知道了，真的很抱歉！”他取下眼镜，然后用一块手帕擦了擦，“对不起，我平时用的眼镜弄丢了，这一副是以前的。我并不是想找借口……”他重新带上眼镜，然后直直地凝视着伊娃。他圆圆的棕色眼睛很温柔，乱糟糟的眉毛镶在镜框下面，两根眉毛因为羞愧几乎要连在一起了。“是因为你的外套。我有个学生有一件一样的，我真的以为你是她。我真是个傻瓜。”

伊娃已经多年没有听到过“傻瓜”这个词了。

“我喜欢你毛茸茸的兜帽——有点……因纽特人的气质。”他在他脑袋边上比画了两下，然后说：“你没有受伤吧？我真的不是故意那么抓你的。求你不要起诉我人身攻击！”他不假思索地伸出一只手，旋即又有意识地缩了回去。“对不起，对不起。”

“没关系。”伊娃扬起一只眉毛，“你找不到那个叫贝姬的人了？”

“算是吧。她这个时间应该待在英国电影协会档案馆里认真做研究，但话说回来，其实我也应该。”他略带歉意地笑了笑，然后皱起了眉头，“哦。你那里有一点……”他冲着伊娃的脸比画了两下，仿佛想要直接上手，但又不想让情况更糟。

伊娃伸出手，在脸上摸到了唇彩。“该不会我脸上到处都是吧？”

“对，不好意思，你用这个擦一下吧。”他拿出他的手帕，“干净的。”

伊娃也没带自己的手帕，于是便接了过来。他的手帕闻起来有才洗过的味道，比她料想的要好。“谢谢。”

伊娃面向窗户检视自己的倒影。玻璃的另一边，咖啡店里好几个人都在盯着他们看，然后又猛地假装对自己手头的饮料突然有了兴趣。

她擦拭着自己的脸。好吧，至少她现在跟安娜有的聊了。安娜经常善意地催她去跟路人甲搭讪，“这样才能重新融入大环境”。但安娜其实坚信现实中的人会在画廊里邂逅他们的一生挚爱。在皮卡迪利街的一家咖啡店外面，被一个穿着粗呢大衣、旷工在外的呆子老师粗暴地推搡，安娜肯定想想都喜欢得不得了。她可是为了得偿所愿读过了不计其数的书。

伊娃转身看见那个男人正眯着眼睛看着她。其实，说他是呆子有点太嘴贱了。他长得也不难看，可能是因为背头还不错，属于那种听独立音乐、打板球或者喝茶时会梳的背头，而不是摇滚乐手那种。就是更像克里夫·理查德，而不是猫王。“你听我说，我希望你不会觉得我这话很蠢。”他说道，“但我真的没在哪里见过你吗？”

“应该没有吧。”一听这话，伊娃起了戒心。有时候人们的确会因为见过几张她跟米克的合照而认出她。她正了正大衣，尽其所能端起自尊。“不过很谢谢你把我认成一个学生，我很开心。”

“贝姬其实是个大龄学生。”他补充道，然后立马又改口，“我的意思是，她其实三十岁了。”他皱了下眉头，又纠正了一次，“但是她还是很漂亮。啊，不是‘但是’，我不是说……”

伊娃举起一只手。“那就别说了吧。”

那个男人捂住自己的脸，叹息了两声，然后隔着手指说：“我跟你发誓，我平时没这么笨。”

“你是指说话还是行为？”

“两者都是。”他取下眼镜，揉了揉眼睛，然后直视着伊娃。没了眼镜，他的双眼看起来年轻了不少，也更闪亮了些。“其实说真的，我确实很笨。我能买杯咖啡给你以表歉意吗？”

“然后你就可以泼在我身上了？还是别了吧。”伊娃顿了顿，还不想结束对话，“我约了人吃午饭，快迟到了。希望你尽快找到贝姬。”

“我也希望。”他顿了顿，然后又在完美的时间点干巴巴地加了一句，“今晚表演的票全在她那儿。”

这一刻就这么悬在空气里，两人都试探性地笑了笑。伊娃突然感觉心里有些许悸动，她很清楚要是没约人吃午饭，肯定会同意这个人买杯咖啡道歉，哪怕他弄洒了也无所谓。一个明晃晃、亮晶晶的泡泡在她心头飘了起来。只要她想，这前所未有的感觉便可以将她领去一条神秘的道路。伊娃任由那个泡泡盘旋在心里，惊讶于自己竟会生出这般感受。而后泡泡破了，消失不见。

伊娃应该去跟她亡夫的律师兼好友吃午饭了。

那丝悸动久久没有褪去，反而在她胸腔里高声嗡鸣，在她皮肤上缓缓流淌。伊娃已经不记得自己上一次有这种感觉是在什么时候了。

哦，等等。她记得。就是她在慈善商店偶遇米克的时候，当时他正要扔掉一大袋谢里尔的衣服，为自己崭新的开始腾出空间。

米克。她的米克。她的一生挚爱。

伊娃绷着嘴匆匆地笑了笑，然后礼貌地道了再见，尽力不让目光碰上他棕色的眼睛。她踩着自己土里土气的靴子转过身，走进了咖啡店。

罗杰·兰塞姆挤在角落里，那是米克从前常坐的旧桌。他四周全是报纸，旁边还摆着一个空酒杯。一只手握着电话，一只手扶着额头，满是皱纹的脸上又是一副几近不耐烦的表情。

他抬头看到伊娃，立马三两句话结束了通话，吊着大眼袋的双目亮起了十足的喜色，看得伊娃瞬间忘了自己其实穿得像个帮人养狗的保姆。“亲爱的，”他说着站起身，桌上的瓷杯随之摇晃，“见到你真是开心。”他把伊娃揽进怀里。弥散的古龙水味，剃得干干净净的脸庞，霎时间，伊娃感觉这个世界也并没有那么黯淡无光。

罗杰跟米克从小学起就是朋友。他白手起家，最后成为名人律师，高价为人提供建议，确保万无一失。不管伊娃遇上任何事，罗杰都能让她感觉好些。米克弥留的日子里，伊娃很不好受，唯一能舒坦些的时刻，就是罗杰的捷豹车隔天六点钟就会在屋外响起，然后他虎背熊腰的身躯出现在家门口，公文包和大衣拎在身后。伊娃会绝望地对他提出种种问题，可他都会逐一解答，在这一小时的时间里，家里令人窒息的阴霾都烟消云散。不过等他走后，阴暗又卷土重来，将伊娃和巴哥团团包围。

罗杰握着伊娃的手臂，仔细端详着她。“你怎么样，伊娃？我们最近都没见上面。洛兰很担心你，你连圣诞派对都没来！”

“抱歉，我当时不在。我挺好的，真的。”伊娃坐下身，避开了他的目光。“挺好的”不过是脱口而出的答案。她的真实状态——没精打采又焦躁不安，形单影只又抗拒陪伴——真的很难解释，总之，她自己都不确定她怎么了。只是她终于接受了有些事已经结束，但似乎又无法开启新的生活。

“反正能再见到你真好。”他说，“米克要是知道我上次带你出去吃午饭是什么时候的事，肯定会大发脾气。你是换电话号码了吗？”

“没有。”她把包塞到椅子下面，笑了笑，“我经常出门，遛遛狗，或者……打理一下花园。”

罗杰看了她好一会儿，和从前一样，伊娃在想他在思考些什么。多半是因为我的衣服，她想。这是罗杰会注意到的东西：穿错衣服。也就是一个人不太在状态的表现。

“我脸上有唇彩吗？”她突然问道，“我进来的时候不小心撞到了人。你不用担心，我还没开始不修边幅……”

罗杰哈哈大笑。“我刚才是在想我们几个都在这里的时候，真是美好的日子。我们开吃吧。”他摩拳擦掌地说，“我可没法空着肚子聊天，你看起来也是想要饱餐一顿。”

他们有吃有喝——罗杰查看了一番他日志里记下的补心饮食计划，转眼就默默无视掉——伊娃也开始放松下来。回到米克以前常来的地方难免苦中带甜，她回想起他们在此共度的许多个长夜，打车回家一路飞驰，二人谈笑风生，或是跟风趣的友人坐在一起，接连讲述各自的故事，激动人心。伊娃满脑子都是一张张熟悉的面孔，一开始都很陌生，后来又一切如常，嗯，还算如常吧。

服务员端来咖啡的时候，罗杰歪了下脑袋，粉色的头皮和太阳穴边松软的白发泾渭分明，他的气质像极了一个穿着细条纹西装的罗马神明。他抿起嘴唇，仿佛是在思考如何措辞。“你听我说，”他说，“我不希望我们俩哭，但我们必须聊聊米克的事。”

“我就知道事关米克。”伊娃说，“你说你得跟我面谈，而不是打电话，是跟遗嘱有关吗？”

“有点儿那意思，反正不是什么坏事，别担心，是一件……你可能还会很感兴趣的事。你还记得米克过世之前几天，我去过你家吧？”

伊娃点点头。“你的所作所为，我真的一辈子都感激不尽。我们从机场坐车回来，下车之后的事我几乎都不记得了。当然，我记得来了一辆救护车，但是……”她已经说过好多次这件事，不过只是在重复着别人告诉她的细节。她的记忆一片混乱。假日时光、惨重的车祸、蓝色的闪灯、送医检查、深表同情又实事求是的医生，回家，然后……米克走了。一切都发生在短短的十天之内。感觉就好像时间骤然收缩，而她需要尽可能多地将最后关头的细节塞进脑子里。但她却只记起了一些细枝末节的东西——朋友送来一排排花束，码在门口的盒子里逐渐枯萎，医院床单散发出来的味道，电话铃声不停地响啊响。

“伊娃，那真的微不足道。”他把手伸到桌上，拿起伊娃的手，

“我真的很希望我还能帮上更多的忙。那些跑来趁火打劫的人真可恶。不过一个人活成米克那样，报纸就是喜欢写你。你懂的，他有三段婚姻！四段工作经历！”

她眨巴眨巴眼睛，那不像是跟她结婚的那个米克。罗杰之前又是发警告，又是拉关系，让她免受影响，可还是没能阻止报纸上出现一些更加耸人听闻的故事，反正至少据她所知，统统都是胡编乱造。

“他没在遗嘱里留一些很疯狂的事让我去做吧？”伊娃只好继续说着。她的心沉重起来：她一直以为米克的遗嘱很简单，没有像赫尔克里·波洛[①]那样要求一大家子人都到客厅听候宣读。“我之前确实想过，是不是你让米克不要来一些戏剧性的转折。该不会尤娜和谢里尔想争房产吧？”

“不是，不是，房子是你的，亲爱的，肯定是你的。”罗杰敲了敲手指，“我要说的完全是另一码事，不过她俩恐怕确实也牵涉其中。你知道米克会写日记吗？”

“他说他需要记录生活中最美好的故事，免得以后像我妈妈一样患上老年痴呆症全都忘了，或者老了需要挣点钱来花了。”

要是我神志不清了，我可不希望那些混蛋逍遥法外，对吧，亲爱的？白纸黑字，他们就无法否认了……

米克以前常常说这话。虽然伊娃已经开始记不清他脸上的每一处细节，但他的声音依旧萦绕在她心里。温暖和煦，带着威士忌的味道，约克郡口音，外加时不时地发笑。

“米克那晚给了我他的日记，有一整摞。”罗杰难以置信地摇摇头，“我早该知道这人写东西就跟他说话似的——一发不可收拾！他叫我保管好，还会有进一步的指示。”

原来那就是之前被装进箱子里，抬进罗杰车里的东西。伊娃还以为都是些法律文书——在认证遗嘱之前需要快速清点一下的合同、投资、账目等。然而，那些箱子里竟然装的是米克的私人想法，而他居

---

① 阿加莎·克里斯蒂所著侦探小说中的主人公，如《东方快车谋杀案》《尼罗河上的惨案》等。

然把这些交给了他的律师。为什么不交给伊娃？“什么意思，进一步的指示？”

“他什么都没跟你提过吗？”

“没有。呃，他留给我了一张清单，上面写着希望我在他走后去做的事情，但是没提日记的事。”

“他让你去做什么？”罗杰顿了顿，“要是太隐私了就不必说。”

伊娃耸了耸肩。她不想去想米克写给她的清单，还有那些吗啡镇痛之下勉强拼凑出的字句，以免自己又一次泣不成声。“哦，他让我去享受生活，去找一个让我开心的人，去照顾两只巴哥，去旅行。就是些常规的东西。”

“你都做了吗？”他温柔地问道。

“我在照顾两只巴哥。”

“那你找到一个让你开心的人了吗？”

伊娃摇摇头。“罗杰……”

“不好意思。”罗杰抱歉地笑了笑，“米克让我等两年——就像他说的：等到尘埃落定。然后我要告诉你和尤娜还有谢里尔，这些日记是留给你们的，而且已经按你们各自结婚的时段分好了。”

“哈！”她爆发出一声大笑，“就像一部有三个单元的迷你剧，他就爱这样没错。”

“确实，米克是主角，日记完全平均分配。”罗杰以其律师身份的精准操守补充道，“我知道他和谢里尔的婚姻时间最长，但是你们每个人的本数是一样的。我说‘本数’是因为他几乎都是拿笔记本写的。”

“据我了解，他跟谢里尔成天忙着飞来飞去往返美国，根本没时间写太多日记。”

罗杰从他眼镜上方投射出一道目光。“对啊，钱可不会自行挥霍一空，他俩为了烧钱还真是费了不少功夫。”

谢里尔和米克的婚姻在荧幕内外近乎一致：他们因为在一部美国巨制律政剧里饰演传统英国人而相识，然后在拍摄期间闪电坠入爱河，后来又因为购置运动酒吧损失了大笔资金。谢里尔因为参演另一部肥皂剧并且代言了美白牙膏而赚得盆满钵满，而米克因为制作了一部有关业余足球队的电影又损失了不少钱，最后两人离婚时砸掉了他们剩余的钱财。

倒不是说伊娃看谢里尔不顺眼，毕竟她第二次见谢里尔就是在米克的葬礼上。尤娜也一样，也就是米克的第一任妻子。他们两人青梅竹马，尤娜从理发师变身美发连锁店的老板娘，育有米克唯一的儿子泰森。就伊娃所知，米克跟尤娜在一起的大多数时间都忙着制作剧目，穿梭在英国大大小小的一居室里，顺带偶尔为针织开衫做做模特，而尤娜则是在为人理发，为泰森换尿布。伊娃从不会让自己想太多米克遇见她以前的生活，米克三番五次地告诉她，在他们相遇之后，他的人生犹如重新开始了一般。那才是他“真正”的人生，因为他不用再扮演别的人。

“所以说，我们究竟要怎么处理这些日记呢？”伊娃也不确定此刻她的真实感受是什么。“要看？还是烧掉？”

“这就是重点。”罗杰用咖啡勺敲了敲厚厚的桌布，“米克在世的时候，曾多次谈到要出版这些回忆，但他感觉自己不会做到诚实且公正。人们要的是八卦，你懂这个道理的。他们要的是故事，是他跟他酒肉朋友之间的各种烂事。”

“《我的四十载星途宿醉》，迈克尔·奎因著。”伊娃闷闷地说。

“迈克尔的生活真的很丰富多彩。”

直到他娶了我。伊娃心想，他的生活就归于了平静的黑白色。“但米克总是说日记是一种很私密的东西。他开玩笑说他要靠那些日记赚养老金，可我觉得他不是真心实意想让别人看到那些日记，不是吗？”

罗杰耸耸肩，“那他又是为谁写的呢？他肯定知道将来某天会有人看才对。难道有人写日记就只是给他们自己看的？”

“我确定他就是写给自己看的。”想到陌生人能够窥探米克的私人想法、他的记忆、他们的经历、她的生活，伊娃退缩了，“也许他只是打算凭借那些日记记起一些故事，他总说他要写一本小说。”

“事到如今，你应该知道当演员意味着什么。”罗杰似笑非笑，“要是森林里的一棵树倒了，而没有人幸灾乐祸地说，啊，干得漂亮，那跟没倒有什么区别？”

伊娃重重地靠在椅背上，这跟她料想的全然不同。她又一次心生戒备，有了一种想要修起高墙，将那些无权窥探他们生活的闲杂人等隔绝在外的感觉。“但是米克留了明确的指示说我们必须出版吗？真要那样吗？哪怕里面有我不希望外人读到的东西？”

“他留下的指示就是，你们三个——你、尤娜和谢里尔——要看完这些日记，然后再做决定。你们必须达成一致，出版与否由你们说了算，但是米克已经做好一些准备了。他联系到了一个出版社的老朋友，然后那边找了一个他们都很喜欢的特约编辑来做这个项目。我必须告诉你，米克为此还挺得意的，因为找来编辑他的回忆录的人是一个学者，简单说就是个教授。出版商很想推进这个项目，如果你们三个乐意，那预付费可以均分。”罗杰顿了顿，“真的是很大一笔钱，不过我也相信这不会影响你们的最终决定。”

确实没什么影响。伊娃望着桌子对面的罗杰，在脑海里描绘着她的丈夫计划这一切时的样子。大概他想着之后会有好戏上演，很是欣喜吧。“那他花了很多时间想这个？”

“想什么？”

“想我、尤娜还有谢里尔在一个房间里讨论他？想我们自爆私事会不会很兴奋？”她把掌心朝上翻着，从刚才到现在的对话都太不现实了。“我们互相不认识。米克很清楚这一点。我不想跟两个我都没怎么见过的女人讨论我的婚姻，更不用说其他毫不相干的外人了。她们会说什么？尤娜肯定不想再提起泰森酗酒被送去戒酒的往事。要是尤娜不认同他写的内容呢？要是我们三人中间有人不认同呢？”

“我很久都没预测过尤娜·奎因想要什么，不想要什么了。”罗杰有那么一刻卸下了老练圆滑的面具，但又立即收住了，“总之，一步一个脚印。我建议你先读一读米克留给你的日记，看看你怎么想。”

伊娃端起红酒杯，长长地呷了一口。不过她没注意到，杯子几乎已经空了。于是她又把杯子轻轻放回桌子的中央。“不必了。”她说，“我现在就可以告诉你，我不想看米克的日记，我也不想其他任何人看。我希望我对我们婚姻的回忆能原封不动，也希望公众对于米克的舆论能保持不变。我更不太想跟其他……前任奎因太太碰面讨论这些事。”

罗杰看着她忧愁的表情，心生怜悯。“这完全取决于你，伊娃，但要是你让我给你几句建议，我想说，摸清楚一件事永远比猜度要好。”他说，“米克打算等两年，这样你才能回首往事，去回忆那些美好时光，为他、为他写的东西而骄傲。我猜他肯定在这些日记里写了一些他以前不曾亲口对你说过的事。他确保了这些日记会由一个对他的著作感兴趣的人进行合理的编辑。米克以前让你失望过吗？”

伊娃盯着罗杰，感受到一种她已经忘却的情绪正在飞涨：被人劝说该做什么时的那种固执。这让她心里一惊。

“他其实从没让你失望过。”罗杰补充道。

只是你不见得知道罢了，伊娃心想，不过嘴上却说：“你已经把尤娜和谢里尔的给她们了？”

“等我回办公室了再给吧。”罗杰顿了顿，“说来也奇怪，约她们吃饭我就没这么热忱。谢里尔只吃谷物，只喝某些特定牌子的矿泉水，而尤娜老喜欢说我以前发量喜人，她还学着给我烫头。关键词：以前。”

伊娃不出所料地笑了，随后又沉默了片刻，因为她知道只要自己不说出是或否，那就还有的选择。好奇怪，她心想，这还是自己头一回和罗杰单独碰面。不像以前，总是一顿长时间的午餐之后，自己加入“那帮男人”一起喝咖啡。这些年来自己终于又开了一场商务会议，而议题是米克。

“我问你。”罗杰说道，好像是突然冒出个点子，“你今天下午忙吗？打算去逛街吗？”

伊娃摇了摇头。

“好吧，那要不我们再喝一杯什么东西，然后你也见见我待会儿要见的人。”罗杰看了看手表，“我刚才说的那个编辑三点钟会过来，然后我们可以讨论些许事宜。呃，不过是男是女，我可不能提前下结论！发件人叫亚力克斯[①]。当下这么讲究政治正确，我可不敢做任何假设！”

“我也不知道。”伊娃说。但是逛街确实不像以前那么诱人了，估计两只巴哥待在狗舍里也会比围着她转悠欢脱得多。

---

① 英文中“亚历山大”的一种昵称。

“你应该留下来，好确保我问的问题都是对的！毕竟，你是个面试专家。”罗杰靠在椅子上，从眼镜上方看着她，“你可以假装是我的同事，要是你不想显露你的真实身份的话……”

这话倒让她打定了主意。她不想穿着这身衣服见到任何人，更何况来的人还要点评一番她本人、她的丈夫以及她的婚姻。街上那个笨头笨脑却颇有魅力的陌生人——尤其是他的眼睛——止不住地浮现在她脑海里，这已经够尴尬的了。还有当时的那种感觉，伊娃不知道那算什么，也不知道她是否想要拥有那样的感受。她开始收拾东西。“谢谢你，罗杰，但我觉得我还是得先想想。”

“当然。我很理解。”他招手示意服务员再来一杯咖啡，“我会代表你跟他咬牙切齿地争论一番，然后尽快把日记寄给你。最后，伊娃？”

她本来在悄悄查看狗舍发来的短信，闻声停下来，抬起了头。

“我想以朋友的身份，而不是律师的身份告诉你。”罗杰的语气温柔和蔼，“米克是个很懂得要把握当下的人。他从来不看重结束，只会看见体验新鲜事物的机会。他不会希望你的人生因为他走了就一蹶不振，毕竟，他不也常说，他要把幸福降临的最佳机缘留到最后吗？”

伊娃默默地点点头。

“不要放弃你的生活。”罗杰说，“米克要是知道你不去逛街购物了，会很伤心的。快去给你自己狂买几双新鞋。”

伊娃勉强挤出一个淡淡的微笑。似乎连罗杰都忘了从前她的鞋子比他和米克的古巴雪茄还多。那些鞋子再也激不起她的任何兴趣，只会让她想不通自己为什么会买这么多。“我回家路上去一趟哈维·尼克斯[①]吧。”她编了句谎话。

“好孩子。”罗杰说。

---

① 英国著名高级连锁商城。

瑰丽之家

“妈妈，那个拖拉机上的男人在朝你挥手。”乔尔大声说道，凯特琳猛地一个急刹车，正好把车甩进一个没设路牌的岔路口里，一路驶向伊娃所在的村镇。她后面的红色拖拉机高声鸣着喇叭，凯特琳将手伸出窗外，比了一个在理想环境下不会在乔尔和南希面前做的手势。

“别告诉爸爸。”凯特琳提醒他们，顺带把手缩了回来。她的毛衣袖子上沾满了毛刺。去名人遗孀家做客实在是很难抉择应该穿什么，只能像现在这样穿得像一只从树篱里倒着拽出来的鸡，蓬头垢面，邋里邋遢。“那是一种专门做给拖拉机看的行车信号。”

“才不是呢。”乔尔说。

“我们假装是嘛。”

凯特琳身旁传来一声长叹。“我觉得我不会喜欢那个房子。”乔尔大声说。

“你怎么知道？”凯特琳冲他皱起了眉，“我们都还没去过。”

“我就是知道。”他做作地抖动着身子，“这房子为什么这么……隐秘？为什么不像正常房子一样修在大路上？”

“因为伊娃姑姑和……和迈克尔姑父想过得私密一点。”

迈克尔姑父听起来很奇怪。第一，因为他只见过两次乔尔，一次南希。第二，因为他是迈克尔·奎因。听起来就像是在叫肖恩·康纳利[①]姑父、罗杰·摩尔[②]姑父一样。还有一个小问题就是迈克尔姑父给

---

① 英国演员，《007》主人公詹姆斯·邦德最早的扮演者。

② 英国演员，詹姆斯·邦德第二任扮演者。

《面包师巴尼》配过音。凯特琳已经提醒过乔尔不要提及这部动画片，结果他翻了个白眼，并指出自己已经很多年没看过了。

“我觉得有点恐怖。”乔尔言之凿凿地说，“我保留被吓死的权利。”

“你保留权利？”他这是从那儿学来的？帕特里克教的？还是从电视上学的？乔尔不太爱看电视，他本人浮夸的独角戏更为有趣。

凯特琳从后视镜里瞄了一眼被包裹在座位上的南希。她坐着一动不动，专注地盯着窗外，仿佛她必须要追随着一路留下的面包屑找到回家的路。她最喜欢的红色毛衣把她的脸衬得苍白。凯特琳不愿意看到南希这么安静，她的声音没有从后座上叽叽喳喳地传出来很不寻常。是因为帕特里克也会去伊娃家吗？她已经在害怕要说再见了吗？

我们必须告诉他们。凯特琳心想，就在今天。

“你在想什么呢，小俏妞希希？”她兴高采烈地问道，“你觉得伊娃姑姑家会是一栋魔法屋吗？我知道那里有好多好多的花。”

“你怎么知道？”乔尔问。

“我去过，那里种着来自世界各地的花，他们的花园很漂亮。”

凯特琳提前谷歌了一下伊娃的住所，一方面是免得乔尔可能问出一些尴尬的问题，另一方面也是因为，没错，她需要警示一下自己那里有没有池塘或者水井。说来也奇怪，她搜出来的不是一个娱乐网站，而是一个建筑网站：为迈克尔·奎因和他前妻谢里尔·默里修建“瑰丽之家”的设计师是一位名家，照片里有他们家“突破性”的结构和“未来感”十足的玻璃，还有“极富想象力的花园建筑”。凯特琳觉得那像极了一栋滑雪小屋：斜斜的屋顶、满眼的松树和玻璃、硕大的窗户。你不会想到这种房子会出现在平淡无奇的内陆小镇郊区。难以置信他们居然获得了建筑许可，更不用说他们还找到了能处理这么多玻璃的工人。

网站上还有几张谢里尔和迈克尔的照片。从肢体语言看得出来，前名模谢里尔比迈克尔更乐意在房子里拍照。除了那张被要求在草坪上手挽手，两只黑色巴哥待在他们面前的照片，凯特琳还发现了好几张谢里尔的单人照，她摆着映衬着房子角度的造型，炫耀着她小麦色的大长腿和金色的直发。迈克尔只有一张单人照，他坐在书房里，旁边摆着一堆书和三个空空的威士忌水晶酒瓶。他身上穿着一件开衫。

这肯定就是谢里尔和迈克尔走向结束的开端，凯特琳心想，感觉自己有点像个私生饭[①]。穿拉链开衫的人可不爱搞事情。

网上没有伊娃和迈克尔在房子里的照片，哪怕他俩的婚姻生活全是在那里度过的。不过他们结婚之前，迈克尔已经变得热衷于保护隐私，而伊娃又不太是一个爱玩的人。

"为什么要叫'瑰丽之家'？"乔尔问道，"因为房子很漂亮吗？"

"也不是，这么叫是因为迈克尔姑父姓奎因，而他那个时候的老婆姓默里。所以一奎一里，就叫'瑰丽'了。"

"好酷！"乔尔似乎被这逻辑惊艳到了。

凯特琳回头瞄了一眼南希。他们越是接近目的地，她就越是安静。出发的时候，南希还闲聊了两句，选了选他们要唱一路的音乐——乔尔举着CD，然后像电视游戏节目主持人一样把CD展开——但是车每往前开一会儿，她说的话就越短。凯特琳心头一紧，深感同情，她听见自己说话的声音变得更加欢脱，因为她想倾其所能让南希加入聊天。

"但是妈妈，那应该是'奎里之家'啊。"乔尔争辩道，"是'奎'和'里'，他们弄错了。伊娃姑姑知道吗？"

"瑰丽挺好的。"

"我应该告诉她，她得知道。"

"我觉得这已经不重要了。"

"但是那个默里女士已经不住那儿了，不是吗？是伊娃姑姑住在那儿，她应该把名字改了。她姓里尔登，跟我们一样对吗？所以应该叫……"他皱起了眉头。乔尔和南希两个人的额头就像是透明的似的，凯特琳心想，你看得见他们的大脑在运作。"'奎尔登之家'！我要告诉她。"

"我的妈呀……乔尔，求你别告诉她。"

"哦不对，等一下。是男方不在那儿了是吗？也就是迈克尔姑父？"乔尔脸色一阴，声音一沉，"他死了。"他貌似为这可怕的细节隐隐

---

① 侵犯明星私生活和工作的粉丝。

有些激动。“默里女士怎么了呢？也死了？”

凯特琳深吸一口气。她在心里反复演练过这个问题的答案。迈克尔·奎因的婚姻关系错综复杂：他的第一任妻子是在约克郡；第二任妻子住在这栋房子里，他们生了一个孩子（就她所知）；然后就是最后一任妻子。不过这个话题也许能为她和帕特里克待会儿尴尬的离婚谈话铺路。

“谢里尔和迈克尔离婚了。”她小心地开始说道，“他们以前彼此相爱，但后来不爱了，于是他们决定不再一起住，这样两个人都更开心……”

乔尔敢问很直接的问题。“那谢里尔现在住哪儿？”

“呃，伦敦吧，我猜。”

“妈妈？你知道吗？严格来说，应该叫‘里尔登之家’！迈克尔姑父去世了，只有伊娃姑姑住在那儿了。”

凯特琳心想，貌似乔尔没觉得离婚是一个大问题，那就还好。“乔尔，我们得照顾到伊娃姑姑的感受。”她仔细盯着树篱看有没有路标。他们在这条路上开过头了？帕特里克说他们第一次走可能会错过路标，就好像他很期待没有他在旁边指路，凯特琳就会一步步迷路似的。

这么说吧，不是好像，他根本就是这么想的。但凯特琳从现在起无须他的援助了。从现在起，她要凭自身本领照顾好自己和两个孩子，就像帕特里克还没闯入她的生活之前那样。

路标在那儿。瑰丽之家。凯特琳猛地踩下刹车。

“所以，记住，我们要小声说话，不能打开任何橱柜，不要问任何有关迈克尔姑父或者《面包师巴尼》的问题。”她说着转入私人车道，“只需要……只需要告诉伊娃姑姑你们在学校里都在干些什么。你们想去逗狗的话，必须至少有两个大人看着。”

乔尔长叹一声倒在座位上。“我觉得我不会喜欢这个房子。”

“我觉得你会。”凯特琳说，“这房子超级浮夸，跟你一样。”

她瞥了一眼后视镜。

南希的嘴还是紧闭着。

伊娃在卧室里看着他们的车沿着私人车道开过来，心里一阵翻腾。

这种时候紧张确实挺可笑的，但她确实放松不下来。她原本希望帕特里克能比凯特琳先到一步，这样她就能从帕特里克那里得知一切她理应知道的事情，然而他还没到。他还说他会午饭之前就来这儿，“好确保一下家里没有威胁小孩安全的东西”，然而他一点消息也没有，发短信也不回。伊娃提醒自己此时的一线光明就是，她和凯特琳可能会有理有据地耸耸肩，然后双双认可把孩子留在这里不是一个好主意。总算是有一件她们能达成共识的事了。

蜂蜂和蜜蜜知道有人要来。它们注意到家里被收拾整理过的迹象，就像它们知道什么迹象意味着“清洁工要来了”，什么迹象又表明“要去看兽医了”一样。但是与焦虑不安的伊娃和蜂蜂恰恰相反，蜜蜜坐在窗边的座位上，吐着个舌头，像个观众似的欣喜地期盼着。

蜂蜂蜷缩在主卧边上的柜子里。这栋房子由众多三角形结构组成，而狗狗的“房间”就是其中一个三角形的边，里面开了一扇小窗，好让阳光照在它们的软垫上。尽管倾斜的屋顶使得一个成年人没法站在那个位置，但建筑师乐观地将其设计成了一个“鞋柜”。而后由于柜子的尺寸正好能放下蜂蜂和蜜蜜的篮子，于是它们便能睡在卧室里（米克的优待），而又不睡到床上去（伊娃的底线）。

伊娃把矮矮胖胖的蜜蜜从窗边座位上举起来，蜜蜜汪汪呜呜地表示不满与抗议。

“别这样对我呀。”伊娃一边说，一边享受着蜜蜜如同一团绒面革似的手感。这是她喜欢巴哥的一个原因：够厚重。她把蜜蜜放在蜂蜂身边。“你俩待在这儿，差不多聊上个一小时。别吓着孩子们，或者他们的妈妈了。”

蜜蜜抬头盯着她，深深的皱纹让她大大的黑眼珠显得更加情绪激动。不要剥夺我娱乐的权利嘛。仿佛她在用伯明翰口音说话，我只是想和他们交个朋友。

伊娃甩了甩脑袋。每每看着它俩，米克的巴哥音都会在她脑海里挥之不去，想摒弃这个习惯实在是难上加难。

蜜蜜自带眼线的哀怨双目锁定着伊娃的眼睛：你要去哪儿？

“我要下楼了，等会儿来找你们。拜托你们别叫唤。”她说着走出了房间。

篮子里，蜜蜜舒舒服服地压在了蜂蜂身上，伊娃听见蜂蜂尖叫了一声，转而将自己思维集中到乔尔和南希身上。

真是服了你了，伊娃。她自言自语，不过是两个小孩儿和一个小你十岁的女人。大家都是一家人，你在紧张个什么劲儿？

然而她也无从得知，于是又为自己徒增了几分紧张。

凯特琳把乔尔和南希带到门口，一左一右牵着他俩的手。她希望这是一个幸福家庭的美好画卷，还是说，其实看起来像是她不想让两个孩子跑了？又或者更像是她不想让她自己临阵脱逃。她的心咚咚直跳，她后悔自己没有多吹一会儿头发。

并不是她想让帕特里克眼前一亮。

“乖一点。”她说，“要是爸爸问起来，你们就说你们一直在做作业。”

“我们当然会乖。”乔尔义愤填膺，“你怎么会这么说？我们什么时候不乖了？”

伊娃发现他没有质疑作业的事。

“你知道我什么意思。”凯特琳紧紧握了一下南希的手，可是南希没有回应。她的手在凯特琳手里感觉格外的小。伊娃还从不知道南希会有害羞的时候，但或许没来过这栋房子，跟姑姑又不熟，而且还即将见到爸爸，难免会让一个小女孩一时间反应不过来。

乱七八糟的事太多了。她自责地想着，太多了。

“你想来按门铃吗，南希？”她指了指门上一颗精美的按钮，简直像是宇宙火箭的发射装置，“要是你想的话，我就抱你起来。”

“不行！我想按门铃！”乔尔直接扑了过去，凯特琳还来不及阻止，他就已经猛地按下按钮，门内传出一声洪亮的鸣响。

“乔尔！”凯特琳瞪了他一眼，然后他才不情不愿地挪开了手指。

“我这是在尽力去喜欢这栋房子。”他反对道，“直到现在，这是我喜欢的第一样东西。其他地方都怪怪的，就像是个超大号玩偶的家。”

房门缓缓开启，趁其完全打开露出伊娃的真容之前，凯特琳收起眼中的怒火微笑起来，仿佛她也不确定伊娃乐不乐意见到他们。

“你好呀，伊娃！”凯特琳本能地想行个贴面礼，但转而伸出了一只手以防万一。

她看见伊娃的第一反应是：绝了，她居然还有肥可减？凯特琳第一次见到伊娃的时候，是在伦敦的一家高档餐厅里，帕特里克张罗了一次“互相认识一下”的尴尬晚餐。当时她被伊娃的巴黎范儿震住了，尽管凯特琳熟知那是时尚杂志里的理念，但她从未在现实生活中领略过这般风貌。伊娃穿着九分烟管裤和金色平底鞋，看起来自信、苗条、时髦得轻松自如。吃过前菜之后，凯特琳便溜去洗手间摘掉了身上百分之五十的珠宝，然而依旧感觉装扮过头了。不过今天的伊娃看起来瘦骨嶙峋，穿着居家便裤和宽松的丝绸衬衣。她依旧留着长款波波头，但却已经长了银发，凯特琳分明记得她的发型从前好似一颗完美而富有光泽的板栗。她脑海里突然浮现出乔尔在某周美术课上画的一只母鸭子，周身棕色，长长的喙，色彩暗淡。

同情心淹没了凯特琳的神经。这就是悲痛的样子。她心想，近似一种饥饿。她头脑一热，上前拥抱了伊娃。“能看到你真好，太久没见了。”

伊娃接下来说的话都飘散在了凯特琳的心里，等她回过神来，伊娃黄褐色的眼里泛起一点温热的光亮，脸上挂着勉强的微笑。凯特琳看见伊娃的目光闪向握着她手的南希，然后又抛向乔尔。伊娃脸上划过的表情是什么意思？帕特里克是怎么说他们的？又是怎么说她的？

凯特琳的左侧闪过一道身影。

“我叫约瑟夫·马格努斯·里尔登！”乔尔上前一步，认真鞠了一躬，装作摘下头上的帽子，“愿为您效劳！”

噢，乔尔，我求你别这样。凯特琳心想，别疯疯癫癫的。“乔尔。”她警示了一声，然后做了一个“安静下来”的手势。

“认识您很高兴。”乔尔托起伊娃的手，吻了一下，“这是我妹妹，南希·黛安娜。”他走到凯特琳跟前，朝着南希摆出手臂，让凯特琳松了口气的是，在乔尔的提示之下，南希伸出了手。

“你好，南希，我是伊娃姑姑，要是你愿意的话，也可以就叫我伊娃。”她握了握南希的手，南希没有回答，于是伊娃抬起头望着凯特琳。她的眼睛里突然有了些生机，暗藏着未说出口的疑问。

南希咳了几声，凯特琳貌似听见她问了声好，不过不太确定。

她用余光瞧见乔尔拍了拍南希的肩背，一种无声的安心让她的喉咙涌上一丝哽咽。从现在起他要常常这样做了，因为接下来的周末他们都要和爸爸待在一起，她不能再在自己宝贝女儿的身边让她安心。

凯特琳听见乔尔浮夸地吸了一口气，准备要介绍她了，于是说：“乔尔，你不必介绍我。伊娃！你家真的太美了！”

“谢谢。”伊娃说。

“对。”乔尔说，“但你发现这房子应该叫作……”

“我们能来这儿真的特别高兴！”凯特琳抢在乔尔说完话之前向前迈了一步，“你真好，愿意邀请我们来这儿。”

“你太客气了，见到你们我也很开心。快进来吧……”伊娃再把门打开了些。

“把鞋脱了，你们两个！”凯特琳说，以防伊娃是那种“进门必脱鞋”的人，“不好意思，我不知道他们是怎么搞的，鞋子上已经沾了泥……”

“不用担心。”伊娃说，“这是在乡下，在所难免。”

凯特琳仍旧不愿冒这个险。“还是把鞋脱掉！免得到处跑太吵。”她希望这句话能警示在场所有人。

“爸爸在这儿吗？”乔尔一边问，一边扫视着门厅。

要是帕特里克在的话，他们肯定一来就见到了。门廊里面是一个大开间，根根分明的线条一路扫上拱顶的镶板，弧形横梁架在他们上空如同一座教堂。所有东西都是浅色的或是木质的，奶油色的地毯，搁板上放着铜碗，玻璃桌，又矮又软的浅色皮沙发，数不清的木头、玻璃以及装框的相片。

天呐。凯特琳心想，乔尔和南希会用一包蜡笔把这里毁得一片狼藉。这里就像是一块巨大的白纸板。

“他还没到。”伊娃刚开口，乔尔的注意力已经上蹿下跳了。

“哇！好像挪亚方舟啊！”他指着楼梯，还有楼上隔层的休息区，那里摆着几个披着羊皮毛毯的大沙发，“快看！死掉的绵羊！”

“真漂亮。”凯特琳实话实说。如若家里有两个小孩子横冲直撞，到处乱抛他们的玩具、画、袜子，肆意破坏极简设计，这样干净整洁、富有建筑美的房子完全是天方夜谭。她顷刻间有点嫉妒，然后又提醒自己伊娃的房子这么整洁是因为她一个人住在这儿。

“对，非常惊艳，”伊娃的口吻里不带一点自吹自擂的意味，估计是已经描述过好多遍了，“是米克在阿诺德·哈利迪的指点下自己设计的。这里原本是个度假屋——这是他的灵感来源。他想有一样东西，能让自己回想起在格施塔德跟朋友一起滑雪的经历，所以说……那个……”她指了指一个宽大的开放式壁炉，前面摆着一块毛茸茸的奶油色羊皮。她苦笑了一下：“要喝一杯茶或者咖啡吗？”

“咖啡吧。感觉这里确实很像度假屋。”凯特琳一边说，一边跟着她去了厨房。她有一半的思绪都在乔尔身上，想着他接下来可能做什么或者说什么。“我不是说这样不好……我的意思是，这里很让人放松。”

她的意思是，感觉不像有人住在这里。

“谢谢。”伊娃说，凯特琳知道她听懂了言外之意。

“南希！”为了打破尴尬，她叫道，“来这边，告诉伊娃姑姑你想不想喝点什么。”

南希害羞地朝她们走过去，凯特琳伸出手摸着她的额头：她病了吗？她这么安静很反常。然而南希的额头又凉又滑。凯特琳冲她做了一个“你还好吗”的表情，可是南希只是盯着她，一言不发。

“待会儿你要给伊娃姑姑展示一下你的舞蹈。”她说。然而她想问的其实是：难道你不想在这房间里上蹿下跳，在阳台唱歌，把自己卷进窗帘里吗？也就是你平时都会做的那些事？

南希什么也没说，一双圆圆的眼睛盯着凯特琳，仿佛她的想法多到脑袋里已经装不下了。

凯特琳挤出一个微笑。全是我们一手造成的。她心想，是我们把她推进了一个连我们都不明白规则的情境里，所以她才这么警惕而安静。

“她很安静。”伊娃说着转过身，大理石台子上满是五花八门的不锈钢厨具。

"害羞罢了。"凯特琳把南希拉到自己腿边，安抚着她。也许伊娃打开收音机，或者放点音乐打破寂静，孩子们就能放松了。"还没太缓过神。你想喝点什么吗，宝贝？"

南希摇了摇头。

"你养了狗吗？"乔尔拿着一根粉色狗绳再次出现。他得意扬扬，像是大侦探波洛发现了重要证据似的。

伊娃瞥了一眼凯特琳。"对，不过他们在自己的房间里。你们爹地……"她说这个词时犹豫了一下，看来她对他们知之甚少，凯特琳心想，她甚至都不知道孩子们是怎么称呼他们父母的。"爹地说妈咪对狗狗过敏，所以它们待在楼上，不在这里。"

"它们有自己的房间？好酷！"乔尔说。

"我其实不过敏。"凯特琳说。帕特里克就是这样，矫枉过正。"我是害怕。我小时候跟邻居家的狗有过一段很可怕的经历，它从树篱里钻过来扑向我，我当时才……乔尔，不准偷听。"

凯特琳不想把自己看见狗就紧张不安的特性传给乔尔和南希，但却又很难掩饰，特别是因为乔尔就像是一块磁铁，硬是会吸来那些口角垂涎的狗。每次她和帕特里克带着孩子们出去散步，都会有各式各样的狗盯上他们，拖拽着它们的主人步步逼近，然后每次帕特里克都会解释说她对狗"过敏"（听起来比单纯地讨厌它们正常一点）。

"我没有偷听。"乔尔拧着嘴，"可是我能干什么？"

"你不是带了一本书来看吗？"

"我已经看了。"乔尔喜欢看书，但更喜欢听大人聊天。然而她们的聊天也并没有更机智有趣，凯特琳心想。紧张的气氛使得她谈吐更优雅，连她自己都没发现。显然她和伊娃都在等着帕特里克来主持对话，她很想知道他是怎么跟他姐姐说他们分开了的，他是怎么说她的，又是怎么说他自己的。不过也只是他的说法。

她强忍着内心的冲动，没有一股脑儿地说出"他工作时间长到要疯了然后经常说我多么多么完美然后我疑神疑鬼地觉得我是不是让他失望了结果我真的让他失望了但他又不告诉我原因然后他就走了"。

"乔尔，要不然你去花园里跑两圈？"伊娃建议道，"探索一下新东西？栅栏对面有几只友好的奶牛——要是你够温柔，它们会允许你摸摸它们的鼻子。”

“别摸奶牛，乔尔。”凯特琳不由自主地说，“看看就好，行吗？更不要对着它们大吼大叫。”

乔尔注视着她。“好吧。”他转身跑开了。南希坐在沙发上，呆呆地凝望着空气。

“我给帕特里克发过短信了。”伊娃说，仿佛她能读懂凯特琳的心，“他还没回，可能是堵在半路上了吧。”

“要我说的话，应该是有人打电话找他解决什么问题，然后他把手机关了。”凯特琳接住伊娃递过来的咖啡。白瓷杯子，美若一片鹅毛。她很高兴乔尔没在这里给他自己讨要杯子。

“帕特里克说他的新工作很劳神费力。”伊娃说，仿佛这就能允许他把自己的孩子、妻子和姐姐撂在一边了似的，而且这些人还都是按他的吩咐聚在这栋房子里的。“我们上次聊天的时候他被打断了三次。”

“他好歹可以给我们打个电话说他会晚到。”凯特琳苦笑了一下，“我们都知道他有手机。”

片刻停顿之后，伊娃出人意料地翻了个白眼表示同意。

“要是他能打来就好了，”她说，“不然我们永远都不知道是怎么个情况。”

尴尬的沉默降临，凯特琳的脑子一片空白。明明有两个显而易见的话题，两人却避而不谈，那就是她们各自消失不见的丈夫。她们本该因此惺惺相惜，可凯特琳却感觉语塞。当中哪一个更重要呢？是溘然长逝却爱意无尽的那个，还是仍旧在世却分居两地的那个？谁的境遇更难呢？

她的目光落在了伊娃和迈克尔穿着晚礼服的一张相片上，旁边还有约翰·奈特斯[①]和露露[②]，另一个问题闪过她的心头：你和迈克尔·奎

---

① 英国演员。

② 英国歌手。

因究竟有什么共同点？

“所以……你来的路都还顺畅吗？”伊娃问道，凯特琳逼迫自己从头到尾讲述了一遍今天冗长而乏味的旅程：在伍斯特绕路，下次可能会坐火车来（下次！啊哈！），在他们家旁边停车。

紧接着，正当她绞尽脑汁想再吐槽一下 M5 高速路时，三件事同时发生了。

门开了，帕特里克大喊：“抱歉我迟到了，总算是到了！”听着他的声音，一股子烦躁和宽慰以及别的些许情绪如暴风一般朝她刮来。

南希从沙发上跳起来，奔着门厅冲了过去，然后扑进爸爸的怀里，照旧一言不发。

植物温室的方向传来一声巨响，接着是乔尔的大喊：“对不起——”

楼上爆发出一连串狂吠。凯特琳看见伊娃的脸僵住了，然后她咬住嘴唇转过脸。凯特琳也不明白是这三件事中的哪一件致使了这样的反应。

是因为东西摔坏了吧。她心想，不过无论乔尔砸碎的是什么，她都没有意识到，相比于破裂的感情而言，那终究是非常容易修补好的东西。

天呐！是你

蜂蜂和蜜蜜的每日散步锻炼至少要一个小时：四十分钟用来溜达，二十分钟用来跟赞不绝口的路人“闲谈”。两只巴哥穿着时下流行的格子小外套，凭借着自身魅力，跟米克一样享誉朗汉普顿，甚至在一些遛狗人的眼中它俩还更负盛名。当它们跟帅气朋友斑点狗彭哥一起出门的时候，伊娃和彭哥的主人安娜形同隐身。

一路上两只巴哥仍旧如愿以偿地吸引了一大波注意力，伊娃和安娜也仍旧得以聊聊天，尽管大多数时候都是在把彭哥从垃圾桶里，或是从拿着冰激凌的小孩身边拉扯回来。

“我还是没法相信你去了一趟伦敦，吃了个饭，然后就直接回来了。”安娜丝毫不掩饰她的嫉妒，说，“你在那儿的时候，都没顺便去一家画廊？或者……一家还不错的书店？”

“画廊？为什么我要……噢，我就可以在那儿撞见一个如意郎君了，是吧？”伊娃侧目扫了她一眼。

安娜举起双手，做了个“为什么不呢”的手势，刹那间，伊娃考虑干脆直接告诉安娜，她在沃尔斯利外面碰见了一个穿兜帽大衣的男人，但旋即又决定不说。还是别扰乱日记这项议题了，这才是伊娃今日的重中之重。米克的日记，以及她该怎么办。

“说来也奇怪，反正我没有去。我要考虑的事够多的了，我只想回家。”

“啊，很好，回家。”安娜微微一笑，善意又暖心，“你通常都说去伦敦是回家，朗汉普顿终于赢得你的心啦！”

伊娃只得点点头，现在这里就是家。这座静谧小镇有红黄相间的春色花圃，维多利亚时代的环形铁艺栅栏，还有露天音乐台。可是今天伊娃的感觉截然不同，一切似乎都不一样了。她从床上醒来的感觉不同；看着巴哥在它们的篮子里打鼾的感觉也不同。都是因为那些日记，她害怕打开日记会发现米克对于他们婚姻的看法与她的不一致。

“但是很刺激啊。”安娜继续说道，“我可能会往店里进很多米克的回忆录！”

“可能吧，但也可能不是件好事啊。”她皱了下眉头，“在车站的时候，我忍不住去瞄那些名人自传。我就在想，我会有自己的一栏目录吗？伊娃·奎因，与其相遇，与其结婚，与其讨论钙铁锌硒维生素。然后我又想，要是我只占了半页目录，而谢里尔占了三页呢？要是我的婚姻没有有趣到能写好几页呢？那我该心安还是生气？”

伊娃开起了玩笑，但同时……又不算是玩笑。

“别那么想，伊娃。”安娜停下了脚步。她圆圆的脸流露出担忧，但与此同时，激动之色也点亮了她的双眼。“你听我说，我不太了解米克，但是他很会讲故事。我特别想看他的回忆录，我打赌肯定超级好看。”

“可是怎么个好看法儿呢？”伊娃知道自己听起来太多虑了，但就是忍不住会去想，“要是……很一板一眼，很无聊呢？要是他说话太狠太恶毒了呢？要是他根本就不是正儿八经地写的呢？”

“不会的。”

“你怎么知道？我都还没看呢。如果我们三个不同意，那些日记也不会出版。罗杰暗示那里面可能会有一些关于谢里尔和尤娜的私密故事——我真的想看到吗？”

“你知道他以前结过婚，可是你到现在一直都泰然处之啊。”

“但是……”伊娃竭力将内心里蠕动的感受说出来，“当初确实没关系。我拥有他，而且我们在一起的日子才刚刚开始。可现在……”阴暗笼罩在她的心头，她感觉自己心里萌生出抵触情绪，哪怕安娜就在身边。那种感觉不仅仅是为米克之死而生的悲痛，实则还要自私得多。她是在为他们的未来悲痛，为她自己的未来悲痛。他们以前计划好了的，不用接送孩子上学，不用请年假，没有诸多束缚，他们一生都要去旅行、去体验、去尝试，可现在全都化为泡影。她为了谋求她大多数朋友难以享有的人生机遇而做出的取舍，如今也功亏一篑。

安娜抚着伊娃的手臂。“米克不会说你半句坏话的，他那么喜欢你。要是他想泄露有关尤娜和谢里尔的秘密，那又怎样？她们都成了前妻不是没有原因的。”

这不是重点。安娜所言非虚，但这不是重点。

“一旦你读过了一些东西，你就不能装作你不知情了。”伊娃看着两只巴哥齐头小跑，朝兴味索然的鸽子冲过去，“我不知道如果没有米克在我身边给我讲述来龙去脉，我是否还会去发掘一些新东西，一些他没告诉过我的秘密。我只想回忆我跟米克两个人的从前。”

她们继续走着，安娜伸出一只手环住伊娃的腰。“但要是你不看那些日记，你只会去想象最坏的事情。而且你自己也说了，你要开始新生活——这难道不就是一个划清界限的好方法吗？你可以确保他的人生将以最好的方式呈现出来。”

“也许吧。”

“好啦，我可不想一直说教。换个话题，跟乔尔和南希的周末过得怎么样？他们喜欢那些蛋糕吗？”

伊娃注视着前路，战战兢兢地在心里触碰了一下周末的记忆。哎哟，好痛。“就……还好吧。”

“就还好？没有流眼泪？没有什么东西被摔坏了？”

“没怎么流眼泪，就是孩子们跟帕特里克道别的时候心酸了一下。然后只有一样东西被摔坏了——一个米克的奖杯。我早该拿开的，是我的错，但是……”怎么说呢，一切都没有像她早前默默希望的那样，“感觉没有人过得很开心。”她承认道。

“拜托，谁第一次去一个陌生环境会很开心啊？他们肯定很困惑。”

“我感觉我们都很困惑。”伊娃说，“南希一句话也没说，看起来像是吓坏了。”

“慢慢来，我刚开始跟菲尔交往的时候，我以为我只要够努力，就能成为一个完美的后妈。时而扮演《欢乐满人间》里的玛丽，时而充当《音乐之声》里的玛利亚，梦想能轻轻松松融入孩子们的生活，讲讲睡前故事就能让一切好转。”安娜挥舞着双臂，模拟着自己的满腔热血，“伊娃，我当时真的很傻很天真，太操之过急。你得让孩子们自己来找你。”

“就像狗一样？”伊娃打趣说道，但安娜不是在开玩笑。

“对，像狗一样。”

她们看见一对双胞胎小姐妹欢快地伸出手，一点点接近蜂蜂和蜜蜜。两只巴哥面露喜色，这对小姐妹的脸蛋也映衬着同样的欢愉。他们一句话也没说，却在惊叹声、尖叫声和尾巴的摆动里进行了一次完整的交流。

“会好起来的。”安娜安慰着她，“你看我现在，还不到四十岁就当奶奶了！”

“要是没好起来呢？”

安娜正能量的安慰弱了一些，不过伊娃也看出了她暗地里的决心。“那我有几万本这种题材的励志图书可以借给你看。”

伊娃带着两只巴哥从车库里出来，然后往房子后面走，结果看见台阶上站着一个人。一个男人。

刚才下起了蒙蒙细雨，那个人取下眼镜擦拭雨水，等着别人来开门。此刻他转过身，急匆匆地把眼镜戴上，又差点戳到自己的眼睛。正是这个笨手笨脚的动作让伊娃的脑子里灵光一闪，一丝轻松的喜悦感像薄雾一样在她心里升腾起来。

不会吧！伊娃心想。当那个人转过身来时，她认出了那件粗呢大衣的纽扣。肯定不会是他！

然而真的是他——那个皮卡迪利街上的男人。她心头的薄雾陡然变成了寒气。他是怎么找到她的？他怎么知道她住在哪里？莫非他是个记者？两只巴哥就没那么不知所措——它们冲向前去，绕着他弹来跳去，小短腿前后摇摆。蜜蜜霸道地叫起来，蜂蜂一边闻他，一边“呜呜”地发着牢骚。它俩蜂拥在他腿边时，一直在摇尾巴，然而那个人貌似摸不着头脑，不过倒也不害怕。

“你好！”他礼貌地报以微笑，率先开口说道，“我在找奎因太太，我是亚历山大……”他伸出一只手，伊娃褪下兜帽，他瞬间恍然大悟，“天呐！是你。”

显然他没想到会碰见伊娃，他也不知道伊娃是谁。还是说他其实知道？米克死后，曾有记者找上门，有的假装是在做慈善募捐，有的假装是远足途中迷路了，反正花招百出就为了瞅一眼她家里什么样子……

“你好，”伊娃干巴巴地说，“我不是贝姬，不一样的外套没让你犯迷糊吗？款式一样，颜色不一样，你看出来了。”

“不是！我很高兴你的外套不止一件。”他尴尬地拨了拨头发，“我喜欢……暗紫色。我猜你就是伊娃·奎因，对吗？”

“我就是，您是？”蜜蜜欢脱地绕着他的脚踝转，扁平的脸蛋一个劲儿往他的灯芯绒裤子上蹭。“喂，老板娘！快过来！”伊娃抓住蜜蜜的项圈，把它举到肩上。蜜蜜先是不乐意地哼唧了两声，最后也安静地待在同一高度瞪着这个不速之客。蜜蜜坚实的保护让伊娃倍感安心，她补充道：“不好意思，它很爱灯芯绒，就是这种材质的东西。”

“可能是因为有褶皱吧，跟它的脸很配。”他微微一笑，不过没有完全放松下来，随后他伸出一只手，“我是亚历山大·蒙塔古，我在编辑你丈夫的日记。抱歉，更正一下，是我希望能编辑。我不是有意要来冒犯的，罗杰上周说要打电话告诉你我要来。”

上次跟罗杰碰过面之后，伊娃漏接了好几个他打来的电话，但伊娃没有回拨过去，她还没拿定主意怎么回应他的提议。她以前从来不会不回人电话，然而这个习惯太容易养成了。“我这几天有点忙。”她谎称道。

她犹豫了片刻，然后握了握亚历山大的手。温暖而干燥，还挺柔软。伊娃逼自己把精力集中于脑子里的种种想法，而不是他俩手指相贴的感觉。

所以他就是那个米克结识之后得意扬扬的学者，她默默在心里划了下重点。亚历山大·蒙塔古看起来更像是个没怎么离开过大学校园的学生，而不是个教授。想来也是，她以前见过的大多数教授都又老又挑剔，而且也不会差点把她撞倒，然后把她扔在街上莫名其妙地张皇失措，顺带留下几句老套的脏话和大块的手帕。

他的手帕还在她包里，不过她暂且搁置不提。

“你好，亚历山大。”伊娃说。

话音刚落，他就回应道：“叫我亚力克斯就行，我的学生都不叫我全名。”

伊娃忽略掉他眼中满怀希望的笑意，继续发问：“所以这就是为什么你上周会出现在皮卡迪利街？”

“对。其实我当时想提前查看一下会见场地，结果被你撞见了。”蜂蜂冒险从伊娃身后钻出来，跑去闻亚力克斯的脚踝，小心翼翼，不过饶有兴趣。“而且我当时居然没认出你来，真是尴尬。我就说觉着你很面熟，但就是对不上号。”

“你为什么会认得出我呢？”伊娃耸耸肩，“我又不是名人。”官方只流出了一张她和米克的照片，她再清楚不过自己是怎么从照片里的新娘变成如今这样的。照片里她穿着斯特拉·麦卡特尼[①]套装，在切尔西婚姻登记处的外面，为“仅此一张”的照片凹着造型。扮上业内最高水准的发型和妆容，你连你自己都可能认不出来。

亚历山大发出几声不爽的呻吟，原来是蜂蜂不停地顶着他的腿，害他趺趺撞撞，险些失去平衡。

“啊！不好意思，狗在蹭我。”

“它叫蜂蜂，”伊娃说，“它叫蜜蜜。”

“你好。”他给两只巴哥分别道了声好，然后抬头看着伊娃，坦白道，“我从来都不知道怎么跟狗交流，我只有一只猫。”

“叫什么？”

“伯顿，照着理查德·伯顿[②]的名字起的。它还挺放荡的，”他弯腰轻抚蜂蜂的耳朵，“整晚都在外面不停地号叫，我猜它说的是威尔士语吧。”

他们自然而然地聊了起来，仿佛在她家门口遇到对方是一件再正

① 世界顶级时装设计师。

② 出生于威尔士的英国演员。

常不过的事，不过随后伊娃注意到了亚力克斯肩上破旧的电脑包和脚边的箱子，刚在她心里升腾而起的暧昧小泡泡又破了。日记就在箱子里，米克的想法、米克的秘密。那就是一个简易的包装盒，别无特别之处，但它却蕴藏了一些鲜活的东西：有回忆，有秘密，有往事，甚至还有她的未来。

她的心一阵绞痛。米克。

“箱子里是那些日记吗？”伊娃问道，然后他点了点头。

伊娃深吸了一口气，他们越早点聊米克的事越好。米克，她的丈夫。米克，以及他的遗赠之物。米克，米克，米克。“那就快进来吧。”她说。

亚历山大栖在L形沙发的边缘上，咖啡杯就着浅碟，被他稳稳地端在手里。伊娃坐在他对面的椅子上，两只巴哥驻扎在了沙发的远端，靠近壁炉的位置，齐刷刷地用乌溜溜的大眼睛观察着他。他带来了两本厚实的硬皮书给伊娃看（“我之前编辑过的项目”，作者都跟米克差不多年纪），放在茶几上，不过装着日记的箱子还在门厅座机旁的椅子上。

即便如此，米克还是跟他们在一起，伊娃因此也宽慰了不少。

“我没能跟你的先生见上一面，虽说我们在电话上聊过很多次。”亚力克斯脱掉粗呢大衣，只剩下里面合身的衬衫和灰色毛衣，显得正式了很多，“罗杰说你不太想出版那些日记——我能理解。所以他建议与其直接把日记寄到你家门口，不如我亲自拿过来，再给你讲讲是怎么个流程。”

“所以最后你出现在了我家门口。”她评述道。

亚力克斯略显尴尬。“我真的叫罗杰提前知会一声，我也不想贸然前来……”

罗杰又不蠢，伊娃心想。他知道她会找个正当的理由不打开箱子，除非有人当面鼓动。他了解以礼待人就是伊娃的弱点。“你已经看过那些日记了吗？”

亚力克斯摇了摇头。“这必须得由你，还有，呃，米克的……前妻点头授意。你跟她们聊过了吗？”

“我都没有她们的电话号码。”伊娃给自己倒了一杯咖啡，“又不是什么俱乐部。我们又不会一起出去逛街，对比各自的英勇事迹。”

“当然不会。”

伊娃转动咖啡杯，直到杯子的把手与浅碟上的莲叶花纹连成一线。碟子是斯波德陶瓷——一位她从没见过的电影导演送的结婚礼物。“要是你还没看过，那你怎么知道这些日记值得出版？”

“因为如果你先生写东西的方式跟他说话一样，那所有读者都会不忍释卷的。”亚力克斯把杯子放到桌上以防弄洒。他微微前倾，棕色的眸子向伊娃的眼睛投射出真挚的目光。伊娃感觉到他正在努力克制住一丝激动。“我在沃里克大学教电影研究——我个人的兴趣在于二十世纪六七十年代和八十年代早期，那些辗转于大荧幕、舞台和小荧幕之间的演员。我估计你会叫他们流行演员。他们总是被评论家当作无足轻重的人弃置一旁，并且给予过低的评价，但是他们永远都有接不完的活儿——你不会有一份跟迈克尔一样的履历，除非你天赋异禀，而且适应力极强——我跟他聊过天，他鞭辟入里地探讨了一些主题，诸如大小荧幕工作的比较、不断发展变化的制作理念、他为此是如何积极准备的、他喜欢和不喜欢的方面。说实话，我只对日记里的这些东西感兴趣，就是迈克尔的职业经历，这些经历其实反映了电影行业里那段常常被人忽视的时期。迈克尔勇于承认他达不到劳伦斯·奥利弗[①]的高度，当然，他也没这么自夸过，但他仍旧身处整个行业巅峰。一切都被他看在眼里，而且不同于很多跟他同时代的人，他全部是用笔记录下来的。”

亚力克斯往后一坐，把一个绣着巴哥图案的靠垫撞到了地上。他努力装作是有意为之。

“不好意思，罗杰应该事前警告你一下，我一开口就会变成一个电影呆子。”

伊娃不禁替米克感到荣幸。这么多人记得他，就是因为当年他参演了那部律政剧，他在里边有一半的台词都是坐在法拉利里喊出来的，另一半是在法庭棚景里摩拳擦掌时说完的。伊娃不曾料想到亚力克斯

① 英国著名演员，代表作有《呼啸山庄》《傲慢与偏见》等。

会这么严肃，好像他的兴趣点在于米克的技能，而不在于是非与八卦，她感觉自己开始心软了。

“他很爱表演。”伊娃说，“他很享受迎接挑战，这就是为什么他一直没有完全退休。”

“没错，而且说实在的，”亚力克斯的眼睛闪闪发亮，“他在荧幕之外的生活也很有趣。”

“哎。”伊娃也往后一坐，用无动于衷的言语掩饰内心的沮丧，“亚力克斯，你知道吗？我厌倦了‘心魔’这种东西。无论他对于拍电影有多么深刻的见解，他内心的阴暗想法不才是人们想要看到的东西吗？我觉得除了真正认识他的人，其他人没有权利去了解舞台下的米克。”

“但这不应该由他自己决定吗？”亚力克斯问道，“日记是他写的，也是他自己打算将其出版。”

“但他把最终决定权留给了我。”伊娃反对道，“如果你想立马要我做个决定，那就是不要，我自己都不想看那些日记。对你来说那可能只关乎他的工作，但是最后被曝光的是我们的生活。我没办法那么超脱。”

伊娃本没打算突然讲出这么一番意向声明，但是覆水难收了。她往后靠了靠，盯着自己交叉的双手。无名指上戴着她的黄金婚戒，旁边还有更早以前的订婚戒指。而另一只手上是米克忽然有一天送给她的永恒戒，为了纪念自己众里寻你千百度，却浑然不知那一回首。

沉默良久之后，蜂蜂的一声鼻息打破了沉寂。

“好吧。”亚力克斯端起杯子，伊娃注意到他没戴戒指，旋即又奇怪自己干吗要关注这个。“我只能说既然我俩都不知道日记里究竟写了什么，那不如我们等到看完之后再做定夺，然后再探讨其利与弊？”他顿了顿，然后满含希望地看着她，“我说这样的话会很不专业，但是对不起，我真的很想看。人们都说演员都是搞销售的，不过迈克尔还真把那些日记卖给了我。他很清楚他想干什么，也知道自己希望那些日记以何种方式呈现出来。”

伊娃的脑子里突然响起米克的声音——这些话由一个教授说出来很高级，对吧？——伊娃无言以对。这个人貌似对米克的艺术作品发自内心地感兴趣，要回绝他真的很难。这不是她一个人的事，她心想。显然米克对他最后这个项目充满了激情，他也信赖伊娃会完成他的遗愿。

“我必须说，”亚力克斯欢快地继续说道，“作为一个小小的道具迷，看到了《非洲男人》里的盾牌，我很激动。”他指了指门厅长长的窗户上面挂着的一块五颜六色的艺术作品。

伊娃刚开始跟米克恋爱的时候，耐着性子看完了《非洲男人》，也就是米克参演的第二部好莱坞电影。她这才发现那是电影里的道具。

“挺好的。”她说。

“所以，你和迈克尔一直都住在这儿？”亚力克斯一面呷了一口咖啡，一面继续说着，“希望你不介意我问这些，你们是在伦敦相遇的吗？”

伊娃扬起了眉毛：“你肯定看到过这个故事的呀？我们是在一家书店碰见的。”

这是新闻媒体加工出来的版本，实际情况要稍逊一筹——慈善商店变成了书店，装谢里尔废品的垃圾袋用PS修掉了，伊娃扮演了一个邂逅明星的卑微售书员，而不是一个正在休离职假的女商人。

伊娃从不在意这不是事实，这反倒让真实的版本成了她和米克两人之间的秘密。

“就是城里面的那家书店？”

伊娃点点头。

“然后你在那儿卖书，”他再次向前倾了倾，手肘撑在膝盖上，朝她微笑着，“就像是《诺丁山》[①]里演的那样？太合适了吧！你一直都在那儿工作吗？”

伊娃更加小心地考虑起了亚力克斯的话。他火眼金睛，说不定已经发现她家楼下一本书也没有。她喜欢轻小说，内容没那么较真。虽说米克的书房里书盈四壁，但从来没人动过，大多数还都是跟红酒有关的。

---

① 英国电影，讲述了好莱坞明星与书店老板相恋的故事。

“没有，”她说，“那只是一份……临时的工作。”

“懂了。”亚力克斯亲切地微笑着，“但还是够让人惊叹的了。迈克尔·奎因走进书店的时候你什么感觉？他买了什么书？”

“你是在采访我吗？”

“不是，我只是很感兴趣。”亚力克斯直勾勾地看着她，没有看着相框或是奖杯，而是看着她，仿佛她才是这屋里最有意思的东西。“肯定很不可思议吧，一个好莱坞明星跟你聊新上市的书，然后叫你出去喝了杯酒？”

“没喝酒，我们喝的茶。我认识他的时候，他已经戒酒了。我们去了隔壁不远的一家咖啡厅，要了一壶茶。他还带着他当时养的一只巴哥，叫拉维尼娅，我还挺惊讶那家店让我们带它进去了，反正他们确实允许了。”伊娃停了下来：她刚才就是想为米克辩解一下，这是她的老习惯，不过这一整段假想的回忆直接脱口而出，她根本不假思索。

“也许他们是给迈克尔·奎因面子吧？”亚力克斯暗示道。

伊娃当时没这么想，她不怎么爱看电影，于是乎那个时候她都不怎么认识米克。

“也许吧，”她说，然后又补充道，“不过拉维尼娅真的特别有魅力。”然后亚力克斯笑了。

在真实的版本里，米克把谢里尔的废品袋翻倒在地，店长顿时陷入恐慌，可能是一地完全不搭调的色彩足以让人癫痫发作。亚麻油地毡上全是金灿灿亮闪闪的衣料还有一件件上千美元的时装。谢里尔的时尚品味就是个亿万富翁购物狂。伊娃立马上前伸出援手，因为那个店长摆明了就是准备要把那些香奈儿的夹克和杜嘉班纳的权力套装统统标上一英镑的价格，而无论伊娃是否离职，她的商业本能都绝不允许这样的事发生。然后就有了那个小小的玩笑，一出阴谋的双人戏码，开启了两人的暧昧之路……

亚力克斯继续朝她微笑着，显然饶有兴致，伊娃心里的一个开关被悄然拨动。她和米克相遇的故事就是米克温柔又风趣的最佳印证，她想让亚力克斯更了解米克。

“好吧，其实不是在书店。”她坦白道，“是在一家慈善商店。

而且我也不是在那儿工作，我只是在随便看看。他当时慷慨解囊——捐了他从谢里尔衣柜里清理出来的差不多五万美元的大牌时装。他们已经离婚差不多一年了，但那个时候他们来这里只是为了度假，所以谢里尔一直没来把衣服收走，然后他就没耐心了。店长也不确定他是谁，因为你不会想到会在当地慈善商店见到名人，对吧？所以米克……迈克尔莫名其妙就让那个店长相信了那些衣服是他的，而他是个改过自新的异装癖。”

后来，米克说他原本不打算借题发挥。他进店的时候试图保持低调，也不掩盖自己余醉未醒的状态，可是他撞上了伊娃的目光，然后伊娃面无表情地嘲笑了他，说他的腿穿裙子会比穿短裤更美。一切就从那一刻开始，那是他们第一个只有彼此才懂得笑点何在的玩笑。米克抱怨阿玛尼的尺码越来越小，伊娃同意说衣服上的亮片容易老化。与此同时，那个店长装模作样地摘下眼镜，一直眯着眼睛想辨认店里这个男的究竟是不是伊恩·麦柯肖恩[①]。

当时的场景早就在伊娃的脑子里重播了千万遍，可她的心依旧会为此轻微翻腾。那一刻改变了她的一生。那种心有灵犀，那种骤然汹涌在血管里的渴望，这个自信的男人掌控了全局，掌控了她和店长，在破旧的书架那边轻轻眨眼，那张英俊的脸上赤裸裸的魅力。他知道他很有吸引力，他温文尔雅地带着伊娃即兴上演了一出双人戏码，就像一位舞蹈冠军引领着一个羞赧的新人在舞厅里旋转，直到伊娃感觉自己化身成为金格尔·罗杰斯[②]。

亚力克斯刚才问她当时感觉如何，她感觉就好像是在做梦，好像整个世界突然飘进了《绿野仙踪》，变得喧嚣，变得明亮，变得清晰。但她也感到害怕，甚至是胆怯，不知自己该说什么，该扮演什么，这个男人想要什么，以及她自己是不是他心里想象的那种女人。

从来没有人问过我感觉如何，伊娃反应过来。而且就算有人问过，我也只会应付一句“被爱包围”之类的话。我都忘了我当时很害怕，

---

① 英国演员。

② 英国舞蹈剧及电影演员。

我害怕自己会爱上一个可能会让我觉得无助的男人。

亚力克斯入迷地往后一靠："一个改过自新的异装癖？这就是终极猛料？"

"不是！他明显不是啊。我之前在时尚圈工作，所以我不能让那个店长给那些时装标上一英镑的价格出售。我觉得他是喜欢我不追星这个点。说实话，当时那些衣服更让我眼前一亮。我们聊了聊，然后他就提议去喝杯茶……"她抬了下肩，"就是这样。"

"那你当时在那儿干吗呢？你听起来不像本地人。"

伊娃不再保持严肃，亚力克斯是个很好聊天的人。"我不是本地人，我当时在休假，在那之前我卖掉了我创立的互联网公司，然后因为竞业限制条款[①]，我就一年没有工作。我本来应该去意大利学意大利语的，但是去那儿住大别墅的计划泡汤了，所以最后我来了这儿，在我会计的度假小屋里住着。"

"你以前做过互联网生意？"

亚力克斯这么不实诚？他肯定知道才对，但他听起来确实很好奇。"我经营了一家时尚网站，你肯定没听过——都是十五年前的事了。"她摇起了脑袋，可亚力克斯催她继续说。"我就是运气比较好，互联网泡沫刚开始的时候，有些人比较走运。"

"说来听听，我很感兴趣。"

"好吧……我大学时期的男朋友读的是计算机科学，他写了一个程序帮我早上穿衣服的时候更有效率。那个程序把衣服都分门别类成套装……说来也好笑，我以前上课总是迟到，因为我很纠结该穿什么。我每次都从鞋子开始选，所以这后来就成了网站的名字。但是我的朋友们却用它来做衣服交易，然后我和西米恩就萌生了要开发一下这个网站的想法，你可以用它来建立一个线上虚拟衣柜，看看你缺少了什么品类的衣物，然后跟线上零售商连接起来——当时网购还是个新兴领域。"

"听起来很棒。"

---

① 离职之后一段时间内，不得进入竞争对手公司工作的条款。

“其实就是个居然没人想到的点子罢了。”伊娃倒了满满一杯冷咖啡。再谈“从鞋开始”感觉有些奇怪，那个时候这个点子似乎简单直率，如今伊娃惊异于当年她竟有那般漫不经心的自信。

“我拉来了投资人，然后自己做市场营销，而西米恩负责技术运作。网站不断发展壮大，后来我们陷入困境、黔驴技穷的时候，有人给了我们很大一笔钱，于是我们就拿钱走人了。我们最初的搜索引擎现在变成了一些大型时装零售商的运营基础。对一个总是找不到一件黑色上衣的女生来说，那段时光挺美好的，持续了好几年。”

“哇！”亚力克斯说，“那迈克尔拿着回收袋遇见你简直堪称完美。为什么你们告诉记者你们是在书店相遇的呢？”

“我可没那么说，我只是没有纠正他们的说法罢了，反正也没关系。”

“但对一个传记作者来说，就有莫大的关系了，这关乎事情真相。”他推了一下鼻梁上的眼镜，“有意思，有人居然懒得去纠正跟自己有关的错误。”

伊娃跷起二郎腿，有点生自己的气。她确实挺喜欢亚力克斯，但她未免说得太多了。

“说起这个，”她说，“我还有几袋衣服要拿去那家慈善商店，我不想这么没礼貌，但是……”

“没有，没有！”他猛地站起身，“我占用了你太多时间，你已经很友善了。”

“我应该把你的杯子拿走吗？免得你把它给砸了，弄倒了，或者把咖啡洒在沙发上了。”伊娃一脸单纯地问道，亚力克斯惊了一下，然后注视着她的眼睛。

“你是在戏弄我吗？”他问。

伊娃点了点头，他小心翼翼地把杯子递了过去，眼镜后面闪过一瞬可怜巴巴的目光。

他们穿过房间，伊娃看得出来亚力克斯会时不时地瞄上一眼陈列出来的相框。等走到了门口，亚力克斯转身朝向她。雨过天晴，门口月桂树上的蜘蛛网闪烁着晶莹的雨滴。

“我还是想让你做一件事，那就是看完了那些日记再做最后的决定。”他神色严肃，“如果你答应了，我们就一起过一遍，划出重点，然后那些你不希望跟大众分享的东西将永远不见天日。我作为一名编辑，职责就是捕获米克的声音。要的是他自己的声音，而不是他作为演员说出来的台词。他叫我做的事情就是——最后再给他一个舞台。”

米克的声音，日记的每一行字句都会传来他响亮的声音。伊娃把手扶在门框上：“我会尽量抽时间看的。”

“哦，对了，说到时间，”亚力克斯说，“出版商需要你和尤娜还有谢里尔在四周之内拿定主意。他们肯定已经有一张出书的时间表了，那么……你知道截止日期了吧。”

她歪了下脑袋。

“要是有问题，就给我打电话，我们保持联系。”语毕，他试探性地伸出了一只手。

这是他们第二次握手，伊娃心想，然后默默感受着亚力克斯的手指包裹着她的手指。如果这是一出戏的话，现在他们已经该亲脸道别了。不过握手的庄重感却不可思议地很合时宜，仿佛他们不自知地达成了一笔交易。

“谢谢你的咖啡，再见！”他补充道，伊娃发现他在跟两只巴哥挥手，它俩悄悄跟着他们来到了门口，现在站在伊娃身后，目送客人出来，或者说目送客人离开。

她看着亚力克斯到树篱边上取来她先前都没注意到的自行车，然后摇摇晃晃地骑向了火车站的方向，背上斜挂着公文包。伊娃关上了门，不想看见他撞上什么东西，但又莫名预感他会，于是便忍不住透过玻璃窗凝望着他，确认他已经安全地从私人车道骑上了马路。

沉默来袭

在布里斯托的一家咖啡厅当服务员，在凯特琳的职业愿望清单里排不上前几名，但让她妈妈大失所望的是，这却成了她生下乔尔以后最喜欢的一份兼职工作。林恩不停地鼓励她“不要放弃了你的个人潜力”，但是萨迪厨房的工作时间跟乔尔和南希的日程安排正好合适。给孩子洗澡、喂饭，事无巨细地照顾他俩让凯特琳的餐饮服务技能超群，她连睡着了也能完成工作任务。

萨迪厨房里没有叫萨迪的人，老板叫乔安妮，是个长着铂金色头发的商业女强人，她觉得这个名字听起来“更复古”。咖啡厅位于一条满是房地产中介、律师事务所以及其他咖啡厅的商业街上，从凯特琳家快步走到那里需要 23 分钟的时间。店内装修属于那种地板和墙壁都是黑色的实用型风格，店内氛围则会随着一天的时间推移而随之变化。每天清晨，烤架上陈列着一排培根三明治，供给睡眼惺忪的西装人士；从十点开始，桌边就坐满了来喝咖啡的妈妈们；到了午餐时间，办公室白领们又回到这里买法棍；然后到了下午，一切归于宁静，乔安妮正想方设法推出高级的蛋糕，以便招揽她所谓的“下午茶大部队”。

对于凯特琳来说，当服务员最大的好处在于当你需要想事情的时候，你便有时间去思考，当你不想的时候，便有简单的小任务占据你的大脑。这个星期一，她就有足够多的东西要在脑子里梳理一遍：即上周末造访伊娃家进行的探视，以及整个过程下来她感觉如何。

更重要的是，她和帕特里克又要何时再告诉乔尔和南希为什么他们会经历这些。又一个机会溜走了，接下来大家的生活都将迎来极其糟糕的一刻。凯特琳下定决心，她和帕特里克都必须为此肩负责任。

每天一点钟都会有两个房地产经纪人过来吃午餐，凯特琳为他俩卷好几片培根，突然想起上周乔尔大声说他“打碎了一个玻璃做的东西”（结果是迈克尔为西区剧院[1]制作了《东镇女巫》之后获的奖。该死，真该死！），进而想到伊娃当时的表情，凯特琳不由得打了个哆嗦。

“要番茄酱吗？”她朝着那两个正在打电话的房地产经纪人挥了挥瓶子。当时伊娃其实很和善，凯特琳不胜感激——但回家之后，还是教育了一番乔尔，告诉他要保护好他人的财物。想想都知道乔尔是在演练获得奥斯卡的场景，结果奖杯“打滑了”。尽管伊娃清扫了碎片，并且安慰羞愧的乔尔说没关系，但凯特琳依旧于心难安。瑰丽之家不是个能让人放松的地方，伊娃一直走来晃去，六神无主。凯特琳提醒自己这很好理解，毕竟伊娃这十年来的生活形如退休，而她明明才四十多岁。不过伊娃确实显得过于局促不安，心神不定了。南希几乎一句话也没说，可是自从她学会站立以来，她从来没在任何成年人面前变得仓皇失措过，甚至在一些圣诞老人怪叔叔面前也不会。

凯特琳烦躁地挤了挤番茄酱。可怜的伊娃，显然是帕特里克硬生生把她拉扯进来的。他们离开的时候，不出凯特琳所料，伊娃看起来还是完全没有放松（好吧，可能稍微放松了一点）。她看起来……很难过，又害怕又难过，还有些娇小，站在一栋空荡荡的大房子门口，更像是个女管家，而不是这里的主人。

凯特琳暂且搁置她对帕特里克的诸多不满，就只拿他的无礼说事。他本该早就到那里，收拾收拾家里的东西，也帮他姐姐做好心理准备，给他的孩子们营造一个轻松的环境，而不是姗姗来迟，声称工作太忙脱不开身……想要探视孩子的是他，他好歹也该为其他人把这样艰难的经历尽量变得顺遂些吧。他这是怎么了？那个他们相遇时的细致体贴、乐于助人的帕特里克去哪儿了？

难道有其他人占据了他所有的时间？凯特琳喉咙一紧。

---

① 位于伦敦西区的一家主流剧院，与纽约百老汇剧院一同被看作是英语世界最高水平的商业剧院。

“凯特琳？”

她转过身：“怎么了？”

一个叫斯卡利特的服务员朝培根卷点了点头，原来培根上早已覆满了番茄酱，连台面上也是，房地产经纪人的领带上也溅上了酱汁。他们的表情是三分生气，七分害怕。

“噢，天呐！”凯特琳放下瓶子，“对不起，对不起，对不起。”

他们退避三舍，拒绝了她给的餐巾纸。

等他们离开之后，斯卡利特睁大了眼睛，凯特琳竖起食指以示警告。斯卡利特过去的恋爱经历只比南希在图书馆的借书期限长一点，她不太可能会懂这些。“别问我。”

威尔士来的厨师玛丽端着一大盘新鲜腊肠，轻轻推开了斯卡利特，然后将托盘放在台子上，说：“上周末不是探视来着吗？怎么样？”

玛丽记性很好，连这种凯特琳都不记得告诉过别人的事她都记得。随后她想起来，她是自己聊电话聊得太大声，而咖啡厅的电话机又刚好在玛丽烹饪工位的旁边。

“还好。”她说。

“还好？”玛丽撸起袖子，露出手臂上的文身——一条红色的龙盘绕着。当她交叉双臂，那条龙邪恶地膨胀起来。“亲爱的，我经历过。”她说，“周末探视，简直是噩梦。乔安妮也经历过，她跟他前夫……”她顿了顿，示意凯特琳详细说一说。

“嗯……”凯特琳声音有些嘶哑，她必须跟人倾诉一下。反正她也没法告诉她妈，林恩肯定会借此大做文章，并且硬要插上一脚，就像一个政治家非要加入软件公司一样莫名其妙。“乔尔打碎了一个奖杯，南希坐在帕特里克的膝盖上，跟个提线木偶似的。我的大姑子什么娱乐八卦也没讲，我努力帮你打探过了，没用。然后我就去花园里散了散步，因为我实在没什么话可说了。”

“你没什么话可说了？”乔安妮从后面走出来，一阵狂笑，“你去哪儿了？特拉普[①]修道院？”

---

① 天主教西多会的一个派别，主张缄口苦修。

凯特琳看着眼前的几个观众——斯卡利特、玛丽、刚加入的乔安妮——有些浑身不自在，想必很快顾客也会加入进来。“朗汉普顿。”

“朗汉普顿？”乔安妮撇着嘴说，“嗯，那就说得通了。我这个过来人告诉你——会好起来的。讨价还价的阶段一过，你就当自己是每两周休一次两天的假，一个周末还是有很多事可以做的。说到这个……”她抛了个媚眼补充道，“今早你的男人来过了。”

“你说谁？”热气烧上她的脸颊。乔安妮知道什么了？

乔安妮戳了戳她的肋骨。“斯坦·劳森啊！那个总点腊肠三明治的男人，他来找你了。他喊着‘我的小卷毛呢’。”

“噢。”斯坦·劳森是个邮差，五十岁了，光头，总是用暗送秋波的眼神叫凯特琳“再来点儿酱”。

“你觉得我在说谁？”乔安妮凝视着她，“你的脸好红啊。噢！是不是有什么我们不知道的呀？”

“没有！”凯特琳说。她很容易脸红，是因为皮肤太白惹的祸。“我只是感觉太热了，我站在电炉旁边，没人要去服务那位顾客吗？”

乔安妮会意地笑了起来，凯特琳用余光看见玛丽正瞅着她，于是不得不立马忙活起来，免得脸接着红下去。

中午的饭点高峰让凯特琳忙得不可开交，快到两点半了，她要给帕特里克说的话才准备到“我们下周末需要一起跟孩子们谈谈，因为……”她总是回归到本能的渴望之上，想要将乔尔和南希护在双臂之下，然后远远地逃离这场纷乱。

她愧疚的思绪被斯卡利特打断了，只见她拿着咖啡厅的电话机。

“好像是找你的。”斯卡利特晃动着听筒，“学校打来的，好像是幼儿园什么的……”

“哪个学校？”凯特琳在围裙上擦了擦手，迅速穿过店里的一张张空桌子，“乔尔的还是南希的？”

“没说，她只说了要你现在接电话。”

凯特琳伸出手接过电话，知道另一头的“她”听得见这边的情况。斯卡利特貌似是想逗留偷听一下，于是凯特琳指了指没清理完的桌子，做了个“帮帮我”的表情。

斯卡利特回了个鬼脸，不过还是乖乖照办了。凯特琳转身面向墙壁。跟别人讨论帕特里克的缺点是一回事，不过孩子却是个私人问题。

“你好！”她愉快地说，“我是凯特琳。”

“喂，凯特琳，我是亚德利夫人。”

那便是南希的事了。亚德利夫人是南希所在幼儿园的经理，她的孙女谢利是园长，为人和善，但是亚德利夫人从前当了很多年的学校秘书，习惯了不让别人直呼其名。

“出什么事了吗？”

“我就想通知你一声，今天你来接孩子的时候，谢利想跟你聊两句，所以如果你可以抽出 15 到 20 分钟的时间的话，那就再好不过了。”

“聊什么？”凯特琳心跳加速，“出什么事了？是南希受伤了吗？”

“不是，不是那样的。我还是让谢利跟你讨论吧。”她声音亲和，却敲响了警钟。

“南希还好吗？”凯特琳脑子里一阵嗡鸣，想象着各种可能出岔子的事。是学费出问题了？南希的学费是直接从她和帕特里克的联合账户上划的，她从来没查过，财务一直都是帕特里克在管。还是说他没再给了？他肯定不会这么卑鄙吧？

是跟上周末的事有关吗？她说了什么去伊娃家发生的事吗？她不开心了吗？想到南希在幼儿园里不开心，凯特琳很揪心。南希很爱上幼儿园，她一次也没哭过，包括她开学的第一天。凯特琳的心里充斥着几个月前南希表演耶稣诞生儿童剧的回忆：南希戴着金箔做的光环和特制的翅膀，在台上放声歌唱，她的目光在观众席里奋力搜寻着爸爸妈妈，最后脸上绽放出大大的微笑，凯特琳看了只想紧紧地拥着自己的宝贝女儿，希望她就停留在那一刻，永远不要长大……

凯特琳发觉自己已然说不出话，因为她一开口定会泪如雨下。

“你好！是你叫的车吗？”

她转过身，一个出租车司机正站在柜台边上，拿着一根法棍敲了敲玻璃台面，然后又敲了敲他的手表。

凯特琳两腿发软。从现在正式开始，她心想。这周末乔尔和南希要认识到爸爸妈妈之间出了问题，我们不能再装了，我们必须要谈谈。

她挤出一个微笑："请稍等一下。"然后对亚德利夫人说："那好吧，我两点五十去见谢利。"

"很好，你不必担心。"她回复道，可她的口气却让凯特琳愈发紧张起来。

凯特琳急匆匆穿过幼儿园外的操场时，透过落地窗看见了南希：她像往常一样坐在图书角的粉色懒人沙发上，低着草莓金色的小脑袋看着书，刘海垂在她脸上，大拇指含在嘴里。

凯特琳驻足了片刻，想把这画面印在自己的记忆里。一天之内总会有一些时刻，她渴望时间能停下来。

南希还认不全字，不过也八九不离十了，凯特琳时常会想，在理解的边缘摇摇晃晃是怎样一种感觉：一只小鸟稳在鸟巢边上，准备要一跃而起，她在翅膀里搜寻着力量，只待飞往她从未想象过的地方。当她俩一起窝在床上看书的时候，凯特琳很爱观察南希眼中的专注，她脸上闪过的恍然大悟如同一阵风无形地扫过玉米田一样。时间飞逝而过，南希会凭着一本本熟悉的图书一步步走向不再需要凯特琳的那一天，而且不只是不需要她解释生词那么简单。

帕特里克觉得南希不是在看书，因为南希的记忆力跟他一样好。"她只是学过那些书罢了。"有一次凯特琳轻飘飘地溜下楼，为他们女儿取得的进步而自豪感爆棚，结果却被帕特里克泼了冷水。"拜托，那些书她都听过多少遍了？好几百遍了吧？别忘乎所以了。"

帕特里克的理性"一石二鸟"，既贬低了南希，也挖苦了她。餐桌上铺满了工作文书和邮件，他坐在另一边盯着她，仿佛她的行为荒唐可笑。凯特琳有意避开他的目光，望着他身后的书架，那上面摆满了她结婚这些年买回来的书，没有一本是帕特里克的。帕特里克从搬来和她住之后，一本书都没买回来过，甚至都没给乔尔或者南希买过一本。

"她就是个普普通通的小女孩，我希望你不要给她太多不必要的压力。"他平静地说道。

"看书不是压力，看着我们的孩子开始有了自己的主张，这是件很神奇的事情！”

“是吗？可能我出门工作的时候错过了这种神奇的事吧。”

那一晚，凯特琳第一次毫无征兆地觉得，自己已经不认识这个人了。她从帕特里克灰心丧气的神情看得出，他多半也有同样的想法。

回忆在她脑海里喷薄而出，又烟消云散，如同一道雷电闪过。凯特琳在这一天第二次感觉自己泫然欲泪。她和帕特里克，当初是那么的美好，可如今一切都毁于一旦，化为乌有。

深呼吸，她默默地告诉自己。幼儿园的窗户打开了，她注视着教室里的谢利，她正在和几个在等家长的孩子们闲聊。凯特琳听见谢利告诉他们，幼儿园要组织大家去一个有很多鸭子的公园郊游。她就是想跟我说这个吧。凯特琳心想，征求一下我的意见，不是什么坏事。我也可以当面告诉她我跟帕特里克的事。

她振作起精神，走进了休息室。那是一片快乐的小天地，大大的通风窗户，每面墙上都有小孩的手印盖成的花朵。孩子们按照年龄分好组，每组以花命名：快要毕业的南希是雏菊，但是她最喜欢的是向日葵。在她看来，向日葵是“最快乐的花”。凯特琳喜欢她给万物赋予性情的想法：花、猫、房子——她关心万事万物的所有感受。

凯特琳一走进去，南希就丢下她膝盖上的书，跑了过来，给了凯特琳一个紧紧的拥抱，就像拥抱刚到伊娃家的帕特里克那样。

“你好呀，小俏妞希希。”凯特琳说着亲了亲她柔滑的头顶，“准备好回家了吗？”

她原本期待着南希问她带没带蛋糕——每天南希都会检查一下凯特琳有没有悄悄带回来一些蛋糕——但她没有问，只是拿鼻子飞快地蹭了蹭她，然后抱得更紧了。

她累了。凯特琳心想，要理解消化的事太多了。

“我们的小书虫。”谢利亲切地说，“我们都知道上哪儿能找到你，对吗？我们的图书角！”

南希抬头望着凯特琳，双臂仍旧紧紧地环绕在她的腿上，可她还是什么也不说。她心形的小脸上蓝蓝的眼睛似乎比平常还要大。

“南希？要不然你去听凯丝讲个故事？我要跟你妈妈聊一聊。”南希无言，谢利并没有对此做出反应，而是朝正在给一个不情不愿的小男孩穿夹克的助教挥了挥手，“凯丝，有时间讲个小故事吗？”

“我一直都有时间讲小故事！”凯丝伸出一只手，“南希，你想过来挑一本书吗？”

南希瞥了一眼凯特琳，凯特琳微微一笑以示鼓励，然后南希便冲向了房间的另一边。

“她累了。”凯特琳不自觉地开口说，“上周末对她来说太过漫长，我们一直都在路上。我们去了朗汉普顿，拜访帕特里克的姐姐。南希不认识她，我估计她还没回过神来……”

为什么我在找借口？她心想，我要告诉谢利实情，她需要知道真相。可要是说了，那就真的成真了。

这不是你的问题，凯特琳狠狠地告诉自己，但却拂不去内心的羞愧。

“哦，好吧。”谢利点了点头，“家里还发生了别的事吗？有什么变故吗？我不是想多管闲事的意思，只是……”

“南希说了什么吗？”凯特琳有些惊慌，“嗯，我们去那里是因为……呃，帕特里克去纽卡斯尔工作了，然后……”说出实情，凯特琳。她暗下决心。“我们分居了，他搬到了那边去住，现在隔一个周末去他姐姐家见一次孩子。我们正在讨论细节，所以还没明确地告诉他俩到底发生了什么，不过我们很快就会说的。”

“噢，天呐，我很遗憾。但是谢谢你能告诉我。”

“反正我本就打算过来告诉你，因为乔尔和南希才是我和他的首要任务，不对，是我和他唯一的任务！但是南希……”凯特琳声音渐停，羞愧得发热，“她说了什么吗？”

“没有。”谢利看起来似笑非笑，“非但没有，还恰恰相反，说来也奇怪。她过去几天一句话也没说。”

天呐！事关南希，无关郊游。凯特琳的心像是一块石头砸落在她的胸口。她以前见到过谢利跟别的家长谈话，她还替那些家长深感难过，如今自己的孩子却出了问题，是自己让孩子出了问题。

“我也不想太过在意这件事，但是我们发觉圣诞节之后，南希就跟变了个人似的。她变得沉默寡言，虽然大家还是会一起玩耍，可就是没平时那么多话了。今天尤为明显，因为我们在玩一些语言游戏——嘿！”她拍了拍凯特琳的手臂，“你不用这么担心！”

“我不明白你说的是什么意思——她没那么多话了？她不说话了？南希就是个话匣子啊……”

“我知道！我本以为她可能有点受天气影响——你知道，小孩子容易得流感什么的！——但是凯丝也察觉到了，南希没有像平常那样加入我们。她可是最会唱歌的孩子啊。”谢利和善的脸上略带担忧，“但是你刚才说发生了那些事，那倒也说得通。可怜的孩子，你也挺可怜的。她在家怎么样呢？”

“挺好的。从她姑姑家回来的时候，她是有点安静——帕特里克直接回纽卡斯尔了，两个孩子就明显有点不开心——但是昨晚她跟乔尔又像平时一样在家唱歌了啊。”孩子们当晚唱歌的声音震耳欲聋，但凯特琳无心去阻止他们——她很高兴看见两个孩子恢复正常，毕竟回家的路上沉寂而压抑，仿佛伊娃的房子吸走了他俩的精气神似的。

难道不是他俩都唱了歌？莫不是乔尔的动静大到像是两个人在唱？

“唱歌？那倒挺好。”谢利尽力说得鼓舞人心一些。

“你说她安静了很多是什么意思？她不加入你们了？”凯特琳在脑子里飞快找寻着原因，“是不是……她跟小伙伴闹别扭了？”

“不是！她加入了我们，这倒没问题。”谢利望了一眼图书角，南希坐在凯丝的膝盖上，凯丝在朗读，南希吮吸着大拇指。“她还是会玩过家家，掌管一下商店或者厨房，别担心！只是……”她皱起了眉头，搜寻着合适的词语，“她看起来不像是有任何交流沟通上的困难，可是我们直接跟她说话，她就是不开口。当然我们也不要去逼她，我跟你说了这件事，这样一来我们就能避免它发展成一个大问题。”

“一个大问题？”

“有时候小孩子会在某个阶段不说话，我们以前就碰到过，一般都是出生在双语家庭的孩子，但也有例外。我们尽量不去理会，后来他们很快就又开始说话了。可能她就是在消化之前发生的事情吧。但你知道我们这里的人有多爱南希，要是她因为什么事不开心了，我希望她感觉得到只要她想，她就可以来跟我们说。”

“没有什么事会让她害怕到不敢讲出来！”凯特琳的声音比她预想的大很多，但其言外之意却让她一惊，“帕特里克走了不是因为……不是我把他赶出去的……没有发生那种……”这话太难以启齿了。

“当然没有！”谢利抚着她的手臂，但凯特琳知道她已经在想了。沉默寡言的孩子，不敢说话，简直是雪上加霜。

“凯特琳，我刚才一点责怪你的意思都没有！我只是想说——要是她在家里会正常聊天，那可能我们的关注点就应该放在幼儿园这里。”谢利的眼神锁定在凯特琳脸上，“现在我知道了你们家里的情况有一点点复杂，那我们就确保幼儿园这边会妥善处理，好吗？”

“好吧。”凯特琳的脑子里满是呐喊声，却又感觉周遭纹丝不动。她唯一的本能就是想要将南希揽在怀里保护着她，可是人难免伤心，我们也无能为力，不是吗？这是她为人父母懂得的第一个道理，她会在宝贝们遇上迎面而来的汽车、公交车抑或是猛兽的时候挺身而出，但是那些她最想帮他们承受的苦痛是看不见的，是她力所不能及的，凯特琳常常为此辗转难眠。

“明天又是新的一天。”谢利欢欣鼓舞地说道，“刚才你所说的事以前就有其他妈妈过来跟我们说过，以后也还会有的，我保证。”

凯特琳微微地笑了笑，先是咖啡厅的那帮女生，现在又是谢利。

“说句体己话……”谢利似是惺惺相惜地抿起嘴唇，“你也要好好照顾你自己，好吗？这段时间挺艰难的。”

“谢谢。”凯特琳的声音低沉沙哑。

“很好！带南希回家吧，然后我们明天早上见。南希，你想把那本故事书带回家让妈妈睡前读给你听吗？”

还在图书角那边的南希抬起脑袋，满脸笑容地点了点头。但她没有说话。一阵寒意让凯特琳痛彻心扉。

“太棒了！准备好出发了吗？你的外套在哪里？”谢利保持着开心的口气说着话，可是南希却没有回答，她只是顺从地笑了笑，点了点头，一直警惕地转着她滴溜溜的蓝眼睛。

米克的日记

那些日记还在门口的椅子上，亚力克斯·蒙塔古将其放在那里之后便没再动过。已经过去了四天，胶带也还粘在两片箱盖上原封不动，箱子里保存着的是多年的私密想法。这些想法令人难以捉摸，如同冬季蛰伏在蜂巢里的蜜蜂。伊娃每次路过家门口都会迟疑，上前一步，然后又找些别的事先去做。

两只巴哥也不喜欢那个箱子。蜂蜂嗅了嗅箱子的气味，然后面露焦躁之色，仿佛米克可能就在那里面。蜜蜜把守着椅子，伊娃一靠近，它便瞪着伊娃。家里的气氛变了。米克死后的两年里，伊娃已经习惯了独自生活在这里，仅仅与狗相伴，但是现在仿佛有一扇她从未注意到的门打开了，有什么东西溜回了她的生活里，注视着她，等着她转身与之相对。

不是。她心想，不是什么东西，那是米克。感觉就好像米克回到了他们的家里，但她无法触碰他、亲吻他或是跟他说话。她只能听见他的声音，然后思念他。那些日记就像《面包师巴尼》的光碟，却又相形见绌，因为这一次他的天外来音不会只开开魔法馅饼或者面团的玩笑——他将会聊他们俩的事。又过了几天，箱子照旧没人开封，一个邮包却寄到了家里，顺带还有伊娃订阅的*Vogue*、一些账单、最新一期的本地杂志《朗汉普顿城事》以及每月汇总的杂物抛售信息。

跟往常一样，邮件一到，两只巴哥就会冲到家门口一阵狂吠，伊娃要赶在蜜蜜将其撕碎之前火速前来营救。包裹不重，上面名字跟地址的笔迹是伊娃从未见过的：是用蓝色钢笔写的小型大写字母[①]，字迹因淋过雨已经晕染开了。

包裹里是一册红色笔记本，封面用回形针别着一张淡黄色的联络卡。亚历山大·蒙塔古教授。

深表歉意，【请阅读便笺内容】这个笔记本是谢里尔·默里退还给我的，因为我错将其放进了给她的那几本日记里。我为我的疏忽道歉，并希望你没有因这部分婚姻生活的内容无端缺失而感到奇怪。我很期待听一听你的想法，而且毫无疑问，我随时都可以跟你讨论任何有关出版和编辑的问题。再次感谢你上次抽空见我。——请阅读背面 >>

她翻到卡片的背面，亚力克斯用更潦草些的字迹补充道：我猜你可能会对附送的东西感兴趣，是在我们收集的档案里找到的，是迈克尔在拍《非洲男人》时的片场照——时代变迁啊！

伊娃看了看包裹里面，一张照片从回形针上脱落了下来。她将其倒出，果不其然，上面年纪轻轻长着络腮胡子的米克正在拍摄间隙休息，周围是一些穿着部落服装有说有笑的临时演员，一个个抽着烟，拿着啤酒罐。背景里有一辆 70 年代的路虎清晰可见，那块盾牌就立在车的前轮上。

伊娃抬头一瞥——没错，就是那块盾牌，米克的盾牌，现在挂在她墙上那块，就在照片里。黑白色看起来要好得多。

她很感动亚力克斯还记得。不过奇怪的是，她对于照片本身没有……太大的感觉。就是米克在拍电影罢了。相较于那个穿着亚麻西装、看起来骄傲自大的年轻人，她更对那块盾牌心生共鸣。

她放下照片，然后拿起了笔记本，这般朴实而平淡，她不假思索便将其翻开。

伊娃看到的第一段话便可以脑补出米克的声音：

我认识蒂姆·赫勒尔德已经有 21 年了，简直绝了，他完全没有随

① 外形与大写字母一样，但尺寸与小写字母近似。

着年龄增长而变成更好的人。斯蒂尔顿芝士历久弥香，他却恰好相反。伊娃，作为掌握了说话之道的女神，告诉我她觉得蒂姆很“独一无二”。可不是吗，真该谢谢上帝呢，要是再有一个他这样的人，那世界末日到了，连大慈大悲的诺亚都不会让他上船。

肾上腺素霎时间奔涌在伊娃的血脉里。米克的字迹写满了一页又一页，其中蕴藏着那种他说话时充盈在整个房间里的能量：没有打叉的地方，反倒是在字里行间洒满了感叹号、下划线以及大写加粗的字眼，这跟他聊天时会通过手势、笑声和眨眼标出重点如出一辙。

这本日记没有前言，从 2008 年 4 月开始。

跟特里·牛顿聊了聊那个面包师动画片的提议。超级简单的活儿——先配个 12 集的音，无须表演。这是一家刚起步的小制片公司，不过罗杰说特里正在投入资金，而且他还是个跟我气味相投的约克郡人——腰缠万贯，却一毛不拔。但是金不买账，她还是在不停地唠叨一部 HBO 的西部片，还说她十拿九稳，可是罗杰觉得选《面包师巴尼》更好——他的孙子们疯狂地迷恋这套书，而且有很多本。退休之后有个不错的活儿干并不可耻——林戈·斯塔尔[①]一直都在跟老乐迷讲这个道理。

原来《面包师巴尼》是这么来的。伊娃记得米克那次跟多年前的老友特里吃了个午饭，回家后就变卦了，他之前答应过伊娃要一起环游美国一年，结果突然冒出来“一份工作”，于是便延后了旅行计划。哼！她也记得 HBO 的那部西部片，金想让米克为此做做功课，米克写下了他告诉她的原话。

说实话，我实在没力气再参与美国那边的工作了。真的是头疼，拿着摄像机过海关每次都要损失十英镑。如今的演员也很无趣，统统都在控制饮食，绝不吃面包或者其他精加工过的食品；统统都在为了前列腺

① 英国披头士乐队的鼓手，乐队解散后仍旧活跃于乐坛至今。

健康而狂喝石榴汁；统统都要去慢跑。慢跑！上帝你别让我总是这么快啊！总之，我和伊娃已经有足够多的钱了，我宁愿待在家里，有她，有哈巴狗，还有花园。天呐！我从来没想过我会写出这种话——想待在家里跟我的老婆还有花园在一起。但这却又是实话。已经被你心爱的人和自己种下的玫瑰包围，难道生活里还会有比这个更幸福的事？

款款柔情跃然纸上，伊娃的呼吸陷在胸腔里。她以前一直想要相信米克很喜欢他们二人的家庭生活。结果如她所愿，他在日记里写了他很喜欢。她仿佛感觉得到米克的手拨弄着她的头发。笨死了，为什么她之前要担心米克会不喜欢？伊娃没有合上日记，更没有将其藏到没开封的箱子下面，她继续浏览着，如饥似渴地想要发掘更多细节，但又害怕会因为看见不那么舒心的内容而坐立不安，于是屏住了呼吸。

说起这个，伊娃今晚从城里带回来一件新夹克。滑稽的蓝色衣服，像是老式校服，我觉得还挺时尚的。她问我怎么看——说得就好像我一把老骨头了还懂这些似的！——但她居然傻傻地来问我。我告诉她就算她穿着装面粉的麻布口袋，仍旧是个万人迷。她应该觉得我是在开玩笑吧。我总是忘记跟年轻人在一起可以有多口无遮拦——我的称赞尽是老掉牙的话，但伊伊实在甜美得让人无从埋怨。

蓝色夹克？伊娃皱起了眉头，思索着他指的是哪一件。她已经不买衣服了，大多数时候都在闲逛遛狗，可能再去下酒吧。

她翻回前面查看日期——2008 年 5 月 20 日。然后她记了起来，那是一件雨果博斯的海军蓝夹克，是她在伦敦买的，那是一次少有的单人旅行，她要去找她的业务顾问，并签署最后一些跟她公司相关的文件。不料伦敦城里比她预想的要冷，于是她去塞尔福里奇百货公司买了一件夹克。伊娃还记得自己拼尽全力不向实用主义低头，反倒是挑了一件时尚前卫、裁剪讲究的，好让大脑进入商业模式运转起来。尽管当时她感觉自己过去的生活正在悄然逝去，但这却只让她内心洋溢着幸福感。在那之前她从未觉得生活属于自己，于是她转而奔向了一个更加温暖而丰富的所在——一种有意义的共享生活。

伊娃闭上双眼，在心里搜寻着那种从前“回家”的感觉，当她在门锁里转动钥匙，会听见两只巴哥蹦蹦跳跳地跑来门厅，然后米克在厨房里自哼自唱。那件修身夹克突然感觉有些紧。米克走了出来，两手粘满面粉，然后评价了几句。伊娃感觉到他的眼睛在观察着她的不同之处，于是她模仿起以前看秀时常看到的呆滞眼神，忸忸怩怩地在门厅里走起了台步。米克哈哈大笑，两只巴哥为她古怪的行径汪汪大叫。当她脱下夹克，将其挂进衣柜时，她就已经知道她再也不会穿这件衣服了。那不是她的风格，而且她也不在乎。

米克并没有写这些，这是她的记忆。那一页最后一行写着：

我知道我是个幸运儿，幸运到无以复加，我遇见这个女人的那天是我一生中最走运的日子。

伊娃咬住嘴唇。这段回忆已经近乎溜走，但米克又将其挽回：不只是那件夹克，更是那种她扑进他怀里时的归属感，那种回家的感觉。这段回忆紧紧守在她记忆的边缘。

她翻到下一页，缓缓读着每一行，只允许自己的目光一次看完一句。

本来想问问伊伊对于《面包师巴尼》以及儿童节目整体的看法，但又不想糟蹋了她的好心情。不关她的事，估计也不关我们的事，还是走为上策吧。

伊娃心里的幸福骤然褪去。这是什么意思？伊娃注视着米克的文字。“不关她的事，估计也不关我们的事。”什么不关她的事？面包师动画片？讨论工作上的事？但她知道意不在此。儿童节目，是这个不关她的事吗？他是这么想的吗？

你什么意思？她想问米克，可是米克不在这里，永远都不在了。她永远都无法知道他这句话的含义。

电话铃声响了起来，她在想会不会是亚力克斯打来的，看看她有没有信守诺言开始看日记，转而才发现自己已经不假思索地看了起来。

伊娃伸手拿起手机，另一只手的拇指还别在笔记本里。是帕特里克，照旧是在他会议转场途中打来的。

“没在忙吧？”他总会这么问。以前帕特里克在伊娃工作时打给她，她总是没法接，也许是得了后遗症。可无论如何，他都会接着说下去。

伊娃深吸了一口气，努力集中起精神，把笔记本放在了边柜上。柜子上还放着一张米克的照片，他戴着一顶黑色贝雷帽，蜂蜂和蜜蜜坐在他大腿上：那是他六十二岁生日时在法国南部的一栋别墅里拍的。蜜蜜穿着一件条纹T恤，蜂蜂皱着眉头。米克把手臂搭在伊娃先前坐着的一个双人沙发上，俏皮地朝相机后面的她抛着媚眼。她其实就在照片里，但却又不在。

她转过身。“当然不忙！”蜜蜜把头探进门口的口袋里嗅来嗅去，里面装着要拿去慈善商店的旧领带和毛衣。蜂蜂站在一旁，像个社区警察似的抬头看着她，不太确定要不要向她举报蜜蜜的不当之举。伊娃决定暂且不去理会。

“那就好！”帕特里克说，“听我说，我打给你就是想确认一些下周末的安排，我跟孩子们见面的事。”

“下周末！这么快！”伊娃不希望帕特里克觉得她不想助他一臂之力。她断定有了安娜给她的几本书，这一次会比上次进展得更顺利。“好呀，计划是什么？”

“对，凯特琳发短信说她星期六早上九点把孩子们送到你那儿，然后星期天下午三点再去接他们。”

“星期天？他们要在这儿过夜？”

“对，显而易见是这样，上周末就是先试验一下。不好意思，我之前没给你讲清楚吗？我们采纳了调解员的建议，我隔一个周末见他们一次，还有就是节假日的时候。”帕特里克语气里带着歉意，“我还想逐步争取从星期五他们放学一直到星期天晚上都陪着他们，但那就得跟公司那边协商一下周五稍微早点走。这样会太麻烦你了吗？”

“不会，一点儿也不麻烦。大家都留下来住很好啊，只是你确定……”该怎么说呢？“你确定乔尔和南希愿意来吗？”

"肯定愿意！你怎么会说这样的话？"

"因为……"伊娃习惯性地避免谈论有关小孩的话题，就像修水管或者政治上的事，她有自己的看法，却总感觉没资格表达出来，"好像他们觉得不好玩吧？南希那么安静，乔尔……"

"我能再为乔尔打碎那个奖杯道一次歉吗？他不该去乱拿乱碰，他会给你写一封道歉信的。"

"他不用写，真的没关系。"乔尔担惊受怕的表情像碎玻璃渣子似的嵌在她心里：又羞愧又恐惧，像极了在米克行李箱上撒了尿的蜂蜂。"要是那天我反应过激了，我得说声对不起。我就是……想起了米克获奖的那个晚上，那是我们刚度完蜜月回来的第二晚。"那天她与乔尔四目相对，她很想跨过那道大人与小孩之间的隔阂，告诉乔尔她感受到的痛苦与他想象的不一样，可是她却不知道该如何说。

这比损失那个奖杯更让她备受折磨。

但帕特里克继续说道："不行，凯特琳的看法跟我一样，乔尔必须道歉。他好傻——我们正想方设法把他这种喜欢炫耀的臭毛病扼杀在摇篮里。他就是想刷存在感，可能是我们的错吧，但就算是这样……"

"呃，从长远来看，喜欢炫耀倒是没给米克带来什么坏处。"

帕特里克轻笑了一声："从长远来看，乔尔应该少幻想获得奥斯卡奖，多关注他的数学成绩，至少眼下应该这样。"

刷存在感！可怜的乔尔。伊娃用手指缠绕着电话线。"不好意思，帕迪，我想冒昧地问一句，你们告诉乔尔和南希你们要离婚了吗？因为他们上次在这儿的时候，我真的不知道该跟两个孩子还有凯特琳聊什么。你应该早点到给我通通气的。"

电话那头沉默了好久，只听见卫星导航仪的女声警告前方堵车。

"没有。"帕特里克终于开口，"我们还没告诉他们。"

"那你们打算什么时候说？"

"快了。我知道，我知道……但是不把事情搞砸也很重要。我们需要找一个合适的时机，而且凯特和我必须一起说，孩子们的心灵不可以受到永久性的创伤，要让他们明白这不是他们的错……"

"是吗？"告诉孩子们坏消息哪里会有什么合适的时机？帕特里

克在跟南希差不多年纪的时候就永远失去了他们的爸爸，根本没有选择。乔尔在伊娃脑海里的影像变成了同样年纪的帕特里克，跟他们的妈妈在他们老房子的前屋里没完没了地玩桌游。不管玩什么桌游，除非找到了“一项策略”，他绝不去冒任何风险。伊娃一半的青春时光似乎都是在一轮又一轮的《大富翁》[①]里消磨掉的，帕特里克总是费上九牛二虎之力才能获胜。“我知道很难，也知道你想处理好，但是你拖得越久……”

“我不想操之过急，这是件大事，让我们先适应一下分开之后的生活……”

“让谁适应？”伊娃说。

“嗯……我们大家。”

伊娃猜想这跟凯特琳有关。帕特里克不想放弃凯特琳，也不想放弃他的孩子。

“你是希望给凯特几个月的时间让她自己倾倒垃圾，她就能发觉自己失去了什么？”

电话那头又停顿了片刻。“不只是这样，但也算是吧。”

“那就更应该把话说开了，凯特琳需要面对离婚真正意味着什么——这不是儿戏。”

“没那么简单。”

伊娃注视着米克和两只巴哥的照片。我提了什么建议吗？她心想，我就只正儿八经地谈过一次恋爱。她和帕特里克聊到生意问题总能滔滔不绝，在这个话题上两人都能各抒己见，哪怕意见相左，也不伤和气，但是他们从来不会涉足情感这片危机四伏的水域——米克去世的时候没有，他们的妈妈第三次穿着睡衣走丢，然后不得不送她进养老院的时候也没有。他们都不擅长这个，情感类的词语从来都不在他们家的字典里，况且他们也都没有太多浪漫经验可以回溯借鉴。

但帕特里克是她的弟弟，他们现在只拥有彼此了，上周末的经历

---

① 一种多人策略图版游戏。玩家分得起始资产，通过掷骰子进行移动，再以买地建楼的方式赚取租金，最后一个没有破产的玩家获胜。

激起了伊娃的些许记忆。比如乔尔以为没人看见他时，他脸上纠结的表情；比如他为了顺从大人的话，假装自己没事；比如眼睛大大的南希什么都看得见却什么也不愿说。这一切带回来了伊娃很多年以前就抛诸脑后的感触，她在两个孩子身上看到了自己当年的一点影子。

伊娃吸了口气，说："凯特琳究竟为什么提出离婚？告诉我。"

帕特里克的回答让她为之一惊。

"她没提，"他说，"是我提的。"

"什么？为什么？"

"因为她不快乐。要是她不快乐，那我就不想要她跟我待在一起。"伊娃听见帕特里克咽了下口水，"我们从前的生活那么特别，不应该就那样收场。"

"说真的，帕特里克，发生什么了？有其他人插足了吗？"伊娃自己都不知道"她"指的是谁。

"我不想聊这个。"帕特里克说。伊娃的脑海里浮现出他倔强的表情，从前玩《大富翁》的时候，她和妈妈一起劝他卖掉公共设施公司，他就一副愁眉苦脸的模样。只有在聊电话的时候才有可能看见小男孩帕特里克，面对面的时候他就必定是个大人。"我们能接着聊孩子们的事吗？拜托了。"

"但这事关他们啊。"伊娃豁出去了，"你不要误会我的意思，但是上周时不时地……看着乔尔和南希，我总是会回想起你和我小时候，就是乔尔一边陪南希看书，一边偷听大人们说话的样子。我知道我们的年龄差更大，但我就是突然想了起来——我清楚当年发生了什么，比爸妈以为的要清楚得多。"

"什么意思？"

"噢，你懂的。他们把收音机打开，在厨房里吵架，然后假装一切都好。爸爸开始对妈妈冷暴力。他俩客气得吓人，还有妈妈在花园深处抽烟的味道。你知道的。"

"我不知道。我只记得星期天我们会一起听《阿彻一家》[①]的合辑，

---

① 英国BBC电台剧。

还有妈妈做的烤牛肉和奶黄，不记得什么吵架。”

伊娃注视着门厅镜子里自己的倒影，她身后墙上的那块非洲盾牌隐约可见。为什么她现在在跟帕特里克说这些？也许说出来就是个错误，她不想在这个话题上多言，然而她已经说了出来。如果她不能直接跟侄儿侄女聊这些，那至少可以用这种方式帮到他们。“好吧，可能你当时太小了，没注意到。但我一直都知道爸爸会跟妈妈吵架，因为厨房里会爆发出第四电台的声音，然后她送我去花园清理垃圾。我不知道他们在吵什么，但重点是我知道有不好的事发生了。”

我还会想是不是我们做错什么了，或者是我做错什么了。

“我和凯特琳没有那样，我们从来不吵架，反正肯定不会在孩子们面前吵。”

“我不是说你们吵架了，只是小孩子很容易察觉到气氛不对……”

“为什么你硬要说爸妈吵架了呢？我觉得可能你只是记得一次那种坏事，然后以为一直都那样。”帕特里克对于他们父母的看法近乎偏执。他还留着他们的结婚照，那是老房子里他唯一想要拿走的东西：一对幸福的夫妻在教堂外面摆着造型，爸爸穿着西装，刚从医学院毕业，妈妈站在他身边，完美得像是个洋娃娃，她亮黑色的蜂窝头上撒满了彩纸，手里攥着一张马蹄形纸片。伊娃猜想，他们的父母便是这样定格在帕特里克的脑海里的，妈妈不是那个早早垂垂老去的妇人，爸爸也不会暴躁易怒，时常不见踪影。

“我不是说一直都那样，只是他们自以为躲起来吵架我们不知道，但是我看得出来。”

“我跟爸爸还有妈妈只有快乐的回忆。”他继续说道，“我知道爸爸以前工作时间很长，但我们玩得很开心，不是吗？我现在到了他当时那个年纪，才明白他在诊所工作要承受多大的压力……”

伊娃没有作声。帕特里克很喜欢说爸爸的形象多么光辉伟大，他是多么德高望重，心地善良，“现在他自己当爸爸了”就更是这样。伊娃的目光越过电话桌，投向镜子，她的倒影也回望着她，她仿佛看到了一张家人的合照虚幻地出现在视野里。爸爸的尖鼻子，妈妈感性的大眼睛，黑眼圈和鱼尾纹是她自己的。讽刺的是，笨拙的少女时期给伊娃留下的唯一印记竟是她的眉毛，从 1985 年至今，她一直都拔成同样的弧度。那一年他们的爸爸去世了，当时帕特里克才五岁，而十三岁的伊娃很是热衷于镊子。这些陈年旧事他能记得多少？是真的记得，而不是等到爸爸入土为安了无法反驳妈妈那套说辞时，从她口中听来的。

不过话说南希快五岁了，她看起来像是在默默观察着一切——每一次大人的畏缩不前，每一阵尖锐的沉默无声。至于乔尔……

“所以说，下周末，”伊娃知道自己打断了帕特里克，却又不知该如何把他俩引回到一个她自己也不清楚该不该提起的话题上，“凯特琳会在星期六把乔尔和南希送过来，但你不会提前过来吗？”

“我尽量。”帕特里克说。

“那你会考虑告诉他们吗？我不想多管闲事，但是……”

“好，伊娃！我知道了。”他顿了顿，然后用更温柔的口吻说，“我知道了。”

“行吧。”

这是这么多年来，他们俩聊童年往事聊得最久的一次，她心想。不用说，这也是他们聊任何个人私事聊得最久的一次。

“你不介意对吧？”他突然问，“就是我和孩子们住一宿。”

“我为什么会介意？”

“这不会……”帕特里克犹豫了，时间长到伊娃估计他是在给一个不舒服的问题找合适的词语，结果他又把问题咽了回去，“这不会，我的意思是，这会不会打扰你的正常社交，哈哈哈！”

“不会。”伊娃说，“不会的。”她从边柜上拿起那个笔记本，米克的片场照随之掉落出来，她将其塞进米克和巴哥一起拍的生日照相框里。两个米克，一个年轻，一个年迈。一个是她的，一个是尤娜的。

“我们到时候再说吧。”帕特里克的声音又调回了“会议结语”模式，“谢谢你，伊娃，你是个特别棒的姐姐。”

“当姐姐的不就是要做这些事吗？”她回应道，不过帕特里克只是笑了笑，然后挂断了电话。

“当姐姐的就是要照顾好弟弟。”伊娃的脑子里传来她妈妈的声音，她不去看镜子里的自己，阔步走回客厅，手里拿着米克的笔记本。

消失的南希

凯特琳必须叹服乔尔他们小学新上任的校长：雄心勃勃的道格拉斯夫人。道格拉斯夫人一碰上募集资金的机会，通常都会喜形于色，热心操办，给所有家长都寄上一封信，多半还会邀请各路媒体前来观摩报道，将其刊登在本地报纸上。

这周末学校打算创一次吉尼斯世界纪录——最多个不到十一岁的儿童伴着 *Happy*[①] 边唱边跳，可谓是一个在各个方面都吸引着乔尔的壮举。他们本来要唱的是 *The Bare Necessities*[②]，乔尔跟她讲过，可是显然已经有人捷足先登，并且以八千人作为目标。然而道格拉斯夫人根本不可能在三月中旬凑够八千人。

尝试破纪录的地点被安排在了一座公园里，在去往目的地的路上，凯特琳的妈妈林恩打来了电话，然后乔尔抓住机会将活动解释了一通，说自己踏上了成名之路，即将收获新的听众。凯特琳任由他东拉西扯——是她妈妈自己要问的，真是自讨苦吃——这样便能哄南希说上两句话，南希走在凯特琳身边，抓着那本许愿猫的书，还是什么也不说。

没有编小曲唱一唱树林，没有指一指小鸟，凯特琳一问她问题，她就紧紧地握一握凯特琳的手。

自从跟谢利在幼儿园聊过之后，凯特琳发现自己就跟只老鹰似的注视着南希的一举一动，以前南希本该说话的地方全都变成了点头或

---

① 《神偷奶爸 2》主题曲，由法瑞尔·威廉姆斯演唱。

② 迪士尼电影《奇幻森林》插曲。

者微笑。她在家也不是全然不作声，但是凯特琳看得出一种模式正在悄然形成：在家时少言寡语，在外面一声不吭。不过这一次，上谷歌求医问药倒是难得让人心安了一回——就像谢利说的那样，很多孩子都会经历这个阶段，特别是那些正在遭受复杂情感变化的孩子——可是南希小精灵般的脸上少了喜乐，十足让凯特琳心碎。幸福的光芒不再，都是他们自己干的好事。她怎么可能再告诉南希她和帕特里克要离婚了？南希听了还会再开口说话吗？

凯特琳感觉像是有人正在把她胸腔里的氧气统统按压出来。

“……我会站在最前面！”乔尔说完了，“你要跟妈妈说话吗？”他抬起头望着她，于是凯特琳急忙整理了一下神色。“行，好吧，拜拜，林恩外婆。”乔尔把手机塞到她面前，重新练起了他的舞步，一路走一路哼。

“喂，妈妈。”她说。

“喂，凯特琳。”林恩听起来很是震惊，“乔尔什么时候这么爱音乐了？”

“你都看不见他一路上是怎么旋转跳跃的，你就谢天谢地吧。”

“听起来很精彩，我真希望你提前跟我说一声，凯特琳。我和你爸爸肯定会乐意过去找你们的。我们好像总是错过两个孩子的大日子……”

凯特琳含糊地答应了一声。林恩总是抱怨自己错过了“大日子”，可又很少离开伦敦。她没时间，她到现在还在一家大型咨询公司当人力资源主管，一周工作五天，然后周末又满满当当地安排一些青年女生的志愿活动和指导工作。凯特琳心想，搞得就像是要弥补一下她以前对自己的青年女儿不尽人意的教养经历似的。林恩时常打来电话，不过通常都是提一些指示和建议，告知凯特琳该如何保养外婆的房子。凯特琳会敷衍了事地接起半数的电话，并且频繁地责怪当地手机信号太差。她也会给林恩发送很多珍藏的视频，一遍又一遍地看自己的宝贝飞快长大。

“下次吧！”她明快地说，“肯定还会有下次的。”

“乔尔说帕特里克很长时间没回来了，他还在纽卡斯尔吗？”

林恩跟孩子们一样，听到的故事是“帕特里克暂时在纽卡斯尔工作”。眼下给林恩解释为什么会和她的“理想女婿”分道扬镳不会是她的所想所盼。林恩希望凯特琳嫁的正是帕特里克这种男人，而不是她过去追求的那种长发怪咖——她确实无意中听到妈妈在婚礼上跟外婆说：“对，我们简直松了一口大气！”仿佛她的责任就是要把凯特琳交到一双安全的手中。

“对，还在。”她看了看孩子们在没在偷听。南希没有，但是乔尔假装在入迷地研究自己的大拇指，实则他的耳朵就像是卫星天线一样在打转。

“噢，可怜的帕特里克，他们就是想从他身上捞回本钱，不是吗？他仔细看过合同了吗？他连周末都脱不开身不太公正了吧……”

“呃，他肯定会说他对音乐演出没什么大的兴趣。”在两只小耳朵跟前，凯特琳费劲地圆了过去，“但我会拿我的手机录下来，然后发你邮箱。”

“不行，要用我的手机。”乔尔脱口而出，露出了马脚，“就是爸爸圣诞节给我的那个手机。”

“我听到了。”林恩说，“乔尔现在就用手机太早了吧？”

“他都十岁了。”凯特琳说，“怕是用什么都不算早了。”

此刻一行人快到公园了，前面是一群朝着主路走去的爸爸妈妈、爷爷奶奶、外公外婆。

“好了，妈，”她说，“我得挂了，我们快到了……”

“准备好过马路了吗？”

凯特琳转过头，看见乔尔牵起南希的手，谨慎地左看看，右看看，教着妹妹该怎么做，担负起帕特里克未尽的职责。

乔尔身上有帕特里克的所有优点，她心痛地想着，尽管乔尔不是他的亲生孩子。乔尔很在意，也很希望万事都能正确且公平。这是帕特里克一点点灌输给他的。而凯特琳的工作就是要保持他的这个优点不变，不让其演变成强烈的控制欲，致使身边的人为自身的缺点提心吊胆，最终人心背离，而非和衷共济。

“记得把视频发给我，我们下周再聊！”林恩说道，仿佛写进了计划表里似的。凯特琳挂掉电话，暗自感激她没有再问更多的问题。

当他们排队等待入场的时候，凯特琳绞尽脑汁地想着如何给南希一个惊喜，然后她便能开口说话。需要的就是这个。一个惊喜，一个有趣的惊喜。

“要不然……”她说，“要不然表演完了之后我们去吃冰激凌？”

“三月份吃冰激凌？”乔尔在栏杆上拖动的手停住了，他看起来义愤填膺。

“为什么不呢？”

“这是不对的！就好像……七月份吃圣诞布丁。”

“为什么你不能在七月份吃圣诞布丁？”

“不行就是不行！”乔尔飞扬的眉毛消失在了帽子下面，“话说回来，我们还没吃午餐。”

“我们午餐可以吃冰激凌。”

“什么？”他演着“瞠目结舌”的样子，“午餐不能吃冰激凌。”

“我们可以想干什么就干什么。”凯特琳挥动着她的独角兽手提包，帕特里克很讨厌这个包，可她现在天天都用。“今天星期六！”

“妈妈，你疯了。”乔尔说。

“无所谓。”凯特琳说，“你想要一个冰激凌吗，南希？”

南希点点头，紧闭着双唇微笑着。

“如果你执意要这样。”乔尔叹了口气，填补了对话的间隙，“那对我的嗓子也挺好的。”

“南希？我听不见你的声音！”凯特琳坚持说道，但是南希的脸上划过一道阴影。她看起来很心烦，凯特琳退缩了。接着乔尔抓起南希的手，唱道：“南希，你会随我来公园吗？你会随我一起唱吗？”凯特琳只好作罢。

这次演出只是学校资金募集活动的一小部分，公园里到处都是卖蛋糕的小摊，脸部彩绘，以及其他招揽钱财的买卖。

乔尔不能在脸上做彩绘（官方破纪录照片的要求），但是南希牵着凯特琳的手，把她拉向了队列，绕过瓶子小摊和真人水果老虎机[1]。

凯特琳任凭她拉拽，想着南希待会儿必须要告诉彩绘的人她想画什么，那么这三英镑就花得太值了。

他们站定脚跟，乔尔开始单脚跳，用一种凯特琳早已学会自动屏蔽的调子描述着眼前的活动。凯特琳扫视着人群，看看有没有谁家的妈妈愿意放学之后帮忙接一下乔尔，这样自己才能在咖啡厅多工作几个小时。帕特里克走后连这都变得艰难起来。

然后她便看见了李。同样的灰色无檐帽压在同样的深金色卷发上；同样是他凉爽秋夜里会穿出来跑步的复古涅槃摇滚[2]卫衣；同样是被淡金色胡茬包围起来的浅浅微笑。他在跟另一个背着吉他的长发小伙聊天，一只手举着三个铃鼓，另一只手拿着几个沙锤。

这一次绝对是他。他笑了，凯特琳感觉自己后颈窝的汗毛统统立了起来。

李，那个慢跑男的名字叫李。凯特琳不知道他姓什么，但她知道他是苏格兰人，他会在茶里加三颗糖，他会在每周星期一、星期三和星期四在公园里跑四英里，凯特琳每周来公园两次，每次都在他会路过的长椅上坐一个小时。他可能已经，也可能还没在布里斯托一万米竞赛中取得名次。去年四月他备赛时被一只没系绳子的狗绊倒了，而凯特琳当时就在十米开外，他趴在凯特琳眼前，大腿肌肉健硕，短裤够短。

那一刻之前，凯特琳一直都在美滋滋地瞅着那个慢跑男的大腿，也同样享受着家里四堵白墙之外的景致：哥特装扮的年轻人、落日黄昏、海上飞鸟、万籁俱寂。帕特里克一直以为她在上尊巴舞课，而实际情况则是，她正喝着一罐调好的金汤力，吃着一块特趣巧克力，有时候也会抽一根烟犒劳一下自己。她不得不上网学习尊巴舞步，这样

① 三个人坐成一排，且互相看不见对方，然后随机拿出一种水果，三人拿起相同的水果则胜利。

② 英国摇滚乐队，创立了同名服装品牌。

乔尔要她教他时便能露上一手。没错，这就是个小骗局，但这又能伤害到谁呢？在日复一日的单调生活里，留出一个小时的时间，只有她知道自己在做什么，没有人问她任何问题。这一小时就如同一个风眼，让满耳只闻“妈妈！妈妈”呼喊声的凯特琳得以透透气。

而在那一刻，那个慢跑男摔倒了，两个彼此认识了好几周的人，终于第一次像常人在公园邂逅那样聊起了天，于是那个风眼裂开了，一股危险的新鲜空气灌了进来。

凯特琳扶着他一瘸一拐地走到公园咖啡厅处理他流血的膝盖，他咬紧牙关告诉凯特琳，他的名字叫李，他跑一万米是为了他正在治疗肾病的妈妈。他听着威豹乐队的歌，说：“请不要告诉别人！”后来他请她喝了一杯茶表示感谢，凯特琳心想，行啊，为什么不呢？

两人的对话开展得轻松自然，顺风顺水。他们聊了聊跑步的事、布里斯托这个城市，还有她在看的书。“你一直都在看书。”李说，凯特琳很开心他发现了，也窃喜他没察觉到她同一本书已经拿了好几周。他们聊着天，凯特琳慢慢感觉到装番茄酱的塑料容器上闪动着暧昧的小气泡。李是凯特琳结识帕特里克之前喜欢的类型——洒脱的流行乐乐手，而且每当凯特琳开句玩笑的时候，他灰色的眼眸带着同他嘴角边上一样的笑意，凯特琳看得出李也喜欢她。不过就只是聊聊天而已，凯特琳也只想止步于此。他们要走的时候，有那么片刻，二人沉默了三秒，情愫渐生，凯特琳拨开落在眼前的几缕头发，结果他看见了她的结婚戒指，然后他啼笑皆非地闭上了嘴。一扇门“咔嗒”一声关上了。这扇门保全了她，却也将另一个生命拒之门外。后来凯特琳有些麻木，又有些宽慰地走回了家。

从那之后，他们再也没说过话，但仍旧会留意彼此：凯特琳总是会挥挥手，李总是会回敬一个微笑。望着李继续大步慢跑在跑道上，已经足以让凯特琳做一番白日梦了，让她在自己的想象里，像是把亮珠子穿上一根秘密丝线那样，重新整理一遍这个迷人陌生人的点点滴滴。

而此时此刻，他就在这里，跨进了她的现实生活。凯特琳看着他漫步走向一个正在搭场子的乐队那边，想来是要给学校的孩子们伴奏。

凯特琳的脑子里冒出一个思考气泡：我现在可以跟他说话了。我没有理由不能走向他，然后说："嗨，李，跑得怎么样了？"因为哪怕周围的人看到了我，我也可以想跟谁聊天，就跟谁聊天。

去呀。一个声音在她脑子里催促着，快去，趁表演还没开始。

凯特琳瞥了一眼脸部彩绘的队列，由于好几个人要求要画复杂的蝴蝶在脸上，所以队列还在龟速挪动。等他们走到前面，至少也得有个二十分钟，就算走到了，南希细致入微的解释说明也会把金·卡戴珊[①]的妆容衬托得粗枝大叶。

我有时间去打声招呼，她心想。其实这样还更好——我可以只说："你好，你好，见到你真好，我的儿子也要唱歌，哎呀，我要回队列那边了，祝你好运。"与其说是要跟李打招呼，不如说是凯特琳要迈出第一步，证明她的生活没了帕特里克也能照样继续。她可以做她想做的事。

乔尔在搞他的手机，可能是在录什么视频，而南希正专注地盯着排在前面的小孩，仿佛她能用念力把他们移走。凯特琳下定了决心。

"乔尔，你能陪南希等两分钟吗？我得去跟一个人打个招呼，把手给我。"她从兜里掏出现金，往乔尔摊开的手掌上放了三英镑的硬币。"待在这里，要保证这次的彩绘能擦得掉哦，好吗？别忘了'熊猫门'事件。"

"绝对不画熊猫，"他保证道，"也不画美洲豹。"

"很好，我就去那里。"她说着指了指舞台的方向，而乔尔已经开始神秘地挥起了手机。帕特里克在手机里安了一个指南针软件，乔尔觉得趣味无穷。

凯特琳回头看了一眼，然后趁自己还没想太多，朝着李走去。

她轻轻碰了一下李的手臂，然后他转过身来。他先是辨认了片刻，然后笑起来。

"嘿！爱看书的那个女生！"凑近了看他甚至更帅了，他的上睫毛和下睫毛都异常得长，"还好吗？"

---

① 美国娱乐圈名媛。

"好！我很好，谢谢。"天呐，我听起来像是喘不过气了，凯特琳心想，因为她还真就是喘不过气了。她脑子里一个声音说道，快吸气，这就是件寻常的事，跟一个你在公园碰见过的人说话，没什么大不了的。

"你叫凯蒂[①]，对吗？"他补充道，"对不起，我很不擅长记名字。"

她之前只跟他说过一次："凯特琳，凯特，随便叫哪个都行。"她莫名很开心他还记得，然后立马掩藏起内心的喜悦。"在这儿见到你真的太有趣了！我都没发现你的孩子在圣比德学校上学！"

她知道事实并非如此，要真是这样，那她肯定早就见过他了。应该是吧？

"不是，"他朝那堆演奏设备点了下头，"说来话长，我同事丹尼在跟这所学校的一个助教约会，叫罗西，然后她就把我朋友拉了过来。我朋友叫我们也过来。"然后他假装亲密地低声说："我觉得他是担心一个人来参加儿童活动看起来不大靠谱。"

"哈哈哈哈！"凯特琳绞尽脑汁想搞个笑，结果硬是想不出来。她脑子里一片模糊，有一种坐在过山车顶端颠簸的感觉。平常她跟谁都能聊——她喝咖啡的秘诀鼎鼎有名——但这一次可不同，这一次会让她变回那个她都快忘了的曾经存在过的自己。

"所以你在这里干什么？"他会话式地问道，"你家有人要来破纪录吗？"

"是啊，我儿子乔尔，他要尝试用他自己的音乐风格盖过乐队的声音。"

"噢！乔尔？"一丝被逗乐的神色使得他的眼睛眯了起来。他没像家长教师协会活动上一些不识相的爸爸那样问她"但你看起来这么年轻，不像是该有孩子在上学啊"。凯特琳对李又多了几分信任，然后又想难道李是觉得她……不年轻。她迅速打消了这个念头。

"就是那个试音男孩？"

"什么？"

"罗西说有个小男孩问表演前会不会先试音，于是我们就先试一

---

① 英语中"凯特琳"的另一种昵称。

下，你肯定很自豪。”凯特琳叹息时他又补充道，“他好像还挺在行的。”

“哦，我确实挺自豪的，我也能无奈地接受可能十年之后，在他的真人秀里面扮个小角色。”她举起双手，“可能要不了十年，有时候我都在想我是不是已经开始演了，只是我不知道别人正在拍罢了。”

李自然地低声大笑起来，凯特琳顿时心花怒放。

别这样。她暗暗告诉自己，别忘乎所以了，快打住。

“我得声明一下我们不是只在小孩子的演出演奏，”李说，“免得你觉得这是我们的市场定位。”

“哦？那你们演奏哪种音乐？”

“哈！这取决于当晚谁做主。比方说我们的主唱觉得他是布里斯托的大卫·鲍威[1]，但我们的主音吉他手写的歌尽是关于他家猫的，这就是我们的特点。”

“那你呢？”

“我是鼓手。”他面无表情地说道，“我没法发表意见，但是我很喜欢齐柏林飞艇[2]和贾斯汀·比伯。”

“哈哈！谁不喜欢呢？你们一直都在这附近演出吗？”凯特琳知道她的“两分钟”快要结束了，但那个队列貌似根本就没动，而且乔尔应该也很高兴再多负责一分钟，或者两分钟。

“没错。”李摘下帽子，用手拨弄了一下泰迪熊似的金色卷发，“下周末我们有一场演出——虽然看样子我们台上的人会比台下的观众还多。丹尼本来应该让罗西在学校复印机上帮我们印些传单的，但是她一直没时间，所以真的有可能没人来看了。”

“别这么说，你们会在这儿俘虏一批观众啊！”她指了指人群，“告诉他们你们的歌是关于一只猫的，到时候现场肯定爆满。”

他咧嘴笑了笑：“我都听见这群人的喧闹声了，说实话，一半的人都比我们还大声。”

“所以演出是什么时候？”凯特琳微微一笑，看见李由衷感激她

① 英国著名摇滚歌手。

② 英国摇滚乐团。

表现出的兴趣，她很开心。

“你是认真的？星期六全天，是城里的啤酒节，不过不用恐慌，”他举起一只手，“他们跟我保证过不会全是一群喝着真麦酒的大胡子。我们五点开始表演，说实话，估计也不是主场秀，但好歹之后你能有时间溜走去干别的事。”

全是真麦酒？那我肯定不溜。凯特琳收起这个念头，“我下周末不忙，可以顺道去看看。”

“是吗？那我留意一下你来没来。”他又笑了，这一刻还没来得及发展下去，有人用力拽了拽凯特琳的袖子。

“妈妈！妈妈！”

凯特琳转头看见乔尔，他一脸惨白。“怎么了？”

“你……快来。”乔尔瞥了一眼李，然后又瞄了一眼凯特琳。他开始左右跺脚。

“你去吧。”李说完眨了下眼睛，“祝你好运，我们试音的时候见吧。”

通常情况下，乔尔早就会过去缠住乐手，问他各种问题，揪着扩音器不停地烦人家，但这次他拉着凯特琳走得飞快，她担心他是尿急了。

“怎么了？南希的脸画完了？”凯特琳问，“你钱不够了？还是你想上厕所了？”

“不是，我不知道南希去哪儿了。”乔尔瞪大了眼睛，“学校里一个女士给了她一个气球，结果她一松手，气球就飞了，然后她就开始哭，于是我就去追。我告诉她要待在原地，然后我不停地去抓，但风一直吹，然后气球就飘到了栏杆外面，到了街上。你说过没有你的允许，不准离开公园，所以我就回去想告诉南希，我们只能让它飞走了，但她不见了！面部彩绘那里围了一大群人，我看不见她！”

“然后你干吗了？”凯特琳心头一陷。不会有事的。她暗暗告诉自己，她能走多远！这里都是老师，不会有事的。

“我去找她了，我问了那个给人画脸的女士她去哪儿了，但是她不记得哪个是南希了，因为她画了好多次蝴蝶了。”

“然后呢？”凯特琳害怕得想吐：南希走丢了不是乔尔的错，是她自己让他看管了过多的东西。他看似很成熟，其实也不过才十岁。

“你在哪儿我也看不见！你没在原来的位置上！”他责备地说，“所有人都穿着你那种夹克！”

凯特琳着急忙慌地在人群里搜寻着南希那件毛帽粉外套。“别担心，乔尔，这里有很多当妈妈的人，她们会保证南希没事的。”

只出现一个就够了，她脑子里一个声音说道。一个可靠的妈妈，她要牵着小女孩的手去找她妈妈，能够把她带离那个不知道在哪儿的鬼地方……

一股酸味涌上她的喉咙，她双腿颤抖着走向脸部彩绘的地方。

“我给你打了电话的！”乔尔快要哭了，他的呼吸声又快又尖锐，“我给你的手机打了电话，但你没接！”

凯特琳立马把手机从兜里抽出来，有四个乔尔打来的未接来电。她怎么会没听到？然后她突然想起公园大门口霸道的标语——看表演时请把手机调至静音！！——乔尔还专门提醒了她。

她正拿着手机的时候，帕特里克的脸突然闪现在屏幕上。那张快照是在海滩上度假时拍的，他看起来无忧无虑，多半是因为没有戴领带。

噢……该死的！凯特琳心想，该死！该死！该死！帕特里克对出事有一种第六感，甚至在三百英里之外都感知得到她干蠢事了。

她拒接了电话，眼神聚焦在乔尔脸上。“好，你最后一次见到她是在哪里？”

“谁打来的？”他看起来很疲惫。

“你们的爸爸。没事，我们待会儿再跟他说。”

“但我……”

“爸爸可以等一会儿，我们得去找南希，她肯定就在这附近。”凯特琳强装自信，“她不会走远的。”

凯特琳正要走，乔尔就抓住了她的衣服后背。“但是她告诉不了别人她是谁！”

乔尔的话让她骤然停下脚步，仿佛他知道一些她不知道的事，一些他想要告诉她的大事。凯特琳转过身：“你什么意思？告诉不了？”

“我也不知道，”他局促不安地说，“有时候南希不会说话。”

“她当然会说话，她跟你说过话啊。”凯特琳不耐烦地说道。现在可不是乔尔给自己加戏的时候。

“就一点点。”

“她也跟我说啊。”但没有一直说。脑子里一个声音暗示自己，南希不像她以前那样了。怎么会这样？

“要是一个警察问她叫什么名字，她不会告诉他呢？”乔尔的脸扭曲着，布满了愧疚，然后又忽然变得孩子气，“对不起，妈妈，对不起！”

“我们不要慌张，乔尔，南希很聪明。”凯特琳紧握着他的手，“她可能就是喂鸭子去了，走吧，我们去找她。”

南希没有去喂鸭子，她没在脸部彩绘的地方，也没在蛋糕小摊旁边，凯特琳最先以为她会去那里。突然间公园里好像全都是画着一模一样的蝴蝶脸、穿着粉色风雪大衣的小女孩，可没有一个是南希。凯特琳在公园里奔跑，拼命找寻着南希，她的肺似乎已经无法吸入足够多的氧气供她正常呼吸。

道格拉斯夫人非常善解人意。“大家都会碰上这种事。”她说完便去舞台上发布了寻人启事。

然而事实并非如此，凯特琳心想，一边血脉喷张、摇摇晃晃地找人，一边强颜欢笑着避开投来同情目光的其他家长。她怎么可以让这种事发生？才不过一秒钟的时间。她脑海里浮现出令人心寒的画面：南希被绑在一辆车里，面如死灰，一声不吭，还被一只大手拽着……

乔尔拉了拉凯特琳的袖子，她正在跟一个社区警察描述南希穿的衣服，强忍着不哭。“干什么？”

“爸爸在给我打电话。”

“我们待会儿再打给他，别告诉他这件事。”凯特琳咕哝道，知道警察在偷听。真棒，藏着一些秘密不告诉爸爸。又是一个污点。“他只能担心，什么也做不了，我会解决的。”

“可是……”

“乔尔！拜托了，我们可以解决的。”她补充道，“我们一起。”

乔尔倍感压力地翘起了眉毛。

“里尔登太太，我好像碰到了一个在找妈妈的小不点。”

凯特琳转过身，一阵宽慰猛烈地拂过心头，她大声喘起气来。乔尔班上的一个妈妈牵着南希的小手正往这边走。尽管脸上涂着银色跟金色的颜料，南希看起来依旧苍白，仿佛她一直憋着气。凯特琳身边的乔尔发出一阵噎住的声音。

“南希！”凯特琳一把将她揽入怀里抱起来，然后紧紧地拥着她，甚至都能感受到她“砰砰砰”的心跳。“你去哪儿了？我们好担心你！”

“她在舞台旁边，”那个女人说道（是莉莉的妈妈？还是艾萨克的妈妈？凯特琳记不得她的名字，但是永远也不会忘记她脸上的表情），“她一句话也不跟我们说，看来你很好地训练过她不要接近陌生人。”

“对的！”凯特琳抓住这个借口，“倒不是说你是个陌生人，但你懂的……”

她感觉到南希的双腿紧紧夹在她腰上，尖尖的鼻子钻进她脖子里。凯特琳恐惧地发觉南希仍旧一言不发——连在她耳边低语一声“妈妈”都没有，没有“对不起”，更没有“我刚才去玩了，是个意外”。她无声地颤抖着，仿佛没有言语足以解释她是怎么离开的。

凯特琳抱着她摇来摇去，轻抚着她的头发，发着安慰人心的声音，而乔尔忧郁地凝视着她俩，像是一只等待被惩罚的小狗，凯特琳心想。她伸出一只手，放在他头上。

“不是你的错，宝贝。”她说，“是我的错，我不该留你在那里看着，现在平安无事了。”

然而还有一个问题——南希明显不太对劲，并且还因此遭遇危险。谢利果然没有夸大其词：南希不愿意当众说话，或者说是不能。真正的后果突然显现在凯特琳面前：这意味着南希在幼儿园没法说想去上厕所，或者是告诉谢利有人欺负她，甚至伤害她了。凯特琳的心顿时冰凉，她的宝贝在这偌大的世界里，是如此的弱小，而南希这般沉默无声着实让她毫无防备。

“妈妈，”乔尔说，“我想回家。”

凯特琳竭尽全力让表情显得正常。“不行！你还没唱歌呢！”她拨弄了一下乔尔的头发，“打起精神，乔尔，马上就要试音了，为你才进行的哦！”

“我想回家。”乔尔盯着自己的红胶靴重复了一遍，“求你了。”

“午餐不想吃冰激凌了？”

他摇摇头。

凯特琳把南希搭在她胯上，希望自己能有更佳的应对之法。帕特里克总能妥善处理好这种事，让孩子们相信经爸爸之手世界又恢复了正确的秩序。她甚至怀疑两个孩子也悄悄地喜欢林恩外婆那种气场。可是她没有，她从来都做不到。

但这就是你想要的。她暗暗告诉自己，独立自主。从现在起，你就得自己找出处理事情的方法。

“好吧，反正我午餐要吃冰激凌。”在冰激凌店里，万事看起来会美好许多，至少对她来说是这样。她朝乔尔伸出手：“走吧，乔尔，我们回家唱K。”

乔尔不信任地看着她，凯特琳感觉有什么东西变了。一种她无法修复的东西。

“拜托啦。”她说。

最后，乔尔终于牵住她的手。“好吧。”他说。远处李的乐队“嘀嘀咚咚”开始调音，几百个不到十一岁的小孩子开始练唱，他们伴着歌声旋律离开了公园。

朗汉普顿的周末

伊娃呆坐在米克书桌旁边，手肘撑在破旧的皮革上。她的目光落在米克日记的字句上，希望如果自己盯得够久，这些话就不会再伤害她。一遍又一遍地看，直到那空洞的疼痛再次充斥她的胸口，直到这些话再也读不出任何意思。

我时常会想我和伊娃本来可以生出什么样的孩子。

她打了个激灵，逼自己又读了一遍。仍旧痛彻心扉。伊娃又一次回想起来，有一次米克办完他有名的主显节前夜[①]派对，第二天早上她清除地毯上的红酒渍。撒盐，洒温水，用茶巾擦，拍打，再洒水，不停地拍，直到地毯上深红色的污渍褪去——这项技能总是能惊艳到她的丈夫。然而米克并没有亲口告诉过她，是她昨天在他的日记里看到的。

2013 年 11 月 6 日：今天早上我看见伊娃跟她的会计通电话，伊娃交代了一些希望他设立的投资机会，然后她往后一坐，像其他女人换鞋一样换了脸上的表情，接着又下楼处理昨晚留下的红酒印。她很会修理东西，真的。她穿过这间房，身后留下一片整洁平静、秩序井然，还有香奈儿 5 号香水的味道和方方正正的几摞杂志。上帝保佑那个把她送到我身边的人吧，我敬畏我的妻子。

---

① 基督教节日，又称第十二夜，在每年的 1 月 5 日。

哈！她拿大拇指按了按太阳穴。那不就是她此刻正在做的事吗？她的目光一遍遍地跑过他一行行的笔迹，把那些字句渗入自己体内，然后再让大脑逐一碾过，抽出其中的意思，竭尽全力抹去她记忆里这难看的污点。

然而米克言语中惊人的事实始终无法褪色。那明明就是他熟悉的笔迹，但感觉又像是由一个陌生人写下的。一句漫不经心的话是如此的伤人，又是如此的重要，而对于他们的婚姻，更是如此的关键——如果亚力克斯没有让她看这些日记，她永远也不会知道，米克永远都不会告诉她。

2013 年 12 月 2 日的那则日记便毫无恶意，前一则描述了开车去园艺中心选圣诞树，后一则尖酸刻薄地点评了一个约克郡友人刚做完去眼袋手术的眼睛，那个人才在《东区人》[①]里毫无章法地客串了一把。

今天是泰森的生日。他活到四十五岁了，断然不是我和尤娜的功劳。想来如果他有兄弟姐妹的话，他们就能帮一帮这个臭小子了吧？可能吧。也许吧。我时常会想我和伊娃本来可以生出什么样的孩子，我想会是个惊天大流氓吧。有着她的大脑、她美丽而修长的腿、我们合二为一的魅力——她的敏锐和我的无耻、我存心跟人过意不去的品性。可惜我们命里不能养儿育女，那样的 DNA 足以创造出一个首相！或者是个罪犯主谋。老天爷帮帮我们吧。太遗憾了。

米克的一笔一划在伊娃受惊的双目前变得模糊，这些话不可能只是做做样子。米克一直都会把事实告诉他的日记：伊娃已经看到了好几处他不会在日记之外承认的事，哪怕这些事根本无伤大雅。在米克的公众生活里，她配合表演了几出他所谓的“公认的事实”，比如他们相遇的故事，还有饮酒岁月里那些更加喧闹的奇闻异事，但是在这里，他是诚实的。

她逼自己又读了一遍那个句子——“我时常会想我和伊娃本来可

① 英国长篇电视剧。

以生出什么样的孩子”。这句简短柔弱却冷酷无情的句子让她心如刀割。

因为伊娃也曾想象过他们的孩子，很多很多次，不过她从没跟米克提起过。因为他已经明确表示自己完全不会去想，也不想去想。他是这么告诉她的。

她靠在书桌上，用凉凉的手掌盖住眼睛，然后在脑海里看见了米克的脸。

早前他们聊过这个话题。他们恋爱差不多三个月的时候，米克带她出去吃晚餐，然而好像又是一个大家都认识他的地方。当咖啡和白兰地被端上来的时候，他咳嗽道：“那么，亲爱的，有件事我们需要摊开来谈一谈。”他坚定地告诉她，孩子的事不会在日程之上。以他那把年纪和那样的生活方式，实属好梦难圆。米克说着说着，他自信的姿态变得脆弱，仿佛他是想支撑自己看着她离去，伊娃为他这般诚实感到荣幸——“你能成为一个非常好的母亲，伊娃”。餐厅的人一点点走空，他伸出强有力的手与她十指相扣：“所以如果这对你来说极其重要，那趁我爱你爱到无法自拔之前，你快走，去找一个能跟你生小孩的人。”

爱。那是他第一次说这个字。伊娃选择了他，毫无疑问。她要的就是米克，要他的开怀大笑，要他痞气的眼神，要他烟花般活力四射的心，而不是她婚姻美满的朋友为她设想出来的那种无聊都市男，以及跟他生的小孩。她难道还能比现在更幸福？伊娃没听见自己的受孕生理钟敲响，估计就算响了，那她三十五岁之前也响完了。没有人，甚至连她妈妈都没跟她说过：伊娃，你应该成为一个伟大的母亲。好吧，除了米克，没人说过。而当米克说起时，伊娃听到了一种全然不同的弦外之音。

“我想要的只有你。”她说道，无须半点思考。

几周之后，在意大利度假的时候，米克求婚了，他拿出一枚曾经属于一位俄国公主的钻戒：戴在伊娃手上正好合适。伊娃不敢相信那一晚会降临在自己身上——浮动在湖面的香槟酒瓶、炽烈燃烧的落日晚霞，她惊喜到打起了嗝。真是成年人之间完美无缺的浪漫情事。后来他们再也没说过孩子的事，这是出于对彼此决定的尊重，她是这样想的。

“我们命里不能养儿育女。”他写道。我们，仿佛他知道她心中所想似的。

伊娃没想到愤恨会在她内心深处咆哮起来，她为之一惊。“我不是不想要孩子，”她想冲着米克大喊，“只是相较于孩子，我更想要的是你。我本以为我能够拥有你二十年，三十年，甚至是整个后半生。”

她盯着这一页日记，惊讶于自己强烈的反应。长久以来，米克居然都在悄悄想着他们已经决定不要了的孩子——而且还默认她完全不在乎，默认她不想要他的小孩、他们的小孩，什么小孩都不想要。要是她早点知道……

伊娃盯着她丈夫的笔迹在纸页上活灵活现，仿佛看得见他熟悉的耸肩动作还有浮夸行径。她感觉好像四周的墙壁正在旋转，她身处的这间屋子变成一个完全不同的房间。他要是改变了主意，为什么不说出来？她当初做出的决定，米克到底思考了多少？她在米克和为人母之间选择了他，他究竟有没有认真想过她所做出的牺牲？还是说他的骄傲自大认为这根本不算是牺牲？

但是紧接着，一个固执的声音又唠叨起来，她自己在这个问题上又思考了多少？恋爱了几个月，米克就问她愿不愿意跟他一起共度余生，这在当时貌似是一句赞美，但现在看来，实在太过疯狂，才吃过几次晚餐，度过几个夜晚，居然就要做出决定。三十五岁的时候，你醉心于一场你觉得永远也不会降临在自己身上的爱恋，可你哪儿来的资格代表四十五岁的你说话？

伊娃叹息了一声。书桌下面的蜂蜂一边乱蹭，一边咕哝，直到伊娃光脚搁在他背上安抚着他。

她从来不让自己在原本可以要孩子这件事上想太多，除非喝醉了酒或者激素作祟。可是现在，一个白皮肤长头发的小孩在她脑子里蹦来蹦去，一双小手推着她的眼皮。他长着米克的睫毛、她的鼻子，她在米克的婴儿照里看到的金色卷发、大眼睛。那是一杯用他们的基因调制出来的鸡尾酒，幸福而深情。那是他们的爱情正在呼吸的证据，他身上会有他俩的影子，就像伊娃瞄见南希和乔尔肖似帕特里克和凯特琳，或者她自己也肖似她父母一样。那是一根遗传特性和习惯的纽带，代代相传，徐徐变化，生生不息。

她用手掌揉着眼睛，但那个小孩还在继续跳舞，只不过不在她的视野里面。现在的情况缓缓凝固成现实——已经为时已晚。不仅是再也不会跟米克有孩子，更是不会跟任何人有孩子。她永远也不会知道她的基因万花筒会创造出什么样的人。她已经穷途末路，脱离于整个宇宙，独自飘浮着，父亲的牵绳没有了，母亲的正在慢慢磨损，更没有孩子将她拉向未来。

伊娃胸中的空洞感倍增，她感觉自己好像轻飘飘到能够飞走。过去几个月里，最后几缕亡夫之痛一直笼罩在她心头，如今毫无征兆地一扫而空，只清清楚楚地留下她的余生、她的未来。

我不会有孩子了。她意识到，我不会成为一个母亲了。

伊娃没想到震惊的感觉会是如此粗暴。眼泪顺着她的脸不住地流下来，她用手指侧面笨拙地擦拭着双眼。别哭了，别哭了，然而无济于事。这回的悲痛源自于另一个地方，远不是她的理智所能控制的。

帕特里克有着她永远也得不到的东西，凯特琳也有，米克过去也有。她身边的所有人，好像都加入了一家俱乐部，而她永远也无法跻身其中。

门厅里的时钟敲了九下，她咒骂自己哪天打开日记本不好，偏偏要在今天打开。凯特琳跟乔尔和南希再过一个小时就到了——结果她一直都在坐着看日记，因为亚力克斯·蒙塔古发来了邮件，问他星期一能不能过来讨论一下“一些出现了的问题”。伊娃知道他期待自己已经看了这些日记，而她其实才打开箱子，开始翻看第一本日记，所以她可以告诉他不行，而且还有现成的理由。

伊娃紧紧地捏住她的鼻梁，吸气，呼气。她以前在外面从来不是个怪人，然而她的大学同学现在都当了妈妈，她得知这一点，是因为她跟她们所有人都逐渐失去了联系。有的搬出了伦敦，去找寻更大一些的花园；有的辞掉了工作，为了“重要的那几年”；有的索性直接不再见她，因为她们就那么多时间，更乐意跟其他妈妈们聚会。友善一点的就夸张地表示她们嫉妒她能睡懒觉，能有说走就走的旅行；而伊娃就夸大了她凯莉·布雷萧[①]式的生活，以跟上这场游戏的最后一

① 美国电视剧《欲望都市》里的人物，热爱时尚，第六季中在爱人和拥有孩子之间选择了前者。

程——如果她的旧友想说，伊娃的互联网生意就是她的孩子，那感觉还没那么丢脸，毕竟还有人会替她感到遗憾，因为伊娃不像她们，她压根儿就没遇见过一个她爱到想要与之成家的人。

她现在不一样了，如同置身事外，唯有透过厚厚的玻璃往里窥视。

“伊娃，控制住自己。”她低声自语，力道之大，让原本在窗台上守望的蜜蜜跳下来看是怎么回事。蜂蜂从书桌下面钻出来，把小爪子伸到她椅子上，还歪着个脑袋。

伊娃注视着两只巴哥，它们也回望着她。蜂蜂粉色的舌头担忧地垂着，眼睛鼓鼓的，像是在努力用狗狗思维电波传导着爱意。

噢，天呐！她心想，跟谁聊这些，才不会被对方觉得愚蠢至极呢？

当然是安娜。安娜能够理解，因为她也没有孩子。伊娃说过她很讨厌那些政客在发生惨剧过后，以“作为一个家长”之类的话来安慰大众，于是她跟安娜进而触及养儿育女的话题，每每聊起都小心翼翼，不过伊娃体会得到安娜的感受很复杂。安娜的丈夫菲尔跟他的第一任妻子育有三个女儿，他表明了不想再要孩子。这实则在安娜的计划之外，但是跟伊娃一样，这也是她自己做出的选择。她为人母，却又不是个真正的母亲。她以她温柔的方式哀叹过不能要孩子和不想要孩子之间错综复杂的灰色地带。

伊娃把笔记本塞回箱子里，然后去找手机。刚过九点钟，书店肯定开门了，安娜会站在柜台后面，给顾客推销他们没想过自己会需要的诗集。伊娃心想，她们可以下午见面——这样就有借口逃离家中的混乱一个小时了。

但她还没来得及打电话，门铃就响了，两只巴哥的眼光射向门厅，又叫又跳。

是帕特里克。伊娃一面想，一面抹掉眼睛下面的睫毛膏污迹，他这一次到得早一些。很好，他可以给乔尔和南希准备准备东西，自己则可以出去转转，整理一下思绪。

然而站在门口的不是帕特里克，是凯特琳，还有站在她两侧的乔尔和南希。乔尔和凯特琳几乎长得一样，而南希则跟她爸爸是一个模子刻出来的。

“早上好！”凯特琳说，她咧开嘴露齿一笑，神似个生育女神。

伊娃感觉有一只无形的手猛推着她的胸口。“呃，早上好。”她生硬地回应道。

有两件事拨开伊娃混沌的情绪戳中了她：乔尔穿着一件披风，端着一个蛋糕盒；凯特琳的深色头发通常又卷又狂野，就像凯特·布什[①]那样，而今天却很光亮柔顺，还穿着合身的紧身牛仔裤和皮夹克，而不是更常见的干瘪长裙和马丁靴。

这很出乎伊娃的意料。上次来的时候，凯特琳貌似刚到就绷紧了神经，除了乔尔没受束缚的那短短的一段时间之外，她几乎不让两个孩子离开自己的视线。今晚，可能两个孩子即将第一次在别人家过夜，伊娃已经准备好在门口见证一场一把鼻涕一把泪、又长又痛心的道别，结果凯特琳整整早到了一个小时，而且看起来神采飞扬。

“嘿，伊娃！”大家都还没开口，乔尔就抢先说道。他毕恭毕敬地呈上蛋糕盒。“我有一份道歉礼要给你，是一个蛋糕，我希望你喜欢，这是我们做的，上面有糖衣巧克力豆，不过不是橙子味的。”他放低了声音，“南希最喜欢吃这个，仅供将来参考。”

凯特琳用胯部挤了他一下：“是伊娃姑姑，而且不是说好了进去之后再给蛋糕吗？”她给他一个“还有呢”的表情，“还有道歉。”

“我有可能会把蛋糕掉地上啊。”乔尔指出，“我得先把上次的歉道了，以防待会儿我又干了什么事还得说对不起。不过打碎了迈克尔姑父的奖杯，我真的很抱歉。我给你写了一封信，放在盒子里了。”

伊娃挤出一个微笑，她不希望乔尔觉得，因为他们来了她会很不高兴。“嗯，我很欢迎别人送我蛋糕，但是真的没必要说对不起，乔尔！帕特里克……你们的爸爸还没到。我记错时间了吗？我以为你们十点钟到。”

伊娃知道自己的话说得很尴尬，她确实也感到尴尬。她瞥见南希，差点又要引发出不理性的泪水：她是个漂亮的小姑娘，长着凯特琳那样粉嘟嘟的脸以及她奶奶那样好看的眉毛，还有帕特里克的专注。她

① 英国摇滚女歌手。

小小的手指勾在她妈妈安全的手掌里以求安心。

凯特琳的眼神柔和了下来，她微微前倾。“伊娃，你还……”她刚开口，伊娃就飞快地点起了头。

“挺好。”她说，“挺好的。”

凯特琳似是不大相信。“我们来早了点，没关系吗？”她向前迈了一步，然后补充道，“我们没有打扰到你吗？”

“当然没有，快进来吧。”伊娃招呼他们进屋。

里尔登一家人有说有笑地穿过门厅走向厨房，小旅行包撞击着墙壁，喧嚣的人声让伊娃头疼。她一路跟着他们，不去理会客厅门背后两只巴哥的哀鸣。伊娃还没吃早餐，他们也一样。谁也不喜欢自己规律的生活被打乱。

伊娃听见凯特琳朝乔尔发出嘘声，让他别乱碰东西，然后她满脸笑意地走进了厨房。帕特里克马上就到了，他会来掌控一切，伊娃只需要再坚持大约半个小时。

“帕特里克到之前，你们想先喝点咖啡，或者吃点什么吗？”她问凯特琳，然后又对乔尔说，“要不然把蛋糕盒子给我吧，乔尔。”

乔尔紧紧地抓着盒子，好像害怕把它放到花岗岩台子上。他侧眼看了下他妈妈。

“把蛋糕给伊娃姑姑，你个小笨蛋。”凯特琳轻松地说，“然后坐到那个凳子上去，这样你就没法打坏东西了。你也是，南希，我抱你坐上去。”

南希的目光一直锁定在地面上，长长的睫毛掠过她脸蛋上柔和的曲线，凯特琳把她举到了凳子上。她看起来就像是没有重量。

“你想喝点牛奶吗，南希？”伊娃问道，“或者吃一个新鲜的橙子。”

南希没有回应，只是弱弱地低下头，看不出是想还是不想。伊娃不知道是不是自己做错了什么。

“她不喜欢吃橙子。”乔尔告诉伊娃，然后“嗖”的一声把披风从屁股下面挥到身后。“不过要是你有热牛奶，那就再好不过了。”

“你让南希自己说——你又不是她的翻译。南希这段时间很害羞。”凯特琳解释道，“话痨先生在这儿让别人插不上话可起不了作用。”

“我很清楚她想要什么。”乔尔说道，不管他妈妈随意拉扯他的披风，“哪怕她什么也不说，我也看得出来。”

“心灵感应？有这种技能可真好。”伊娃明快地说。

“那是读心术。”凯特琳解释道，此时乔尔看起来陷入了窘境，伊娃感觉自己有点傻。

“喝茶还是咖啡，凯特琳？”她回头问道，“帕特里克快到了。”

“你真好，但要是没关系的话，伊娃，我就先走一步了。”凯特琳说着把包挂到了肩上，依旧是那个她总是随身携带的大挎包。

“你不想见到爸爸吗？”乔尔问道，语气随意到不像是随口一问，“你可以告诉他我试镜的事。我要去给一个话剧试镜了，伊娃姑姑！而且妈妈，你说了你要跟爸爸说我手机的事的……”

南希抬起头，明显也是没料到妈妈这么快就要走了，她大大的眼睛瞬间闪闪发亮。

伊娃屏住了呼吸。所以戏剧性的时刻要就此开始了吗？显然凯特琳和帕特里克还没告诉两个孩子他们离婚了——她从凯特琳躲闪她的目光就看得出来。伊娃顿时有点烦这对夫妻了。

“你可以自己跟他说呀，宝贝，并不是我不想见到爸爸，”凯特琳说，“但我今天有很多事要处理——我得马上回布里斯托。”

“有什么有意思的吗？”伊娃问道，然后发觉这话听起来有点指责的意味。甚至是多管闲事？

凯特琳理了理南希窝进去的衣领。“我要去一个庆祝活动。”她说，“其实挺小的，有啤酒，还有一些乐队。不过这之前我还有些别的事要做，所以我们现在说拜拜吧，你们俩留在这儿吃早餐！对伊娃姑姑好一点哦——睡觉的时候我会给你们打电话说晚安！”

她张开双臂搂住乔尔和南希，用力地亲吻了几下。伊娃察觉到凯特琳的表情显露出一丝紧张，好像欢乐的情绪此刻难以再维持下去。

不要哭，她心里想着，嘴上默念着一些鼓励人心的话。凯特琳急匆匆穿过门厅走出去开车，两个孩子像小鸭子一样紧跟在妈妈身后。

“拜拜！回头见！”她喊道，然后门一关，她消失在视野。

伊娃转过头，看见乔尔和南希双双满怀期待地注视着她。客厅门背后，蜂蜂开始慌张地嚎叫，每次被无视上五分钟，它就会发出这种叫声。

“那么现在……”伊娃说道，尽力表现出一副知道自己在干吗的样子。她的脑子从来没感觉像此刻这么空荡荡过，两双好奇的眼睛盯着她，等着大人告诉他们接下来要干什么。

乔尔拍了拍她的手臂。

“妈妈说我们不能找你要《面包师巴尼》的光碟。”他推心置腹地说，“所以我们不会要的。我喜欢你的咖啡机，比妈妈上班那儿的更大。我能用那个接一杯咖啡吗？”

“可以啊。”伊娃说，接着又想了想这个请求是否健康且安全，然后改口说了声，“别。”过后她又想，若是她要驳回乔尔的每一个请求，那今早只会变得更加漫长难熬，最后她说：“不如你去拿几个杯子出来，我教你怎么做卡布奇诺。”

乔尔给她竖了两个大拇指，然后一边迅速跑回厨房，一边唱起了歌。伊娃听不出是哪一首，倒像是戏剧里第一幕结束时放的音乐——米克肯定知道。

南希仍旧好奇心满满地凝视着客厅门，蜜蜜已经加入了蜂蜂，开始嚎叫抗议。伊娃还不想把它们放出来，她不确定蜜蜜吃早餐前会抱着哪种心情，尤其是其他人都在大吃牛角包的时候。

“我们先吃我们的早餐，然后再喂蜂蜂和蜜蜜。”她说，“蜂蜂喜欢吐司，它肯定巴不得把你们的都吃掉。在特殊情况下，它偏爱沾了果酱的。”

她说着说着，就发现自己不经意间学起了米克那种忧郁的蜂蜂音。南希抬起头，突然显得饶有兴致，直勾勾地望着伊娃的脸。这个小女孩的表情里带着些许无奈，但又不是难过。伊娃感觉自己体内整个灵魂时而收缩，时而膨胀，她既有保护南希的冲动，又害怕做错事，莫名让情况更糟糕。

伊娃不假思索地伸出了手，差不多就像驯狗师教她的那样，让陌生的狗来闻一闻。

沉默了片刻，南希缓缓地将手放到伊娃手上，握住姑姑的手指，使劲捏了捏表示无声的感谢。

她们似是心有灵犀，眼泪毫无征兆地涌向伊娃的眼眶，她眨眼憋住泪水，然后微微一笑。

南希回报以微笑，看起来亦像是在忍住不哭。

开车回布里斯托的路上，后座上没有了两个孩子，凯特琳不安地感到有些头晕目眩。

两种情绪在她心里上上下下，此起彼伏，她不由得抓紧了方向盘。第一种，也是最强有力的一种，是她把乔尔和南希留在伊娃家而感受到的愧疚。他们既勇敢又害怕的脸一直在凯特琳的脑海里挥之不去。她刚到伊娃家的时候，强装乐观积极，这样他们就能从她那里得到暗示，把这个周末看作是跟爸爸的小假期，但是她转身离去的那一刻，她浑身都充斥着跑回去抓住他们的冲动。比乔尔第一天上幼儿园的感觉还糟。无可否认的是，那一天凯特琳比乔尔难受多了，乔尔只顾着朝操场飞奔而去，冲他那蒙圈的新玩伴大喊“你们好”，而大口喘气的凯特琳只得被另一个家长从幼儿园门口拽走，然后带去喝咖啡。

把他们留在那里是个错误。这跟她过去十年间做的任何一件事都背道而驰。可怜的伊娃看起来已经倍感压力了，仿佛是在参加一场坐等挂科的考试。可是她还能做什么呢？他们已经就此达成了一致。而且两个孩子需要见见他们的爸爸。

另一种情绪像个损友似的，偷偷溜到了第一种的身后，那是一种凯特琳早已生疏的自由感，一抹微笑不由得绽放在她脸上。她知道内心深处正在沸腾的激动其实很自私，自私到令她难堪，但这却是她十年里第一次，也是从她上大学起第一次，能够随心所欲，去处自定，来去由己，无所不能！

好吧，直到星期天下午五点以前。

凯特琳欢快地轰了一脚油门，驶进了支路上的超车道。不管怎样，凯特琳都觉得好歹能泡个长长的、没人打断的澡。甚至两次！而且晚上可以想吃什么就吃什么，甚至是咖喱，或者乔尔和南希都难以下咽的某种食材。可能还有时间看本书！当然，也得算上能去约个会。

她一想到这里，心里就翻江倒海。不是一个约会，是一场演出，她可能会，也可能不会跟李聊天。孩子们不在了，她不是需要消磨一下时间吗？这是咖啡厅里那帮女生说的。“找点儿事做，别让自己想太多，你还没反应过来就已经星期天了。”

乔尔很是操心她去接他俩之前能做些什么。凯特琳告诉他们，她那天下午要在咖啡厅操办生日派对，然后第二天早上要去见一个朋友。

“我帮你想好了一些点子。”乔尔前一天晚上说，然后往她手里塞了一张认真列好的清单。他写这个的时候，南希正在深思熟虑“度假时”要在她的粉色周末包包里带上哪四个毛绒玩具。凯特琳看见乔尔谨慎地瞥了一眼妹妹，保证她没有看见这张表，然后觉得妈妈需要帮助，他这份谨慎刺痛了凯特琳的心。

乔尔的建议包括“看情景剧”“出去散步”“在客厅里跳舞”。

“谢谢你，小乔。”凯特琳吻了吻他的头，他刚才洗完澡。“我会等你们回来了再跳舞，你们俩在这儿跟我一起跳更好玩。”

他一听，脸色就暗淡下来，于是凯特琳立马补充说：“你知道吗？我要做一些你跟南希不喜欢做的事情！比方说……打扫卫生，或者熨衣服。”

这是在开玩笑，因为凯特琳从来不熨衣服，然而乔尔棕色的眼睛变得更加阴沉，满是关切。“不要打扫卫生，妈妈，做点有意思的事。”

“好主意，我可能会出门。”她随意地说道，就想看看孩子们介不介意她除了去室内儿童乐园和南多世烤鸡店，还有别的社交生活。

这个点子好像没有烦扰到乔尔，可能是因为他根本想都想不到。“跟你的朋友？”

“对。”此话一出，凯特琳有种奇怪的如履薄冰的感觉，然后决定不告诉他具体是怎么计划的，“我多半会去看场电影，你和南希不喜欢看的那种。”

“有人在里面亲嘴的那种？”

“对啊，大亲特亲，而且一首歌也没有。”

乔尔招呼她俯下身，好跟她说两句悄悄话，以免南希听见。“请不要担心我们。”他对着她的耳朵低声说，“我们跟爸爸会好好的。”

他没吃晚餐，嘴里一股饼干味，还破天荒地带着些男孩子气。凯特琳有点想哭。

当车子临近朗汉普顿绕城路的环岛时，眼泪盈上心头，凯特琳的喉咙再一次噎住了。她绕着环岛开了两圈，每一次都犹豫应不应该掉头开回伊娃家，直接取消整个周末见面。这个周末会是她跟孩子们分开最长的一次。当初南希连出生都是在家里面，分娩池在楼下壁炉旁边，帕特里克害怕出问题不想让她这样。

不过一切顺利。南希长着新月形的少许棕发来到他们身边，哭得像是一只小鸡。帕特里克他们托着完美而纤弱的小婴儿，举手投足间满是敬畏，这使得凯特琳怀揣着对他俩的爱意，感到幸福无比。这幸福也令人不安，因为这一刻过后，便再不会有能与之相提并论的美好。

车里太过安静。凯特琳发现自己已经听了十分钟的电台，却没有了例行的“妈妈”“怎么了”“妈妈”“怎么了”“妈妈”“怎么了”这样的对话打断旅游新闻或者天气预报。这片沉寂像是在责备她，就好像她忘了什么要事似的。

她猛地一戳收音机，决心第一首放出来的歌将替她做出决定。

是乔治·迈克尔[①]的《自由》。

凯特琳紧握方向盘，超过一辆在按喇叭的汽车，转弯开上 M5 高速路，驶向布里斯托。

---

① 英国歌手。

约会

“你们的吐司上要来点什么？”伊娃把乔尔和南希重新安顿在早餐台凳子上之后问道。他们看起来就像是益智节目的小选手，满眼期待地盯着她，目光如同凯特琳那般，能够不可思议地洞穿她。他俩都在等她说话，但她脑子里一片空白。成年人，伊娃还能应付——他们会抛出话题让交谈进行下去。小孩子可不会。

伊娃硬撑出自信的微笑，脸颊紧绷。帕特里克不在，她不确定自己该不该继续喂他们吃东西，但除此之外，又想不出还能干点什么。凯特琳没有留下指示，点明他们可以或者不可以（应该或者不应该）吃什么，而且她还记得一件很不舒服的事：从前米克有个朋友打趣地跟他们讲了个故事，他在前往佛罗里达的飞机上打开了一大袋花生米，他身边的小孩儿吃到胀得“像个篮球”。

在这回忆的背后，一股痛楚搏动在她的胸口，是因了那些日记。那些她想要扔掉，又需要看下去的日记。

“乔尔？”她问道，声音比她想的还要尖，“你要吃吐司的，对吧？”

“肯定吃啊，你有花生酱吗？”乔尔一边询问，一边掰手指点数，“橘子酱？覆盆子酱？腰果酱？其实这个就是花生酱，只不过加了点腰果，而且特别贵，所以妈妈说我们只能在吐司上涂一丢丢。”他加了个夸张的动作，“一丢丢。”

“好，我都有。”伊娃说着就开始移动瓶瓶罐罐翻找。橱柜实在需要清理一番了。“除了腰果酱，你想要什么，南希？酵母酱？蜂蜜？我猜你不会喜欢凤尾鱼酱……”

"我要试试！"乔尔主动请缨。

"别试了。"伊娃说，"臭烘烘的。"

"那你的橱柜里为什么会有？"

好问题。伊娃心想，然后凝视着保质期，截至2009年12月，绝了。"因为米克喜欢，因为某些原因，他只在圣诞节才吃。"

"是迈克尔姑父。"乔尔对着南希高声耳语，像是在演舞台剧。他的眼神也没从伊娃脸上挪开，想看看自己说得对不对。"你肯定记不得了，你见到他的时候，你还是个小婴儿。他现在……"他把声音放低了些，"已经去了天堂。"

伊娃张大了嘴，然后愣在那里——现在是开始聊这个的时候吗？——结果此时南希眼睛里忽然闪过一道光，她肯定看到了什么让她心花怒放的东西。伊娃转过头：会是什么？

能多益。刚才移动瓶瓶罐罐，让藏在一大堆果酱后面的能多益露了出来。

"你想在你的吐司上涂点巧克力酱吗？"她问道。

南希兴奋地点点头。

"南希超喜欢能多益。"乔尔说，"她喜欢先来点黄油，然后再涂上能多益。"

"我确信南希可以亲自告诉我她想要什么。"伊娃平静地说，"在这个家里，女孩子们可以畅所欲言。"

"她说不了。"乔尔说着咬了一大口橘子酱吐司。

"在这里不需要这么害羞哦。"伊娃拿起两片面包，转头直接看着南希，"你要黑面包还是白面包，南希？还是一样一片？"

南希指了指白面包，然后垂下了目光。

"南希不害羞，只不过有时候不会说话，你的狗狗呢？"乔尔取过橘子酱，在剩下的半片面包上又涂了些。

"它们在客厅里。我们吃早餐的时候，它们要乖乖待在那儿。"

"然后干什么？"

"我也不知道。可能我要带它们去市里走走，然后你们跟你们的爸爸一起玩。"伊娃把涂过能多益的吐司切成了四个三角形，然后推到了台子上，“给你，南希。”

南希微笑了一下，露出小白牙。乔尔飞快地说了声“谢谢你”，听起来有点像是从南希嘴里冒出来的。

“你不用替她说谢谢。”伊娃看得出来不大对劲，但又不大知道是怎么回事，“她刚才肯定是想自己说。”

“我替她说，是因为她不想那么没礼貌。”乔尔放下刀具，直直地看着伊娃。他的眼神诚恳得令人无所适从。“有人觉得南希很不礼貌，因为她不会回答说‘请’还有‘谢谢’，但他们不知道她不会说话。”他瞥了一眼身边的妹妹，一丝关切的神色让他的脸阴沉了下来，“不过我没法一直在她身边。明年我就要去另一所学校了，到时候我们需要想个办法，可能会在她手机上录个音，或者写一张特殊的卡片之类的。”

伊娃旋紧能多益的盖子，不置可否。凯特琳说她正在经历一个害羞的时期——这一点伊娃能理解，她自己也曾害羞过，但是不会说话……

“你们妈咪知道这件事吗？”她问道。

如果真是个问题，凯特琳还会不提前告知一声？帕特里克倒是什么也没提过。

“妈妈？知道呀。”

妈妈，好吧，被纠正了，伊娃心想。“那爸爸呢？”

“不知道。”乔尔把吐司塞进嘴里，说，“爸爸什么时候来啊？”

“快了。”伊娃说，“你想给他发个短信，看看他到哪儿了吗？”

“我能先用你的咖啡机接杯咖啡吗？”他满脸堆笑，“爸爸肯定会说不行，所以我们现在用一下好不好？”

伊娃眯起眼睛看着她的侄子。严格来讲，这个小孩跟她家并没有血缘关系，不过倒是展现出了许多她家里人的特质。

当凯特琳抵达啤酒节大厅的时候，场子已经半满，人们拿着真麦啤酒，跟周围的人相谈甚欢。有一道出行的朋友、约会的恋人、老年四人组，还有几家人、一两个到处追赶的小孩——人群组成形形色色，但绝对没有其他单身女人，穿着三年没穿过的牛仔裤，提着不是当妈妈的人才会用的手包。

通常来说，凯特琳并不介意一个人也不认识，但这天下午，她却浑身不自在，注意着自己身上每一个细节，比如她这条过分紧身的牛仔裤。她在家里花了半个小时试衣服，然后不得不命令自己打住，然后提醒自己不是要去约会。或者就算是约会，那也是在跟她自己约会。

她在吧台点了一瓶苹果酒来喝，身后的舞台上一支民谣乐队接连演奏着不插电的音乐。凯特琳随之摇摆，享受着现场音乐，哪怕歌曲有关瘟疫或者乡村出轨故事也无妨，然而焦躁不安的思绪像杂草一样在她心里生长开来。这里连个李的影子都没有——不过为什么要有呢？她理解错了吗？难道李说邀请她来只是客套话？

她出现了会让李很惊讶吗？

孩子们不在，她到底该不该来玩乐？

帕特里克在跟孩子们干什么？

帕特里克会单独告诉孩子们他们离婚的事吗？

要是李的乐队逊毙了怎么办？

她本该在下班的时候叫上斯卡利特一起来吗？就为了寻求一个道德支撑？

她的脑子里猛然冒出一声“不”，她为之一惊。这一刻只属于她自己，只能由她自己支配。三十一岁的她站在新生活的起点，她有机会来发掘当下的自己到底是谁。这一个凯特琳可以自行走向新事物，无须等待任何人的允许或是批准。

一曲奏毕，人群响起掌声，凯特琳低头看着手中的空瓶子。

我要再来一瓶，她心想，此时民谣乐队演奏起另一首关于马铃薯疫病的歌。何乐而不为呢？

凯特琳第二瓶苹果酒下肚后，神父之地乐队在五点准时登场。李太过谦虚，聚集过来看他们的人比他预想的足足多了几倍，有的甚至还穿了乐队文化衫。

凯特琳站在一根柱子前的角落里，在这儿能够清清楚楚地看见台上的李。李并不是全场焦点——主唱穿着皮裤蹦来跳去，几近走光，除此之外，观众很难看见别的东西——但是李坐在架子鼓后面，身子微微后倾，他强壮的肩膀上下起伏，一头金发随之晃动，他看起来远比他的同伴像个摇滚明星。

凯特琳靠在柱子上歇息，任凭音乐的节奏打击她的身体，她身边的人群如同波浪般涌动。神父之地厉不厉害根本无关痛痒，她身在此处才是重中之重。她都快忘了自己这么爱听现场音乐，这么爱与人潮共享迷醉的时刻。她大学时期做的第一件事，就是攒钱买格拉斯顿伯里音乐节的门票，哪怕林恩反对她，说学开车更为有用，她还是干了两份酒吧的工作来满足自己一年看三场音乐节的习惯。

显然这一切都因南希而结束。其实有了乔尔的时候就该结束的，但是当他还是小婴儿时，凯特琳的外婆琼允许她晚上出去，她能理解凯特琳不过才二十二岁，也理解她才初为人母。然而帕特里克却不喜欢凯特琳喜欢的音乐——他“不介意”，这句话足以解释一切——虽然他想尽办法去享受她享受的东西，但在他们恋爱初期，凯特琳带他去看了两场演出，他穿着商务 T 恤，显得浑身不自在。凯特琳通常都会无视这些恼人的事，但这两次却还是察觉到了。而当时南希大晚上不睡觉，让他俩精疲力竭，根本没有心思再去看演出。后来她就在车里唱歌，和孩子们唱歌——这就够了。

不过此刻，那段遗弃的回忆又奔涌回来，凯特琳感觉身体轻飘飘的，她已经很多年没有这样了。演奏进行得飞快，李的乐队开始了他们的最后一首歌——*Uptown Funk* 的金属乐翻唱版。一阵愉悦的满足感穿过她的身体，她被这股能量吓了一跳，心想：我要变回从前的自己了。

她闭上双眼，任由音乐将她举高，直到低音吉他的声音取代了她的心脏，把她的血液搏动进血管里。那一刻，她无须担心乔尔或是南希，更无须担心她应该感受到什么，应该做什么、打扫什么、修理什么。她能够单纯地置身于此处，感受耳边的音乐。虽然这一切终将结束，她也将回到往常的生活中，但就在此刻，凯特琳再次只为她自己而活，身边浮动着的是苹果酒味的自由和快乐。

凯特琳·里尔登咧嘴微笑，不为任何人，她将双臂举过头顶，纵情舞动。

后来表演结束了，乐队的人鞠了躬，然后跳下了台。人群簇拥着回到吧台边上，只剩下她一个人站在柱子边上。她就像是灰姑娘，不过现在才六点，而不是午夜，然后身上的牛仔裤变得紧绷，口红估计也被苹果酒冲没了。

凯特琳思索着自己是不是该见好就收，直接回家，然后趁着傍晚时分，好好享用空荡荡的浴室和热乎乎的水。但是一丝微光还残存留在她心里，她偷偷地渴望着李能走过来，顶着潮湿散乱的头发，告诉她他看见她了，然后谢谢她能来。

她被自己的少女心吓了一跳，然后冷静下来。她心想，三瓶苹果酒就让你这样了？可能你应该回家，免得待会儿自讨苦吃。

但她还没来得及做决定，侧门一开，李阔步走进了大厅。他看起来还跟在舞台上一样，没有突然缩成一个无聊的普通人。他脸上突然浮现出一个大大的微笑，可以看出他确实为她如约出现而感到高兴。

“嘿！”他指着她说，“你来啦！喜欢吗？”

“有关于猫的歌去哪儿了？我刚才一直在等！”她本想装得轻松自信，但这些话从她嘴里爆出来，足以响彻整个空空的大厅，“你们都好棒！你们怎么还担心没人会来呢？”她知道自己说得急促不清，但就是停不下来。这一刻在驱赶着她往前走。

“谢谢！”李愉快地拿一只手顺了顺湿漉漉的头发，而凯特琳的眼神沉醉于他强有力的手指，还有他衣袖落下时，长着暗金色汗毛的肱三头肌肉。“其实，今天进行的比平时顺利得多，诺亚经常会发生在舞台上摔倒，或者裤子掉了之类的糗事。”他亲近地咧嘴一笑，然后指了指大厅后方的吧台，“你肯定是个吉祥物，我能请你喝一杯吗？”

“不了吧，我……”

“你没问题的。”李挥了挥手腕，上面全是荧光入场手带，“我们报酬不多，但是有了这些，我们想喝多少就喝多少。你那是什么？”他冲她的空瓶子点了下头。“苹果酒？”

“呃，对，那我再喝一杯吧。”

李又笑了。“想造反吗？啤酒节上喝苹果酒？”

“我喝了啤酒会打嗝。”凯特琳不假思索地说，结果话音刚落就希望自己没说过。但李哈哈大笑起来，直直地看着她的眼睛，仿佛她才说了什么滑稽的笑话。“我也是。”

大片人群涌向吧台，他们俩靠得很近，以至于凯特琳感觉自己的T恤是不是压到了李的手臂，她似乎能感受到李的体热。他身上的味道混杂着凌仕香氛和刚出的汗水味，那气味很是迷人。凯特琳又有了一种穿越到过去的感觉，既陌生又熟悉。他俩只是礼貌性地喝一杯，仅此而已，但二人之间分明又有了微妙的化学反应。凯特琳已经很久没有这种“我们去喝一杯吧”的经历了，她都不确定自己会不会注意到对方的种种暗示。

他们走到了人群最前面，李很快就拿到了酒。他转过身，把要给凯特琳的酒举过头顶。凯特琳发现他只拿了两瓶——一瓶给他自己，一瓶给她。凯特琳估计李刚才是准备去给乐队其他人拿啤酒的，但就算真是这样，他明显已经改了主意。李打手势让她去角落里一处人少的地方，墙上贴着一张当地真麦啤酒协会的海报，凯特琳竭尽全力让自己神色如常。舞台上又一支不插电乐队登场，又一次喧嚣四起。

“你看书看得怎么样了？”他一边喝酒一边说，然后痛快地喝下一口。凯特琳发觉他喝酒的样子很性感，似乎他表演时耗尽了浑身的力气，现在需要补充能量。她也注意到他闭上眼畅享冰镇啤酒时，那毛刷似的深色睫毛。

“看书？”她不得不飞快地思考一下：在公园咖啡厅的那晚，她曾告诉李，她每周会去公园两次，每次会在长椅上看一个小时书，因为她加入了一个读书小组。她没有说自己其实是在暂时躲避两个精力过分旺盛的孩子，以及那个时时都要掌控一切、事无巨细的丈夫，他甚至下班回来连话也不愿说，却还在用刻着公司商标的磁铁往冰箱上贴任务清单。

“哦，那个啊，就……挺好的，谢谢。”

“我有一阵子没在公园里见到你了——我还在想你是不是终于看完那本书了。”他扬起眉毛，凯特琳知道他发现了她每周都带的是同一本书，她感觉心里一阵骚动。所以说他是有在看的，他也会观察到她的细节，就像她一样，坐在小路的另一边，在他身上收集着新发现。

黄色跑步背心，特定的发型，绑在腿上的绷带。这些都像是串在她脑海中秘密项链上的亮珠子，直到下一次又悄悄隐匿起来。

“哦，我退出那个读书小组了，里面竞争越来越大，我不太喜欢。我可能会开始跑步吧。”她随意地说道，“你懂的，瘦身塑形，认识新朋友，呼吸新鲜空气。”

他咧嘴笑了——他的笑容时常有点“哈！真的吗”的意思，不过这次不是，凯特琳心想。“好主意，我工作的健身房那儿有一个初级跑步俱乐部——要是你想去的话，我可以帮你问问具体情况。”

“那太好了。”他在健身房工作，太好了。

他们在共通的事情上闲聊了一阵子——像是公园里的隐患、跑步、他参加的比赛——然后逐渐找到了共同的话题，慢慢地聊开了。李跟她讲乐队里的情况，比如那个爱写猫之歌的吉他手和眼线狂歌手之间的钩心斗角。凯特琳谈着咖啡厅的事，让李捧腹大笑。她没有故意不谈及乔尔和南希，只不过这一次她更自觉地去聊自己。感觉很奇怪，但又挺不错的，整个对话从未间断过，除了李中途又去了一趟吧台。他像是急匆匆赶回来的样子，这次带来了薯片，好让她“免得排队”。

他们聊了几近一个小时，这时三个长发男人挤过人潮涌动的酒吧，往他们的角落里来，最后停在了他们跟前。

“嘿，兄弟。”凯特琳一开始还没认出来说话的是那个主唱，因为他戴了眼镜，刚才的黑色背心也换成了方格衬衫。“我们再过一小时要去安克酒吧，丹尼正在往车里放器材，你走吗？”

“时间都到了？天呐，还真是，过得太快了。”李看了看表，然后转头看着凯特琳，“你知道安克酒吧吗？那里的桶装啤酒很棒，而且气氛也很好。”

“不知道，我没去过。”他这是在约她一起去吗？可她还没明确地说自己是单身啊。莫不是他偷瞄了她的手指，看到了她没戴结婚戒指？你想太多了，凯特琳。

“啊，那你会喜欢的，如果你对现场音乐感兴趣的话，那就更该去了。我们通常最后都会聚在那里，那里周六的氛围很适合表演。”李灰色的眼睛直视着她，好似可以洞穿她的内心，并期待着发生一些事情。“要是你待会儿没别的事做，那就一起去吧？”

凯特琳在脑子里想着：噢，还是别了，我还不太了解他，他就只是客套两句罢了。但她又听见一个极像自己的声音说道：“为什么不呢？”

为什么不呢？反正没有人要回家，不用沏茶，不用讲睡前故事。她知道了酒吧的位置，待会儿可以自己打车回家。凯特琳又在安全问题上迟疑了片刻，但一些念想却推动她向前。你回去又能干什么呢？她扪心自问，你得找一找乐子，跟别人聚一聚，出门转一转。你以前不是比现在要有意思得多吗？

太不像话了。

“太好了！”李笑着说道，眼角泛起性感的纹路。“那回头在那儿见。”

“但是我要听猫的歌。”她补充道。

他表情木然，旋即又恍然大悟，冲她抛了个媚眼。凯特琳的心里“咯噔”一下，她至少十年没有这样的感觉了。

“她说了睡觉之前要打来电话的。”帕特里克站在门厅的阴影里，脸上布满怒色，他放低了声音以免乔尔和南希听见。两个孩子一起蜷缩在伊娃家L形的沙发上，拿着帕特里克的iPad玩最后一局游戏。“她答应过他们的，她让我失望无所谓，可她不能这样对待孩子们啊。”

“凯特琳知道他俩什么时候睡觉。”伊娃新买了松软的毛巾，洗过之后又在烘干机里烘了烘，好给两个孩子洗澡用。此刻她将毛巾抓在胸口。“可能她手机没电了，或者睡着了，你犯不着小题大做。”

她瞥了一眼客厅，南希和乔尔双双垂着脑袋看着iPad，伊娃虽然听不见他俩有什么动静，但看见乔尔“咯咯咯”地笑着，想必他俩是在说着悄悄话吧。伊娃看见南希在微笑，心里好受了很多，哪怕她还是不说话。蜂蜂窝在沙发的另一头，小短腿收在身体下面，像是一团胖嘟嘟的白色三明治，它一直注视着南希——它新的爱慕对象。与此同时，蜜蜜睡在米克的皮椅上，打着呼噜。

帕特里克的手从他脸上抹下来，他看起来筋疲力尽。明明是星期六，他到的时候却还在聊电话，一个小时之内手机响了很多回。他带着他们在小镇上转了一圈，吃了吃冰激凌，逛了逛公园。可就算他是个特别好玩的爸爸，他的手机却也一直没关。“我知道凯特琳很率性而为，这没问题，但我从来没觉得她这么自私，在孩子们面前言行一致很重要。妈妈以前答应过我的事就一定会做到，爸爸也是。你应该在你的父母身上建立起信任。”

伊娃不自然地笑了笑。她与帕特里克八岁的年龄差似乎比想象中要长。“爸爸以前违背过几次承诺，相信我。”

“举个例子？”

“比如他从来没去看过我运动会上的比赛，他每年都发誓来年一定会去，结果从来就没兑现过。”

帕特里克不屑一顾地“哼”了一声。“但我了解爸爸，他肯定努力过了。你不可能连诊所也不去了吧。我说的是那种你能够做到的承诺，比如打个电话之类的。”

“但是你和凯特琳每次运动会都会去，不是吗？乔尔告诉我你去年看到他赢了套袋跑比赛，而且你在爸爸们的比赛里还拿了第三名。”伊娃望着自己的弟弟，看见他跟乔尔和南希在一起比她料想的还要甜蜜，也更让人心酸。帕特里克显得很悠闲自在，甚至可以说有点傻气，他跟孩子们相处的方式和跟成年人那一套完全不同。然而他们的爸爸以前——陈年旧事在她心上洒下一片阴影——却根本不像是这样。可是帕特里克没有那些年的记忆。

“反正，没有哪条法律规定你必须按照你父母的方法养儿育女。”她温柔地说道，“你已经做得非常好了。”

然而帕特里克正盯着孩子们，没太听她说话。“没有哪个家长是完美的，你很快就明白了。我只是想给我的孩子们安全感，让他们知道有人爱着他们，他们可以依靠这些人。我感觉我们全都给搞砸了。”

“你们没有。”好歹他说的是“我们”，伊娃心想，他没有全都归咎于凯特琳。“不管怎样，让孩子们看到你跟凯特琳也都是人，这没什么不好，是人就都会犯错。”

“犯错没关系，但是不可靠……不行。孩子们需要懂得信任别人，成年人让其他人失望已经够糟糕的了。”他心痛地顿了顿，“当你发现你爱的人完全不是你想的那样就会更严重。”

“帕迪？你是在说凯特琳吗？”

他没有回答，沉默在他俩之间延伸开来。

“你想想看，我们俩小时候，也不见得父母双全，对吧？”她说，“但我们都很好啊。”

“这是不一样的。爸爸是去世了，但他却没有离开我们。妈妈一直聊到他，一直都为他骄傲，她让爸爸好像一直都活着。”帕特里克在半明半暗里抬起了双臂，伊娃隐约看见他叛逆扬起的下巴尖，跟父亲的一模一样。“如果有工作上的人问我，我的榜样是谁，我会说是我的父亲。伟大的医生，强大的父亲，有天分的运动员，各方面都很棒的人。”

伊娃把怀里的毛巾抱得更紧了些，她不想用一整晚去应付这个话题，感觉就像是这一天过得没完没了了似的。

于是她转而说：“也许凯特琳不想打来电话是因为南希不说话了，可能她不想给南希施加压力，逼她接电话。”

帕特里克猛地转过头。“什么？”

“哦，就是乔尔说的。”伊娃感觉自己脸红了，她泄露秘密了吗？

“什么？”

“嗯，凯特琳说南希这段时间很安静，然后乔尔告诉我说南希不喜欢在公共场合说话，说她不会说话。”

“我完全毫不知情。”帕特里克显得很是震惊，“凯特琳什么时候跟你说的？”

“就是今天早上，可能只是……害羞吧。我小时候也像南希这样——总是更喜欢看书，而不喜欢跟人说话。”伊娃尽力让自己的话听起来更积极些，“直到现在也常常这样。”

“不会说话？”他皱起了眉头，“这听起来……发生了什么我不知道的事吗？”

他们音量渐高，伊娃抚了一下帕特里克的手臂，让他注意一下孩子们可能会听见。“嘘！应该没有。南希只不过是……嗯，她需要消化理解的东西太多了。今天下午我们带着她和乔尔还有狗出去散步的时候，你都没注意到吗？”

帕特里克没有立刻做出回应，伊娃才想起一路上他大多数时候都在打电话，想办法解决普雷斯顿的一场股票危机。她并没有仔细去听，但仍旧感觉自己比任何非汽车协会成员的人都更了解 M6 高速路上的交通问题了。

帕特里克垂头丧气的表情，让伊娃明白了他此刻的感受，也明白了她这个不怎么懂得养儿育女的人都能注意到的事情，他却没有注意到。哎，帕特里克。她心想，你都不知道你有多像我们的爸爸，又或许我们都很像吧。伊娃想到这里，内心倍感阴冷。

“明天早上再来应对这事吧。”伊娃把毛巾塞进他怀里，“先洗澡，给你们的，又舒服又温暖的毛巾。凯特琳留了一些睡前故事书……”

“我带了睡前故事书的。”帕特里克自信地说道，“我给他们读《查理和巧克力工厂》。”

“很好！”伊娃感觉自己又进入了未雨绸缪的老模式，“要我先往浴缸里放着水吗？房间我已经准备好了——我让他俩一起睡在你旁边。我相信他们还没上床，凯特琳就会打来电话！”

“嗯……”帕特里克似是迷失在了自己的思绪里。伊娃发觉无论她的弟弟在生活上超越了她多远，身高比她高了多少，他都始终是那个哭起鼻子来要让她抱着才能安睡的小男孩，那个跟她有着同一对父母，却感受着不同家庭氛围的小男孩。

帕特里克的愤怒

早晨，伊娃被手机邮件提示音吵醒。她伸手到床头柜上摸找手机。她的闹钟都还没响——还真早。

楼下有人在做早餐，或者说，一个人在做早餐，而另一个人在一遍又一遍地唱："随它吧，随它吧……"伊娃听不出接下去的歌词是什么，唱歌的人基本上一直坚守在"随它吧"的部分。

她眯着眼睛看屏幕。邮件是亚力克斯发来的，主题是"夹子"。

你好，伊娃。我就想说几件事……第一，我上周寄给你的日记安全送到了吗？我急着寄给你，结果忘了跟你说，谢里尔·默里一再强调她没打开那本日记。其实她给我写了两封很长的邮件，跟我讲"因果报应"和"姐妹情谊的责任"，然后叫我帮她证明她绝不会侵犯你内心世界的权利，出版的事你自己做决定。（我看不懂她的意思）对不起，我应该提前告知你的。那本日记我也没有打开过，并不是因为我怕会遭报应，而是我的职业规范不允许。我希望这一点我不说你也明白。我也希望你很享受阅读盒子里剩下的那几本，反正这一本也已经吊起你的胃口了。

供你参考：谢里尔认定她的业果就是要出版她那一部分的日记。

第二，说句题外话，我把我的自行车夹子落在你家了吗？我弄丢了一个。我这么说是因为过去这些年，好些朋友都在他们家里发现了我的车夹子，他们还以为是什么家电的重要零件脱落了，结果一阵惊慌。有个朋友直接换了个吸尘器。不过要是在你那儿也不着急——我希望我们很快就能再见面，到时候我再顺便拿走吧。

祝好，亚力克斯·蒙塔古

伊娃躺回到床上，她能在邮件里听到亚力克斯的声音——温柔又谦逊。他真的星期天早上七点就坐在书桌旁边了吗？还是说他也在床上？伊娃立马甩掉脑子里的画面。有孩子们在家里，她不知道自己什么时候才会有机会回邮件，于是索性拿手机打字回复起来：

谢谢。老实说，我都没想过谢里尔会不会看“我的”日记，我也不知道自己会是什么感觉，反正不久之后，说不定几百万人都会看这些日记，所以我怕是没资格抱怨什么吧。

我等下就找找自行车夹子，话说你真是载着那个盒子一路从沃里克大学骑车过来的？简直太厉害了。

祝好，伊娃·奎因

她的邮件风格很商务：简洁明了，直切重点。不像他的那样又长又啰唆。她又看了一遍，想象着他逐字逐句读她邮件时的样子，此时“叮”的一声，他直接做出了回复。

你真是恬淡寡欲啊！不过我没有一路都骑自行车——我是先坐了火车，然后从车站骑过去的。你不用多想，我不算一个合格的环保主义者，我只是天生当不了一个好司机。恐怕上个月在皮卡迪利街的时候我已经露过一手了。我这协调能力，你敢想象我开车吗？

势不可当，亚力克斯

伊娃开怀大笑。

随后她的目光落在了那盒日记上。她此刻躺在床上，为她丈夫的传记作者哈哈大笑，这样不合适吧？有点。

等孩子们走了就把其他日记看完，然后告诉他不能出版。

伊娃本来还指望着，趁里尔登一家人享受天伦之乐时，溜出去做点自己的事，结果她很快就发现他们有着别的想法。

首先，她得给大家精心泡上一杯咖啡；接着，她要看乔尔给帕特里克展示他也能泡好；然后，她按照她妈妈的菜谱炒了几个鸡蛋；再然后，她把餐具塞进洗碗机里，结果帕特里克给她展示了一种更好的放碗方法……事情一件跟着一件，乔尔随时都在旁边“嗡嗡嗡”地实况解说，帕特里克冷不防地冒出来打断一下。

南希倒是什么也没说，但也算是此情此景的一分子。她跪坐在蜂蜂旁边，一会儿微笑，一会儿点头，一会儿又给蜜蜜喂两口吐司。她的眼神是如此善于表达，要不是帕特里克想方设法要她说话，看得伊娃都感到揪心，她都差点忘了南希从未开口说话。

最后她总算是找了个借口，说要去门厅里看下座机上有没有什么留言，她希望已经有了凯特琳的消息，也好遏制一下帕特里克的怒火。

照例有一大堆保险公司打来的骚扰电话，还有一通罗杰打来的慰问电话，以及一条未接来电……

“啊！”伊娃跳了起来。

帕特里克赫然耸立在她身后。“没有凯特琳的消息吗？”

“这可能就是她吧。”伊娃查看了一下最后一则语音留言，“晚上 11 点 42 分，你听到手机响了吗？”

“我倒头就睡了。”

“我也是。”光是注意着不让东西摔碎，就够让伊娃身心俱疲的了。她听了听凯特琳含糊不清的语音留言，听起来她像是喝醉了酒。“呃……凯特琳手机没电了，她又记不住你的手机号，然后一回家就打来了电话。”伊娃报告着，“她感觉很抱歉，今早会再打来。”

帕特里克动作浮夸地看了看手表，已经快十点了。

“她大半夜的打电话来干什么？她就不怕吵醒我们？”

伊娃耸了耸肩膀。“可能她没注意看时间吧。用不着大惊小怪的，特别是孩子们都还在，况且……哈喽，乔尔！有什么事吗？”

乔尔真是学到了帕特里克悄无声息突然出现的天赋。今天早上，他把披风换成了亮片背带，伊娃都不知道他是怎么穿上去的。

“伊娃姑姑，我能跟狗狗们一起排一出戏吗？要唱歌的那种！”

他殷切地笑着，“你能不能帮我弹钢琴伴奏啊？”

“我们找点安静的事做，先去把早餐吃了。”帕特里克说着便把乔尔赶回了厨房，“你带笔了吗？她很会画画。”他补充道，然后把装着美术用品的包放到了厨房台子上。“南希，快告诉伊娃姑姑你上次在幼儿园画了章鱼，就是被谢利钉在墙上的那幅，南希？”

南希没有说话，转而开始把画笔按照彩虹的颜色顺序摆放整齐，她嘟着下嘴唇，一副专心致志的样子，她东瞅西瞧，但就是不看他们。

她低垂的脑袋让伊娃有种似曾相识的感觉：她还记得小时候被人安排当众做什么事的时候，也是这么难为情。她唱过歌，背过诗，只不过都是在假装自己是另一个人。随着年龄增长，她也只是愈发擅长伪装罢了，装得更干练利落，冷静沉着。穿衣打扮起了很大的作用，甚至后来她跟西米恩分手，她也假装很多年他们仍然相恋。可能有点太久了吧，但这也是公司特色的一部分：一个永远不知道该穿什么的女生，由她男朋友为她打理好衣柜。

然而米克却看穿了她，一眼看到了那个咬紧牙关跳踢踏舞的害羞女孩。但他又习惯于假扮另一些人。

“南希不用做她不想做的事。”她脱口而出。

“她可以对她姑姑更礼貌一点。”他环视了一圈房间，搜寻着绘画的点子，然后看见了放在边桌上的交通卡，那是伊娃上次去伦敦见罗杰时用到的。“哦，你快看，南希！伊娃姑姑也去过伦敦，要不然你给她画一幅我们圣诞之前去伦敦玩的画？”

“好主意！”伊娃说，“你能给我画一幅……大本钟吗？”

南希摸到画笔时，徐徐绽放在她脸上的微笑凝住了。伊娃看见了，帕特里克没有，而且他还继续推进。

“你也可以画伦敦眼，或者我们坐的黑色出租车。”他抬头看着伊娃，仿佛是想让她知道他们当初玩得很开心。“那是南希的一个特殊愿望——我们跟孩子们玩了一个游戏，只要他们发现了南希书里看到的一个景点，就可以许一个愿望。南希，你许愿去坐一次红色大公交车，对不对？那辆车沿着牛津街一直走，我们在那儿看到了圣诞老人和各种灯饰。你还许了什么愿来着？”

南希双目之间的那抹专注愈来愈深，伊娃感受到了她的焦虑，那种不安就战栗在空气里。

“我很爱坐公交车。”她说道，希望南希能抬头看看很能理解她的姑姑，“我喜欢坐在上层最前面。你按铃停车了吗？”

“南希？”帕特里克的声音里透着些许不耐烦，“伊娃姑姑在跟你说话。”

南希终于抬头看着伊娃，大大的眼睛里满是无声的感染力。她想说什么？伊娃渴望自己能够明白，就好像有些天晚上，蜂蜂会用它扁平的脸去蹭她的手，分明是想交流一些重要的事，可伊娃却只有它布满褶皱的脸可以解读，而蜂蜂也只听得见奇怪的人类咕哝声。

我想帮你，南希。她无助地想着，但我真不知该怎么帮。

“她不会说话，爸爸。”乔尔说道，“她并不是故意这么不礼貌。”

帕特里克双手叉腰。“什么意思？她不会说话？”

“我也不知道，但她就是不会说，别逼她了。”

“她当然会说话！她只是有点固执。南希？”

南希的头垂得更低了，小脸蛋躲在了头发后面。让伊娃担心的是，她觉得南希可能在哭。

伊娃不想让南希感觉自己愈发受困，于是改变了策略。“要不然你画蜂蜂吧？”她蹲在南希椅子边上，说：“它乖乖地在那儿坐着，一动不动。要我帮你起个头吗？巴哥很好画，来，我教你。”

南希的小手迟疑了片刻，然后推了一支铅笔给她。伊娃的心上泛起涟漪，就像有一只昆虫悄然掠过池塘那般。“待会儿你还可以画蜜蜜。”她继续说道，“但你多半需要写下来谁是谁，因为它们太像了，对吗？你看得出来它们有什么不一样吗？你肯定可以。”

伊娃也不清楚南希行还是不行，但只见她点了点头，发帘软软地摇了摇。伊娃开始画蜂蜂圆圆的脸和纽扣似的眼睛，她能感觉到一股专注的目光聚焦在她身上。

“好主意！”帕特里克回过神来，而且也放心了不少。他看了看手表，然后皱起了眉头，从后裤兜里取出了手机。

别那么做，伊娃心想，但又不知道要怎么说才不会适得其反。他这是要给凯特琳打电话？就不能等等吗？他看不见乔尔晃来晃去，就想博点关注吗？

“我要画一个蜂蜂。”乔尔大声说，“不过是要动起来的蜂蜂，就像是超级英雄！超级巴哥！超级巴——哥！”

“我觉得那听起来更像是蜜蜜。”伊娃说，“它绝对穿上戏服就能演，你不觉得吗？”

帕特里克对着手机皱起了眉头：“我迫不及待想要看你们画的巴哥了。伊娃，我得去接个电话——你能看着他俩十分钟吗？”他貌似很慌张，“然后我带他们去镇上转一转，吃个午餐，不会打扰到你。”

“没事。”伊娃本来打算去书店找安娜，但等一等也无妨。南希靠在她身上，注视着铅笔游走的轨迹。小身板轻轻的重量，专注而沉重的呼吸，给予了伊娃一种前所未有的亲密感。这种感觉毫不复杂，关乎信任，如同两只巴哥还是小奶狗时，跌倒在她怀里的感觉。

蜂蜂躺在伊娃脚边，观察着她俩。

“蜂蜂真是乐于助人。”乔尔说。伊娃可笑地觉得他说这话时，南希心里也这么想。

帕特里克的电话持续了半个小时。伊娃在厨房的窗户边看见他在花园里来回走动，双手时而挥舞，时而紧握。

等到他终于回来，伊娃撇下正在画狗的孩子们，前来一探究竟。首先就是电话那边是不是凯特琳。

“别。”她还没来得及开口，他便说，“别问。”

“好吧。”难道是工作上的事？伊娃甚至开始怀疑会不会是弟弟婚姻中的第三者在他这边。“究竟怎么回事？”

“什么究竟怎么回事？”

“南希！你没看见你说起伦敦的时候，她有多心烦吗？”

帕特里克困惑地耸起肩膀。“看见了，但是……绝对不是因为那个，当时什么坏事都没发生。圣诞节之前，我和凯特带着孩子们出去逛了两晚，去看灯饰。我们去那儿是因为南希的一本叫《伦敦之行》的书，是你给她的生日礼物，对吗？”

伊娃点点头，那本书是安娜推荐的。把书包起来之前，她随手翻了翻，也不确定适不适合给四岁的小孩子看，不过她记忆中那个有意思的伦敦就是那样，带着二十世纪五十年代的绚烂多姿，五彩缤纷，琳琅满目，而不是如今这个压力重重的“空调监狱”。

“他们很喜欢那本书。”帕特里克接着说道，“我们去河上坐了船，去坐了伦敦眼，坐公交车经过了牛津街，去看了圣诞老人……”他声音渐弱，目光也变得悠远。

“然后呢？”

他像是控制了一下自己的思绪。“没有然后了，就是这样。”

“反正肯定发生了什么，你也看见她的反应了。没有警车出现？没有什么吓人的事？没有诡异的圣诞老人叫她保守秘密？”

“肯定没有什么诡异的圣诞老人——我们去的是汉姆利玩具店。我也不记得有什么吓人的事了，不过你很难知道小孩子的想法，对吧？”

“是啊。”伊娃说，“我确实不知道。”

“我的巴哥画错了！”厨房里一个声音大喊，“快来帮我！”

“很快你就知道了。”帕特里克拍拍她的手臂，“欢迎加入为人父母的行列。”

尖利的手机铃声穿透凯特琳晕乎乎的脑袋，她坐起身，然后立马就后悔了，尤其是她刚坐直，铃声就停了的时候。她伸手去抓手机，心里就一个念头：我应该先给乔尔和南希打个电话。帕特里克这是想先发制人吗？她眯着眼睛看着屏幕。

未接来电：妈妈。

很好。她前一天发来了一条很长的短信：没有孩子在身边你过得怎么样？要我给你一些建议如何消磨时间吗？也许你可以利用这些周末时间去进修一下。打电话给我！

凯特琳抱怨了一声，然后“扑通”一下倒回了枕头上，感觉有点恶心反胃。她不能在不舒服的时候给孩子们打电话。其实她昨晚并没有喝很多酒，而且去那家爱尔兰酒吧找李和他的同伴之前，她还专门饱餐了一顿。不过无论如何，她至少能睡个懒觉醒醒酒，没有人会来床上又蹦又跳，要她去做早餐。这倒算是一线希望。

她上一次宿醉是在两年前帕特里克的圣诞派对过后。凯特琳一想到要出门，就兴奋得不能自持，晚餐还没开始就已经喝了五杯普罗塞克[①]。第二年，帕特里克咕哝着说什么预算被削减了，只能去当地酒吧吃吃三明治——然而这根本说不通，因为他们的总部是在纽卡斯尔郊外的一座商业园区里——不过总而言之，配偶不在受邀之列。她顿时感到很羞愧，她辜负了帕特里克在他同事面前为她塑造的良好形象。

南希。一个声音在她脑子里念叨着，南希，她还好吗？

凯特琳抓起手机，还没来得及决定打给谁，铃声又响了。这一次是咖啡厅的斯卡利特打来的，昨晚凯特琳并没有完全放松警惕，她还是确保了有人知晓她的行踪。

“所以呢？”大周末早上，斯卡利特听起来也太过精力充沛了，“约会进行得怎么样？”

“那不是约会，只不过是一次……”该怎么形容呢？快到结束的时候，确实开始有种约会的感觉。“就是一场演出而已。”

“对，对，所以约会怎么样？”

除了宿醉之后脑子里一团混乱之外，凯特琳隐约感到一丝兴奋。“挺好的，我看了李他们乐队的表演，然后我们喝了些酒，聊了聊。然后我们又去了一个酒吧，在外面转了转。然后我就回家了。”

她闭上眼睛，极力在脑海中重组昨晚发生的事。最显而易见的就是，昨晚是她这些年里最棒的外出之夜。李的脸庞从雾气中浮现出来：垂在他额头上的金色长发，说话时注视着她的灰色眼眸。心有灵犀，不言而喻。她时不时还会发觉李在看她，她差一点就为之后的各种可能性而惊慌失措。

斯卡利特似是被折服了。“哇！然后呢？”

“然后什么？”

“然后？你们，你懂的……”

“没有，我们什么也没干。我打了个车，然后飞上了床。是我的床。”

---

① 意大利知名葡萄酒。

“切——”

“闭嘴，斯卡利特。我不是在找人谈恋爱。”

“谁说你是想谈恋爱了！”电话那头一阵“咯咯咯”的笑声，“忘掉一个男人的最好方法就是找一个新人，我妈妈以前经常这么说。”

凯特琳翻了下身，感觉自己又黏又脏。“哎呀，我得开车去朗汉普顿接孩子了……”她把手机举离耳边，看了一眼时间。他跟帕特里克说五点过去接，也就是说……三点就要出发！现在都快十一点了。从大学毕业起，她就不记得自己睡过这么长的懒觉，又一项被遗忘了的奢侈。我得给他们打个电话，她心想。“再过四个小时走。”

“好吧，你觉得没问题就行。你昨晚应该给我打个电话，小混蛋。让我知道你到家了。”

“对不起，我的手机没电了——我忘了充电——然后我当然是谁的电话也记不住……”

“他给你发短信了吗？准备好第二轮约会了吗？”

“没有！我告诉你，我们之间不是那样的。”

“都没有核实一下你有没有安全到家？”

“没有。”凯特琳其实有点高兴李没有这么做，因为这完全是帕特里克的作风：各项核实。他总是说，如果他不知道她有没有安全到家，就睡不着觉。一开始确实很甜，毕竟有个人如此关心你，但现如今却像是一种监视，凯特琳绝不会再去想念分毫。

斯卡利特又“咯咯咯”地笑了。“好吧，明天我要听到所有的八卦，行吗，亲爱的？”

“行。”凯特琳挂了电话，又沉进了枕头里。

李会打来电话吗？或者是发来短信？她希望他如此吗？她的胃内翻涌着一阵兴奋，也伴着愧疚、焦虑还有酒精。她当然希望他会。

五点半的时候，凯特琳的车缓缓驶进伊娃滑雪豪宅外的私人车道。她之前又意外地大睡特睡了三个小时，于是只得在高速路上一路飙车。乔尔和南希伏在窗户边上等着她，满满的暖意拂过凯特琳的身子。

她没料到自己会想念他们，不过她确实想了。非常想，非常想。

两个孩子的脸消失在窗边，她知道他俩正冲向门口来见她。门一开，是伊娃，她看起来不如往常那么平静；还有帕特里克，他此时的脸上就是斯卡利特所谓的“他的必备表情”。

是因为我昨晚没打电话吧。凯特琳心想，该死。可我早上跟他们说过话了，孩子们看起来并没有为此而伤心。而且要是她打了电话，帕特里克只会埋怨她打扰“他的”专属时间。

伊娃招呼她进屋，给她倒了杯茶，然后机警地带着孩子们上楼检查有没有漏掉什么东西。

帕特里克丝毫不浪费时间。“你答应了睡觉之前会打给他们的。”

“对不起，我的手机没电了，然后我发现我记不住你的号码，没办法用别人的手机打。”凯特琳知道自己有错，但又感觉到了一股自卫心理。这就是帕特里克：他期望她能尽善尽美，一旦她只像个普通人，她就会感到愧疚。“我今天早上打了电话，不是吗？我本以为他们跟你待在一起的时候，最好不要让他们分心。你们周末过得开心吗？”

他神色冷漠。“我们很开心，但有一件事我得跟你谈谈。”凯特琳知道他想谈什么，要么就是南希太过安静，要么就是乔尔太过活跃。

凯特琳放下茶杯，准备就绪。“说吧。”

“乔尔之前跟伊娃提过，他说南希不会说话了，这是怎么一回事？”

又来了。帕特里克“顶头上司”式的口吻，听起来就像是在指责她蓄意疏忽此事。以前他问为什么乔尔有时候就不能安静一点，或者为什么南希比同龄人更矮一些的时候，她同样会气急败坏，说得就好像是凯特琳故意不让南希长高，或者强行要给乔尔灌输音乐剧似的。帕特里克不懂得孩子们就是他们最本真的样子。她以前会跟咖啡厅的女孩子们抱怨，说帕特里克要是下班回家早一点，正儿八经地带一带孩子的话，那就还有可能会亲口问孩子们这种问题。

“什么这是怎么一回事？”她问道。

帕特里克扫兴地哼唧了一声，每当此时，争端只会进一步升级。“别跟我装傻。南希怎么了？发生什么让她不开心的事了？”他顿了顿，“你是不是跟她说我们要离婚了？”

凯特琳转头正视着帕特里克，他眼睛周围的皱纹变深了，不是因为他在冲她皱眉，而是这些沟壑永远地嵌在了他的脸上。他深色的头发里也长出了更多的银丝，而且整个人都散发着一种疲惫感。如今凯特琳每一次见到他，他似乎都变得更陌生一点，就像是大学时代的一个泛泛之交，或是以前的一个同事。想来真是匪夷所思，她昔日竟跟这个没耐心又易烦躁的男人同游巴黎；他们一同观赏新年烟火时，他在她耳边低语他有多爱她，她竟也曾神魂颠倒；她甚至卷起牛仔裤，跟他到寒冷的海里踩水，然后回到车里让他用吻来温暖她。冻僵的双脚，火热的嘴唇，溜进他厚重冬衣里冰凉的双手。

凯特琳突然为这些遗失的美好感到一阵哀伤。那种幸福已经落在他们身后，渐行渐远。如今他们只是两个成年人，谈判着如何安排两个小不点，再无其他义务。她的胸口泛起疼痛，不是为了帕特里克，而是为她再一次轻信了这一回能直到永远。可是希望却再一次破灭了。

“凯特琳，集中注意力，他们马上就要下来了。”帕特里克的眼神很不耐烦，语气里也再没有从前的包容。不会再叫“宝贝”，不会再叫“亲爱的”。“到底怎么了？我是南希的爸爸，你居然还瞒着我！”

凯特琳叹了口气，像这样需要谨慎处理的情况，她可不想让帕特里克使出他的策略性规划。但他毕竟是南希的父亲，他确实有权知道。“南希最近在幼儿园里不说话，但她这个年纪发生这种事并不罕见。南希不说话也能很好地与人交流，他们很关注她。她没事的。”

“这是从什么时候开始的？”帕特里克看起来很困扰。

“上周吧？”其实还要更早，凯特琳知道。她当时没有告诉他，说白了，是有点不想告诉他。反正南希没事，只不过在家特别安静罢了。

你就是不想让他知道，她心想。

“她在家还说话吗？”

“说啊，当然说。”

但她不唱歌了。一个声音悄悄补充道，不趁没人看她的时候抬头感受阳光了，不把鼻子凑近花里闻花仙子的气味了。凯特琳很是心疼。

“不过她不唱歌了。”她补充道。她突然想要跟一个懂她的人倾诉这有多可怕，多令人心碎。

帕特里克脸色一沉。“不唱歌了？”

凯特琳摇摇头，然后问出了那个她不太想得到答案的问题：“她在这里也一直没说话？”

他抬手抓了抓头发，一时也想不出任何对策，于是一脸挫败，这让他看起来更像是从前了帕特里克了。“也就说了一两句，但我们各自干自己的事的时候，她又一直都在窃窃私语。她很黏人，我猜她是不大舒服，也有可能是在担心那两只狗，不想吓到它们。”

“有可能，可能就是因为这个。”凯特琳揪住这条解释，“她太小了——她还在适应中，给她一点空间吧，我们别这么乱贴标签了。”

凯特琳话音一落就知道自己失策了。帕特里克是咬住一件事就不会松口的人，尤其是跟家庭有关的事。

“标签？凯特琳，这很有可能是个大问题……你这么久都干什么了？她需要检测听力吗？医生都说什么了？”

“我还没去……”她刚开始说话，帕特里克的脸就更阴沉了。

“什么？你还没带她去看医生？”

“这就是阶段性的而已，小孩子都会经历。我上网查过了……”

“哦，行，要是你都上网查过了，”他又抓起了头发，但这一次更暴躁，“那就没问题了。因为所有医生都在网上出诊，反正就是不在你家那条街道尽头的那个幼儿园里。”

“你知道在那儿预约医生有多难吗？你要等好几周，除非你的腿断得只有几丝肉吊着了。”凯特琳瞪着他。她为什么要这么说？她当然会带南希去看医生。“我上网查了，因为大多数家长第一步都会这么做。不愿意说话不是个罕见的反应……”

“我要你带她去诊所。”他说，“就这周。答应我你会带她去见一个知道自己在说什么的人。”

“你的意思是我没有好好照顾我的女儿喽？”

“你的女儿？”

“怎么了？”两人正在争吵时，伊娃出现了。于是凯特琳就在想，这里曾经有过大声的争吵吗？可能没有吧，米克只会大声呼唤“亲爱的”。

“我们在讨论南希不说话的事。”帕特里克转向她，“你能告诉凯特琳你都目击到什么了吗？”

伊娃一脸尴尬。“目击？帕迪，你这话说得我像是在犯罪现场。我就看见了一个在陌生人面前很害羞的小姑娘罢了，别这么大惊小怪的，这样帮不了任何人。她是个很有魅力的伙伴，凯特琳。”她补充道，“乔尔也是。”

凯特琳对伊娃好感倍增，她从来没有见过有人能压制住帕特里克。而且听见有人说乔尔是个“有魅力的伙伴”让她很舒心。

“她现在在哪儿？”他转身朝楼上喊，“南希，准备好走了吗？”

“别大喊大叫，我觉得她应该在厨房里跟巴哥道别。”伊娃说。

“我去看看。”凯特琳端起茶杯，“谢谢你泡的茶——我把杯子放洗碗机里。”

“放在边上就行。”伊娃匆匆笑了一下。凯特琳发现伊娃没有能随便放进洗碗机里的茶具。富贵如斯，当然没有。

她穿过门厅走向开放式厨房的时候，隐约看见伊娃和帕特里克对视了一眼。乔尔坐在早餐台边上，用一根湿漉漉的手指粘蛋糕屑来吃，但是却没见着她女儿的踪影。

“南希呢？”她问道。乔尔满嘴碎屑地朝落地窗点了点头，那外面是伊娃风景如画的乡村花园。

门口有一个巨大的藤编狗窝，里面蜷缩着一只胖乎乎的杏黄色巴哥，它被包裹在南希的怀里。他俩头靠着头，于是乎南希的头发和巴哥的毛皮混合成了一块蜂蜜色。南希小巧的手极其轻柔地爱抚着那只巴哥的背，她好像还在跟它说悄悄话。

凯特琳的嗓子眼里像是噎住了东西。不！是真的吗？南希在说话？

“南希想跟蜂蜂说再见。”乔尔解释道，“我们给蜂蜂和蜜蜜画了超级漂亮的画。”

她身后传来些许动静，帕特里克和伊娃跟着她走了进来。

“真好。”伊娃欣喜地微笑着，说，“蜂蜂有新朋友了。”

凯特琳瞥了一眼帕特里克。他看见南希在笑着说悄悄话了吗？他的表情全然不像他姐姐那么开心。

医院之行

“我叫朵拉，跟爱探险的朵拉[1]一个名字！”兰医生往前一倾，微笑着伸出手，“我五十三岁了，你多大啦，南希？”

凯特琳望着南希，她坐在医生旁边，双手压在大腿下面，凯特琳等着她开口说话。如果由凯特琳自己决定的话，她肯定会再过一周才带南希来看医生。其实，她知道需要提前预约，所以早就已经把“给医生打电话”写进了本周待办事项里，但星期一早上去学校的路上，她的手机响了，是帕特里克。他还是老作风，硬要什么都管。

“我已经说服他们今天看南希了。”他告知凯特琳，“他们同意让她在两点四十的时候插个队，所以你能两点半的时候带她过去吗？”

乔尔刚才一路都忙着提醒凯特琳和南希，他最近计划成为西区剧院的音乐剧明星，所以他要先参加学校为一家本地剧院举办的试镜活动。凯特琳只有半只耳朵听他唱独角戏，因为她一边要哄南希在外面说说话，一边要在心里翻一遍冰箱，想想今晚要吃什么。她停下脚步应付帕特里克的电话时，乔尔猛地双手叉腰。

“天呐，妈妈！”他说，“我该怎么办！”

凯特琳听出这话还有这语气都是在模仿她。她冲着乔尔做了一个“等一下”的表情，然后把注意力都转移到帕特里克身上。

“你是约的急诊吗？”她知道帕特里克善于协商，但如果孩子并

① 美国英语教学动画片。

没有什么突发状况，她就得去面对一个凶悍的接待员，“要是你没什么大问题还约急诊，他们会变得特别讨厌。”

“凯特琳，我们的女儿不会说话了！我说这就是紧急情况，你呢？总之，接待员同意了我的看法，所以才约到了今天。”

典型的帕特里克的做派，她心想。他永远都觉得自己是对的。也许给南希一点空间，不让她觉得自己有问题，不让她紧张就会有所帮助，但他就是接受不了这样的想法。

凯特琳讨厌这种貌似她关心得不够多的暗示。她想告诉帕特里克，南希要的是爱、安全感以及安慰，她会度过这个时期的，但此刻两个孩子都站在她身边——她怎么能说出，他每次都这样事事都管，削弱了她保证孩子们安全的能力呢？反正帕特里克也不会听。现在是星期一早上，九点钟他要在盖茨黑德开行政会议。整顿好他们的生活之后，他就挂了电话。

“南希？”兰医生重复道，“你多大啦？”

南希犹豫地竖起四根手指，然后又把手塞回了大腿下面。她的脚丫前后摇摆。外面候诊室里，一个婴儿开始大哭，紧接着又加入了一个。

“哦，我刚刚没看见。”兰医生假装看错了方向，“你是不是……十岁了？不对？那你……一百一十二岁了？也不是？好吧。”她探出身子，一只手环在耳边。“你能悄悄告诉我你多大了吗？”

南希扬起淡茶色的睫毛，冲着兰医生滑稽地微笑着，凯特琳发觉她在幼儿园也是这么对着谢利笑的：一个尴尬而不失礼貌的微笑，似是不大确定。然后她又使劲摇了摇头。

兰医生侧眼看着凯特琳。

“快告诉她呀，小公主。”凯特琳尽力放松语气，“又不是要戏弄你！你九月份就五岁了，所以你现在……”

南希又低下了头，她的直发垂在她脸上，于是只看得见她的鼻尖。她的脚也不晃悠了，仿佛凯特琳大喊了一声“不要”。南希不是个没礼貌或者脾气犟的孩子，眼前这个小女孩根本就不像她。

“南希？”凯特琳克制住从走进诊所就逐步增加的恐慌，“你记得兰医生的呀！去年夏天，她用了那种神奇的软膏，一下就让你止痒了。

快告诉兰医生你几岁了，然后我们就可以……”

就可以什么？就可以回家了？就可以不担心你了？就可以明明有问题存在还假装一切如常了？

一只手抚住她的手臂，提醒她别再逼迫南希了。眼下交由兰医生处理。凯特琳陡然想起她妈妈曾告诉过她，她这个人一直都无所畏惧——直到有了自己的孩子，之后恐惧感便随时都可能悄悄爬上你的心头，将你紧紧握住，不能动弹。

那时候，想到职业女精英林恩·哈迪也有害怕的东西，凯特琳不由得一番讥笑。她也对自己会害怕嗤之以鼻——毕竟遇见帕特里克之前，她已经挣扎着度过了四年单亲妈妈的生活。然而她现在终于明白了。

南希被某种东西控制住了，某种她看不见，也改善不了，更无法代为承受的恐惧或者其他情绪。这让凯特琳想围着这间屋子尖叫暴走。

“你知道吗，南希？”兰医生随口说着，“我觉得你去接待处找卡伦肯定会很好玩，她会让你按一按电话总机上的按钮！你想去吗？”

南希抬起了头，蓝色的眼睛闪耀着兴趣十足的光。她点了点头，凯特琳松了一口气。

“太好了！那我们先呼叫她一下。”兰医生按下内部通话机，跟接待员说了两句，然后卡伦就出现在了门口，看来她也没那么像约诊电话那头的女汉子嘛。

“我有一个小助手了吗？”她朝南希伸出一只手，“跟我来吧！”

南希焦虑地看着凯特琳，请求同意。凯特琳微微笑了笑，但脑子里已经开始胡思乱想。帕特里克约到了百不得一的急诊，卡伦又这么友好。帕特里克在电话上游说他人真的很有一套，不过凯特琳可能才想到这个问题更糟糕的一面。

有什么我没注意到的东西吗？我这个妈妈当得太差了吗？南希必须要来看医生吗？

“去吧！”凯特琳像是在鼓励南希前去探险，“我马上就去找你。”

南希神情紧张，像是说不出“妈妈，我不想去”，凯特琳看在眼里，痛在心里。南希只能逆来顺受，按照别人的意愿行事，就跟伊娃那两只满眼惊恐的巴哥似的。被人抱起来，放下去，带着转——因为某种原因而安安静静、唯唯诺诺。

凯特琳跟南希挥手道别，努力不让恐慌显露到脸上。

门一关，兰医生就转身朝着电脑屏幕，着急忙慌地开始打字记录。

“所以，还不错——没有理解障碍，没有听力问题……更没有说话的问题。上次我见到南希，是在差不多一年前了吧？就是乔尔把钢笔卡在了鼻子里的那一次。那时候南希能言善道，热心地告诉我乔尔可能还有什么别的问题。”兰医生的键盘“啪嗒”作响。

她们已经在办公室里耗了五分钟，凯特琳知道每次约诊都严格控制在十分钟的范围内。她真想一把将墙上的钟表扯下来，这样兰医生就有足够多的时间研究出南希的毛病了。

帕特里克更擅长处理这档子事，凯特琳不爽地想着。他会做笔记，贴便签，帮忙诊断症结所在。然而她自己就是满脑子糨糊，慌乱茫然，不停地回想着南希倦怠的眼神，还有那些她在网上浏览过的如强心剂般的大段文字。

“南希像这样不说话，”兰医生问道，“有多长时间了？”

“我也不清楚，最近她在家就很安静，但我以为她只是……在经历一个话少的阶段。她总是埋头看书，而乔尔就一个人发出至少两个人才能搞出来的噪音。”

“所以有人让你觉得不大对劲了？”

“对。南希幼儿园的人跟我聊了聊，几周之前他们给我打来电话，然后园长就告诉我说南希不说话了。”

“是不跟大人说话吗？她会跟幼儿园里的小伙伴说话吗？”

“谢利说南希跟谁都不说话，我的意思是，她能跟人交流，只不过不是用语言罢了。他们说南希能让别人知道她想要什么，我还跟谢利确认过没有任何人欺负她，也没有别的可焦虑的事。南希人缘很好。”

“她不愿意说话的时候，你在她身边吗？”

凯特琳点点头。“上上个周末发生了一件事——她在公园里走丢了，然后不跟陌生人说话。”有些话噎在她嗓子眼里。我应该解释解释吧，她心想。“我告诉过她不要跟陌生人说话，我以为是因为这个。”

兰医生“嗯”了一声，然后继续打字。“好吧，那在家呢？她跟她哥哥、她爸爸说话吗？一切如常吗？”

“对。”凯特琳刚开口，话音又戛然而止。如常？对南希来说，哪还有什么如常的事呢？凯特琳突然间感觉在看病的人是她自己，而不是南希，仿佛她也是问题的一部分。

兰医生坐在转椅上左右晃荡，聆听着房间里的沉寂。

“其实不太正常。”凯特琳坦言道，“圣诞节之后，我跟孩子她爸分居了。他一月份搬去纽卡斯尔了。”

“噢。”兰医生说。

“我们是和平分居的。”她飞快地补充道，“没有大吵大闹，没有让孩子们难受。我们对此很谨慎，尽量和和气气地。我跟帕特里克一致认为我们的爱情走到了尽头，我们不想再一起住了，但我们都决心认真抚育孩子。他隔一个周末见一次他们，他是个好爸爸。”

帕特里克确实担得起这句赞许，只不过作为丈夫，他做得不怎么好罢了。凯特琳咬住嘴唇，或许她才不是个好妻子，起码不是帕特里克想要的那种。帕特里克把她摆上神坛，觉得她会跟他妈妈一样是个完美的母亲，然后自己扮演着完美父亲的角色。然而从一开始凯特琳就警告过他，她会让他失望的，但是帕特里克偏偏又坚信她永远不会。

“我们现在相处得好多了。”凯特琳凄凉地说，“与其给孩子们树立坏形象，不如开开心心地分开照顾他们。”

兰医生似是而非地应了一声。“那南希还跟她爸爸说话吗？”

“我也不清楚。”

兰医生的手指在键盘上方摇摆不定。“你不清楚？”

“帕特里克会去朗汉普顿他姐姐家探视两个孩子。上周星期天我去接他们回家的时候，南希特别安静，但我想的是可能发生了一连串的变动，她有点不适应。”凯特琳回想起当时南希把脸埋在巴哥满是褶皱的肚皮里，只觉得心疼，“对两个孩子来说，一切都很陌生。他们不太认识伊娃，也就是他们的姑姑。她没有自己的孩子，就跟两只狗住在一栋特别大的房子里。所以我们都在……找寻自己的方向。”

“所以是帕特里克告诉你南希在那边不说话了？听卡伦的意思，他好像很担心南希的状况。”兰医生愁眉苦脸，“卡伦今天早上接到他打来的电话，怎么推脱拒绝都不行。”

“他比我更担心这种小事。不是，说错了，他简直什么都要担心。他就是想要那种自己一手处理的感觉。他的职务是经理。”凯特琳无力地笑了笑，明白此番话显示出自己的勤快程度不及帕特里克的万分之一。“我本来计划要是情况还没有好转，就带南希过来的，但是她在家又还好，所以我……”这话也不怎么样吧？我觉得还好，所以就不作为。凯特琳深感自责。

“你觉得她这样只是阶段性的，没什么问题，你最了解她了。不过南希跟她爸爸在一起的时候很开心吗？整体上如何？是不是有人让她保守了什么秘密？有什么她不愿意告诉你的事吗？”

这个问题问得随意，兰医生没有转过去做笔记，而是端详着凯特琳的表情。她眼神里的疑问让凯特琳感觉身体里的血液变得冰凉。

什么意思？她是觉得南希被帕特里克虐待了？一片阴暗的地域在凯特琳胸中浮现出来。她这是在暗示什么？帕特里克虽然有他的缺点，但是从来不会……凯特琳根本想象不出那样的画面。

“不会的！肯定不会。帕特里克很爱南希，他把她捧在手心里当宝贝。他……不会的，绝不会有那种事。真的。”

兰医生一脸同情。“问题是，我们有时候不知道小孩子会因为什么受到创伤。我们觉得有些事很合逻辑，也很正常，但是小孩子可能就会觉得很可怕，因为他们有自己的一套想法和原则。帕特里克没让她保守什么秘密吗？你也没有吗？”

“从来都没有！我们家就没有秘密这种东西。”凯特琳说道。

“那就好。只不过有时候孩子们看到或者听到一些东西，然后一个大人说‘不要告诉你妈妈……’他们也不知道该不该说自己看到或者听到什么了，所以干脆制定一条万能的准则。”兰医生耸耸肩，“我们都这么干过。有一次我傻傻地跟我丈夫说，小猪都有大耳朵，于是我儿子一连好几个月都不跟我们家的宠物猪一起睡觉。他以为大耳朵的意思是爱偷听别人说话。后来我们花了好长一段时间才说清楚！”

兰医生是想舒缓一下情绪，可凯特琳却笑不出来。她嗓子眼里憋着一股泪意。她之前说了什么无心的话，竟然让南希这么害怕？

“我不是个儿科专家，但是我看得见一个忧心忡忡的小女孩。”兰医生接着说道，“这是一种很常见的应对机制。孩子在家，或者跟某些人说话的时候开开心心，但是跟别的人，或者在大庭广众之下就变得不敢交流。一般来说，选择性缄默症——也就是在某些场合能说话，某些场合不能的这种症状——要等到孩子到了上学的年龄才能进行正式地诊断。南希是什么时候开始这样的？九月吗？”

凯特琳点点头。一想到南希孤苦无依地困在更大的小学校园里，没有谢利热心的关注，她有些发慌。

“那么我们进一步处理好这个问题——要是不说话成了一个习惯，就大事不好了。”兰医生转回电脑面前，又开始打起了字，“所以！我会把你介绍到医院里的言语治疗师那里，她会看一看南希，然后帮你出一份解决方案。”

“南希不会因此以为自己……有什么毛病吧？”

“不会，不会，别担心，那里其实就像是在玩游戏。”兰医生微微一笑，“总之，这些事得花个几周的时间，到时候她跟她爸爸适应了周末探视的节奏，说不定问题也就迎刃而解了。谁知道呢。”

“谁知道呢。”凯特琳说，她突然感觉其实自己知道很多事情。

帕特里克四点钟的时候准时打来电话，彼时乔尔和南希正坐在咖啡厅里吃着乔安妮所谓“卖剩下的”胡萝卜蛋糕，凯特琳擦着桌子。

为了补上下午请的两个小时假，凯特琳答应在五点钟闭店之后，来咖啡厅参与一周一次的厨房大扫除。南希没有对去看医生发表任何意见，而乔尔则继续着早上没说完的话题，描绘着他面前有一条通往国际巨星的便利阶梯正在缓缓架起，说他要去参演某部地区性质的音乐剧，他们刚好在招募十岁的阳光小男生。

“……然后他们会挑选三个男生唱加夫罗什的……”

“乔尔，我得接个电话，是爸爸。”凯特琳说道。乔尔的嘴悬在被打断的地方。“不好意思。”她继续说，“三个男生，我听到了——你等一下哦。喂，帕特里克。”

“喂，医生那边情况如何？”他半句铺垫都没有就直接开问。像往常一样，他是从车里打来的。

乔尔的嘴还是继续张着。我的儿还真是听不懂我话里的意思，凯特琳心想。她比画着让乔尔闭上嘴，然后立马想起兰医生上午说过的一些话，又有点忧心。

“挺好的。”南希张大眼睛看着她。“南希玩电话上的按钮玩得可开心了，对不对？”

南希点了点头。

“医生说什么了？”帕特里克硬是要问出个究竟，“问题严不严重？”

“她说南希玩得那么开心，所以让她去大医院跟更多人玩玩！”

“凯特琳，别说得不明不白的……南希在你旁边吗？”

“当然在，我才去学校接了乔尔，现在我们在咖啡厅里。其实我现在不能打电话——我能晚点儿打给你吗？”

“晚点儿我跟供应商有一个饭局，所以就现在说。那个医生说是什么原因造成的了吗？”

凯特琳翻了个白眼，招呼斯卡利特盯一下孩子，然后溜出了咖啡厅。不过即便如此，她还是透过厚玻璃窗往店里看着，保证孩子们能瞅见她。她用灿烂的微笑掩饰着自己，免得孩子们猜想她在跟爸爸聊什么紧张的话题。一阵强颜欢笑之后，她感觉下巴都发痛了。

“医生说可能南希是比较焦虑。”凯特琳面带狰狞的笑容，低声说道，“她把南希介绍给了相关专家，那个人会看看南希，然后建议我们该怎么帮她渡过难关。”

“就这么完了？她什么时候去找专家？我要去吗？”

“我也不知道什么时候，你不要又约急诊了。”

“为什么？这是件很严肃的事。你告诉我电话号码，我尽快办好。”

凯特琳感觉有点冷，于是把身上的开衫裹紧了些。“帕特里克，你可以别再插手了吗？我自己知道该怎么做。那个医生说了多半跟压力有关——可能是因为我们离婚的事，或者她看到了什么东西。说不定是因为你，因为她在家的时候能正常说话。”

凯特琳也不知道为什么会说这些，不过说出去的话也无法收回了。电话那头一阵沉默，凯特琳听得见雨刮器“嗖嗖”的声音。他那边下雨了。

至少我从不觉得以前他有些晚上没回家是因为有了外遇。凯特琳心想，除非他让身边的女人即兴模仿导航仪说话。

“她看到了什么东西？你这话是什么意思？”

“我也不知道，可能是看见了什么她说不出口的东西吧。”

帕特里克开始反驳，凯特琳的高声盖过了他：“你能回想一下吗？你有让她保守什么秘密吗？她看见了你在做什么让她难受的事了吗？有什么事你没有告诉过我吗？”

凯特琳的音量越来越大，她也不明白为什么这些话会从自己口中喷涌而出。她只是想狠狠地转移那些在兰医生办公室里感受到的羞愧。是因为我不知道有些事，凯特琳心想。正因为她不知道是什么让南希说不出话来，于是生出了各种各样可怕的可能性，其中一种就是：也许她根本就不了解自己的丈夫。

“这我就不懂了，我当然没有……”帕特里克听起来满腹疑云，随后语气又变得强硬，“你到底是想说我干吗了？”

“我怎么知道。”凯特琳说，“是什么样的事才会让一个小女孩难受到不想再说话？”

电话那头传来一声尖锐的吸气声：“凯特琳！我简直没法相信你会说出这种话。”

凯特琳没有回应。她注视着坐在咖啡厅里的一对儿女。乔尔一边跟南希说着悄悄话，一边在她的速写本上画着什么。南希微笑着，眼神望向别处，她掩藏起自己的内心活动，也许只有乔尔才体会得出来。

临界点到了。凯特琳似是豁然开朗，以前自己和帕特里克的一举一动都是想着要和和气气地处理好这个难题，任何个人愤恨都要为了孩子们忍气吞声。但是南希如今这个样子肯定事出有因，而且原因就是某件他们做过的事。自己或者帕特里克干了什么事情，才致使这种情况发生？不念及情分的大战要开始了，两个人都觉得是对方干了什么骇人的事，只是都还没说出口。

四周的空气并不算冷，但凯特琳不由得打了个哆嗦。帕特里克重整旗鼓，冲着她大喊。

“所以你觉得你就一点错都没有了？”他厉声问道。

“我没有做任何让南希难受的事情。”

帕特里克发出“啧啧啧”的声音。“我要挂了，有人打电话进来了。晚点儿再打给你，行吗？”

“你不是说你有个饭局吗？”现在她又想聊了。凯特琳脑中冒出一个尖锐的声音：现在你知道有什么事不对劲了。

“我确实有。饭局结束之后我再打给你，我尽量早点走。”

“行吧。”凯特琳说话的时候听见一声短信提示音。她挂掉电话，转身背对玻璃窗，肾上腺素奔涌进她的心脏。

短信是李发来的。凯特琳盯着屏幕看了好一会儿。要现在打开来看吗？她最近又希望李会给她发短信，又默默告诉自己还为时过早，那天晚上就是随便出去喝杯酒而已，不要再过分解读了。然而此刻对方发来了短信，她才发现自己有多么激动。

只不过是喝杯酒。她心想，我可以找点小乐子，孩子们不必知道，就跟以前是一样的：每周拥有一个做回自己的夜晚，不用跟任何人言说。我不欠任何人任何解释。

她打开了短信：才从上周末回过神来，你来了，我很开心，这周你有时间一起喝杯啤酒吗？

李放浪的眼神、平滑的肱二头肌、门牙间小小的缝隙、T恤的味道，统统鲜活地闪现在凯特琳的回忆里，她甚至品得到酒吧里苹果酒的味道。除此之外，她还回想起自己当时的愉悦与兴奋，李的身体在花天酒地里朝她倾斜，她闻得到他皮肤咸咸的味道。如此肉体感官，她感觉自己好似重生。

凯特琳转过身，看见斯卡利特在里面跟乔尔和南希闲聊。南希微笑着看着她的速写本，而乔尔——好吧，明显是在唱歌。凯特琳看得出来，毕竟咖啡厅里仅剩的一对情侣笑得略不自然。斯卡利特很喜欢小孩，也很会照看他们。

我能照顾好我的孩子。凯特琳心想，我能给他们一个全新的开始。

陷入回忆

2007年5月21日

今天上午，我把谢里尔的礼服拿去了一家慈善商店。因为我每次打开衣柜拿裤子，都会看见一堆亮闪闪的衣服，还全都没穿过，真的太烦了。还有一个原因就是，我特别高兴能给这位女士寄一张明信片，不管她现在跟那个音乐小青年住在哪个茅草棚里，我都想告知她，她这么厌恶这个鸟不拉屎的地方，然而住在这里的人民都会穿着她最高贵的杜嘉班纳到处闲逛，而且每件衣服只用花个一英镑两英镑的价钱。此外，她这么爱保持身材，绝不放过任何一件骚气的紧身胸衣，所以托她的福，朗汉普顿的流浪猫都吃得上鲑鱼排了。

好吧，其实并不会这样。那家商店只帮助老年人，近来我一直很支持这种商店，其实就是在为我不远的将来投资。

好在一个高挑的女人介入进来，然后给那个老店长促成了一笔更好的买卖，不然那些衣服就真的会以一英镑的价格甩卖了。

谢里尔脱离苦海之后，在这里你很少能见到有这种敏锐商业头脑的人了，以及这样的大长腿。我真的被迷住了。而且她居然不知道我是谁，这就更迷人了。我们一起喝了杯茶，她言谈风趣，容貌姣好，是一个才从伦敦逃出来的人。拉维尼娅也很喜欢她，要知道它可是一只善妒的老巴哥，大多数女人都入不了它的眼。

金又让我去演一部美国的律政剧，我真的不想去。但是我又不得不去，因为我跟某位女士互相控告，欠了一大堆律师费。我年迈的母亲肯定会说，真是天大的讽刺。我也打算告诉金我的肝又不大好了。

伊娃看着书桌面前的日记。这一则记录了她和米克相遇的故事。他们美妙浪漫、改变一生的邂逅。可是写谢里尔的行数居然比她还多。伊娃皱起眉头，有种自家丈夫心猿意马的感觉。所以不同的视角回望过去，会有不同的感受吧。换作是她，她会怎么写呢？

伊娃心生一计，打开了自己的邮箱。她没有写日记的习惯，但是她一直跟几个伦敦的老友用邮件保持着联系，直到几年前才停止——写邮件比让他们协调时间碰头喝酒容易多了。

她一路往下翻着，邮件主题不断变化，年份也随之越来越久远。先是一连串兽医来信、产品推销还有园艺广告，然后是米克发来的邮件、从来不写邮件的老友寄来的邀请函、派对照片，最后是一些业务往来邮件、多年不曾聊过天的朋友……

找到了：一封写给她朋友梅尔的信。伊娃还记得这封信她再三修改，心里还有些害怕把这么妙不可言的经历打在屏幕上会招来霉运。

梅尔，终于有新鲜事告诉你了。我周末的时候遇见了一个特别棒的男人。其实他完全不是我的菜，我也不能告诉你他是谁，因为你肯定不会相信我，但我感觉到我的心在悸动。

刚找到工作的时候，他们所有人都在酒席间嘲笑所谓的“悸动”。后来伊娃的朋友一个接一个地有了这种感觉，然后幸福快乐地跟让他们心动的人结了婚，最后只剩伊娃一人。她还抗议说“悸动”跟圣诞老人和因果报应一样，都是些虚无缥缈的事。直到她自己有了这种感觉。

伊娃看了看米克的字迹，然后回过头看着自己的邮件，心想：我当时就知道了。那他呢？他说过他后来也知道了……但他说的是实话吗？

伊娃翻页，迫不及待地想知道米克是如何描述他们的第一次正式约会的——他们去了一家伊娃从没听过的酒吧喝马天尼[1]，然后在牧人

---

① 一种鸡尾酒。

市场吃了晚餐，餐厅在梅菲尔[1]一个隐秘的角落里，感觉就像回到了一片更加醉人的天地之间。

诸如“迷人”“漂亮”“太年轻”之类的词跳跃在伊娃眼前，但她还没接着看下去，她的电话响了。

是亚力克斯。

“喂。”她说。一边与亚力克斯对话，一边看米克的文字感觉有点奇怪，莫名有种不忠的感觉。“如果你是想跟我谈日记的事，我现在正在看。”

“哈！不是，嗯，很高兴你在很努力地做事，不过我是想说别的事。”

“说吧。”伊娃合上日记本，集中精力只听亚力克斯的声音。

“其实感觉有点晚了，我就是想……”他咳嗽了两声，用一种漠不关心的口吻说：“这周末伯明翰那边有一个电影节，中间有一天是电视剧日，一系列二十世纪七十年代BBC的电视剧要以话剧形式呈现出来，我要主持开场。其实真的很不错！迈克尔去不了，但是好几个跟他同时代的演员会去。我在想，你想一起去吗？我们可以聊聊……嗯……你想聊的话题。”

“要是你是指那些日记……”

“不一定要聊那个，我们可以聊聊别的事。”亚力克斯说，“我有很多话题，有些跟二十世纪中的电影没什么直接联系。”

他还挺健谈的。“那我这次终于有机会见到贝姬了吗？我要带我那件风雪大衣吗？还是说你又会搞混啊？”

亚力克斯哈哈大笑。“那里穿厚夹克的人不会少，你懂我的意思吧，所以你要穿也可以。”

“我看一下我的日程，然后联系你。”伊娃说道，“听起来还……挺有意思的。”

“棒极了！”亚力克斯说，伊娃已经准确地料到他会用这类词。

伊娃不太想再回去看日记，但只要她一开始看，就很难停下来。

① 伦敦市中心奢华地段。

她自己的生活在她面前徐徐展开，当中还交织着米克从未跟任何人分享过的担忧与喜悦。夜幕降临，伊娃还坐在书桌边上一本又一本地看日记，一页又一页地翻过去，直到黎明的阳光穿过窗帘缝隙照进屋子里。

蜂蜂和蜜蜜陪伴在她身边。蜜蜜爬上了米克的扶手椅，心满意足地打了一晚上的鼾。蜂蜂时睡时醒，惴惴不安，一来是因为惯常的睡眠安排未经宣布就被改变了，二来是因为伊娃时而耷拉着肩膀，翻涌出一股哀伤的浪潮，时而又“扑哧”的笑出声来。米克以前总是让她欢笑不断，现在也不例外。

伊娃读到了他们时常约会和聚餐的时光、他们醉人的假期，也读到了米克挣扎着不想爱上一个这么年轻的女人，况且“还比我聪明那么多”，还读到了他时不时挖苦一下自己的同事、发际线以及他藏在阁楼里总是想拿来喝的苏格兰威士忌。他很风趣，也很诚实。伊娃好似重新体验了一番她眼中极简式的婚礼活动（米克不这么觉得，他对此赞不绝口，还佯装害怕她“如撒切尔夫人般的筹划能力”），以及他们在纽约的浪漫蜜月之旅，有一次米克趁伊娃醒来之前，蹑手蹑脚地出去带了百吉饼回来，送到她床上。他们也曾在斯塔恩岛的邮轮上“像疯狂的年轻人一样激吻”。

米克写下的一些话让伊娃泪盈眼眶——他对伊娃表达爱意的用词简单直接，一字一句只由他自己过目，而且他很惊奇也很感动伊娃不觉得他很肤浅或者太老气。米克写的另一些话又提起了往日里恼人的事——他从来不跟伊娃谈论尤娜或者谢里尔，但日记里却记载了一些关于她俩的旧闻趣事，甚至有时候他趁伊娃不在家时还会跟她们聊一通电话。日记还表明，罗杰跟米克之间有一句早早溜出去打高尔夫球的暗号：清点一下增值税发票。伊娃粗略地翻过了那些要么就太过无趣（详述高尔夫课程，或者暗讽她不认识的人），要么就太过私人的日记。她知道过段时间她会回过头来看这些日记，甚至过段时间她也需要重看所有日记。但当务之急是要先全部看完，这样她才能告诉亚力克斯她到底要不要将其出版。

伊娃瞪大了眼睛找更多提及孩子的字句，他们的也好，别人的也罢，但却没能找到。没有其他话语像先前的那篇日记那样，触发她心头悔根的钝痛。伊娃松了一口气，但又莫名感觉怅然若失。

最后一则日记写在了他们最后一个假期之前：那一次他们去了意大利。米克写下的最后一句话是——记个备忘：给伊伊准备一个惊喜。

伊娃盯着他的笔迹。

他就这么走了。米克消失不见了，再也不会回来了。

快要读到最后一句时，伊娃一直在给自己加油打气，她原本以为这句话会打开一道闸门，哀痛会如洪水般袭来，然而她却愣愣地坐在位子上。他们旅行归来之后的记忆都是她一个人的，米克不会记得。一切全由她掌控，她不必通过别人的眼睛重温那些日子。她无须回到从前。

伊娃读到的是一段幸福美满的人生，耳边萦绕的是她再熟悉不过的那个声音。唯一不大和谐的地方在于日记里的她……不太像她本人，更像是一个优秀的演员在扮演她，反正不像那个她在镜子里见到的自己。

伊娃往后一坐，她越想越觉得奇怪。

蜜蜜睡醒了觉，伸展着四肢，不出伊娃所料地摆出一副“喂我吃饭”的表情。总算是完成了一项令她惶惶不安的任务，而且情况并没有她预想的那么坏，伊娃舒了一口气，撑着书桌站起来。

“早上好啊！该吃早餐啦。”她说。两只巴哥闻声摇起了尾巴。

伊娃正在厨房泡咖啡的时候，安娜到了。

“我来看一眼就走。”她说着递给伊娃一摞书，蝴蝶结上还系着一袋太妃糖来回晃悠。“送你一个礼物。”

“谢谢！”伊娃喜出望外。

“看完再谢我。”

安娜心地善良，往往会借用她店里的某类书籍给伊娃提些逆耳的忠言，而不会亲自说出来。米克刚去世的时候，伊娃很少出门，一堆堆绑着丝带的小说和旅游图书还有那种教你“打起精神，重新开始”的小指南一路爬到了家门口，安娜也会主动提出一起去遛遛狗，或者送来些奶油软糖。漫漫长夜，伊娃就靠看安娜给的侦探小说度过，而不是吃罗杰从名医那儿买来的安眠药。

“你有时间喝点什么吗？”伊娃说着接过那摞书，“我一直都想找你聊点事情。”

“日记的事吗？”安娜听起来满怀希望。

“算是吧。”

安娜坐到厨房里的凳子上，伊娃解开丝带查看自己收到的礼物。有两本有关“享受丁克生活”的励志指南，其实还不如再加一个“旅行超棒！”的副标题；有亚力克斯·蒙塔古教授写的《英国喜剧电影历史》，据安娜说很畅销；有送给乔尔的《了不起的大盗奶奶》；还有送给南希的绘本，讲述几只会跳舞的狗；最上面有一本填色书，里面全是时尚杂志封面，外加一小包水彩笔。

“涂颜色有助于缓解压力。”安娜解释道，“你可以自己选颜色，线稿都画好了，上色靠你自己的创意，特别放松！”

“安娜，我能问你一个比较私人的问题吗？”伊娃有些犹豫。虽然她和安娜是好朋友，但对于个人生活的某些领域，她们至今也只是点到为止。

“呃，什么问题？”安娜勇敢地说，“只要不问我体重。你看我这样子，都怪那些小屁孩和他们的饼干。”

伊娃抿了抿嘴唇，试探着问：“你和菲尔结婚的时候……你们讨论过要不要孩子的事吗？”

正在喝菊花茶的安娜怔住了，她把杯子放到台子上，不过双手还环握在上面。“嗯，我们讨论过，讨论过很多次。我遇见他的时候，他的女儿还都很小——莉莉才四岁——他觉得三个孩子就够了。当时我才二十七岁，所以……没错，我们还吵过架。他真的真的不想再闻到尿布的气味了，我是说真的很不想。”

“那你想没想过……”伊娃也不想问太多，她不愿逼着安娜分享某些心事，“你想没想过菲尔其实改变主意了？要是这样的话，他会告诉你吗？”

安娜长叹了一口气。“我知道他改变主意了。结婚四年之后，我们同意在一切都安定下来之后，就试试看要个孩子。他的前妻萨拉在美国工作，所以长久以来，一直都是我跟他在家照顾三个孩子和一条狗！所以我也不是没有准备好再当妈妈。不过后来贝卡发现她怀上了芬利，这件事也就不了了之了。贝卡是我们十八岁的女儿，她需要我们。我也很骄傲能成为‘我们’的一分子，你懂吗？”

伊娃看着安娜过分愉悦的表情。她还是老样子，只是在努力表现得积极向上，然而眉飞色舞之间，却不由得哆嗦了一下。

“肯定很艰难吧。”伊娃说，“你明明很想有一个自己的孩子，却要去照顾贝卡的孩子。”

“我不想撒谎，确实很艰难。”安娜叹息道，“因为菲尔对待小芬利的态度很不一样，比对待三个女儿放松多了，我们都感觉……”她盯着茶杯，“反正吧，贝卡和欧文搬出去自己住之后，我就没有继续帮她照顾小芬利了，然后菲尔又改变了主意，我们决定以他四十五岁生日作为分界点，在那之前我们放手一搏，看看有没有什么成果。”

“为什么是四十五岁？”几周之后伊娃就满四十五岁了，她才错愕地发现她总是忘记自己已经不是三十八岁的人了。

“你知道男人都是那样，总爱拿数学说事。他算出来孩子必须在他六十五岁之前毕业，他没法一边领退休金，一边付大学学费。所以四十五岁生日是个分界点。”安娜的微笑略带遗憾，“也就是去年三月的时候。”

伊娃扬起眉毛，安娜无奈地摇了摇头。

“事实证明老天爷没打算赐予我们一个孩子。我当时心都碎了，悲痛万分，整日流泪，就跟家里有谁死了似的，不过从某种意义上来讲，确实是这样的。菲尔也是可怜——他生日的时候我们去了毛伊岛，我哭了一路。然而有一天早上，我在五星级酒店里醒来，我想起我还有三个漂亮的女儿、一个可爱的小外孙、一个体贴的男人，而且接下来的二十年里我想去哪里旅行就去哪里，拖着我的小行李箱，而且我的身体非常健康。”安娜扬起手，“所以其实也并不是那么糟，但是我也需要战胜那种人生有所缺憾的感觉。无论我在生活中要扮演何种角色，我都要继续做自己。我依旧能做超好吃的生日蛋糕，我依旧能参加运动会，甚至生孩子。”

安娜说的话很有道理，但伊娃脑子里突然翻滚过一连串的幻灯片：不会再有没吃完的生日蛋糕被放进冰箱里冷藏；不会再有一波三折的分娩经历；不会再有机会打毛衣织围巾；不会再有小手想要牵她的手。悔恨来得尖锐而强烈，伊娃知道情绪就快要流露出来了。她紧紧地抓住茶杯。

安娜没有接着说下去，她大大的蓝眼睛端详着伊娃的脸。“对不起，我不该一股脑全部倾诉出来，我应该先问一句‘为什么你要这么问’。我的话让你难受了吗？”

“没有。”伊娃挤出一个微笑，“没有，我只是想起了米克在日记里写的一些东西。我原本以为他不想要孩子，他也以为我不想要。结果好像内心深处，我们都……有点想要。但现在已经太晚了。”

“噢，伊娃。”安娜伸出一只手，“我太口不择言了吗？”

“没有！你没有！我问你那种问题才是口不择言吧？”

“不会的！而且并没有太晚，你明白吗？如果你想要一个孩子……”

“我下个月就四十五岁了！那不就是分界点吗？”伊娃补充道，略带讽刺地扬了扬眉毛。

安娜显得有些羞愧。“不一定啊！只是对于已经有过孩子，而且被婴儿吐过一身的男人来说是分界点罢了。你还有得选。你考虑过单独生一个孩子吗？或者收养呢？或者就单纯地试着抚养一个孩子呢？”

伊娃摇了摇头。“还是不了吧，我不知道我做不做得来。只不过……一切都这么终结了，我感觉我老得也太早了。”

“四十五岁不算老！伊娃，你现在的情形真的很好。你这么有钱，而且没有人生负担。你可以做的事情有很多——再去上个学，或者去旅游一整年，或者……把那些日记拿去出版了！”

安娜欢欣鼓舞，两眼放光，伊娃知道安娜确实希望她能推进这个项目，但她知道自己如今落得这般田地，是因为她跟米克并没有彼此想象中那么了解对方，她真的克服不了心头的这股钝痛。她不敢承认，哪怕安娜跟自己是闺中密友。

“是你手机响了吗？”安娜问道。

没错。伊娃看了一眼屏幕：亚力克斯·蒙塔古。

“你怎么脸红了？”安娜俯身向前，伊娃挂掉了电话。“你真的脸红了，该不会是那个我们读书小组里的女士们个个都喜欢得不行的男人吧？”她从书堆里抽出亚力克斯的书，翻到背面，作者的照片映入眼帘。

看来出版商安排人给他剪了个更清爽潇洒的发型，还给他配了件休闲西装，抹了发胶的背头非常有型，他看起来还挺像他笔下那种深受女观众追捧的男演员。“他在现实生活里只会穿粗呢大衣。”伊娃告诉安娜，“会说一些特别老土的词，还会落下一把自行车夹子，像是在告诉你‘未完待续’。”

“他骑自行车啊？那我要告诉那些小组成员，她们会花痴到晕厥。他给你打电话干什么？”

“噢，他这周末要在一个电影节上发言，他叫我一起去。”伊娃看着手机，正好弹出一条语音留言通知，“估计他会趁机问我看没看完米克的日记，能不能着手出版了。”

“还是说……或许他觉得你会喜欢电影节？”安娜看起来很为伊娃高兴，“你计划好了吗？既然帕特里克和两个孩子这周末不来，要不然你就去吧？我一直都在跟你讲，要学会放下，要去认识新的人，重新融入这个世界。”

“嗯……”安娜的反应让伊娃开始心生怀疑，“你觉得会不会是罗杰怂恿亚力克斯这么做的啊？罗杰之前问过我现在会不会逛街，也跟我聊过我撞见亚力克斯的事，他还嘀咕着米克不希望我待在家里不出去。”

“不会吧。”安娜说，“我觉得跟罗杰没关系。我倒是觉得这个叫亚力克斯的人还挺有心的，而且他很明显喜欢你陪在他身边。你还是去吧，开心一点。我会照顾蜂蜂和蜜蜜的，所以不准你拿它俩当借口。”

伊娃的脑袋倒向一边。

“去吧。”安娜劝说着她，“你挺喜欢他的，不是吗？”

这要怎么回答？伊娃蓦然觉得有点兴奋。

安娜也没等她回应。“很好！要是他能带你去电影节，那我也喜欢他。话说那些日记，你想好怎么办了吗？”

“好像想好了，但是……我又不确定。亚力克斯保证他最感兴趣的部分是米克探讨表演和导戏的日记，我也相信他，但是……”伊娃回想起她读到的字句，默默沉浸在了米克与众不同的言语里：他们在湖边的婚礼、他们浪漫的恋爱时光、他们激动地去犬舍接蜂蜂和蜜蜜。米克把他们的爱情描绘得至善至美，两个独立的成年人学着将彼此的生命相互交融，悄然间琴瑟和谐。编辑不会舍得抹去这些甜蜜而朴实的过往。说真的，这些往事比他详细阐述数码相机和胶片机的异同要有趣得多。

“你可以叫他把私事都去掉。”安娜说。

“问题是，我认识米克的时候，他差不多都退休了。”伊娃说，“所以给尤娜和谢里尔的日记里，娱乐圈名人八卦的篇幅会更多。要是把我们的私事删了，那就剩不了多少了。”

“你那里面有《面包师巴尼》啊！”

“也对。”

“你听我说，伊娃，我不是这类书的专家。”安娜说道，“你也不是，但你现在可以跟一个这方面的专家聊聊，那你干吗不抓住机会一探究竟呢？你跟他去电影节吧！”

“你不觉得跟你亡夫的编辑约会在本质上是有问题的吗？”

“我说你们是去约会了吗？”安娜瞪大了眼睛。

伊娃摇了摇头，她不是这个意思。“你没说，但你就是这么想的。”

安娜用胳膊肘推了推她。“我只是想说你人这么好，不应该就这么孤单一辈子。你要去认识新人，我知道米克绝对不会希望你为了他足不出户，孤零零的一个人。”安娜想入非非，“说不定他在下一盘很大的棋，这就是其中的一步。简直就像爱情电影，太浪漫了……”

“别说了。”伊娃打断了她，“要说我这些年懂得了什么的话，那就是生活一点也不像电影。”

无法自拔

“要听斯卡利特的话哦。”凯特琳说道。她猛地打开冰箱门，只剩鸡蛋和奶酪了。行吧，那就炒个鸡蛋。她“砰”的一声又关上冰箱，开始取头上的卷发棒。十分钟的时间卷不出光彩照人的效果，但她也没有更多的时间了。拜找不到书包的乔尔所赐，她已经迟到了一个小时。不过塞翁失马，焉知非福，这是六年里她第一次正式跟人约会，她想得越久，也就越紧张。“如果她打电话给我告状了，那你就别想再看Netflix了。这次我是认真的。”

乔尔做了个鬼脸，他已经勤快地穿上了睡衣，不过他iPad里已经下好了电影版的《悲惨世界》。“鬼才信。”他把耳机插回耳朵里，然后沉浸在他自己的世界里。

凯特琳回过身看着斯卡利特，她正在用胶带帮忙粘凯特琳黑色夹克上的巴哥毛。“天呐，你看看……我上周末就在那儿待了十分钟——那两只狗简直是脱毛机器。好吧，还有些鸡蛋、面包和奶酪，要是乔尔饿了，你给他做鸡蛋吐司吃就行。他九点之前必须关掉iPad，上床睡觉，早点更好。他多半会把平板电脑带上床——其实我也不会反对。”凯特琳小声加了一句，“毕竟放假了。”

“两周不上课，耶！”乔尔把两个拳头举到空中，“复活节假期！”

凯特琳转过身。“你在偷听？”

“我没有。”乔尔说。

“南希已经爬上床了吗？”斯卡利特把夹克递给凯特琳。她带来了几本杂志和美甲包，指甲被修得令人赏心悦目。南希和乔尔早就对她闪闪发光的指甲油展现出了浓厚的兴趣，凯特琳强烈怀疑她这次来会给所有人都做一套独角兽色系的美甲。尽管如此，凯特琳还是很欣慰斯卡利特一听说情况就答应来照看一下两个孩子，要知道上次乔尔居然把她打扮成了《勇敢传说》[①]里的人物，给她唱了三个小时的小夜曲。

“对，讲完一个故事，她就睡着了。她这一天还挺漫长的——我们去游了泳。”

凯特琳穿上夹克，检查了一下她的包：钱包里要留够打车回家的钱，还要备好口红、钥匙、口香糖……口香糖！她的心咚咚直跳。她已经不记得上次这么激动地准备出门是什么时候了。坦白讲，她连激动是什么滋味都忘了。她顿时感觉自己如同重获青春。

然而她已经不是花季少女了，凯特琳把思绪拉了回来。她身上肩负着责任，很重大的责任。

“斯卡利特。”她低声不让乔尔听见。

斯卡利特正把玩着挂在水槽边上的马克杯，杯子上印着七星瓢虫的图案。乔尔和南希受邀参加了很多次陶艺派对，凯特琳已经成了用海绵印昆虫的能手。“嗯？好漂亮的杯子啊，凯特。”

“谢谢。听着，要是南希醒来……”她犹豫了。她要跟斯卡利特讲到什么份上？虽然她俩是同事，但工作上的事真的没特别多能聊的东西，也就能说说该轮到谁清理烤架了，而这种话题可以终结没完没了的“建议”和猜测……

别说出来。她一边想着，一边回忆起她妈妈以前是怎么在她同事面前“过滤”掉有关乔尔的消息的。不行，南希有什么不对？这两个孩子永远不该有任何事让他们感到羞耻。“要是南希醒来，你看她很不开心，那就给我打电话，不要等她告诉你哪里出问题。”

“为什么？”斯卡利特放下马克杯。

凯特琳望着她好奇的目光，没有感到难受。“她在有压力的情况下，很难开口说话。她也许会跟乔尔说，但是如果乔尔已经睡了……那就给我电话。”

---

① 2012 年一部由美国迪士尼·皮克斯出品的动画电影。

“南希还好吗？”

“她挺好的。”凯特琳坚定不移地说，“我带她去找过言语治疗师了，他们认为南希没事。不过与此同时，有些事就变得比较麻烦，所以你得看看她情况如何。”

斯卡利特一脸同情。“可怜的宝贝，肯定不会有问题的，我会随时过去看看她。”

“不过这个孩子能让你感觉轻松。”凯特琳半开玩笑地说道。

“妈妈，你要去哪儿？”乔尔拔下一个耳机，“你的妆这么浓。”

“我要出去跟一个朋友喝杯酒。”

“但是斯卡利特在这儿啊。”他浮夸地摆出手臂。

“我还有其他朋友啊，快去看你的《悲惨世界》吧，行吗？”

斯卡利特冲他摇了摇食指。“妈妈也可以有社交生活，你明白吧。她不只是一个妈妈，她还是一个普普通通的人。”

乔尔半信半疑，凯特琳咳嗽示意斯卡利特闭嘴。她决定眼下不声张李的事，她不想再让南希徒增烦恼了，虽然她脑子里有一个小小的声音在思考，或许知道爸爸妈妈开心地分开了比担忧他们思念彼此要好一些。再者，她不想让帕特里克知道，至少现在还不想。倒不是说这跟他有什么关系，只不过凯特琳怀疑他会妄下定论，而且她不太想让他受伤，即便分居是由他提出来的。

可以说是痛不打一处来了。凯特琳心想，所以就更应该享受这些口袋里的小幸福，因为你一伸手就能抓住它们。

“我可以既是一个妈妈，又是一个普普通通的人。”她说，“我十二点之前回来，就像灰姑娘那样。”她给乔尔做了一个飞吻，乔尔也演戏似的予以回应，然后凯特琳把斯卡利特引到家门口，低声说：“我们只去喝酒，不会干其他花哨的事。我就在威尔士巴克街的苹果酒吧，十分钟之内就能赶回来。”

“换成是我，我才不会管那小子把我带去哪儿呢，只要他穿上一件T恤，他的手臂……”斯卡利特做出一副极其嫉妒的表情。凯特琳给咖啡厅里那帮女生看过她手机里的照片，然后乔安妮在网上发现了乐队的其他照片。她们一致认为凯特琳应该大胆一试。要是凯特琳腻味了，那就应该把李转让给她们。“记得十二点之前回来哦，笨蛋。”

“我会的！”凯特琳窥视着门边的镜子，往自己富有弹性的卷发上再喷了些定型喷雾，“这不是……好吧，这是一次约会，但也仅仅是一次约会而已。”

一次会很令人愉快的约会。苹果酒吧是一家游艇酒吧，那里有上好的苹果酒，气氛鼓动人心。她多半会在月光下来一次河滨漫步，李强壮的手臂环绕着她的肩膀，布里斯托的夜景在他们身后闪烁。然后她会在午夜时分回到家，第二天早上继续尽一个妈妈的义务，不过那时她的精力已经恢复，一个崭新的凯特琳闪亮登场。

凯特琳不再理会跟帕特里克在路灯下走回家的回忆。这一次会与众不同。

“如果是我跟这个家伙出去，那我肯定不会十二点之前赶回来。”斯卡利特感叹道，“你要把所有细节都告诉我。”

“我保证会有很多细节跟你讲。”凯特琳说完，裹挟着几缕喷雾，满心期待地飘出了家门。

李在河边等她，身子靠在游艇附近的一根铁柱上。凯特琳缓步走着，默默享受着步步靠近她约会对象的这一刻：李吸引了一些个单身女孩赞许的目光，可他都回绝了，凯特琳心中暗喜。

“嗨，宝贝！”他一见凯特琳便喜笑颜开，从柱子上弹起来。

大腿的力道还不错，凯特琳心想，顺带回赠了一个微笑。在城里的健身房工作——“为了维持生计”——看来还是颇有裨益的。

两个人先来了个贴面礼，另一边还要来一次吗？好尴尬，不过他们随后就进到酒吧里，一人端了一杯苹果酒，找了张空桌子，然后很快就像第一次晚上见面那样顺利地聊上了。

“所以……”凯特琳说，并尽量让自己听起来酷一点。周围有不少大学生转来转去，一个个皮肤之好，耳钉之时髦，让她顿时感觉自己老气横秋。“乐队怎么样？最近还有什么演出吗？”

“一切都好！”李的两根食指有节奏地击打着桌面，“两周之后，格洛斯特要举办‘乐队大战’之夜，我们要去参加——你有兴趣吗？要是你不介意膝盖上放一堆电线，可以坐丹尼的车一起去。其实不是乐队用的电线。”他补充道，“丹尼在工作日是一个电工学徒。”

“当然有兴趣。”凯特琳心花怒放。“我看看能不能找人照顾一下两个孩子，但你那个活动听起来真的很棒，我很想去。”

“那好！我就把你当作乐队设备储备管理员。”他脸上洋溢出一个阳光的微笑。凯特琳很高兴他没有对找人照顾孩子做出反应，貌似他并不介意她有孩子。话说回来，他其实什么也不介意。他对于生活的态度轻松而从容，这一点让凯特琳觉得耳目一新。“你可以跟萨姆的女朋友站在一起，让她不要和声。”李继续说道，“简直了，她唱歌难听得要死。”

“她是叫珍宁吗？”凯特琳立刻开起了玩笑。《摇滚万岁》[①]是她最爱的电影之一。当初帕特里克无法理解，电影的前半段他一直在吐槽乐队成员的态度，搞得就好像这真是一部纪录片似的，后来他怒气冲冲地说：“简直就是胡编乱造，波士顿明明就是座大学城！”然后便不再看了。帕特里克有时候真的缺乏想象力，理解不了《摇滚万岁》便是他们的爱情走向终结的先兆。

李一头雾水。“不是啊，她叫鲁比，你认识她？”

“呃，不认识。不好意思，你没懂我的意思——我是在说《摇滚万岁》，那部电影？”

李一脸茫然。

“可能太小众了吧。”凯特琳说，这时候李摆弄着酒杯垫，手臂借机靠近了凯特琳一点。她能感受到李手臂的温热。“所以快跟我说说乐队大战具体是怎么回事。”她问这话只是为了让李重新开口说话，“还有哪些乐队会去？你们真的是要跟他们作战吗？”

李一口气报出一连串的参战乐队，帅气的脸上神采飞扬，凯特琳已经不是第一次思索李究竟多少岁了。跟她年纪相仿？肯定快三十了

---

① 1984年美国的一部仿纪录片式喜剧电影，刻画了一支乐队台上台下表里不一的行径。其中，珍宁是乐队主唱的女朋友，总爱插手乐队事务。

吧，差不多，反正不会年轻多少。李肯定不会觉得她是个老女人——她也提醒自己其实并不老，她能感觉出来。况且是李约她出来的。他在桌上挪动杯垫的时候，会时不时地擦过凯特琳的手，喝酒的时候，还会从睫毛下方投射出挑逗的神情。

李性感而滔滔不绝地说着“什么什么丹尼的车什么快拍小故事什么玩笑”，凯特琳对他报以微笑，心里想着其实他不必这么卖力——他们二人之间早已擦出了火花。这是一次心灵的会面，更是一次身体上彼此熟悉的过程。李就像一首她已经知晓并且喜爱的歌曲。他的肢体语言比他们的谈话还要大声，后者其实比较平常，都是些酒吧里常说的谈资。在打情骂俏的兴奋之下，凯特琳又好笑又平静地确信：只要她愿意，就可以发生点事情。

真是个意乱情迷的想法。她不用逼自己尽善尽美，或是谈吐风趣，或是为别人塑造出一个绝不可能达成的女人形象——显然李觉得她现在这样就挺好。有两个孩子，有点小肚腩，喜欢听喧嚣的音乐，等等。

“再来一杯吗？”她问道，第一杯苹果酒已经美妙地灌进了她脑子里。她站起身，想也不想就把手搭在李的肩上以防摔倒。

他的肩膀很壮实，凯特琳的手在他的肌肉曲线上多逗留了一会儿。她已经不记得上一次这么简单纯粹地被一个人吸引是在什么时候了。

李转过头来，朝她微微一笑。“干吗不呢？”他说道，凯特琳怦然心动。现在才八点一刻。

又一杯酒下肚之后，他们闲聊的话题成了惊人往事大爆料，两个人的肢体接触也少了些偶然的味道。凯特琳坦白自己曾加入过大学里的女子飞镖队，这件事她从来没跟别人讲过。李也坦白自己曾在当地的酒吧玩过飞镖，于是显然接下来就是要去找一家有飞镖靶的酒吧一决高下。

他们穿过凹凸不平的老台阶，漫步走进老城里，搜寻着装潢朴素一点的酒吧，李原本信心满满，结果远比他料想的更难找，但是在星期五的晚上夜游布里斯托，聊着彼此去过的地方，争论着谁是有史以来最佳鼓手，一切都是如此的惬意而美好，等他们在路边找到一家有飞镖靶的酒吧，还无须排队就能玩时，凯特琳甚至都有一点惋惜。前五把游戏她怀疑是李让了她，因为李一边玩，一边还在脑子里算数，不过他好像也对凯特琳的投掷技术赞赏有加。

“你知道我们等会儿应该干什么吗？”李投完最后几个飞镖，说：“在这里喝完酒之后，去找一家有台球的酒吧。”

“台球？”凯特琳哈哈大笑，“为什么要打台球？”

李朝她抛了个媚眼。“你看起来像是那种很会打台球的女生。”

“这你都看得出来？”凯特琳努力让自己显得淡定自若，这是她怀上乔尔以前所向往的表情——她本想做个顶着爆炸头牙尖嘴利的冷酷少女，还想学会手刹过弯和花式台球。虽说实际上她并没学会这两招，但她却买齐了洞穴乐队[①]的所有专辑。

李歪着脑袋，假装在打量她，他的金发垂到了眼睛里。“你看起来像是那种喜欢让自己有很多特长的人。”他缓缓露出一个微笑，一股久违的渴望伴着一波酒精涌遍凯特琳的身心。

“我真不是。”她说，“我认识的人里面数我最不能干。”

李没有回应，不过他缓缓的笑意继续在他脸上流淌。“我不太相信。”

“那好吧。”凯特琳看了一眼手表。她还剩一个半小时就要变回那个老妈子了。她妩媚地一甩头，干了最后一口酒，然后面带笑容地看着李。“我们去打台球吧。”

事实表明台球桌比飞镖靶还要难找，凯特琳和李在灯红酒绿的街上走着，没怎么认真找酒吧，倒是你一言我一语地聊了一路。在某个连凯特琳也没注意是几时的瞬间，他们的手互相擦过，下一秒他们的手指便交叉在一起。李一句话也没说，凯特琳也一样，但他们皮肤相贴的地方有如在燃烧。

他们最后漫步到了一排栏杆边上，栏杆之间有人用锡箔纸做了一条小河，栏杆之上挂着一张编织而成的银色渔网，七彩羊毛线串起来的条条鱼儿泛着点点微光。

“我的天呐，我太喜欢了！”凯特琳激动得松开了李的手，立马掏出手机，拍下了这片精致的针织鱼群，“好漂亮啊！”

---

① 美国另类摇滚乐队。

“那些鱼很好看。”李赞成道，“路灯照着像是在动。”

“是吧？住在这座城市里的人真的很有创意，太赞了。我要敦促自己重新开始做手工了，那样心情也会更好。”她退后一步又拍了一张，“我年轻一点的时候，经常织毛线，我外婆教我的，我们会坐下来一起织。她织方巾，我织迷你版的摇滚明星……”她叹了一口气，回想起从前乔尔睡觉的时候，会和外婆一起织毛线，棒针“咔嗒”作响。创作出来的东西不会受人指摘，也无须一板一眼比照图案，织出来是什么，就是什么。这在凯特琳感觉毁掉了自己生活的日子里——生下了可爱的乔尔除外——颇有帮助。“我以前一直想读个艺术学位。”她说。

“那为什么没读成呢？”

“因为我爸妈不让，他们希望我学点有用的东西。”凯特琳摸了摸一片碧绿色毛线织成的鱼鳍，里面嵌着金丝银线，宛如珠宝。没人来偷这些东西，真好。“我妈妈在人力资源部门工作，是个十足的工作狂。我能学艺术史都是因为我答应毕业之后转去法律专业。”她耸了耸肩膀，这个动作预示着狗血戏码即将开始，“我毕业之后生下了乔尔，然后生活就朝着另一个方向发展了。”

“那你为什么不现在去学呢？”

“学什么？”凯特琳望着李。等等，李没有问她后不后悔生下乔尔（不后悔），也没问她爸妈生不生气（超级生气）。“转去学法律？”

“不是！去读艺术学位，你可以学纺织品设计什么的。”李扬了扬眉毛，仿佛这么做再正常不过了，“织毛线算不算一种雕塑呢？”

凯特琳深深品味着眼下有人建议她去学艺术，并且相信她能够做到的美妙时刻，然后轻呼了一口气。“哈哈！我不行的。”

“为什么？”

“因为我已经有两个孩子了，因为我要工作，我白天没那么多时间……织一个学位出来。而且退一万步讲……”她想说就算现在学了又有什么用呢？但又觉得听起来太伤感了，于是便没再说下去。

李神情严肃。“你有时间，你可以在职去学，学个四年五年的。就跟我还有乐队其他人一样。我在健身房轮班，所以就能空出一些时间搞音乐。现在是我在腾时间，迟早有一天，会是音乐给我腾时间。”

凯特琳盯着李，感觉自己要落入他诱人的灰色眼眸里了。可能她真的可以！何乐而不为呢？南希很快就要去上小学了，她白天就可以自由安排。帕特里克会付一些生活费——她不需要全职工作了……

“你是我认识的人里面，唯一一个会搞创作的。我是说，职业上，不过……”她纠正道，“得除开我大姑子的亡夫，他是个演员，其实相当有名……”

凯特琳本想接着讲，但李貌似对借别人之名自抬身价没什么兴趣。他正注视着路灯下的凯特琳，光下的阴影让他的眼睛更显幽暗。“反正不是时间问题。”他说，“其实是让你陶冶情操，接收灵感，无论何时何地，无论你在干什么。就像今晚，一方面我们是在喝酒，谈笑，但另一方面这种经历完全能写进歌里——河边、飞镖、月光……”

李的身子靠近了些，凯特琳也不自觉地挪动了一点。他们肩并肩倚在栏杆上，四目相对。

我的天呐！凯特琳心想，他要把我写进歌里？真的假的？

“今晚我真的很开心。”他柔声说道。

“我也是。”凯特琳的心在胸口怦怦直跳，她控制住自己不说出任何蠢话。凯特琳，别扯那些鱼，别提织毛线。

“谢谢你以前每周都在公园长椅上坐着。”李近乎是在耳旁低语。

“谢谢你以前每周都在那里慢跑。谢谢你摔倒。”

“我没有摔倒。”李目不转睛地盯着她，“我只是想引起你的注意，结果绊到了那只傻狗。”

“那我该谢谢那只狗。”

李将头微微倾斜，然后把她拉近了些。凯特琳闻到了苹果酒的味道，还有他温热的肌肤和须后水的气味，她的鼻息里满是他的味道。

他要吻我了，我应该——凯特琳还没来得及想好怎么办，李的嘴已经贴上了她的唇，温暖而有力。软唇微启，他的味道跟帕特里克的截然不同，新鲜得让人兴奋。凯特琳偏了偏头，以便更好地迎合他——他没有比穿着高跟鞋的凯特琳高出太多——正当亲吻开始进一步升温，她却听见了她手机熟悉而刺耳的铃声。

是她的手机。在兜里。

会打到凯特琳手机上的人只有她妈妈、帕特里克和乔安妮，或是在照看孩子的人。

凯特琳挣扎着掏手机。

“那个……就不能再等两分钟吗？”李玩笑式地去制止她。

“不行,对不起,可能是帮忙照看孩子的人打来的。”她没有加一句:也可能是我那个讨厌的前夫。

当她看见来电显示时，她心里一沉：家。“喂？”

“妈妈，是我。”

“怎么了，乔尔？”凯特琳后退几步，摆脱了李的怀抱。乔尔语气里暗含的情绪把她拉回了那个熟悉的自我，仿佛她是被系在了一根蹦极绳上。“一切还好吗？”

“唔，又好，又不好。”

凯特琳的脑子里哗啦啦地翻过一些可怕的场景，最后定格在南希身上，她害怕地醒过来，没法告诉斯卡利特哪里出问题了。但是乔尔在家里，她可以告诉乔尔。“你没什么事吧？南希还好吗？”

“我还好，南希也还好。”

松了一口气。“那有什么不好？”

“呃……发生了一场意外。”

凯特琳想要相信是乔尔过于敏感了，但是心里有个声音告诉她并非如此。

“发生什么了？让我跟斯卡利特说，你能让她来接电话吗？”

“她跟南希在一起。”

“南希在哪儿？”她朝李摇了摇头，李疑惑地扬起了眉毛，“你在哪儿？快告诉我怎么了，乔尔，我不会生气的。”

“南希在外面跟消防员在一起。”

凯特琳差点握不稳手机。“消防员？”

“没事的，妈妈，别担心。”乔尔说，“消防员快完事了……”

“我现在就回去。”凯特琳说着连忙走到路边，伸出手拦出租车。

火灾

司机把车开到离凯特琳家最近的地方，两个人急匆匆地跳下出租车——一辆消防车、一辆救护车、两辆警车已经停在了房子外面——两个人目瞪口呆地望着眼前的景象。

凯特琳想要开口说话，然而极度的恐惧已经将她的呼吸抽干榨尽，空余一对干瘪的肺。

他们家在这个街区的尽头。厨房窗户朝着辅路大开着，菠萝印花的窗帘像是一块湿透的彩带笨重地垂在外面。白色的墙面反射着蓝色的应急灯光，可是屋子里却没有开灯，只有门厅里闪着一圈诡异的光晕。消防员在四处整理设备，两名救护人员在跟街坊邻居和一个警官询问情况。

凯特琳步履蹒跚地走向家门口，恐惧在她嘴里催生出一股酸水。这栋房子是她的庇护所，是她在这个世界上的安全之地，是她呵护一个小家庭的地方。眼瞧着房子如此破败，她感觉自己受到了侵犯。这里究竟发生了什么，竟然惹来了三种紧急服务同时在场！她在路上的时候给斯卡利特打了电话，结果斯卡利特就说了句：“快回来吧，行吗？没你想的那么糟糕。”这话瞬间让凯特琳惊慌地胡思乱想到底有多糟。她感觉自己的胸腔里堵满了受惊的疯鸟，全都在横冲直撞想要逃出来。

李吹了声口哨。“你家附近每到周五晚上都是这样？”

噢，为什么——为什么我得到的好东西最后都会被我一手毁掉？凯特琳心想。事到如今，不能继续微醺又开心了。“对不起，李。”她回头说道，“我得进去看看孩子们还好吗。你回家吧，没事，想回去就回去。”

“没关系，我能帮你做什么吗？”

“不用了，真的，这……我的天，谁现在还给我打电话？”凯特琳想也不想就接起了电话，而另一头的声音给她送来了一波绝望，也送来了一波宽慰。

“凯特琳？究竟怎么回事？”

“喂，帕特里克。”她继续沿小路走着，四处扫视，看有没有孩子们的踪迹。

帕特里克听起来很焦躁。“我才跟乔尔通了电话！他说他把房子毁了——是这样吗？还是说他看了什么电影？”

凯特琳挤过一众医务人员，进到屋里。孩子们呢？在楼上？在救护车里？“其实没那么糟。”然而真的很糟：屋子里有一股怪味，门厅里尽是一摊摊的水。她心惊肉跳地东张西望——这里到底发生了什么？

“没必要这么紧张。”她极力掩饰声音里的恐慌，“一切都在掌控之中。帕特里克……稍等一下。”凯特琳把手机扣在脖子上，转过身，只见李还在门口徘徊。凯特琳又不想表现得没礼貌，毕竟人家看到这一切都没直接逃跑，但又不想让两个孩子见到他，毕竟在他们最需要她在身边的时候，她却跟眼前这个人在一起。

“李，你走吧。”她小声叫到，“我在这儿就行了。”

“真的吗！这里就跟爆炸了似的。”李轻手轻脚地走进门厅，“我能帮忙泡杯茶或者……打扫一下吗？你跟我在一起的时候发生了这种事，我很不好意思……”

“谁在说话？”帕特里克在电话那头问道。凯特琳把手机紧压在胸口，便于有效隔音。

“相信我，我在或不在，这里都有可能变得一团混乱。”两个孩子去哪儿了？她胸腔里的疯鸟现在已经逼近了嗓子眼。“你人真好，但是我自己能处理，拜托了。此刻不是……你懂的……见我孩子的最好时机。”

李这才慢慢反应过来。“好吧，我明白了。但是……把你扔在这儿，我很不好意思。”

“没关系的，真的没关系的，不过……”今晚是如此美好，但现在却感觉好像是发生在别人身上的事，“我晚点儿再打给你，好吗？”

“好。”李勉强答应之后转身离去了。

凯特琳头也不回地冲进客厅里，一个女警察正在做笔记。客厅看起来还好——就是她出门时的样子。

“你是里尔登太太？”

凯特琳听得见帕特里克在电话里狂喊她的名字。

“我回头打给你。”她说完便挂掉了电话。

“我的孩子去哪儿了？”她问道，警察一脸诧异，然后领她去了门外。

房子的一个拐角处停着一辆救护车，南希、乔尔和斯卡利特就坐在车后面。南希和乔尔的身上裹着毯子，只能看见他们的脸，而斯卡利特看起来就像一只落汤鸡，湿漉漉的头发粘在她头上，她似是惊魂未定。

凯特琳张开双臂，把南希和乔尔揽入怀中，然后在他们的头上狂吻，并紧紧地拥抱着两个小身板。一阵猛烈的爱意伴着咆哮的愧疚感穿梭在她心里，她觉得这一切都是她一手造成的。

“对不起，妈妈……”乔尔刚开始说话，就被凯特琳制止了。

“没关系，没关系。”她的心咚咚直跳，她在想会不会连他们都感觉得到，“我的宝贝们没事就好。”

他们就这样依偎在一起，直到凯特琳感觉自己能够重新平静地说话。她明白那个女警察有礼貌地等在一边，是想跟她聊聊，不过他们可不会在这儿忙活一整夜，何况还是周五晚上。凯特琳拿手背擦了擦鼻子，把南希抱起来，然后又后退了几步，神情严肃坚定，但又通情达理。

“所以，”她说道，“发生什么了？”

“噢，我的天呐！妈妈，就是……”乔尔一开口，斯卡利特便瞪着他。

“其实就是……”斯卡利特说，“某个人……”

“想帮帮忙。”乔尔抗议道。

“……决定睡觉之前泡个澡，但在那之前呢，想先吃点炒鸡蛋。”

凯特琳依旧环抱着南希，目光在乔尔和斯卡利特身上来来回回。

有情况！乔尔不爽地扭动着身子。

“但是某个人没有告诉我他自己先把水打开了，以及……”斯卡利特裹着毯子，费劲地挺直腰板，“我们不能用厨房里的烤面包机。”

“不好意思，是我忘了说。”凯特琳说道，“那个机子坏了，好几个星期以前我就想把它扔掉。”

这是帕特里克走之前留下的一条指示。“要么拿去修好，要么直接扔掉，太危险了。”凯特琳把脑子里的闪回推到一边。

“所以在厨房里炒鸡蛋的时候，我们就闻到烤面包机那边有一股很恶心的气味。”乔尔插话道，“因为斯卡利特已经放了面包进去，然后烤焦了，最后就着火了。于是我们不得不把它扔出去，结果我们出去的时候，感觉灯泡在滴水，就像是房间里在下雨……”他伸出双手，困惑地抬头张望，表演屋里下雨的场景。凯特琳真想一把掐死他。

“然后厨房的天花板就塌了。”斯卡利特直截了当地说。

乔尔被她毫无戏剧张力的说法扫了兴，失望地转过身。

“什么？”凯特琳目瞪口呆。

“消防员觉得你们家之前就已经有点漏水了，只不过水流进了浴室地板下面。再下面就是厨房，对吗？整个天花板都掉下来了，砸了一地的石膏和水。消防员觉得应该要重建了……好像电路有问题吧。”

“我的老天！”凯特琳长舒了一口气，“你们差点就没命了！”

“然后灯全部熄灭了。”乔尔补充道，“就像这样——轰！”

“别在那儿自娱自乐了。”凯特琳厉声说，“这是很严肃的问题。”

“谢天谢地我没被砸中，都不知道我们是怎么没受伤的。我跑上楼找南希，为了安全起见，把乔尔留在了门廊里。”斯卡利特擦了擦眉毛，她深色的头发上还粘着石膏渣子，“然后我跟南希下来的时候，他已经打了紧急电话，还通知了帕特里克。”

“但是为什么警察和消防队和救护车全都来了呢？”

“因为电话那边的女士问我要哪项服务，我说全都要。我觉得总比叫错了要好吧。”乔尔裹着毯子，忽然显得幼小了很多，“我以为我应该这么做，然后我给爸爸打了电话。爸爸总能解决好，对吗？”

“我能解决好，乔尔。”凯特琳竭力控制住自己。她的脑子里冒出一个可怕的想法：乔尔该不会是故意这么做，好让帕特里克回来，让爸爸妈妈待在一起吧？毕竟电影里就是这么演的。

“我做错事了吗？”乔尔的嘴唇在颤抖。有时候他大男孩的神情悄然褪去，凯特琳才想起来，他把他最后一颗乳牙放在枕头下面等牙仙子[1]来，其实也没有过去多长时间。

“没有，你当然没有。我也不知道该叫谁来。”她把南希往上抱了抱，看了看她是否还好。南希的大拇指又钻进她嘴里了，她明明一年以前就戒掉了这个老习惯。她还是没有说话，一副忧心忡忡的样子左顾右盼。

“你还好吧，小俏妞希希？”凯特琳对着她的头发低语。南希闻起来有一股婴儿爽身粉和刚出炉的饼干味。凯特琳也不知道自己哪儿来的力气把她抱了这么久，但她就是不想把她放下来。她迫切地想让她开口说话。

“真是一次大冒险！你见到了警察叔叔！”

“就像你书里写的！”乔尔满含希望地说，“对吧，南希？你正在看的那本书，要我去拿给你吗？”

南希摇了摇头，把脸埋进了凯特琳的脖子里。凯特琳在想是不是他们离家太远，她觉得说话不安全，但就算是这样，有妈妈在这里啊，有妈妈把她安安全全地抱在怀里，有妈妈陪在她身边。她渴望南希能说句话，哪怕就一句。老天爷，我求求你。她急迫地祈祷，不要因为这件事让南希觉得我们家不够安全，求你不要让她在家都害怕到不敢说话。

“你只要告诉我你还好，小甜心。”凯特琳在南希耳边说着悄悄话，把垂在她耳朵上的草莓金色头发抚到后面，“你只用悄悄告诉我，我没事的，妈妈。我很好，妈妈。你能跟我这么说一下吗？南希？”

然而南希把她的脸埋得更深了，尖尖的鼻子戳着凯特琳柔软的脖子。她摇摇头，浑身发抖。

凯特琳心想，换成是一年前，南希就会兴奋地描述消防员、水管

---

① 来自西方一些国家的传说。小孩子在换牙的时候，要把牙齿放在枕头下面，然后牙仙子会带走牙齿，并送来一份礼物。

还有屋里的雨，叽里呱啦说个不停。她会坐在救护车驾驶座上按各种按钮。凯特琳的手机上还有南希在某次游园会上这么做的视频，她怎么也不会想到有哥哥和妈妈在身边南希会担惊受怕。

凯特琳摸着南希的头发，忍着不哭出来。“别担心，亲爱的，不会有事的。”她知道自己是在唠叨，但她就是受不了没人出声。“会好起来的。”

“妈妈，你的手机响了。”乔尔说，“而且那个警察想跟你谈话。”

凯特琳再三告诉警察一切都好之后，她的电话铃声又响了起来。

“是我的另一个‘执法人员’。”她头昏脑涨地说道。

警官一脸奇怪地看着她。

“对不起，我太紧张了。”她解释道。谢天谢地那个警察没给她做呼吸酒精测试。凯特琳这辈子都没这么快地醒过酒，但即便如此，还是有比正常情况下更多的苹果酒在她的血管里流窜。

“喂，帕特里克。”她说，“这边没事，一切都井然有序。”

“究竟发生什么了？”

“我也还没完全搞清楚。”还是承认了吧，她心想，“我没在家里。”

就是这样，说出来，凯特琳屏住了呼吸。

电话那头沉默了片刻，随后帕特里克紧绷着口气问：“去哪儿了？”

“这有什么关系吗，帕特里克？”凯特琳话音刚落，立马反应过来自己不该这么说。

“要是我的孩子们安安全全地有人看着，那就跟我没关系，但是他们刚才很危险，所以我该问。”

“我出去和一个朋友喝酒了，斯卡利特在家照看他们，我同事，记得吗？她很靠谱。今晚纯属意外。”

“我认识吗？”

“什么？”

“我认识那个跟你出去的人吗？”

“帕特里克！我没有义务回答你这个问题。”

电话那头顿了顿：“我觉得你有。”

凯特琳翻了个白眼。帕特里克很会在对话里设置隐形陷阱，而她总是义无反顾地掉进去。“我们能晚点儿再说这个吗？我现在碰上了很紧急的问题，就是，我接下来要干什么？”

消防员在跟一些警官和急救人员说话，难道他们已经在写举报信了吗？凯特琳的心脏在打鼓：她只想告诉孩子们没事的，然后“轰”的一声把门摔上。以前帕特里克能处理好这些事，像是停车罚款，或者跟邻居争论停车位的事。“帕特里克，留一个外人在家里临时看一下孩子应该不违法吧？还是说是违法的？”

她的音调高得不行。

“当然不违法。别紧张，凯特。首先，你看过供电开关那里安不安全了吗？保险丝盒里面的你全部都关了吗？”

她抬头望着屋里一片漆黑的房子，不由得打了个哆嗦。她没有妥善保管好这栋房子，她让外婆失望了。“灯都没亮——肯定是断电了。门厅里有那种紧急照明灯，应该是消防员带来的。”

“你检查一下消防员有没有把总保险丝盒里的电闸关掉。要是还在漏水，就把自来水总开关也关掉。你知道在哪儿吗？”帕特里克语气平静，这一次，凯特琳没有听出鄙夷的味道。

“不知道！”凯特琳一声哀号，幻想着原本可能发生的惨剧：乔尔被掉落的石膏板砸死，南希泡澡的时候浴缸炸了。凯特琳顿时有点反胃。

“在水槽下面。你淡定一点，凯蒂。深呼吸一下，你被吓蒙了。”

帕特里克已经很多年没有叫过她“凯蒂”。南希出生以后就没再叫过了。旧日的甜蜜让她心痛。

“要是消防车都来了的话，我确信他们已经都关好了。”他继续安慰道，“不过还是确认一下，问一下谁都采取过哪些防范措施了。”

凯特琳抬头看见消防官负责人和一个女警官正朝她走过来。“噢，天呐！他们要来找我谈话了，他们看起来特别严肃。”

“你想让我跟那个警察说说吗？”帕特里克问道。凯特琳不想像刚才那样觉得倍感宽慰，不过还是松了一口气。“我跟警察聊，然后你找消防官带你去看看自来水总开关什么的。”

凯特琳感觉到有人在拽她的外套——是乔尔。他像超人穿披风一样把毯子拖在身后。“是爸爸吗？”他两眼放光，轻声问道，这让凯特琳有点难过，他是如此想跟爸爸说话。

凯特琳没有丝毫踟蹰。她自己接到帕特里克的电话倒是会犹豫片刻，但若是孩子们想接，那就断然不会。

“对，是爸爸，你想跟他打声招呼吗？”

“想！”

女警察和消防官看着她把手机递给了乔尔，女警察投来一个同情的微笑。

“每次跟爸爸聊两句就感觉心情变好了是吗？”她问道，然后凯特琳不开心地点了点头。

“嗨，爸爸！”乔尔听起来欣喜若狂，“一切都在掌控之中！你说的我都做了！”他认认真真地听着帕特里克说话，满脸都写着放心，仿佛整个世界都回到了正轨，凯特琳的胸口霎时间有点发痛。“好，我会告诉她的，拜拜，爸爸！爸爸？爸爸？我们这周末会去见你还有伊娃姑姑和蜂蜂蜜蜜吗？”过了好一会儿，他挤出一个大无畏的表情，脸上的微笑就是戏剧社教他们的那种，“好，好，我也爱你，爸爸，拜拜。”

“爸爸会解决好所有事的。”他一面告知凯特琳，一面把手机交还给她。这一幕让消防官看得都快哭了。

接下来的一个小时是在迷迷糊糊之中度过的。凯特琳被领着到处检查家里的损坏之处。实在是太多了，简单来说，就是浴室、厨房，乃至整个配线系统可能都要换掉。

“看起来好像本来就不够完善。”那个有空就会自己动手装配的消防官说道，“线路太老了，你买了这栋房子之后翻新过吗？”

“没有，这房子是我外婆的。”凯特琳说。她拿着南希的紧急服务故事书，这本放在厨房里的书奇迹般地逃过一劫。“我们其实知道需要修整一下，但是工程量太大了，我们没有足够的时间和金钱……”

他们盯着厨房里的一片狼藉，湿透了的天花板碎块被扫成几堆靠在操作台边上。就着微弱的灯光，隐约看得见头上的浴室。凯特琳完全不知道该如何收拾眼前的残局。从哪儿开始？你要怎么相信它不会再次崩塌？她真想逃出这一团混乱，假装从没发生过，但是她知道她不能。大家都指望她能打点好这一切。

她的安全之地，现在却有好些陌生人站在她的厨房废墟里。有什么东西从她灵魂之上剥落了。

“至少你不必再花钱把墙体卸下来了。”消防员说，“下周你得找个别的地方住了——小孩子好奇心强，这里不安全。”他顿了顿，“你至少有一个孩子是这样，我们差点就开着消防车带他回去了！”

凯特琳没有回答，她不知道该怎么办。咖啡厅里的同事都没有多余的房间可住——而且她感觉已经麻烦斯卡利特够多的了——而她妈妈林恩那里绝对是最后不得已才会去的地方。好在两个孩子一周多不用去上学，可她却还要工作……

此时凯特琳的手机响了，她给消防官做了一个自己必须要接电话的手势。

“那祝你好运吧。”消防官挥手道别。

是帕特里克打来的，他真是一分钟时间都不浪费。“打一辆出租车去假日酒店，我已经给你们订好了今晚的房间。”

“什么？”凯特琳习惯性地开始反对，然而帕特里克打断了她。“我不想让孩子们今晚在又湿又黑的屋子里睡觉，那简直就是疯了。赶快过去吧，吃点东西，让他们上床睡觉，就当是一次冒险经历吧。我本来想调整一下工作安排，然后明天去找你们，但是现在已经是周五晚上十一点了，所以……”

“真的没必要，帕特里克。”不过这话也只是说说而已。对于凯特琳来说，如果一个人在她耳边说“一切都会没事的”，那就仿佛是天使之歌一样美好。她很想靠一己之力解决好目前的状况，但她也很清楚自己的局限所在。

“当然有必要，我用我的名字订的，已经付过钱了，所以你不必担心结账的问题。你要我给你们叫一辆出租车吗？”

“不用！听着，你真的很善良，但是我应该会把孩子们带到我妈那里去住。”她环顾门厅，有一边还好，另一边完全毁了。她瞬间想起伦敦大轰炸[①]时的照片——完美的客厅配着被炸毁的墙壁。“这样不太理想，因为我还要上班，但是我可能今晚就该把他们送过去吧？”

“什么？送去伦敦？”

“对。”

“为什么？你真想把他们送过去？”他听起来迷惑不解，“为什么你每次的选择都这么极端？你打算现在开车过去？你想让你妈给你上一周的职业生涯课，让她悄悄考孩子们认不认字，让她给你重写简历吗？”

帕特里克太了解她了，而且她根本不能开车，那属于违规操作。凯特琳也不知道为什么自己会这么说，她感觉身心俱疲。

“没有，但我还能去哪儿？”

帕特里克叹了一口气。“伊娃会很高兴你们过去跟她住的，反正复活节假期你也要把孩子们带过去，不是吗？我会给她打个电话，告诉她怎么回事。”

“什么？”凯特琳猛地挺直身板，“别啊，真的，我……”

“你们不能待在家里。”帕特里克全然进入了务实模式，“我不愿意让孩子们跟一堆有问题的电线待在一起，况且还需要做一下保险评估。这周末我们也可以开一两个小时的车一起回去看看。”

“那伊娃呢？她要是有安排呢？”

“凯特琳，她要是在家的话，肯定愿意见到你们。要是她不在，我也相信她很乐意在这种危急关头提供一个住处。她见到两个孩子很开心，她亲口告诉我的。而且你跟她多相处一下也是好事。”

凯特琳不知道他的话是否百分之百真实可信。她想去跟伊娃住一周吗？她有那么了解伊娃吗？了解到能够直接闯入那栋又奇怪又寂静的房子待上一周？凯特琳光是想想都觉得紧张。

“凯特琳？”

凯特琳靠在门厅的墙壁上，环视四周。屋里的残破感觉就如同她自己肉体上的疼痛。对她来说，这不单单是一栋房子，更不只是帕特

① 二战中，纳粹德国在1940年9月至1941年5月对伦敦实施了战略轰炸。

里克以为的那样，她仅仅是放不下这里的“壁炉”，而是在她二十一岁的时候，她的生活被彻底颠覆，这些小小的房间安慰了她的心灵——跟外婆在舒适的客厅里织毛衣；午夜时分，带着啜泣的乔尔在门厅里来回走动；坐在门阶上看他拿胖乎乎的小手冲着鸽子挥舞。他从小就这么爱表演。

凯特琳抚摸着门厅里的条纹壁纸，差不多十年以前，她搬到这里来的时候，就已经是这样了，谁知道她外婆又是什么时候贴上去的呢。现在这些壁纸全都湿了，全都要撕下来。

“凯特琳？你在听我说话吗？”

世事无常。她心想，万事都在改变，无论她喜欢与否。

“在。”她说。乔尔和南希跟一个女警察坐在一起，她听见空气里飘来《我曾有梦》[①]的歌词，不过不是南希的歌声。

“好吧。”帕特里克说，“我们明天见，带孩子们去睡觉吧。”

“谢谢你，帕特里克。”凯特琳说道，然后真心实意地补了一句，“我很感激。”

电话那头沉默了片刻。“我这么做是为了孩子们。”他说着恢复了严厉的口吻，“请你记住自来水总开关在哪里，好吗？”

凯特琳忍住没有回嘴，然后挂掉了电话。她这才发现自己还拿着南希的书。封面上有好几个喜气洋洋的消防员、救护人员和警官正在营救一些粗心大意干了蠢事的人。着火了、淹水了、猫上树了——各种各样由本人闯出来的祸，而且没有一个人看起来有凯特琳这般愧疚懊恼。

---

① 音乐剧《悲惨世界》里的著名唱段。

温暖邮件

“你知道最精彩的环节是什么吗？”伊娃坐到凳子上，亚力克斯从柜台端来两杯卡布奇诺。

“是不是我简明扼要又内容翔实的演讲？把BBC伯明翰制片公司本土剧的历史全说了一遍。”亚力克斯把咖啡放在伊娃面前，他刚才一路都端得小心翼翼，免得又洒了出来，虽然他自己杯子里的泡沫已经漫出来了一大半。伊娃预留了窗户边的位子，于是他们并排坐在一起，望着周末的人群从会场里悠闲地走出来。“还是我事前让我的学生准备好问题，然后假装普通观众在结尾的时候向我发问？”

“你是说那些人不是普通观众？”伊娃故作惊讶，“你那天下午找了近两百个学生来电视剧展？你到底有多少个学生啊？”

伊娃被亚力克斯这场“有组织有预谋的活动”惊到了，更让她惊叹的是他写的那篇有关那个时期影视剧代表作的简介。下午开场的时候，他自信地在众人面前演说，临到结束的时候，跟一个退休编剧沉着冷静地回答观众的问题，还时不时激起了台下的欢笑。这一天转瞬即逝，没错，伊娃会告诉安娜她过得很开心，虽然这算不上是一次约会，因为她坐在观众席里，而亚力克斯则穿着教授灯芯绒夹克，站在舞台上的演讲台后面，拿着一个复古话筒，跟年代感十足的电视剧交相辉映。

或者说至少伊娃觉得他的灯芯绒夹克是在故意点题。

“只有二十来个吧，他们都来了，真好。”亚力克斯一边往咖啡里拌了四颗方糖，一边谦逊地耸了耸肩。“提醒你一下，这是他们课程的一部分，所以他们必须来。不过他们那帮人都挺好的——他们答应了要是没人提问就由他们来问，反正我看起来就像个没朋友的老学究。”他推了推眼镜，然后看着伊娃，“而且你还认识了贝姬！”

“那就是我想说的最佳环节。”伊娃庄严地说道，“我本来还担心她穿着风雪大衣从背后看会跟我一模一样，然后转身露出兜帽下面外星人的脸。结果她……特别正常。”

贝姬其实很漂亮，身材高挑，不到三十岁。伊娃告诉贝姬某人为了讨好她，竟然把她错认成了贝姬，伊娃解释原因的时候，贝姬咯咯笑着用手肘推了一下亚力克斯，说：“他简直就是喜剧电影里的主角！”

亚力克斯的嘴巴努到一边。“就是这样，所以你过得开心吗？”

“开心，谢谢你请我一起来。”

“不用谢，而且你现在清楚我是个正儿八经的电视剧呆子了吧，比如我只对迈克·李[①]早年的作品感兴趣。”他朝伊娃挥了挥勺子，“你发现我在那儿没有谈及任何人的私生活吗？”

“发现了。”伊娃低头看着咖啡。她现在还不大想谈论这个话题，哪怕这是她来这儿的真实原因。她其实很享受出门在外，尝试新鲜事物的感觉——她变回了她自己，而不是米克的妻子或者巴哥的主人。她已经好长一段时间没有像这样放飞自我了。

再想到她是为了米克而来，伊娃比自己预想的要更加心痛。“这就是你邀请我来这儿的原因吗？想说服我同意出版那些日记？”她抬头看着亚力克斯的眼睛，“是其他两个人都同意了吗？”

“不是！”亚力克斯友善的笑脸一瞬间凝固了，“不是这样的！我只是希望你能在我的学术能力上放心，但是……我刚才是想问你……呃，不是，对不起，我说错话了……”他深吸了一口气，“我就是想着你能开心地看看电影，除此之外，别无他想。”

整个活动放映的都是伊娃出生以前拍摄的电视剧，那是米克的时代。亚力克斯估计伊娃会对今天的活动感兴趣，因为米克会很喜欢，或者是认识其中的演员。

伊娃抿住嘴唇，她不知该作何考虑。

---

① 英国电影导演、剧作家。

"嗯……既然我们都说到这个话题上了，我其实前两天晚上已经把日记看完了。"她说道。还是直面问题吧，多一事不如少一事。

"然后呢？"亚力克斯双手端着杯子，凝视着她。他装出一副随便的样子，但杯里的咖啡已经快到洒出来的边缘了。

伊娃深吸了一口气，她感觉好像米克就在这里，坐在空凳子上，拿坐等好戏上演的目光注视着他们。伊娃看完日记的最后一句话之后，一直拿不定主意，但又总是想起亚力克斯把日记送来时说过的话：米克说了一辈子别人要说的话，而这些日记里都是米克的声音，都是他自己的话语。他花了许多年的时光精心撰写，把他的灵魂都倾注于字里行间。伊娃还能做什么呢？就因为她不喜欢米克写下的某些话，所以她就能抹除这美妙的声音了？这根本就由不得她做主。

"如果你能像你保证过的那样编辑这些日记，"伊娃缓缓说道，"删掉所有私人细节，让日记变成米克跟读者之间的对话，那我同意了。"

让她意想不到的是，她竟然顿时感觉如释重负。

"太棒了！"亚力克斯感激地抓住她的手，"谢谢！谢谢你，伊娃。啊……"他另一只手上的咖啡洒了。两个人一齐抄起纸巾猛擦桌上的热牛奶，幸好没滴到伊娃的包上。

"对不起，对不起……"

伊娃感觉到了他手掌的温度，这样一个下意识的动作太合心意，伊娃倒是很高兴能有一阵慌乱让她分心。

"我刚才也不想给你压力。"他徒劳地拍着洒出来的牛奶，说，"其实尤娜和谢里尔这周就已经同意了，所以现在又有了一个好消息。太好了！我可以给出版社转达你的意见了，也告诉一下罗杰吗？"

"行，行，就这么办。我给他发邮件。"

他们放下手中的纸巾，对望着彼此，都不知接下来该说些什么。这一刻很清楚明了，伊娃心想，如同一个转折点。感觉有点像第一次把米克的夹克塞进慈善商店的口袋里，或者是把语音信箱里的消息逐一清零。她跟尤娜和谢里尔一样，都成了米克的过去，但她却仍然在这儿，兀自前行。

可她如今又是什么身份呢？

“伊娃……”亚力克斯开口说道。

“啊哈！”他们身后飘来一个声音，一只手拍到了伊娃肩上。她感觉被人推搡着靠向亚力克斯，他们肩膀相撞，头也尴尬地挤到了一起。“好一对爱情鸟！我就知道你会来酒吧！”

伊娃费力地转过身，可这意味着她的身体会更靠近亚力克斯。那个人直接让她的鼻子碰到了亚力克斯的夹克，他闻起来有一股须后水伴着咖啡和绒布的味道。只见他们身后站着一个身材魁梧、蓄着黑色大胡子的男人，看起来沾沾自喜。

“所以这就是可爱的佐伊吗？”那个人说着朝伊娃伸出一只巨大的手，“总算是见到你了！我是格里·克劳瑟。经常听亚力克斯说起你！”

“你好，我是伊娃·奎因。”她跟那个人握了握手。她听见亚力克斯在一旁小声地发了几句牢骚，但她没有转过去。“幸会。”

原来亚力克斯有女朋友了，叫佐伊。她发现自己的胸口微微窜过一丝失望。别这样。她心想，他当然会有女朋友，他这么有趣、聪明，而且长得也不赖。

“噢！”格里·克劳瑟吼了一声，目光在他俩身上来来回回，“我这是说错话了？”

“没有的事。”亚力克斯的反应似乎比上次打翻咖啡要快得多，“伊娃，格里是我在兰卡斯特大学时的老同学——我们好几年没见了。格里，伊娃是……我的朋友，她是来参加电影节的。”

或许他是在谨慎对待他们的出版项目，或许他是觉察到了伊娃那颗想要独立自主的心。无论如何，“我的朋友”这个词很悦耳，也很正确，伊娃心生感激。

“那可爱的佐伊去哪儿了？”格里问道。他把红酒杯放到他俩旁边，然后坐在了凳子上。“这个问题没什么诱导性吧？”

“她在曼彻斯特。”亚力克斯说道，而与此同时伊娃也开口说：“呃，我要回家了，开车需要很长时间。”她拿起包和外套，不想逗留在这里听他们聊可爱的佐伊，或是聊米克。“看来你俩要好好聊聊近况了！很高兴认识你，格里。”

“先别走。”亚力克斯说，他的眼里写满了失望。他伸手抚着伊娃的手臂，这一回的动作自然了很多。“我还没让你填回执表。”

“寄给我吧，我全部都勾‘非常满意’。”这话倒是提醒了她。“噢！”她说，“我给你准备了一个礼物。”她从包里抽出一个小金属环——他的自行车夹子。“我在门厅里找到的，”伊娃神情严肃，“说不定是我家吸尘器的零件呢。”

亚力克斯接了过去。“谢谢。”他说着露出一个亲切的微笑，连他棕色的眼眸里都满是笑意，“谢谢你。”

伊娃注视着他的眼睛。“你说得对，”她说，“当一个人拥有那样的声音，你理应让他说话。”

伊娃驱车回家，一路上都放着音乐，不过完全没用心去听。当她回到昏暗的屋子里时，没有两只巴哥夹道欢迎，感觉有些冷清。蜂蜂和蜜蜜还在狗舍里享受他人的宠溺。伊娃没有开灯，而是慢悠悠地走去了书房，她沉浸在自己的思绪里无法自拔。

我这么做是对的吗？她不停地问自己，希望能得到一个暗示。

日记本全部堆在书桌上，她随手翻开最上面的一本，看了起来。

在国家剧院开了一场会，讨论了今年秋天可能要演的莎士比亚的剧目。如果拿到福斯塔夫这个角色，估计我也不用塞一堆东西在衣服里装胖子了。咬紧牙关，给医院打了电话。比上次待的时间短一些，挺好。周五晚上要跟伊娃在常春藤餐厅吃饭。我真的不敢相信我居然等了57年才遇见一个有这样的外表、这样的谈吐、这样懂得倾听的女人——而且还想跟我一起回家。我担心她会是我这个老酒鬼产生的最后一次幻觉。

伊娃皱起了眉头，她看第一遍的时候竟然没有看到。医院？这是什么意思？米克写这篇日记的时候，他们才交往了几周。如果他去做了检查，伊娃也不会问，而且他确实会定期体检。

亚力克斯会把这些内容删掉的，伊娃安慰着自己。大家怎么会对男性医院的事感兴趣呢？

只有好事之人才会去想是不是在暗指戒酒中心，或者是记者想要挖掘泰森的黑料，或者是别的不该让他承受的含沙射影。

伊娃合上笔记本，翻开她自己的日记，她有一次为了核对米克写的日期才特地找出来的。这其实是一本业务日志，每一页都写满了密密麻麻的小字、日期和时间，因为伊娃以前总觉得手机有可能坏掉。米克神神秘秘去医院的这一整周，伊娃都在伦敦：跟西米恩和风险投资家碰头谈判公司钱款，然后跟原先的私人助理吃了个午饭，见了见财务主管聊聊八卦，然后去了一家商店开业典礼，去做了下头发，参加了一家酒吧的新品发布会，健身、喝酒、吃午餐、吹头发、吃早餐……伊娃往前翻了翻，她才惊奇地发现当初不知不觉给自己安排了这么多事做。搬去朗汉普顿之前的每一天都写得满满当当，全是聚会备忘和电话号码，还有许多页夹着各种名片，她早就忘了自己开过那些网络会议。之后便戛然而止。

不过认识米克之后，她的生活充实了很多，伊娃提醒着自己，哪怕她的日记空空如也。她的日子却变得更加充实，丰富，忙碌。

她再一次往前翻着，想要找到米克提到的在常春藤餐厅吃晚餐的记录。功夫不负有心人：跟迈克尔·奎因吃晚餐，常春藤，周五晚七点半。当晚的经历如同一连串电影场景般在她脑海里放映：坐着黑色出租车回到他的俱乐部，然后乘早班飞机从市机场出发前往戈尔韦，和他的朋友麦卡锡共度周末。麦卡锡坐拥一座城堡和一家威士忌酿酒厂。

“医院”这两个字眼在伊娃脑袋里挥之不去。你不可能星期五去完戒酒中心，星期六就飞去威士忌酿酒厂吧？不可能的。当初米克说他已经戒酒了，伊娃也相信了他。而且事到如今，又有什么关系呢？根本就无所谓了。

伊娃拿起两本日记，把它们放进待处理文件盒里，正在此时，原先压在一本书下面的纸张滑落了出来，上面用大写字母写着她的名字。

伊娃小心翼翼地展开那张纸——是上周末画的两只巴哥。乔尔画的是动态卡通版的蜜蜜，他给它配上了飞行披风和忽闪忽闪的睫毛，就像小鹿斑比那样；而南希画的是圆滚滚的蜂蜂，它的脑袋跟身子一样大，还长着一条猪尾巴，不过南希也画出了它焦虑的圆眼睛、柔软的眼周纹、歪斜着的耳朵，于是这画上的巴哥定然就是蜂蜂了。

伊娃坐在椅子上，一片幽暗之中，她忽觉有些感动。她在脑海里回溯起南希安安静静陪着狗狗的样子，而乔尔则“咔嗒咔嗒”地跟着帕特里克在屋子里转悠。那个年幼的女孩和那只耐心的巴哥，没有说话，却一直都在交流。南希盯着蜂蜂的眼睛，一只小手来回抚摸着它头上的皱纹。南希在同它聊天，只不过不是以话语的形式，而蜂蜂也懂得回应，它会用小爪子轻柔地拍一拍南希的手臂，还会奇怪又开心地发出“咕噜咕噜”的声音。于是南希获得了蜂蜂的爱。

帕特里克和孩子们两周之后才会来。好漫长的一段时间，伊娃想着想着竟心生伤感。

书桌上的电话响了，她跳了起来。这个时候谁还会打来电话？她看了看手表，快半夜十二点了。过去这些年里，她每次都猜想会不会是养老院打来的，说她妈妈终于安详地走了，现在一家人只剩她和帕特里克，还有两个小孩儿了。

她抓起电话。“喂？”

“伊娃，是我，帕特里克。我该不会是把你吵醒了吧？”

“当然没有，你还好吗？”

“呃，还好……问你个小问题，我知道下周就是你的生日了，你会外出度假吗？”

“对，应该会吧。”伊娃四十五岁的生日近在眼前，就在下周星期四。帕特里克通常都不会记得她的生日，更不用说提前订位请客了。伊娃很开心，兴许是见面的次数多了，唤起了他的记忆。“我还在想，所以还没订机票酒店什么的。真是奇了怪了——我上周看了几个地方来着，我敢肯定这周涨价了……”

“因为复活节假期到了啊。”帕特里克说，仿佛她理应知道似的。

“噢，我忘了。”行吧，所以这通电话事关探视孩子，而不是她的生日。还是说这两者皆有呢？不过帕特里克说话的语气倒是让伊娃拉响了“小弟弟又开始担忧了”的警钟。

“你听我说，我在想能不能请你帮个大忙？”

伊娃低头看着卡通巴哥画，超级蜜蜜在朝着几只奶牛呐喊：“我就是萌萌哒！”那些奶牛的脑袋周围画着波浪线，流露着十足的兴奋。“当然能啦。”

“家那边发生了一点意外——别问是怎么回事，我也还没完全搞清楚——所以问题解决之前，我不能让孩子们继续待在那栋房子里。”

“怎么会这样！是哪种意外？”伊娃刚刚起身开了灯，此刻又惊吓得一屁股坐回椅子上。

“水管爆裂了，天花板坍塌了，所以很不安全。”帕特里克叹了口气，伊娃想象得出来他正在捋头发的样子。“我今晚给他们订了一间酒店房间，但是我在想如果眼下能来一次惊喜的假期，我们去你那里，一起开心地聚一聚，那乔尔和南希就不会感觉有特别大的压力，与此同时整修一下那边的房子。希望不会太打搅你了。”他补充道。

“当然可以！完全不会打搅到我！你们什么时候来？”伊娃突然想到：是谁来？帕特里克？还是凯特琳？这段时间以来，伊娃一直都没有合适的时机跟凯特琳好好聊聊，她也还不清楚凯特琳跟她弟弟之间究竟发生了什么。一整周都待在她家的话，有可能会很……尴尬。“是你来？还是凯特琳来？”

“是凯特琳。”帕特里克说，“这样很成问题吗？我打算下周去布里斯托把房子的事解决了，她连上哪儿找建筑工人都不知道。”

“没有，不成问题。跟她待在一起，呃，也挺好的。”伊娃在电话这头做了个无奈的表情。她还能说什么呢？

“谢谢，就几天时间。”帕特里克声音很疲惫，但是遇到危机，他总能从容不迫。他都不用多想，就知道该怎么办。“总比拉他们去伦敦跟凯特琳的父母住要好。”他顿了顿，“我不清楚凯特有没有跟她妈妈说南希……南希说话上的问题，但是我敢肯定林恩会立马决定自行处理，而我还在这儿百般寻求更好的专家建议，因为我都不知道现在有没有必要给南希这么大的压力。”

伊娃对凯特琳的妈妈印象不深，只记得在帕特里克的婚礼上，她花了半个小时的时间告诉伊娃和米克她觉得凯特琳有资质成为一个优秀的律师，想看看罗杰能不能帮她找找工作。米克倒是觉得这问题别出心裁，其他人只会问他跟彼德·奥图[①]工作是一种什么样的体验。

伊娃拿起乔尔和南希画的画，心里骤然涌起一股暖流。“我很想见到他们。”她说，“我会很开心的。”

“那就再好不过了。谢谢你，伊娃。”

帕特里克正说着话的时候，伊娃的电脑上弹出一封邮件——是亚力克斯寄来的。

她不假思索地点开来看。

安全到家了吗？谢谢你今天能来，也谢谢你能信任我。米克的文字太引人入胜了，我们要把这些日记做成一次能够获得奥斯卡的表演。

亚力克斯·蒙塔古

“……午饭时间过去？”

伊娃盯着这条消息。亚力克斯到家了吗？他还跟格里·克劳瑟在酒吧里吗？他随时随地都会想起她吗？还是说他在想米克，在想他未来的合同？伊娃摇了摇头。

“好！可以，我很期待。”

“谢谢你，伊娃，你最好了，明早说。”

伊娃在椅背上靠了一会儿，梳理着突如其来的信息，思索着她这周末要作何安排，然而她的目光却飘回了电脑上。

明早再回吧，她告诉自己。可是在凯特琳和孩子们到来之前，她还有一大堆事要做，她会片刻的闲暇都没有……于是她的手指不自觉地敲打起来。

谢谢！我今天过得很开心。是啊，我相信你能顶住压力，把这些日记变为佳作。希望你今晚也过得愉快——格里看起来不像是那种会早睡的人……

伊娃·奎因

---

① 爱尔兰著名影星。

她点击发送，然后开始收拾书桌，不过亚力克斯立刻回复了邮件。

他其实人还不错！不好意思让你急着先走了——我还有很多关于BBC的看法没说。那些日记我也有一些点子了，所以我也想问问你的想法，要不然你也参与进来？你提到了声音，所以我才想到的。我们下次可以一起喝杯咖啡聊一聊。我还很想带你转一转这边的大学校园，或者也可以找个离朗汉普顿更近的地方泼你一身滚烫的液体[①]。

他回复得如此之快，字里行间的语气又如此逗趣，伊娃想入非非：午夜时分，亚力克斯坐在他自己的书房里，翻开米克载满秘密的日记本，抹去一些故事，滤掉一些事实，一行行输入成图书的文本，他抿紧嘴巴认认真真做着笔记，一边聆听米克声音里的抑扬顿挫，一边看着那些字词如同棋子一般在米克小小的舞台上移动……

伊娃停住了自己天马行空的思绪，为自己突如其来的想象心生惊讶。她都不知道亚力克斯有没有书房。

我不太想亲身参与这些日记的出版工作，希望你不要介意。编辑一下倒是可以，但是喧宾夺主的事就算了，不过我们可以聊聊你的点子。我先看一下我的日程——近期我家里面会有点事。

伊娃发送了邮件，不等亚力克斯回复就合上了电脑。她不想再继续泄露自己的所感所想，反正今晚不行。

上床睡觉之前，她还有些别的事要做。她环视书房，找到了两个相框，里面嵌着她跟米克的合照——家里还有成百上千张同样的照片，不过如今看来它们的意义却早已不同于往日。伊娃抽出那两张照片，然后把南希和乔尔的画放进去，最后将相框摆在了书桌上。

两个孩子明天上午一来就能够看到。

---

① 指之前弄洒咖啡的事情，这里是幽默的说法。

面面俱到的男人

凯特琳才来朗汉普顿待了24小时，就已经感觉度日如年了。

倒不是因为这座城镇本身。朗汉普顿其实很不错——有一些著名的奶牛雕像，一些商店还会出售绣着可卡犬笑话的靠垫。也不是因为伊娃，她周到地把他们迎进了家里，凯特琳简直希望自己出门前还能再有五分钟的时间找找搭调的衣服。孩子们也像是完全把这里当成了自己的家，他们径直冲进屋里，挥动着的小手上还沾着在车上吃零食时留下的油渍，凯特琳外套都还没脱，就已经喊了三次“不准碰”。伊娃只是安详地笑笑，告诉她不必担心。

以前屋里到处都摆着相框，然而凯特琳这次来却发现都已经被收起来了。

不过乔尔一放假就感冒了，这倒是让凯特琳和伊娃好歹有了些话题可聊。帕特里克提出筹备一次“惊喜的假期”，伊娃真的就在努力地贯彻执行，而且还客气到不好意思直接问凯特琳他们的房子是怎么被毁掉的。凯特琳其实觉着整件事都很蠢（伊娃应该从来都不会打开水龙头而忘了关上），她也不希望帕特里克回想起屋子里混乱的种种细节。她在来的路上已经知会过孩子们，所有事情都交给她来解释。

不过并不是因为她现在很乐意让孩子们保持沉默。一行人此刻正在一家店里吃冰激凌，在朗汉普顿难得找到这样没有几只狗在旁边眼巴巴地盯着你吃东西的咖啡店。凯特琳望着桌子对面的南希，她每含住一勺薄荷圣代，就立马把玛瑙贝似的小嘴巴闭上。从昨天早上离开假日酒店开始，她就一句话也没说过，她的眼神依旧透露着警惕。言语治疗师的练习方法一点效果都没有，她还是不会在外面讲话。

“我觉得南希想再要一杯热巧克力。”乔尔说着朝妹妹似有深意地点了点头。

凯特琳狠狠地瞪了乔尔一眼。治疗师警示过不要让他替南希说话，可是很难制止他。“你是想说你想再来一杯热巧克力吧？”

他一脸受伤的表情。“不是啊，你怎么会这么说？”

“南希？”南希照旧一言不发，凯特琳心里一沉。

乔尔大声地吸了吸鼻涕，然后咳嗽了两声。

“要不我们去找一家面包店，看看能不能给伊娃姑姑买点东西喝下午茶的时候吃？”凯特琳提议道。

“噢，不必了。”伊娃说道。她一路都没怎么说话，凯特琳猜想是因为昨天乔尔没完没了地说迪士尼音乐剧剧情，伊娃的耳朵都被堵死了。

“我们吃了你的牛角包，好歹让我们回报一下吧。”凯特琳说着扫了一眼乔尔。突然，她的手机响了，她埋怨了一声，转成了语音信箱。

“又是帕特里克打来的吗？”伊娃端起咖啡杯，目光愉快却又尖利。凯特琳感觉得出来，真是什么也逃不过她的眼睛。

“不是。”她撒了个谎，确实是帕特里克打来确认点事情或者告诉她什么的。“是个不认识的号码。”

他才是真正的问题所在。朗汉普顿、伊娃、孩子——一切都好，可是两百英里之外的帕特里克却在消磨凯特琳的耐心。

她开车去伊娃家的路上时，帕特里克每隔十五分钟就会打来电话，劈头盖脸一通指示和批评，到后来他们卸箱包的时候还是这样，于是凯特琳不再接他的电话，然而这并不能阻止他发来短信。他一直在帮忙找建筑工人和住房保险公司，凯特琳心存感激——甚至可以说是感激不尽。她每每想到碎裂的天花板和透光的地板，就觉得心累。她本来也想帮上一把，可是帕特里克的所作所为让她感觉如果她插了手，那么房子的问题就没办法妥善解决，而且帕特里克已经独自掌控了一切。

这不公平，凯特琳心想。帕特里克前脚才在调解的时候打了“你爱壁炉胜过爱我”的牌，后脚又说她不会妥善处理修缮之事，他怎么能这样？他这种让凯特琳穷于应付的想法是从哪里冒出来的？他为什么觉得她总是需要人来帮忙？

凯特琳心想，难道是因为伊娃太能干了吗？她望着桌子对面的大姑子。按帕特里克的话来说，伊娃无所不能，她承受得起丧夫之痛，经营得好自己的公司，还训练得了狗，跟帕特里克一样淡定从容。伊娃看起来比第一次把孩子们带过来的时候好了很多。她穿着一件布雷顿条纹衫，戴着一对钻石耳环，身形依然消瘦，但不再显得憔悴。

最大的不同在于她跟孩子们在一起时放松了很多，能在乔尔天马行空喋喋不休的时候做出一副听得津津有味的样子，礼貌地无视掉挂在他鼻孔下面的鼻涕。不过或许这是常年跟演员相处的副作用吧。

南希的注意力在乔尔、热巧克力和伊娃之间转换。凯特琳发觉南希跟她的姑姑一样长着尖尖的鼻子，下巴中间有一条细微的美人沟。

"你要不要拿个勺子吃最后那点奶油呀？"凯特琳问道，希望南希会在精力不集中的时候不经意地回应一声。

然而事与愿违，南希只是摇了摇头。

"她不需要勺子。"乔尔眼疾手快地说，"她可以用伊娃姑姑的。你看——这里！"

"没错，乔尔。"伊娃说道，凯特琳发现她脸上浮现出暖暖的粉红色。

凯特琳准备把手机放回手包里，但没忍住看了看有没有李发来的短信。一想到温柔热切、不会对人评头论足的李，凯特琳不由得打了个哆嗦，不过这跟店里冰凉的空调冷气可没什么关系。

星期六早上李打来过电话，问了问是否一切安好，凯特琳担心自己解释太多，有言多必失的可能。她只睡了差不多一个小时，所以语无伦次地说了一大堆。但是李好像并没有因此不高兴，反倒是深表同情，然后发来三个悲伤脸表情包，告诉凯特琳如果需要帮忙就通知他，毕竟他的同伴丹尼是个电工——他认识可以帮她解决问题的人。

看见了吗帕特里克？她心想，我能自己处理好。

凯特琳的手机在她手里震动了一下，她脉搏抽动，会不会是李？

然而并不是他，是帕特里克：你跟乔安妮说清楚要请多久的假了吗？别回去之后发现工作丢了。

“天呐，简直了！”凯特琳大声说道。

“怎么了？”伊娃的目光闪向旁边的小孩身上，乔尔正在全神贯注地跟南希讲一根巧克力该怎么分，没在听她们说话。

她们坐得太近，凯特琳没法再糊弄过去了。

“帕特里克在确认我有没有被炒鱿鱼。”凯特琳的烦躁积聚着疲惫和约会过后的愉悦喷薄而出，“他一直都是这个样子？”

“什么样子？”

“面面俱到的控制强迫症。他一定要亲自下达具体指示，否则他永远不相信别人能做成一件事。”

“我觉得他可能有点完美主义。”

凯特琳听到伊娃的轻描淡写，笑了笑。“不止吧，那他小时候是那种有很复杂的乐高积木还不准别人碰的小男孩吗？”

“他还真有一个火车套装，很大一个，放在客房里。”

“完全是预料之中的事。”凯特琳说道。一圈又一圈，帕特里克全程掌管火车在轨道上转弯和乘客上下车。

伊娃继续说道：“其实可能我们家里人本来就是这样的，我和帕特里克一直都有写清单的习惯。我们的爸爸是个医生，他喜欢按部就班。我们的妈妈也很爱做计划——连圣诞树我们都会画示意图。”

“画什么？”凯特琳不再摆弄手机。

“圣诞树的示意图，我妈妈会想好树上的装饰品挂在哪儿最好看——你懂的。我前几天看米克的日记才想来的，他说他觉得很可笑。”伊娃的脸上浮现出一个模棱两可的表情，“挺有意思的，你从别人的眼中看待一些事物，往往感觉会不一样。”

“圣诞树的示意图。”凯特琳深受震动，“那就是控制欲了。”

“嗯……我觉得我爸爸去世之后，我妈妈感觉能从秩序里找到一点安慰吧。我希望一切都保持原样，帕迪也一样，他照顾别人是想证明自己有多在乎。你知道的，他很关心所有人。”伊娃微微一笑，“他本意是好的，虽然他有点专横。”

“还有圣诞树示意图这种事。”凯特琳说。难怪以前乔尔和南希朝着他们的圣诞树乱扔挂件，以及她硬要把自制装饰品拿出来的时候，帕特里克会是那副头皮发麻的样子。

“所以……”凯特琳开了个头，希望伊娃能爆出帕特里克童年时期更多不为人知的疯狂事迹，然而伊娃显然是想将对话转至另一个方向。

“跟我说说。”她说，“房子那边近况如何？”

南希用吸管吸最后一口热巧克力时，传来一阵声响，然后乔尔把鼻涕吸回鼻子里又来了一声噪音。他们已经在店里待了差不多半个小时了，快要逼近他们乖乖坐着的最长时限了。凯特琳自动开启“孩子们一分钟后开始捣蛋”的倒计时，默默开始收拾他们的东西。“保险公司下周会派一个查勘员过去。”她说，“帕特里克打算腾出时间去见他，然后找一些建筑工人过去。”

“他从纽卡斯尔过去吗？你不去吗？”

“看样子是没这个必要了。”凯特琳把南希的帽子推到她面前，然后做了一下戴帽子的动作。很好，她现在也要靠比画动作来表达了。“你是不是说那边有一个舞台，伊娃？我们过去看看吧，南希？”

“但那是你的房子呀。”伊娃皱起眉头，“不是吗？”

“对，确实是我的房子，但是帕特里克觉得如果建筑工人看见我是个女人，他们肯定会宰我。而且我也不知道该问什么问题。”

伊娃一副若有所思的样子，凯特琳估摸着她是在纠结凯特琳作为房主和女人应当有自己的权利，可另一方面她的弟弟却又能够妥善解决一切问题。

“这样反倒容易些，伊娃。”凯特琳轻声说，“我跟他说了我想帮忙，但他不让。说了无数次之后你只会觉得自己有点没用。”

“噢，我敢肯定帕特里克只是不希望你压力太大。家里被水淹了肯定很让人难受，而且你手头又在忙着……”

乔尔穿上外套，凯特琳一把抓住险些被衣服扫落在地的玻璃杯，伊娃一脸惊讶。“你怎么做到的？就跟你后脑勺长了眼睛了似的。”

“你是指什么？带孩子吗？熟能生巧吧。”凯特琳严肃地喊道，“乔尔！咳嗽的时候要捂住嘴。”

“不好意思。”他模仿肺结核病人冲着手掌心咳了两下。隔壁桌的老两口见状把椅子挪得无比远。

“我们吃完了吗？”伊娃的声音洪亮，语气欢快，“如果你们出去了，我就……”这次换成是她的手机响了，当她从包里拿出手机，凯特琳看见她瞬间换了表情。“噢，简直……”

那一刻伊娃闪现出一种不太一样、不那么淡定的样子。凯特琳看见她翻了一个白眼，在她的沉着冷静之下，隐约有一丝不耐烦与冷酷。

“我们去舞台那边！我们去舞台那边！”乔尔高声唱道。

“消停一点，乔尔，你有什么问题吗？”

伊娃很不自在，最后屈服于她内心的恼怒。

“噢，是帕特里克，两个他的未接电话，一条他的短信，叫我提醒你别忘了给你的老板打个电话，还叫我检查一下我家房子的保险。”她顿了顿，“说得就好像我会忘记买了似的。”

“你都这么大个人了。”凯特琳略带讽刺地说道。

“我可是他姐。”伊娃“啧啧啧”了几声，说，“小的时候我还会专门为这小子多带些吃晚饭的钱，就怕他忘了。”

她们俩双双翻了个白眼。尽管伊娃完全不属于凯特琳朋友那一票人，但凯特琳却突然想要跟伊娃站到同一阵线上。在瑰丽之家的时候，伊娃给人的印象就像是独守房子的人妇，热情周到，但却只是那么多照片里那个男人的配角。现在在咖啡店里，凯特琳却莫名把伊娃看作是个老板。她没想到伊娃还会有恼怒大姐头的一面，着实让人哭笑不得。“他没有指示让乔尔干什么吗？”她问道。

“貌似没有，我要问一下他吗？”伊娃举起手机，“问他要不要让乔尔洗洗手？背一背乘法口诀表？”

“你就告诉他乔尔感冒了，随时随地都在打喷嚏。”凯特琳说，“要是你很想了解该如何正确咳嗽你就问他。”

伊娃默默地用手遮住嘴，免得孩子们看见她大笑的反应。凯特琳突然在她的眼睛里看到了南希的影子，那种淘气之后的愧疚。

她也说不清这种感觉是冷是热。

安娜的建议

“要不我们出去走走吧？”伊娃不得不抬高音量，盖过乔尔在门厅里大唱《分道扬镳》[1]的声音。木头楼梯上传来一阵“砰砰砰”的声响，想必他是在伴着歌曲即兴跳踢踏舞。他也没那么像弗雷德·阿斯泰尔[2]。“你觉得如何呀？呼吸呼吸新鲜空气？”

伊娃和南希还有两只巴哥都待在书房里，远远地听着乔尔的歌声。准确地说，伊娃正在查看邮件，亚力克斯发来了不少问题，而南希则在画蜂蜂，它正趴在南希椅子边上呼呼大睡。不过几个小时的时间——凯特琳去布里斯托跟帕特里克解决建筑工人的问题了——但伊娃还是感觉很荣幸，因为是凯特琳找她帮忙照看一下两个孩子，而不是帕特里克。这是一种信任的表现，她心存感激。

“南希？”伊娃叫着她，“你更想继续待在家里吗？”

坐在书桌另一头的南希被水彩笔团团围住，她抬起头，又立马低下头。她不想没礼貌，但显然也不想说话。

伊娃觉得自己在犯傻。直到刚才，她们一直都愉快地保持着沉默，除了乔尔唱了两三下才找回调子时，会偶尔偷瞄她们一眼。然而此时此刻，沉默活像是个第三者。

伊娃提醒自己，她小时候也不爱说话，最后她不也好好的吗？但即便她这么想，她脑子里还是有一个小小的声音提示着她事出有因：

---

① 美国音乐喜剧《一舞倾情》中的爵士乐曲。

② 美国著名舞蹈演员，极其擅长踢踏舞表演，《一舞倾情》中的男主演。

因为没人跟她聊天。南希也是一样的情况吗？伊娃本不愿去想这些事，可是她越是跟南希相处得久，这个惹人怜爱的小女孩就越是往她心里钻，伊娃也就越常回想起她自己内心深处复杂的自说自话。她真心希望南希的情况与她不同。

伊娃凝视着南希，她低垂着小脑袋，如天使般细软的头发挡住了她的脸蛋。伊娃很好奇她的声音会是什么样子。

“土豆！”乔尔大喊。

“马铃薯！”他用美国口音又喊了一次。

“番茄！”他用自己的本音高声咆哮。

“西红柿！”美国版的乔尔在一阵弹跳声中又来了一句嚎叫，“我们分道扬镳吧！”

伊娃看见了南希正在画的画，心生一计，改变了策略。

“蜂蜂，你想做点什么呢？”她注视着巴哥，“去公园咖啡厅喝一杯热巧克力？还是去书店看一本书？但是你要保证你的皱纹不会沾上热巧克力，因为真的太难弄干净了，而且不准咬书。”

南希咯咯笑起来，然后在纸上迅速画了几笔。

“南希？你知道蜂蜂想干什么吗？”伊娃问道。没有凯特琳在一旁想方设法要听见她说一句话，也没有乔尔帮她回答，这样跟南希搭话容易了不少。不过哪怕是碰上了听话的小孩，伊娃也永远都不知道该聊些什么。所以跟南希安安静静待着也没什么坏处。

南希没有回答，但是伊娃看见她开始画画。圆得像气球似的巴哥被一个穿着红裙子的小女孩牵着，那是南希。接着她又慢慢地添上了更多的小人像，有个女人顶着一头黑色大波浪，然后是一个小男孩，然后……又来了一个女人，长着……棕色的短发。所有人都手牵着手。

伊娃感觉有点哽咽。

南希试探性地抬头看了看她，然后又低头看着画，仿佛是想确认伊娃明不明白画里的意思。

“你想去公园吗？”她说着，声音有些沙哑，“说不定你的斑点狗朋友也在那儿。南希，蜂蜂告诉过你它在公园里有朋友吗？”

南希摇了摇头，虽然她双唇紧闭，但她的眼角却浮现出一抹微笑。

伊娃往前一倾，把蜂蜂举起来放到腿上，好让它望见桌子那边的南希。它粉色的舌头懒懒地垂在外面。

“蜂蜂和蜜蜜有很多朋友。有一只叫彭哥的斑点狗，一只叫嗡嗡的小灰狗，还有一只非常聪明的狗狗，叫作阿宝——简直太多朋友啦。”

南希依旧没有反应。伊娃怀疑是不是自己的说话方式对于一个四岁的孩子来说太幼稚了，她不懂的东西太多了。

“然后……”伊娃继续说道，“它们互相闻一闻就是一场特别棒的对话，它们也靠闻一闻对方……来留下一些信息。”她本来想说闻一闻对方的尿，但又觉得不大合适。

伊娃还没来得及想出一个更好的法子来解释狗通过撒尿传达信息，南希就已经推开桌子，从椅子上跳下来，然后跑到伊娃这边，环抱住巴哥，身子靠在伊娃身上，她的脑袋贴在蜂蜂的皱纹上。

南希柔软而温暖的小身躯融化了伊娃的心，但与此同时，一种空虚的感觉也悄然开启，仿佛她的心被掏空了，而取而代之的是渴望与憧憬。她往前一靠，呼吸着南希头发散发出来的温和的爽身粉香味。

他们三个保持着这个姿势直到门厅里的歌声与踢踏声停歇下来。南希走到门边，向姑姑伸出一只手，心形的小脸上绽放出一个大大的微笑，伊娃霎时间感觉内心里的空洞被某种闪亮而鲜活的东西填满了。

回到布里斯托，建筑工人已经在凯特琳潮湿的房子里走了个遍，一会儿用他的手指探一探湿淋淋的墙壁，一会儿又闻一闻湿漉漉的空气，一会儿又无奈地叹两口气。此刻在一片狼藉的厨房里，他停下了脚步，双手叉在腰上，眼睛凝望着天花板，下嘴唇扣住上嘴唇，这表明他马上就要下结论了。

凯特琳想要对上帕特里克的目光，她知道接下来会发生什么：这个建筑工人会猛吸一口气，然后问他们这栋房子上一次修缮工作是哪儿找来的奸商做的。他们从前打算扩大一下厨房，于是先后找了三个建筑工人来瞧——在凯特琳认识的人里面，只有帕特里克会连找三次不罢休，而不是头一遭就认栽——这三个人最后都是以叉腰、吸气、问奸商收场。这成了他们反复提起的笑料，他们家任何修补工作居然都会招致一样的反应，有时候来的人还会五大三粗地提一提裤子。

不过这是很久很久以前的事了，不是现在。

帕特里克没有侧过头。他知道凯特琳想看他的眼睛，但他的表情却一直保持冷漠，因为凯特琳迟了半个小时才到家。

“你没回我短信。”凯特琳刚到帕特里克就低声斥责，一旁的建筑工人在跟保险公司派来的人交流细节。“你至少可以告诉我你不能按时到达，而且你没有遇上交通事故。”

“哪条短信？”凯特琳努力压低声音，“你发了那么多！我刚才在开车。”

帕特里克瞪了她一眼，那副阴暗又失望的表情让她感觉既不爽，又愧疚。“你知道我在说什么。”

“我现在已经在这儿了啊，堵车堵得太厉害了。你以前总是叫我不要一边开车一边发短信。”

帕特里克的手机此时响了起来，凯特琳得以喘口气。很明显又是工作上的事，跟以往一样。他看了看手机，一脸嫌恶，然后把手机塞回了后裤兜里，说：“我觉得我怎么想的再也不重要了，但是我很担心。我帮不上忙，我很担心啊，凯特琳。”

“为什么？你是暗指我不能靠自己照顾好孩子们吗？”

帕特里克看着她，一言不发。凯特琳“咚咚咚”走进破败不堪的厨房，保险公司的人跟建筑工人站在一起，等着她和帕特里克解决完家务事，过来跟他们一起开始查勘。

“所以，结论是什么？”凯特琳问道。好歹要在这人开始劈头盖脸一顿说之前先插一个问题。如伊娃所言，这是她的房子，她于情于理都该承担起责任。

建筑工人扯下来一片剥落的墙纸，足有三层那么厚，紧接着一大块石膏也跟着掉落在地。凯特琳心里一沉。

“有老鼠？”她问道，想要缓和一下气氛。

“不是，是被水泡过的结果。”保险公司的人耐心地说道。

建筑工人好歹还做了个被逗乐的表情。“楼上看起来没有那么糟糕。”他说。凯特琳一听松了一口气，结果分分钟又倒吸一口冷气，因为那人补充道："但是你需要把这里的天花板弄干，然后重新涂一遍灰泥。再者，你的电路进水了，要全部好好重搭一遍。"

"需要多长时间？"帕特里克插话进来。

建筑工人咬着牙吸了口气——终于！——但凯特琳没那个精力去看帕特里克有没有看见。"这得看我们什么时候可以开工，还有就是我能找多少人过来。"

"简单点儿呢？"帕特里克坚持道，"孩子得回来准备开学返校。"

"安全最要紧。"凯特琳打断道，不想被撂在一边，"不用担心装修什么的，我可不希望他们被电死。"

保险公司那个人的眉毛直接扬进了头发帘里。

建筑工人又吸了口气。"十天？要是我们有除潮机和……"

"很好，就十天，你能行吗？"帕特里克转向凯特琳。

他这种商业谈判式的口吻让凯特琳突然有些难过，而不是生气。"可以啊。"她说，"只要十天过后我们能回到这儿来住就行。"

"行吧。史蒂文，你能再跟我过一遍索赔的程序吗？"他转向保险公司的人，然后就开始讨论起各种表格，跟领导碰头一样激情澎湃。

凯特琳慢悠悠走进门厅。南希的自行车还靠在墙上，挂在手把上的流苏摇摇摆摆，凯特琳骤然陷入一种苦痛的渴望，她多希望时间能倒流回一年前，南希仍旧滔滔不绝，帕特里克仍旧喜欢她，乔尔仍旧是她的阳光开心果，而她仍旧能单纯地深爱他们所有人。可这一切是怎么就都无影无踪了呢？

凯特琳闭上双眼，她感觉今天的帕特里克有些奇怪。她已经忘了帕特里克可以前一秒还英俊潇洒，后一秒就因为她常常做傻事而瞬间变得眼神冷漠，帅气也随之荡然无存。

她拿出手机想看看孩子们是否安好。她不想像帕特里克一样连珠炮似的询问，免得伊娃觉得自己没用，但是南希始终不说话还是让凯特琳倍感压力。她已经告诉过乔尔要时不时地问南希想不想上厕所，而且也给她带上了一条特制的身份项链，可是凯特琳还是会做噩梦，梦见南希走丢。再者，她不知道一旦情况不对劲，伊娃会作何反应。

令她宽慰是，手机上没有未读短信。

她正准备问候一下伊娃，手还在打字的时候，弹出一条李发来的短信：半天工作刚结束，估计你没空一起去喝一杯吧？

凯特琳的脸唰一下红了，一阵温热悄然扫遍她全身。

我有。她心想，我有空跟你去喝一杯，这样就能驱散今天的不快了。

可以！她开始打字。不过得快点，我要回去跟孩子们吃晚饭。

“凯特琳？”帕特里克咳嗽道，“你能不能再给史蒂文讲一遍事故的经过？”

“当然可以。”她把手机放回后裤兜里，外婆会允许她重拾自己的生活的，这是琼的原话，她就在这间厨房里说的，还说过好多次。只不过她没有想到，凯特琳会需要翻来覆去地“重拾生活”。

“有几本书里的姑姑阿姨之类的角色我很喜欢，你变成了哪一种？马奇姑姑[①]？爱姆婶婶[②]？还是伍德豪斯[③]笔下那种疯狂老阿姨啊？”

书店柜台的另一边，安娜用手肘撑着桌子，一脸“阴险”。

“把‘老’字去掉，谢谢。”伊娃说，“不然我就把我带来的两个小顾客带走。”

南希坐在儿童读物区的一个蘑菇凳上，旁边是蜂蜂和蜜蜜，她小心翼翼地朝着窗外吹泡泡，蜜蜜伸着爪子乱拍。乔尔在电视电影读物区翻看有关西区剧院的书。

“肯定进展得很顺利。”安娜点评道，“毕竟有你独掌大权。”

“六点钟以后就不是了，凯特琳答应了要回来吃晚饭，然后过夜。我只需要让他们在六点之前都开开心心，生龙活虎的就行。”伊娃双手环握住安娜给她的茶杯，她感觉内心里很温暖。虽说她也很累——早上六点，乔尔发现了一个不知是哪年哪月哪个派对朋友留下的老猎号，于是伊娃被吵醒了——但她真的感觉很温暖。

---

① 美国小说《小妇人》里的角色。

② 美国童话故事《绿野仙踪》里的角色。

③ 佩勒姆·格伦维尔·伍德豪斯，英国幽默小说家。

“凯特琳不想让他们看到屋子里一团乱的场景。”伊娃补充道，“帕特里克也会去，我估计情况不大理想……于是我成了这儿的负责人。”

“他们没有打架，也没有狂喝利宾纳[①]。相信我，你做得特别好。”

“谢谢。”伊娃笑着说道，“凯特琳告诉我要每时每刻都找点事干，别让他们腻烦了。到现在来看还挺有用的。”

“跟别人同住感觉如何？”安娜勾起一只眉毛。

“还行吧，不是还行——其实挺好的。”伊娃的话让自己都为之一惊，“的确，我得适应一下随时都可能被人吵醒，我也不得不时而躲进书房里逃避乔尔——十岁小孩儿怎么有问不完的问题啊？真的，一个接着一个——但是晚上家里有人感觉真的很好。凯特琳不是我记忆中的那个样子，我本来总觉着她对帕特里克会……脾气更暴躁，但是她貌似对什么事都还挺能忍的。真的，可以说很‘佛系’了。”

伊娃本来是怎么以为的呢？一个穿条纹裤袜的暴脾气大小姐？一个哭哭啼啼的弃妇？还是他们古怪婚礼上那个活力十足、醉意翩跹的新娘？如今的凯特琳不满足其中任何一个形象：她更像是伊娃以前公司里的实习生——比外表看起来更聪明，但没有衣着显得那样自信。

“她有提到为什么和帕特里克分开了吗？”安娜问道。

“没有，他们的交流比以前还要多。帕特里克随时都在给凯特琳打电话，提醒这，提醒那，他还叫我提醒凯特琳要干什么。他接着又提醒我做一些我早就做好的事，其实挺烦人的，他以前不是这样的。”

“也许他是觉得你也需要人关心照顾吧？”

伊娃摇了摇头，假装难过的样子。“你好好想想，我以前住在伦敦，一周要飞三次。”

此刻在电影娱乐读物区，乔尔正在给一个老年人详尽地阐释踢踏舞的各种细节，那个老人拿着一本讲弗雷德·阿斯泰尔的书，脸上写满了茫然。伊娃在心里记了个备忘——五分钟之内就把乔尔带走。

“所以……”伊娃举起手说，“一切貌似都还……不错。”

“那就好。”安娜亲切地拍了拍伊娃的手臂，“我就知道会进展

---

① 一种黑加仑果汁。

得很顺利。”她说，“人们走进你的生活必然是有原因的，乔尔和南希……他们是来提醒你，你是一个大家庭的一员，而且说不定……”

“说不定什么？”伊娃说。

“说不定他们也是来帮助你决定下一段人生将要何去何从。”

“什么意思？”

“你懂的。”安娜意味深长地看着她，“你自己的家庭，你有没有再想一想……我们之前聊过的话题？”

蜂蜂嘟囔了几声，伊娃的注意力转向了儿童专区。南希趴在蜂蜂耳边，不知道在沟通什么，然后坐回去，重新拿起了肥皂泡瓶子。伊娃的心弦像是被什么东西触动了似的。“已经太迟了。”这话既是在对安娜说，也是在告诫她自己。

“你就这么确定？”

“我只是实事求是。”伊娃的目光久久无法从南希身上挪开，她是那么轻柔地拿着那个泡泡圈，“我下周就四十五岁了，我现在也不会去见什么人。我的卵子多半都成灰了吧。”

“你不必去见谁，你干吗不去做个体检呢？然后你不就知道了。”

伊娃转过头，只见安娜一脸严肃。

“我上次跟你见面之后就一直在想这件事——真的唤起了我很多回忆。你一谈到孩子的问题，就感觉你好像需要谁的允许，那你干吗不问问你自己的身体呢？难道会有什么损失不成？要是太晚了，你就可以接受这件事是你力所不能及的，要是还不晚……”安娜耸耸肩，“你会成为一个非常棒的妈妈，你会应对得很好。”

“我觉得我不属于能早起的人了。”伊娃说道，然而事实是，这几天家里充斥着孩子们的欢声笑语，伊娃突然间不知道她自己还在不在意早起这件事。看着凯特琳监督两个孩子马马虎虎地刷牙，或是坐在南希床边给她读故事，伊娃的心里像是有什么东西啪嗒一声打开了。她突然强烈地意识到某些体验就快要从她的指间流逝了，那是一些她直到此刻才知道真正存在的体验。一扇大门正在迅速关闭，但是兴许还有时间，只要她奋力地挤过去，只要她在今时今日、此时此刻，在接下来的72个小时以内下定决心。要么就将她的余生翻入一个崭新的篇章，要么就永永远远地丧失这个机会。

这样的想法拂逆着伊娃体内的每一丝理性直觉。

“但我是单身啊！”那些理性直觉替她说着话，“别人会以为我是我孩子的外婆，然后……”伊娃的声音渐弱，她看见南希正望着她，然后对着她吹了一连串肥皂泡。南希挥了挥手，伊娃脑海里浮现出一个小孩在敲打她心房的样子，他是那么渴望有人听见他的存在。

我没法置之不理。她心想，我不能弃之不顾。

“不要因为有些事没有像你想象的那样进行，就排除它发生的可能。”安娜说，“生活不可能事事都如你所料，它不会管你有没有计划。你有钱，有时间，有健康的身体——你比大多数人有更优渥的条件。而且还有人支持着你，这么多人都希望你能过得开心。”

安娜投来一个微笑。面对眼下的几个选项，伊娃突然茫然失措。如今米克走了，她才发现他们从前的生活都是绕着米克的选择在转：他们几点起床、他们吃什么、他们要跟谁碰面。她从不在意，因为反正米克想要的就是她想要的，然而现在，整个世界就如同儿童区墙上的那张魔法王国地图在她面前铺展开来：一切选项都由她定夺，之后的道路螺旋似的延伸到远方。但无论抉择如何，她都将被带离如今所处的境地。

“噢，快行动起来吧。”安娜说，“别再管怎么才能尽善尽美，什么才是有可能的。就算为时已晚，你还有这两个小不点可以肆意宠爱啊。”她摆胯撞了一下伊娃，然后往南希那边走去。

“噢，南希！”她大喊，“你找到我们的魔法泡泡了！你知道它的秘密是什么吗？”

被一个不熟悉的大人问了个直截了当的问题，南希的头立马垂了下去，伊娃不假思索地蹲下来给予她支持。

她的膝盖一声弹响，她也没有理会。

“蜂蜂知道这个秘密吗？”她问道，“你能不能悄悄告诉它？然后它就可以悄悄告诉安娜了。”

南希摇了摇头，仍旧紧握着泡泡小瓶子。伊娃抬手抚着她的背，让她安心，南希的小脑袋沉重得像是压弯了枝干的花朵，她缓缓抬起头，直到能瞄见安娜。

安娜也蹲了下来，她在小孩身边很放得开，膝盖也年轻很多。“秘密就是……你可以把你的愿望吹进泡泡里！要我展示一下给你看吗？”

南希犹豫了，她看着伊娃寻求慰藉。伊娃鼓励地点点头，于是南希便把泡泡瓶递给了安娜。

“谢谢你！”安娜用小魔棒沾了沾水，一脸神秘兮兮的样子，“你许一个愿望，然后轻轻地吹进泡泡里，你的愿望就沾上了魔法，然后慢慢地让泡泡飘走……就是这样！”一连串亮晶晶的肥皂泡飘在空中。

南希看着这美好的画面，不由得睁大了眼睛，然后甜甜地笑了。伊娃屏住呼吸，以为她会开口说话。然而还是没有，不过她咧嘴微笑的样子让伊娃的心如同一个魔法泡泡般膨胀，飘飞，旋转。

这表明了南希信任她这个大人。她是她的姑姑，她会保护好她，而且她们刚才共享了独特的一刻：她们都相信这个瞬间充满了魔力。

“你要试一试吗，南希？”她问道。

“快试试。”安娜说，“把你的愿望放进泡泡里。”

南希小心翼翼地吹了一个大大的泡泡，她们三个一起望着这个泡泡飘向书架，直到破掉。南希神情严肃，伊娃感觉她的眼睛里没了笑意，反倒显得很忧伤。

她许了什么愿？爸爸妈妈重归于好？快点回家？一切回到正轨？

伊娃把手放在南希的头上，希望能像拔蜜蜜爪子上的刺一样，抽出她心里的忧伤。

“你想把这个带回家吗？”安娜一本正经地把泡泡瓶递给南希，然后给伊娃抛了个媚眼，“应该还有多的，可以送给伊娃姑姑，她要练习一下许生日愿望。”

在那家有台球桌的酒吧里，凯特琳合上双眼，让清凉的苹果酒沿着她的喉咙滑下。“正合我意。”她叹息道。

“你都快喝完了。”李说，“你真不能留下来喝完一整瓶？有什么好东西是只有半截的啊？”

他们的桌子在角落里。凯特琳刚到的时候，李就亲了她的脸颊，他们坐得也很近，近到膝盖都能互相扫到，然而更加热烈的亲吻却如幽灵般悬在他们之间，就像有第三个人横在中间一样触手可及。

“不行，我马上就得走。”凯特琳看了看手表。跟李在一起的时光总是转瞬即逝，不像跟帕特里克那样相处的每一分钟都是煎熬。“我说了我六点钟就要回去，免得伊娃做饭做得心慌。其实她到现在都还没给我打过电话，我还挺吃惊的。”

“听起来她进展得挺顺的。”李咧嘴笑了，“干吗不再待会儿？今晚我们要在城里表演——我可以给你一张贵宾通行证。”

“还挺有诱惑力的。”

“那就别再抵御诱惑了。”

“不行，我得走了。”凯特琳很想留下，可是这次她需要回家确保孩子们真的很好，“这就当是我今天的额外奖励吧，我真希望能多待一会儿。”

“我也希望。”李看着她的双眼，他们之间的吸引力让她打了个哆嗦，“你下次什么时候回来？”

“乔尔和南希十天之后就要返校了，所以那周的周末才能回来。”她说，“不过……”她突然灵光一闪，“在那之前我就要先回来一趟，签一些施工验收的单子，帕特里克会和孩子们待在一起，所以……”

孩子们跟帕特里克在一起是安全的。同时，她无须跟任何人报备行踪。她可以想在外面待多久就待多久，想跟谁在一起就跟谁在一起。“星期五？我要去家里看一下，但是我们可以一起吃午饭，然后……”

她的声音减弱，李的眼里闪烁着暧昧的光亮，凯特琳怦然心动。

“然后……”李提示道。他总算是勾起了凯特琳的手指，一丝电流蹿上她的手。

凯特琳毕业以后就再没有过这种飘然若仙的感觉。血液冲上她的脑子，然后奔涌向她的全身各处。

“那天是星期五。”她的嘴角扬起一抹魅惑的微笑，“谁知道呢？”

出版风波

“感觉我们像是在餐厅里，结果……我们是在火车上！”

乔尔朝着白色纸巾和银质餐具伸出魔爪，然后拿起一个杯子，放在摊开的手掌上。坐在他身边的凯特琳挣扎着不去一把抓过杯子，免得它一不小心飞向那几个安静地吃着英式早餐的商人。

“放——下——”她低声怒喝。

“没错，这是一节餐车，两样都占齐了。”伊娃瞥着菜单。她显然不是第一次吃一等软座的早餐了，不过对凯特琳、乔尔和南希来说却是一次前所未有的经历。“你们打算点什么？”

“我可以吃不同花样的鸡蛋吗？”乔尔惊奇地说道，“比如说……炒鸡蛋、煎鸡蛋和煮鸡蛋？”

“当然啦，只要你礼貌地告诉服务员就行。”伊娃甩开餐巾纸，然后转向南希，坐在大皮椅上的她看起来比平时还要娇小。让凯特琳吃惊的是，伊娃也甩开了南希的餐巾纸，而且还帮她塞进了T恤领口里。南希害羞地笑着，享受着这场仪式。

“你想吃什么，南希？”伊娃指着菜单，“鸡蛋怎么样？或者麦片呢？”她做出一副愤慨的样子，说：“要不然吃腌鱼？真烦人！蜜蜜最喜欢吃这个了。”

凯特琳看着南希靠过去研究菜单，手指不自觉地绕起了伊娃精致的金项链。几周以前，凯特琳可想不到会有今天这样的场景——伊娃居然如此放松地在跟她的孩子们聊天。倒也不是说她一夜之间就变成了托儿所助理——那天早上她说了好几个又复杂又高级的词，而且每次她跟他们一起趴在地上的时候，都会畏首畏尾或者又奇怪又不好意思地笑。但是凯特琳看得出有一根纽带正在南希和她的姑姑之间形成，而原因在于伊娃跟南希说话的口气，和跟巴哥说话时的一样。

凯特琳看得出来伊娃跟南希聊天时采用了跟巴哥聊天时的叙述方式，语句之间会留出间隔让南希点头、指出或者微笑。一开始凯特琳有些无语，伊娃竟然把她的女儿跟狗放在一个水平，但是慢慢地，她发现不大正确的停顿和傻里傻气的口吻让南希更容易与之交流。伊娃跟成年人说话时有所戒备，而跟巴哥说话时，她的脸却变得柔情似水。她对南希也是一样，她能捕捉到南希表情里的每一处迟疑与荫翳，就好像她看见巴哥扁平的脸对着她无声地说话——而她都能够理解。

换作是一年前，凯特琳知道自己肯定会因为这种神经兮兮的行为偷笑，可是如今她却不会了。言语治疗师警示过她，要想诱导南希在公众场合说话可能会是一场持久战，而九月份小学开学在即，所以能够耐心跟南希交流的每一个成年人，对她来说都弥足珍贵。

“快看我这儿！”乔尔把餐巾纸塞进了帽子里，现在正将其顶在头上努力保持平衡。对面的那个商人怒意十足地猛然打开报纸。

“乔尔，安静点。”凯特琳在心里记了个备忘录，白天要多陪陪乔尔。他变得越来越吵，上次凯特琳带他跟林恩见面的时候，林恩用唇语对她说了句“多动症”——然而当天的乔尔其实已经算是他够“安静”的状态了。

他们现在正在去伦敦的路上，每年复活节林恩都会跟她的外孙们出游。每一次出游都极具教育意义，不只是针对南希和乔尔。凯特琳一整夜没合眼：她在脑子里想着各种可能出岔子的事，构思着该如何说出乔尔差点毁掉外婆的房子，于是她的心止不住地七上八下。除此之外，凯特琳还很担心重游伦敦，南希会作何反应。她已经一遍又一遍地回想过南希不再说话之前的几周时间里发生过的事，她的直觉告诉她，节点就是在他们的圣诞假期。凯特琳总感觉当时或许有什么东西吓到了她。也许把她带回去不是个正确的选择，哪怕这是一次特别的旅行。

服务员再次回来的时候，带来了几壶咖啡和几托盘的食物，乔尔立马狂热地开始大吃鸡蛋。

“伊娃！你跟出版商约的几点啊？”凯特琳一边问，一边开始帮南希把吐司切条。

伊娃在城里也有约，她一身“前往伦敦”的造型，看起来完全变了个人：一条简约却明显价格不菲的铅笔裙，一件厚丝绸衬衫，色泽让她的皮肤光彩照人，还有一条长长的金项链。她突然显得精神集中了很多，吹干之后柔亮的头发，使得她高颧骨上的淡褐色眼眸变得犀利了不少。今天，伊娃出人意料地有了电影明星的妻子和公司大老板的气质，凯特琳心生敬畏。

“我们十一点钟见面。”她说，“出版商想理一遍他们的出书计划、广告等。谢里尔和尤娜都会在那儿，迈克尔的律师罗杰也会去。”她阴郁地笑了笑，“我觉得我不会贡献出什么点子，但谢里尔和尤娜肯定会。”

所以说谢里尔·默里会去，那伊娃这身高规格的打扮也就说得通了。“那你的编辑呢？他会去吗？”

“会，他刚才给我发邮件说他在路上了——他的邮件还挺好笑的。亚力克斯说他不知道该不该告诉谢里尔，他以前上学的时候，卧室墙上贴着一张她的海报。”

“那是多久以前的事啊？”

“久到他必须不能告诉她。”伊娃调侃道。

“好建议。”凯特琳说，“那你还真该去一趟，去给他提这个建议。”

“谢谢。”凯特琳觉察到伊娃的眼角虽然抹了遮瑕，却仍旧看得见一些皱纹，仿佛她昨晚也没睡好，“希望不会耗太长时间，我只想确认他们不会安排什么低级趣味的东西。”

“你完事了就能去逛街了！”凯特琳往后一坐，推了几条吐司给南希。眼瞧着要去伦敦了，她却没表现出来什么恐慌的迹象，但是南希如今很擅长掩藏情绪，这一点很让人心痛。“在乡下待了那么久，你肯定很想念那些服装店吧，毕竟是你以前经常出没的地方。”

“说来也奇怪，其实我以前的工作内容里，衣服是最没意思的。”伊娃随即换了个话题，“所以你要去见你妈妈，然后跟她待在一起。

那我们几点在帕丁顿见啊？五点？你确定这么点时间够吗？”

“够了。”凯特琳说，“他们肯定很期待回去的时候再吃一等软座的晚餐，吃什么都行。真该谢谢你一下。”

火车上的早餐是伊娃请客，他们的一等座车票和来回的出租车也都是伊娃买的单，凯特琳很感激她。每逢节日，钱就会凭空蒸发，虽然她可以叫帕特里克打钱，但他肯定会借机以“制定预算”为主题发表一次演讲，接着就又会扯到房子的事情上去。凯特琳此刻只想把这档子事抛诸脑后，等到她回了布里斯托再看情况如何。

“不用那么客气。”伊娃笑道，“我很开心能跟你们一同出行，能见到你的外婆很棒，不是吗？”她对着乔尔补充道。

乔尔飞快地瞥了凯特琳一眼。“应该是吧。”他说，但语气里却满是不确定。

“会的。”凯特琳说道，但她其实也不大确定。

两小时过后，伊娃谨慎地坐在出版社接待处的沙发上，看着自己在平板玻璃里的倒影。她的塑料通行证歪着吊在她的衣领上，她抬手将其扯正。

通行证上写着：伊娃·奎因太太。她在自嘲地想，是三号迈克尔·奎因太太吧。话说还没见到前两任太太的踪影——空气里没有头发喷雾的气味，远处也没传来飞吻的声音。伊娃怀疑是不是有人协调了她们各自到来的时间，这会不会挺奇怪的，她居然都不知道！难道在跟亡夫的前妻保持联系的时候，还有什么礼节规范？

接待员谦和地微笑道：“汉娜很快就到。”

伊娃随意应了一声“好的”，然后环视起接待处的墙壁，那上面陈列着许多名人自传，封皮光彩照人，一张张熟悉而安详的脸像是透过烫金的文字在向她微笑。九个月之后，米克也会加入他们。他们会选择米克的哪种形象作为封面呢？梳着痞气背头的性感叛逆小年轻？皮肤小麦色、电视剧总是在黄金时段播出的明星？只要不是《面包师巴尼》时期的米克就好。

不是她的米克。是她们的米克。

伊娃顺了顺裙子，这是她在颇特女士网站[①]上买的，这个周末送到的。她不想再重蹈上次来伦敦的覆辙，当时她土气的着装直接表露出她想把自己给封闭起来。今天，她的忧虑全都包裹在了麦丝玛拉[②]下面。伊娃一直都相信穿对的衣服能够让她更好地融入周围的环境，或者起到铠甲一般的作用。她的思绪不由自主地飞回了上次见到谢里尔和尤娜时的场景，她们站在米克的坟墓边上，那是她此生最不真实的一天当中最不真实的一刻。她失去了她的米克，而那些陌生人都来此悼念他们各自心目中的米克。伊娃的目光恍惚地落在一本泰里·沃根[③]的传记上，她心想就是从那时候起，米克开始逐渐离她远去的吧。悼词里提及了很多米克的奇闻轶事，然而故事里的人伊娃却从未见过，那些竟都是米克认识的人。她坐在座位上，忽然有一种梦醒的感觉，感觉往日的细节都已经慢慢变得模糊。

“奎因太太？你好，我是汉娜，特鲁迪的助理。”一个友善的女人不知从哪儿冒了出来，身上穿着一件波点图案的衣服。伊娃估计这人也就二十岁左右。汉娜推开一扇玻璃门，招手示意伊娃过去，然后自己先行一步，踩着一双跟凯特琳一样的布洛克鞋“噔噔噔”地走在前面。这双鞋让伊娃感觉自己是个快一百岁的老女人。

会面的地方是一个四面都是玻璃的房间，都不用等汉娜敲门进去，伊娃就已经看见尤娜在里面谈笑风生了，所有围坐在桌边的人都在点头微笑，如沐春风。

伊娃倏地有点恐慌。罗杰还没到，他承诺过他会来的。不过亚力克斯已经在这儿了，他正在擦拭他的角质框架眼镜。他热情地扬起一只手，伊娃见到他也松了一口气。

然后他又冲尤娜抛了个媚眼，于是伊娃强行挤出一个微笑，跟着汉娜进了房间。

“……我俩真正成功的故事就是开了一些无须预约、随来随做的

---

① 英国奢侈品电商。

② 意大利服装品牌。

③ 英国著名主持人。

美发店，客人们可以在晚上出去聚会以前好好来美化一下自己。这里面最最成功的地方就是我得给他们剪头发……”尤娜的双手在她那标志性的短发周围挥舞，手上的钻戒在办公室的灯光下闪闪发亮。伊娃不得不承认这一幕看起来很美，尤娜至少得有六十五岁了，不过外表根本没那么显老。

“伊娃！”一个伊娃不认识的女人跳了起来，“我们还没见过面，我是特鲁迪·黑斯廷斯，米克的日记由我负责。很感谢你能来！你认识尤娜了，还有亚力克斯……”

“你好呀，亲爱的。”尤娜说着伸出小而有力的手勾住伊娃的手臂，在她的脸上一边亲了一下，一股鸦片香水混着香烟的味道，“很高兴再见到你。”

伊娃感觉得到她俩的视野之外，其他人都在交换眼色。

“你好，尤娜。”伊娃说，她对尤娜没什么非议可言。能有什么呢？无论尤娜跟米克离不离婚，她最后都会经营起连锁美发沙龙。尤娜在服装和金钱问题上一直很精明，她说不定已经谈好了一个比伊娃和谢里尔更高的版税率。

这就是米克选择的第一个女人。伊娃心想，我的丈夫脑海里最初的人生蓝图就是这样的。除了都跟米克结过婚，我和她究竟还有什么共同点？

伊娃心底本已经找理由排解掉的疑惑又慢慢地卷土重来了。她一点一点地愈发紧张起来。

“苏菲是我们的营销总监，布里欧尼是我们的广告总监……”特鲁迪挨个点名，伊娃想象着挨个在他们胸口别上姓名牌，就像益智节目里那样。这像是以前工作的老套路了，广告、营销……伊娃感觉不怎么好。

“你肯定已经认识亚力克斯了……”

“你好！”亚力克斯从座位上站起来，绕到她跟前轻轻啄了一下她的脸。伊娃有点惊吓，不过感觉还好。“你今天好美，你待会儿还有别的约会吗？”

“没有，我……”伊娃刚开口，然后发觉他是在调侃，“也可能会有。”

她改口道，“不过你得让你的咖啡离我远一点。”

“汉娜，你可以再去接待处看看吗？”特鲁迪看了一眼手表，“谢里尔的助理打电话说她得迟到一会儿。”她解释道，“她要从希思罗机场赶过来。”

“我一点钟之前就得走。”尤娜拿笔敲了敲桌子，“我要去克勒肯维尔[①]参加一个产品发布会——我们推出了一款可同时进行多个任务的电夹板。”她补充说，“叫作‘优纳’。”

大家都礼貌地笑了笑。一个助理伸手想拿一块酥饼来吃，结果感受到了房间里安静的目光，于是缩回了手。

所有人礼貌地等了二十分钟，还是不见谢里尔的踪影。尤娜坚持说要现在开会，于是特鲁迪只好开始。

“好吧，我先给你们梳理一遍今年推出奎因名人传记的初始计划。”她微微一笑，一种不祥的预感穿过她的头皮。重点是名人？而不是影视？或者艺术？

她瞄向亚力克斯，只见他面无表情，一副老练的姿态。

“那接下来由布里欧尼讲一下，她已经敲定了一些计划……”

“嗨，各位！”布里欧尼举起手示意大家，手链“叮叮当当”地从手腕滑下，“众所周知，大家都很爱迈克尔·奎因。我妈妈第一个为之心动的人就是他，我的孩子们也是听着他的声音长大的，所有人都以为自己很熟知这位国宝级演员，但是！”她两眼放光，“这些日记会展示他不为人知的一面，所有人都很想读到这一面，而在座的各位就是我们的秘密武器！”

伊娃报以微笑，尽管她内心已经开始抽离。“你说‘不为人知’……是什么意思？他的幽默？他的看法？——我指的是影视剧这方面。”

布里欧尼停止了照本宣科。“没错！呃，算是吧……”

那就是“不是”的意思。

“你让布里欧尼继续解释，我敢肯定她会让你很放心的。”特鲁迪飞快地说道。

---

① 伦敦中北部的一个区。

又一个“不是”。伊娃开口，却不知该如何表达她的抗议，只得让布里欧尼接着说下去。

“我们分成各个部分来说——尤娜，我们认为，聚焦你们很久以前创造的二十世纪七十年代流行风尚会最有震撼力。我正在想那张你穿着羊皮马甲，米克穿着牛仔裤的美照——简单来说，就是我们想要那种照片。”

尤娜点点头，她自己的广告里就经常挖掘这方面的东西。“那我们就得谈谈照片的版权问题了，对吧？其实我看了米克傻里傻气的日记，还挺受启发的，我前些天在抽屉里找到了一大盒老照片，都是我们在第一栋房子里留下来的……”

布里欧尼猛地一拍手。“赞！太棒了！”

特鲁迪安抚地朝伊娃笑了笑，亚力克斯没有抬头。

“谢里尔当然就代表着洛杉矶岁月了。我在跟她的公关人员合作，要保证在重点脱口秀节目播出的时间段插播广告，比如《大话女人》《格雷厄姆诺顿秀》等。她很乐意谈论名气对于他们婚姻的影响，因为这个话题在日记里被反复提到。我觉得肯定会特别刺激，特别兴奋。”

刺激又兴奋，那换句话说，就是糜烂又污秽。伊娃不敢接近她脑海中的画面，那不是她的米克，不是她的男人。

显然让她不舒服的事接踵而至——布里欧尼转向了她。“最后是伊娃，你们那段日记的主题是幸福的退休生活，甚至可以聚焦在下一代的问题上，也就是‘爷爷’时光。”

这个词来得猝不及防，直戳伊娃的神经。

“什么？他根本没有孙子。”还是说他有？伊娃看向尤娜，她正漠不关心地玩着手机。“我觉得，呃，泰森……”

“泰森近期内是不会有孩子的。”尤娜接过话茬，“你懂我的意思吧。”

“我是象征性地说这个事。”布里欧尼说道，“我指的是所有那些看过《面包师巴尼》的孩子们——迈克尔简直算是个干爷爷！然后整个故事就圆满结束了。”

“没错，其实我觉得很多人会对这个时期感兴趣。”特鲁迪插话进来，“一部分读者只知道迈克尔·奎因以前玩世不恭，于是很好奇他退休之后是什么样子。还有一部分读者只知道他为《面包师巴尼》配过音，于是很好奇他疯狂的早期形象。堪称完美！”

“你让他听起来像是两个不同的人。”伊娃觉得自己的语气很是坚冷。

“这个嘛，从某种层面上来讲，他就是这样的，不是吗？”

伊娃环视整个房间，所有人都看着她的反应，等着她也抖出一些奇闻轶事。尤娜已经很老练了，谈谈剧场、故乡、发廊。谢里尔多半会有个助理替她查看公关表格，决定一下这次要曝光洛杉矶的哪些故事。然而伊娃感觉他们的回忆太过珍贵，不能像这般随意分享。他们的往事没有多到能有所盈余。这一切让她感觉自己跟米克的七年时光……虚无缥缈。

她看向亚力克斯，他正低头盯着他的日程。他是故意的。伊娃感觉自己被他、被罗杰、被米克、被所有人出卖了，这不是她当初应允的东西。一阵失望在她的胃里发酸。

伊娃刚要开口说话，但又闭上了嘴，她害怕自己会出言不逊。可是她在怕什么？一个声音问她。还有谁需要她来保护呢？

我不想待在这里。她心想，我完全不想同意他们的提议，我也不能同意。

伊娃以前开会从不会提前离场，即便是糟糕透顶的会议，然而此时此刻，她却有强烈的欲望想要离开。换作是米克的话，他会说：“一派胡言，我不干了。”但他毕竟是米克，你是个男人的话，才能像那样粗鲁又无辜地直接走人。伊娃必须做一个好的收尾，不能显得她是在蓄意阻挠或者傲慢无礼，她需要时间再想想。不过此刻她必须离开。

“对不起。”她说，“我很抱歉，但这真不是我之前预想的东西，我需要重新考虑一下我的立场。”

在座的人无不一片惊讶，但伊娃置若罔闻。她推开椅子，走出了房间。

“伊娃！”

她转过身，亚力克斯沿着走廊追了过来。他的头发扑打着脸，但他脸颊绯红不只是因为缺乏锻炼，更是因为不好意思。

“等一下！”他伸出一只手，“别走，我要给你一样东西。”

“不管那是什么东西，”伊娃说，“我都不想要。”

“别这样，”亚力克斯显得非常难过，“听了这场会议我跟你一样失望，我根本没想到会变成这样。”

“你没想到？”伊娃狠狠地瞪着他。

“没有，”他说，“真的没有。”他想强装微笑，但却失败了，“这样吧，我们能去一个更私人一点的地方吗？”

“为什么？这样你就可以向我陈述一大堆屁话，说你的本意不是那样的，但其实就是想找我要几张我跟米克在满是社会名流的邮轮上的照片吧？”

“你很生气，我很理解你，但是拜托了……”他顿了顿，“你随时都可以让我滚。”

伊娃想让他此时此刻就滚，但不知怎的，她做不到。

“行吧。”她说，“你请我去咖啡店喝杯拿铁，但要是再洒了，我立马走人。”

他们走出出版社大楼的时候，一辆出租车停在了门口，一个穿着短裙的高挑女人走了下来。只见她理了理飘逸的秀发，拿出一副墨镜戴在长着皱纹的眼睛上，然后让一个助理为她打开了大门。

那就是米克的第二任妻子，她竟然都没认出伊娃这个“继任者”。

“我就是不懂为什么要把我牵扯进去，这跟我一点儿关系都没有——我又不是个谢里尔或者尤娜那样的‘名人妻子’。”

他们坐在街对面星巴克里的双人桌边，亚力克斯直直地看着伊娃。他眼镜后面的双眸显得很聪明，深邃的棕色，还泛着点点金色。伊娃以前从没这么近距离地看过他的眼睛，但这张桌子太小，他们的手肘都快碰到一起了。

“你告诉他们你不想牵扯到那些事里面去，但是你知道吗？那些家庭主妇读到这本书，会在你身上找到共鸣，你才是关键点，这简直太讽刺了。”

伊娃厌恶地哼唧了一声。“得了吧。”

“没有人知道你做网络生意成了百万富翁，对大众读者而言，你就是个普通女人遇见了一个情场失意的大明星，然后你改变了他的人生。这是真实发生的事，你们没有炒作你们的婚礼，最后也没有闹离婚。”

“所以呢？”她直勾勾地看回去，“这跟谁有关系吗？”

亚力克斯抬了抬手。“跟那些想要相信爱情的人有关系，你从米克写的东西就看得出来他很爱你，你是那个终于能理解他的人。”他小心翼翼地举起双手，以免打翻咖啡，“那就是皆大欢喜的结局。”

“严肃的回忆录不需要欢喜的结局。”伊娃细看着他，“这次开会的重点就是这个吗？专门告知我书的内容就是米克戒酒，给前妻生活费……啊，简直了！不行，亚力克斯，你为什么要来游说我接受这个？”

亚力克斯揉了揉鼻子。“眼下特鲁迪抓的重点好像很不一样，但是我们还在商量。”

“那就好好商量。”伊娃说，“因为我绝不会去《大话女人》聊米克的假想孙子。”单是说出这句话，她的心就已经隐隐作痛了。干爷爷……他本来可以真正抱孙子的，只要他们……

别想了，伊娃。

她的目光穿梭在咖啡店里，看见一个小女孩正在吃杯子蛋糕，她的妈妈和外婆陪着她。她的头发跟南希的很像，薄薄的梳成了双马尾。但是跟南希不同的是，她正在叽里呱啦说个不停，眉飞色舞，口若悬河。

南希在伦敦还好吗？她应付得过来吗？她有没有跟凯特琳说悄悄话？伊娃有点嫉妒凯特琳，可能南希没有把那些珍贵的语句吹进泡泡里，而是说给了凯特琳听。

“伊娃？”亚力克斯好奇地看着她。

“怎么了？”

“你还好吗？”他问道，“你看起来像是要哭了。”

店里那个小女孩咯咯笑着——悦耳动听——伊娃还来不及想该不该把这件事告诉亚力克斯，就已经脱口而出。

“南希——我的侄女——她不会说话了。”伊娃说这话时，感觉就像是在说一件很平常的事，实在细思极恐，“呃，她会说话，但是只跟她哥哥和妈妈说，要是一有压力，甚至都不跟他们说话了。”

“怎么会这样？”

伊娃摇摇头。“他们也不知道，南希在看言语治疗师——说是她生理上没有任何问题，也没有什么给她留下精神创伤的事，除了她爸爸妈妈分居了，但他们跟其他人一样处理得很好。”

亚力克斯一脸同情。“可怜的孩子，她又是怎么应对的呢？”

“其实应对得还挺好，她会用手指，会微笑，会跟巴哥聊天。”

亚力克斯没有笑。“猫和狗都很善于倾听。”

“凯特琳上周回布里斯托的时候，让我独自照看了几个小时的孩子。我带南希和乔尔去了书店，然后我朋友给了南希一管泡泡水。她告诉南希这管泡泡水有魔力，可以把自己的秘密吹进去。”伊娃忽然感觉有一点哽咽，“南希走到哪里都带着它。今天我们来伦敦的时候，她也把它放在了小包里。”

“好可爱。”

伊娃本想说“对”，但又改变了主意。“并没有，真的很令人心碎。我常常发现她躲在角落里陪着蜂蜂，拿着泡泡水。”伊娃的指甲掐进了手掌心里，“她坐在那里，小心翼翼地吹泡泡，然后看泡泡飘走。泡泡一破，她好像很伤心，然后又接着吹，特别特别小心。我很想问她，她许了什么愿望，她往泡泡里吹了什么秘密，但她没法告诉我。”

“就算她会说话，估计也不会告诉你。”亚力克斯说，“秘密毕竟是秘密。”

伊娃抬起头看着他。“四岁的小孩不该有秘密吧？”

“也许吧，但我们都有秘密啊，不是吗？你难道没有？”

有，她当然有秘密，而那也是她为什么会担心南希的原因，小女生不该隐藏什么秘密 。

“看来你很关心你的侄女嘛。”亚力克斯往咖啡里加了些糖。

“确实是，她很贴心。我以前都不知道一个小孩子会这么好玩，甚至都不需要说话，她的哥哥也很特别很可爱。”

“你就没想过自己生个孩子吗？”他语气轻柔，但还是问了这种问题。

伊娃皱起脸。“真可笑，没有人会问为人父母的人有没有想过不生孩子。”

“喂，我可不是谁的父亲，但我有这样的疑问啊。”

“那你就知道这种问题有多讨人嫌了。”

“也是，但我就是爱管闲事嘛。”

伊娃笑了。“你确实爱管闲事，我不懂你手头明明有我丈夫写的日记，干吗还要问我。”

“他是他，你是你，你以前不想要小孩吗？”亚力克斯喝着咖啡，目光从杯沿上方抛过来。他这样好奇，伊娃竟有些紧张——说出来的话会是对米克的一种背叛吗？

又一次，话语脱口而出，也许是因为他在问伊娃自己的想法，于是她毫无防备。“想过，我以前想要一个小孩，但是可能愿望没那么强烈。米克直截了当地告诉我他不想再要小孩了，我很理解。所以我们选择不生小孩，这跟生不了小孩还是有很大区别的。”伊娃感觉自己在努力让语气轻快一些。

亚力克斯注视着她，伊娃知道他能够看穿她的漠不关心，然后看清她心底复杂的感情。亚力克斯已经看过日记里的些许描述了，他是不是跟米克一样，觉得伊娃缺少那种母性的渴望？他是不是在悄悄地评判着她？

“那你呢？”伊娃抛回话题，把注意力转向他，“有成家的计划吗？不过对男人来说，这确实不太一样。你还可以过个二十年再做决定。”

“并没有，我已经三十八岁了，男人也是有保质期的。”

“那人叫……是不是叫佐伊来着？”伊娃的脸开始发烫。

“你也听到我跟格里说的话了，佐伊去年因为工作搬去曼彻斯特了，所以我真的不知道她成家的计划是什么。”他心平气和地说，“其实我挺像你的，我想要一个家庭，但我觉得即便我遇见了一个不想要孩子的人，我的世界也不会因此而变得不完整。”

“我估计男人要一个人生孩子更难一点。”伊娃说，“虽然你们不用去找滴管来人工授精，但是……”

“我们连个授精的地方都没有。”他哭笑不得，“我受惊了。”

伊娃愧疚地哈哈大笑，然后又止住了。“要不然当别人的教父得了。”

“对。”他看起来像是要接着这个话题继续谈，结果却说，“不好意思，我本来没有打算聊这么私人的东西，大概是因为你侄女的事吧……真令人难过。”

“我们会挺过去的，好消息是我正在慢慢了解她。我们只不过需要找准自己的方向罢了。”伊娃微笑道。

“那就好。话说回来，我有一样东西要给你。”他推给伊娃一个平整的包裹，“别太激动，就是个礼物而已。”

“为什么给我礼物？”

“因为你要过生日了啊，这周，不是吗？”

伊娃心里暖暖的。“谢谢，你怎么知道？”

亚力克斯一脸无语。“因为我一直在读你每年的生日都是怎么庆祝的啊。”

“噢，对。”伊娃打开包装纸，是一本薄薄的现代十四行诗，迈克尔·西蒙斯·罗伯茨[①]著。

“你不要觉得我在追踪你的各种信息。”他说，“不过你确实告诉过我你大学念的是英语专业，所以我觉得你会喜欢这个。这可是你告诉我的哦。”他补充道，“不是我在日记里读到的。”

“谢谢你。”伊娃说道。她确实告诉过他，他们聊过各自摆脱掉的习惯，她的是读诗，而亚力克斯的是从头到尾听一张专辑。“你真是……有心了。”伊娃眯起眼睛看着他，“假装我要满四十了是不是没什么意义？你比我还了解我。”

“我觉得你很了解你自己啊。”亚力克斯说。话音刚落，只见他微微一笑，伊娃突然怀疑起自己是不是真的如他所言。

---

① 英国诗人。

离婚律师

林恩在伦敦交通博物馆的门口等凯特琳，也就是科芬园[1]的正中央。她在跟一对美国游客聊得正酣，她先是指了指泰晤士河的南岸，然后又指了指金融城，最后拿出她自己的交通卡挥了挥，看她一副轻快惬意的样子，凯特琳估计她是在重组他们这一天的观光活动，好让行程更有效率一些。

她妈妈同意在科芬园，而不是在她首选的科学博物馆或者自然历史博物馆见面，已经是很大的让步了。科芬园跟皮卡迪利广场和牛津街一样，只会让林恩焦虑，到处都是不专心的间隔年[2]学生和不好好利用时间品味伦敦的游客。凯特琳沮丧地心想，会不会是因为林恩会在每个穿着条纹裤袜和马丁靴的年轻女生身上，看见当年学生时期的凯特琳，然后就会想去提醒她们要采取保护措施，而且有肠胃炎的话会影响避孕药的效果。

“外婆在跟这两个人说什么？”乔尔拉了拉凯特琳的衣袖，“我们要去博物馆吗？我们不能去看那个机器人吗？他很酷的。”

“不行，这个博物馆很有意思！里面有老式公交车，还有地铁的老车厢。”

“但是我们现实生活里也会去坐啊，我们干吗要去看老式的？”他做出闷闷不乐的表情，“外婆又会考我们吗？就像上次去看恐龙那样？”

“发挥你的想象力，假装你在维多利亚时代。”凯特琳紧紧握着

---

① 伦敦最大的跳蚤市场。

② 升学或者毕业之后工作之前的旅行。

南希的手。与其说是安抚南希，不如说是安抚她自己。她需要确认南希安然无恙地在她身边。自从南希出门不说话以后，凯特琳发现自己想跟她有更多的肢体接触。

“我尽量吧。”乔尔叹了一口气。

“为了我，试一试吧。”凯特琳所在的位置很安静，而且不在林恩的视线之内。她弯下腰，直到鼻子快要碰到南希的鼻子。“小俏妞希希，你还好吗？”

南希点点头。她在火车上的时候，吃着威尔士蛋糕，上面涂了橘子酱和果仁酱，整个人轻松活泼，可是现在她的表情却很警惕，像一只小猫头鹰。

“她挺好的。”乔尔说，“她穿了她这双特别的鞋子哦。”

他们都低下头，欣赏着南希漂亮的鞋子，鞋尖缀有亮晶晶的小花。

“我知道你感觉很害羞。”凯特琳继续柔声道，“但要是你能跟外婆问声好，她今天一定会特别特别高兴。等我们找个更安静的地方再说吧，只用说‘你好’就行了。”

恳求南希说话，发现她脸上闪过一丝惊慌，凯特琳恨极了自己，但是她知道若不这样，她妈妈就会威逼利诱一整天，想方设法要从南希嘴里套句话出来。而且林恩这样也不是为了显得自己胜人一筹，而是为了证明他们不够努力，证明那个言语治疗师、凯特琳本人、帕特里克以及凯特琳上网看的专家指导都是错的。在林恩的世界观里，所有问题都会有解决办法，无一例外。

“要是你不想说就算了。”凯特琳继续说道，“但如果你说了，那我就会非常骄傲，乔尔也会很开心。”

“对。”乔尔说，“不过要是你实在不想说，那你可以告诉我，我去告诉外婆。”

“不行。”凯特琳说着飞快地瞥了他一眼，“我们希望南希能自己跟外婆说话。”

“可是为什么呢？要是南希不能跟伊娃姑姑说话，她怎么会跟外婆说话？”

“因为她跟外婆比跟伊娃姑姑更熟。”凯特琳刚开始说，就发觉自己并不想提及这个话题。

“怎么可能！”乔尔说，“伊娃姑姑比外婆好聊多了，她不会问‘你长大了想干什么’或者‘你最近看了什么书’这种外婆每次见我都会问的蠢问题，而且外婆永远记不住我上次说的是什么。”

“乔尔！”凯特琳警告道，“快闭嘴！”

“我就说说而已。”

“有些东西只适合你自己在脑子里说说。”凯特琳直起身。

南希无声无息地盯着她的小花鞋。

拜托了，南希。她心想，就当是为了我。那对美国游客往皇家歌剧院的方向走去，林恩·哈迪朝他们这边走来。

等到午饭过后，孩子们在露天广场奔跑撒欢，追赶鸽子，挥洒吃了巧克力布朗尼得来的体力。林恩这才开始讲为凯特琳加油打气的话。在这之前，她已经跟乔尔说了土木工程是一个特别棒的职业选择，弄得乔尔莫名其妙。南希还是没说“你好”。不过说句公道话，凯特琳心想，南希就算是想插话也没那个机会。

林恩往前探了探身子，金属咖啡桌随之在鹅卵石路上摇动了一下，她脸上略微闪过一丝不快。“现在方便谈一谈吗？”

“那得看你要聊什么了。”凯特琳警惕地说道。

“我最近一直在跟……”林恩刚开口，桌子又开始倾斜，她皱起了眉头，“我最近一直在跟一个朋友聊你的事。”

“妈，你这……”

“我和你爸都很担心，你离婚不去咨询律师，利益会受到损害。”林恩握住凯特琳的手，“我很佩服你想跟帕特里克和平处理这件事，但是他完全有权利分走你外婆的半个房子。他可能会逼你卖掉房子，我不是专门说出来吓你，我是怕你还没意识到一旦帕特里克找来一个很好斗的律师，你的处境会有多不妙。”

凯特琳深吸一口气。“他怎么可能会去找一个好斗的律师来呢？有调解员就可以了。我们正在商量财务上怎么安排。”

林恩眼镜后面的眸子显得幽深又尖锐，来回扫视着孩子们和凯特琳。显然她是想趁他俩回来之前，把想说的都说了。她知道乔尔的耳朵很灵。“你说得对，以我对帕特里克的了解，我觉得他这么做是因为还希望和你重修旧好。”

“妈，要是他真是这么想的，那就该找一份离家更近的工作。况且是他提出来要离婚的！”一月份他告知凯特琳一切到此结束的时候，他那冷峻又失望的表情还在凯特琳的脑海里历历在目。回想起这一幕，凯特琳的心不由得打了个冷战。帕特里克连一个解释都没有，只丢下一句“你应该知道是为什么”。

他不会那么想的，就算选择和平分手，他也没有再回来的打算了。凯特琳毁掉了他脑海里的完美幻象，于是对他而言，一切已经到头了。

“你们带建筑工人查看房子的时候，他具体说了些什么？”林恩继续问道。

“什么意思？他……挺好的，带着那些人立刻就开始工作了。我们应该一周之后就能搬回去了。”

“太好了！”林恩拍了拍她的手，说，“但是他怪你了吗？他很生气吗？”

“没有！他怎么可能怪我？我跟你说了，我当时不在家，斯卡利特在帮我照看孩子。我们俩也都没怪她——这种事在所难免。我以前就告诉过乔尔别忘关浴缸水龙头，但是他很容易就走神了……”

“说到点子上了。”林恩的目光从低垂的眼镜上方投射过来，表情敏锐而富有深意。

“什么意思？”现在要说乔尔了吗？

“你当时不在家。”

“妈，我可以偶尔晚上出去玩一玩吧。”凯特琳感觉得到自己脸红了。她不需要跟她妈妈解释，她已经是三十一岁的人了。

“你已经在见新人了吗？我不是在打探什么，亲爱的，但是你要清楚如果是这样的话，要是帕特里克知道你不回头了，那情况就可能有变了。离婚这种事，往往就是从新人介入的那一刻开始变得烦人的——尤其是如果一直以来都没有第三者插足。”林恩顿了顿，好让凯特琳明白她在暗示什么。

凯特琳咽了一下口水，这是林恩第一次说出这样敲响警钟的话。李绝对是帕特里克深恶痛绝的那种人：玩乐队，没有全职工作，没有存款，随遇而安。他只要骑上一辆恶魔摩托，帕特里克就可以开始绕着房子撒盐辟邪了。

“你已经见过别的人了吗？”林恩跟乔尔一样，问直白的问题毫不畏惧。

“没有。”凯特琳不假思索地说道。

“真的吗？你可以告诉我，凯特琳，我不会说你什么的。”

“没有！”林恩肯定会说三道四，而且反正她也没有——李只是朋友而已。说他们的关系不止于此还为时过早，她只是见了一个她喜欢与之结伴出行的人，她只是寻个开心，那种她早该享有的开心。

林恩误以为凯特琳的迟疑是因为难过。“凯特琳，你一定不要妄自菲薄，你是一个又漂亮又有活力的女人，你的人生还长着呢。”

“妈，我知道。”凯特琳说，“但是……”

“妈妈！妈妈！快看我！”乔尔跳过一个个安全柱，装作地上有水洼，在人行道上跳上跳下，“我在雨中歌——唱！[①]”

凯特琳做出一副起立不断鼓掌欢呼的样子，南希也在一旁连连拍手，却没有像一年前那样欢快地放声尖叫。凯特琳真想冲过去将他俩双双抱起来。

林恩见了她的反应，说：“我最爱的外孙女看言语治疗师看得怎么样了？”

“还不错。”凯特琳靠在歪歪扭扭的桌子上，“她每周都会去看一次，但是——啊，简直了！”她气冲冲地抓起一张纸巾，折了两下，“但是我们需要找一些新奇的方法帮助她交流沟通，直到她在脑子里解开这个问题的症结。”

“你完全确定没有……”

---

① 美国歌舞电影《雨中曲》的插曲。

凯特琳奋力把纸巾塞到一个桌脚下面。她抬起头，红着脸。“没有什么？”

林恩的表情变得坚定。“必须得有一个人告诉她这件事情，你真的确定她没有藏着什么秘密吗？不好意思，凯特琳。”

凯特琳坐直了身子，端端正正地看着她的妈妈。“南希没有看到或者听到任何会让她难受的东西，我很清楚。她出生之后醒着的每时每刻我都跟她在一起。”

“我只是说说而已。”

“那就别说。我们跟治疗师什么都谈过了，我和帕特里克都很心痛，我们在这件事上完全没有分歧。”

她们俩以两个成年人的身份，而不是母女的关系对望着彼此。我一点也不像她，凯特琳看着林恩坚毅的下巴和打理得当的头发想着。她觉得自己更像爸爸，他也比较容易妥协，她怀疑林恩是不是对他们两个都有点失望。

停顿变得漫长，凯特琳看见一连串表情接连横过她妈妈的脸。她不愿打破这沉默。如果说跟帕特里克生活教会了她什么东西的话，那就是久久的沉默最让人不安，因为另一方听得见彼此最可怕的恐惧。

“所以我们要不要请一个律师？”林恩说，“因为我们现在已经知道了情况可能会有变。”

“我懂你的意思，我也很谢谢你能为我操心。”凯特琳提醒自己是个有学历、有孩子、有房子的人。她不再是一个没人管教就会让所有人失望的青春期少女。“但是你知道吗？我跟帕特里克这段时间处理离婚的方式其实让我很骄傲，两个孩子知道有人深爱着他们，帕特里克的周末探视也比我预想的进行得要好。还有一点好处就是他们会跟伊娃待在一起。所以实际上我们选择离婚，反倒增强了他们的家庭体验。”

实话实说，这些话意外地让她感觉情绪有些激动。换作是几个月之前，她还不一定说得出口，但是上周她看见伊娃的脸上浮现出好几次温暖的笑意，不管是乔尔突然即兴为她唱了一首歌也好，抑或是南希靠在她肩头也好。凯特琳甚至开始觉得她自己或许也找到了一个朋友。不是那种你一时冲动会跟她飞去拉斯维加斯玩乐的朋友，而是那种会在你买高级羊毛制品时给你提好建议的朋友，甚至还会掏钱让你的孩子坐一等座，踏上一段你原本担忧得不行的旅途，然后让他们睡在大牌夹克上。

凯特琳怀疑，伊娃要是喝上一杯红酒，会是一个很逗趣的人。

林恩低头搅拌着咖啡。“噢。”这句“噢”很是意味深长，“那进展得还算顺利吗？你跟伊娃合得来吗？”

“特别好，谢谢。孩子们很爱她的房子，他们有自己的房间，还有一个很大的花园可以在里面玩，她人也很好。”超越了家人应尽义务的那种好，凯特琳心想，“当时情况紧急，她毫不犹豫地就问我们要不要去她家住——我感觉我比以前更能理解她了。”

林恩呷了一口咖啡。“理解她？什么意思？”

“以前听帕特里克聊起伊娃，我总觉得她很不喜欢小孩，或者她对她的事业更上心，但现在我觉得不是这样的。”凯特琳顿了顿，“我觉得她挺不幸的，时机不佳。她跟孩子们相处得很好，可惜她跟迈克尔遇见得太晚了。”

“嗯……”林恩歪起了脑袋。

“妈妈！妈——妈！”乔尔正在灵活地绕着一根路灯柱旋转，看得南希又佩服又羡慕。

“很厉害，乔尔——小心点！就在我视线范围里待着。”凯特琳回过头看着林恩，“怎么了，妈？你说啊。”

“就是……”林恩像是正在谨慎思考措辞，这绝不会阻止她说她想说的话，凯特琳很清楚这一点。如果你没学会怎么用好听的话说出糟糕的事，那你就不可能在人力资源部门混得风生水起。“凯特琳，我明白你为什么会这么想，你能建立起良好的家庭关系也是一件好事，但是我觉得对伊娃你还是要当心。”

“你这又是什么意思？”

“乔尔和南希……伊娃多半只能靠他们来体验养儿育女的感觉，对吧？她跟两个孩子之间会自然而然地建立起感情，这挺好的，但是……”林恩歪着头，仿佛不想说出她进一步的考虑。

凯特琳感觉胸口堆起一块大石头。“妈，你能别说了吗？”她警告道，“感觉你多半会说出一些很没有意义的话。”

“对不起，可是这个话题真的没法绕过去，你要小心为妙。伊娃不大可能再成家了，她又这么有感情地看着你们一家子——你需要确保每个人都清楚界限在哪里。尤其是两个孩子住在她家里，但又要按你的规矩行事。举个例子，她连带小孩的经历都没有——她究竟是怎么跟南希相处的？”

“她和南希交流得很好，其实南希觉得伊娃的狗特别能帮到她。”

“什么？”林恩语气尤为震惊，“这主意真的好吗？南希要是被咬了，该怎么求助？她怎么叫它们走开？”

“她不需要那么做——那两只狗很温顺，对她很友爱。它们很好的，妈，而且南希还会跟它们聊天。”凯特琳不敢相信她自己居然还能说出这种话——狗很好。

林恩沉默了片刻。“南希愿意跟狗说话，却不跟她的老师和外婆说话？”

“对，她也不跟伊娃说话。我这样说，你会不会好点？”

“怎么可能会好点？”其实林恩的情绪明显缓和了不少，凯特琳从她脸上就看得出来，“我觉得这反倒让情况更复杂了。”

“不会的，言语治疗师说了，这很正常，得了失语症的小孩往往都会觉得小动物是有用的交流工具。”凯特琳内心满是厌烦，她干吗要说这些？“小孩子总是该有很多人去关爱他们，他们在我这边只有你和我爸两个人，我就在想他们会从伊娃那里得到爱，而伊娃也会从他们那里得到一样多的爱。我以前不喜欢狗，但是这两只……还好。”

“凯特琳，我觉得你有点反应迟钝。”林恩捏了捏鼻子，“我只是想告诉你，从我很多好朋友的个人经历来看，更年期很会捉弄女人。你脑子里对于女人的概念一夜之间就可能彻底改变，你会发现你失去了某些选择，你人生的某些路到此结束了……况且除此之外，伊娃还是个寡妇。”

“你是想说伊娃可能是那种更年期的疯女人，会带着我的孩子跑路吗？”

“我可没这么说。我很同情这个可怜的女人，她真的是历经沧桑。但是我作为一个母亲的本能，就是要确保你，还有我的外孙，都受到了法律的保护。如果帕特里克决定争夺监护权，那伊娃就很有可能会跟他站在同一战线上。你就等着瞧由她照顾两个孩子，你会有多‘舒坦’吧。”

乔尔和南希朝着桌子这边跑来，凯特琳知道他们的注意力持续时间正式亮红灯了。她迅速开始说话，吐出来的字句十分生硬。“妈，我在伊娃的家里住了十天了，我可以向你保证她根本就不是个疯女人，她很喜欢两个孩子，我觉得她即使要介入他们的生活，也只会是一片好心。”

林恩扬了扬嘴角，眼睛里却没有分毫笑意。凯特琳感觉到她妈妈逐渐丧失了对她生活的支配能力。“行吧，你自己最清楚，你永远都觉得自己对任何事都一清二楚，凯特琳。但是我的工作就是要管控危机，我会在危机要发生的地方实施战略措施，我早就清楚好人也会干坏事。如果你能为了孩子，找一个厉害的律师，跟他商量几个小时，保护一下他们将来的财产，我和你爸就会开心很多。那栋房子很值钱。”她笑了笑，这一回自然了不少，“就算是洗手间的地板塌了也一样！”

我就知道，凯特琳心想，她是冲着房子来的。她一直都对凯特琳最后拿到了琼的房子耿耿于怀。讽刺的是，如果外婆现在在这儿，她会在林恩还没开始抱怨更年期的女人拐卖孩子之前，就让她闭嘴，正如从前林恩为凯特琳“失去的机遇”绝望到崩溃的时候，琼直接无视掉她，开始教凯特琳怎么照顾一个正在长牙齿的小婴儿。

“行吧。”凯特琳说，“我上网找找看。”

“不用了。”林恩已经对着乔尔笑了起来，他手里拿着一个免费得来的杯子蛋糕飞奔过来，“一个同事给我介绍了一个很优秀的家庭法律师，我已经跟他聊过了。”

“你说什么？”

“我只是想看看他们能不能接你的案子。你别急着说不，我跟你爸会帮你出第一笔钱的。”

“妈……”

“妈妈！妈妈！快看！我得到了一个蛋糕！南希也有！”乔尔扑到凯特琳身上，林恩朝南希张开双臂，“我可以吃吗？”

“你也得到了一个蛋糕吗，南希？”林恩把南希搂在怀里，“是什么味道的？是粉红色的吗？你想现在吃还是待会儿再吃？”

南希瞥了一眼凯特琳，然后转过头看着她自己的鞋子，而不是像跟伊娃那样把脸埋进林恩的脖子。

林恩的目光越过南希的小脑袋，跟凯特琳四目相对，然后做了一个“噢，天呐”的表情。

别，凯特琳心想，南希只是在做我也想做的动作。

凯特琳领着乔尔和南希走在帕丁顿车站繁忙的月台上，而此时伊娃已经在火车上了。她坐在他们预订好的桌子边上发呆，一份叠好的报纸放在她面前，上面是一道填字游戏题。

凯特琳觉得她戴着一条金项链坐在那里，看起来很阔气。她额头平滑，头发披在一边，微蹙着眉头，无疑是在思考什么事情。紧接着又对着她面前的什么东西笑了起来——一本书？——感觉有种守得云开见日出的感觉。

凯特琳发觉伊娃平静的脸庞其实很犀利，但是她本人却不是这样的。

“伊娃姑姑在那儿！”乔尔吼叫道。她肯定隔着玻璃也听见了，因为她环顾了一圈，然后微笑变得更加热情。

凯特琳低头瞅了一眼南希，她坚定地握着凯特琳的手，表明她很累。“你看见伊娃姑姑了吗？”凯特琳问道。南希疲惫的脸上绽放出一个大大的笑容，凯特琳随之明白了答案。

火车一发动，乔尔就用胳膊肘推搡着凯特琳，还在一旁嘀嘀咕咕，于是凯特琳只好拿出孩子们在科芬园选的那盒蛋糕，真的是贵得令人发指。

“给你的，”凯特琳说，“我们买的，谢谢你请我们出来。”

“噢！太客气了。”不知是不是车厢里灯光的缘故，凯特琳觉着伊娃的眼睛里泛起了些许光亮，“你们不必这样！”

“南希给你挑了一个蓝色的。”乔尔指着蛋糕盒，差点戳掉一朵翻糖玫瑰，“我给你挑的是这个，上面有超人的标志。”他满是渴望地看着那块蛋糕，“里面的夹心也很特别。”

“我们一起吃吧。”伊娃拿过来一把餐刀和几个盘子。几个人一边吃蛋糕，一边喝泡在银壶里的茶。火车开到伊夫舍姆的时候，两个孩子睡着了：乔尔的嘴大张着，口水流到了凯特琳身上，而南希则靠在伊娃那边的扶手上。

车厢里很多商人在牛津站下了车，只剩伊娃和凯特琳舒适而不尴尬地沉默着。火车摇摇晃晃，孩子们的呼吸跟小动物一样沉重，凯特琳从不觉得厌烦。南希在梦里抽了抽鼻子，甚至有一刻还张开嘴咕哝了几声，像是要说话了。

凯特琳僵住了身子，跟同样屏住呼吸的伊娃四目相对，凯特琳感觉如同触电了一般。

南希要说话了吗?

伊娃也显得惴惴不安，而凯特琳浑身都激动万分。求求你，她无声地恳求道，求你跟我说说话，南希。她好想伸手抱住她的宝贝，给她一个安全的所在，让她能重新变回那个兴高采烈的小女孩。

南希没有说话。她抽了抽鼻子，皱起了眉头，然后蜷缩进伊娃怀里，发出几声担忧的咕哝。伊娃把她的夹克包裹在南希肩上，凯特琳见状，很想跟她交换位置。这样会把南希弄醒的，她在心里告诉自己，就让她那样睡着吧。

伊娃看起来很骄傲。她心想，这让她感到很惊喜，也很有安全感。现在把南希抱过来会显得比较自私，反正自己就在这里，南希醒来第一个见到的人就是自己。

此时走来一个火车乘务员，凯特琳叫住了他。“你想喝一杯红酒吗？”她问伊娃，“我想喝一杯，反正待会儿我们打车回去，对吧？”

伊娃犹豫了一下，然后害羞地点点头。“好吧，谢谢。”接着她又笑了起来，凯特琳第一次在她脸上见到这种“朋友”式的微笑。这让凯特琳的脸上洋溢出一个乔尔所说的那种由内而外的微笑。

红酒上来之后，凯特琳端起酒杯碰了一下伊娃的。“快告诉我吧，现在就我们两个人了。”她悄悄地说道，“帕特里克小时候玩大富翁就玩得这么烂吗？”

凯特琳好久没有说过这么多话了。伊娃很善于倾听，她会在对的时间发出对的回应声，然后问出有思想的问题。凯特琳明白她可能说得有点过多了,她总是在抱怨帕特里克的标准太高,很难达到那些要求，而且总是把工作放在家庭之前，可是伊娃并没有说她错了，反而讲述了一些帕特里克从前的小故事，凯特琳真希望她自己能早一些知道。

“你要记住，他把我们的爸爸理想化了，而我们的爸爸其实就是个工作狂。”伊娃低声说道，“帕迪长大后问起爸爸的事情，他只能从妈妈口中了解他。他对他自己比对任何人都要狠。”伊娃停下来，低头看了一眼正在熟睡的乔尔，然后又抬头看着凯特琳。“他们真是对小天使。”她悄声叹道，一脸敬畏。

“他们醒了就不是了。”伊娃言语里的爱意让凯特琳想要分享她最近的私密宝藏。她小心翼翼地从包里掏出手机，以免吵醒孩子。“你想看个东西吗？”

伊娃往桌子上探了探身子，凯特琳开始播放一个视频，她早已经看过无数遍，已经深深地刻在她脑海里。那是一段帕特里克和南希在一个朋友的婚礼上跳舞的视频。

“太有爱了！”伊娃轻声说道，视频里的南希穿着生日短裙，旋转，扬手，模仿着电视节目里的舞蹈动作，小脚丫踩在帕特里克的脚上。凯特琳没有开声音，但是她看得见南希笑靥如花的脸上满是对她爸爸的爱，而帕特里克好像是在对着她唱歌。

“好有爱，但其实帕特里克是在唱《我心永恒》，听起来像是一个被困在井下面的男人。”凯特琳悄声说，“你听。”她调高了两三格音量，刚好让伊娃能听见帕特里克扭曲的号叫，“难怪他们直接清走了舞池里的人。”

“以前我们去唱圣诞颂歌的时候，必须让他站到后面去。”伊娃透露道，“别跟他说我告诉了你。你还有别的吗？”她抬起头，试探性地看着凯特琳的双眼，“你还有其他南希……不说话之前的视频吗？”

伊娃的脸上写满了柔情。凯特琳无声地点了点头，然后找到了一个她一遍又一遍看过的片段。她尽量调高音量，然后她们俩都凑到手机上来听。

视频里南希在跟乔尔又唱又跳，那是凯特琳上次过生日的时候，他们在家的后院里拍的，后来这样熟悉的场景不复存在了。

“生日快乐，亲爱的妈——妈！”南希穿着她的花仙子裙子旋转，对着镜头后面的凯特琳微笑，“祝你生日快乐！快看我的魔棒，妈妈，我正在下咒语，一个我爱你咒！”她旋转跳跃，眉飞色舞，开心地与人交流。然后她又大声地做了一个飞吻，“咯咯咯”地笑得前仰后合。

“我爱你，小俏妞希希。”画面外传来凯特琳的声音。这样傻傻的幸福，看得凯特琳流下了眼泪。一想到再也听不见这样的声音，这样纯粹的欢乐，她就感觉心如死灰。

她抬起头，看见伊娃的眼睛也噙满泪水。她这个高冷的大姑子，家里放着好多不适合小孩子踏足的地毯，此时却默默地伸过手来握紧了她的手指。她俩都没有说话，但彼此都懂得了一些难以用言语形容的事。

他们抵达朗汉普顿站的时候，伊娃叫的车已经在等着他们了。凯特琳给乔尔套上夹克，扶他站起来的时候，他还尚在半睡半醒的状态。

南希仍旧熟睡在伊娃的肩上，口水又流到了她的外套上。“你侧一下身子。”凯特琳悄声说，“我可以把她抱过来。”

“没事的。”伊娃小心地把南希举到她胯上，“让她睡吧，你不介意吧？”

伊娃用双臂托举着摇摇欲坠的南希，她这个动作虽略显谨慎，但却有一种不同往日的自信，凯特琳心想。伊娃并不像林恩说的那样，是想悄悄地夺走南希。她只是理所当然地想要共享一些珍贵又特别的事情，她要是拒绝了伊娃，该会是多么自私而卑鄙啊！南希和乔尔都有这么多的爱可以给予他人。

“不介意。”凯特琳说，她感觉到一段崭新的友情伴着温暖拂过她的身体，“我完全不介意。”

去往布里斯托

“好了，大男孩，爸爸六点钟的时候来，就像之前的星期五那样，然后我星期天晚上回来接你们。或者也有可能是爸爸带你们回家，我们还没决定好。”凯特琳把乔尔揽进怀里，在他的头顶使劲地亲了一下。凯特琳如今还能这么做，不过乔尔每次都扭动得很厉害。“你会听伊娃姑姑的话，对吗？”

乔尔义愤填膺，或者说，更像是个十岁的小屁孩，从楼梯口的慈善袋里“顺手牵羊”了一件毛衣和一条金丝领带，硬撑出一副义愤填膺的样子。“我当然会，我又不是三岁小孩儿。”

“我知道，但这是她第一次一个人照顾你们一整天，她还不习惯你搞恶作剧，你可以让她慢慢地适应一下，求你别给自己加戏好吗？你会照顾好南希吗？如果你们出去了，你会看好她吗？”

“我会的，妈妈，必须的。”

别这么快就进入青春期，凯特琳无声地祈求着。再过一个学期乔尔就小学毕业了，无论她希望与否，这个过程都会很快。

乔尔挣脱她的怀抱。“我们会好好的，妈妈，别阴阳怪气的。”

“我做不到，我就是这样的人。”凯特琳松开手，“你也一样，这就是基因的魔力。南希在哪儿？”

“不知道，可能是跟蜂蜂待在房间里了吧。”乔尔拿手机指了指楼上。这些天他总是拿着手机，凯特琳开始后悔教会乔尔怎么用手机录视频，她也不知道哪种情况更糟：教了的话，最后乔尔有可能会拍下她干蠢事的画面；不教的话，这个周末她一定会错过很多他原本可以记录下来的时刻。

“南希！”她朝着楼上大喊，然而没有回应。“蜂蜂的房间在哪里？”她问道，然后转念一想，“我以为是在日光浴室里。”

乔尔正在拍蜜蜜走出厨房，它的尾巴郁郁寡欢地打着转，它跟乔尔都是能演默片的“戏精”。“不是，是在伊娃姑姑的更衣室里。蜜蜜，来这儿，蜜蜜……”

凯特琳朝楼上走去。她的时间其实很充裕，但她还是想好好享受在布里斯托的空闲时刻。建筑工人都很怕帕特里克，他非要追求完美，提了好多要求，并且他希望在收工之前，凯特琳能回去给装修工作再提几个意见。在那之后，周末时间正式开始，下午可以跟李先去她家旁边的酒吧喝一杯，然后可以自由安排，不过最重要的活动就是神父之地乐队在羊毛酒吧的演出——这是他们第一次在这么大的场所表演，李为此格外激动。

凯特琳也很兴奋。为李，也为她自己。

伊娃在楼上卧室里，米克的衣柜就快要腾空了，她用两个哈维·尼克斯[①]的大袋子装满了衣服，还堆出来一摞衬衫。伊娃轻快地折叠着衣物，从伦敦回来后的这两天，她已经给慈善商店送去了四袋各式各样的晚礼服和旧外套，直接把凯特琳那间客房里的衣柜清空了。

“腾点位置给你挂衣服。”伊娃当时是这么解释的。可是在凯特琳眼中，这更像是一个女人终于放下过去，愿意别人住进她家里的举动。

“你要我路过慈善商店的时候，帮你带进去吗？”凯特琳问道。

“不用，你去吧。”伊娃看了看表，“现在这个点你已经避开高峰期了。我们明天去城里，跟帕特里克一起。”

“你确定能看好他们吗？”凯特琳犹豫了。其实只用等帕特里克下班过来就行——还有差不多九个小时——但是依她的经验，她知道这段时间可能会发生什么。乔尔以前只花了二十分钟的时间，就让一栋房子变得没法住人了。“你让他们去花园里找东西，列一张表写上要找什么，南希很喜欢这个游戏。要是什么办法都不好使，那就叫乔

---

① 英国一家高级百货公司。

尔编一出戏——会很吵，但是他可以一直待在一个房间里。”

伊娃挥了挥一只手。“说真的，不会有事的！我很期待。”

是伊娃主动提议要照看孩子们的，她说话时很不好意思，眼神透露出她已经做好了接受凯特琳不同意的准备，凯特琳看她这样子，心都融化了。她不想说不行，以免伊娃觉得自己不信任她，其实她真的很信任伊娃。她在火车上跟伊娃聊帕特里克，聊她担心让别人失望（她们俩又点了一大杯红酒），聊孩子们极大地改变了她的生活——这场对话让她们对彼此都有了新的看法，也是好的看法。

“南希跟蜂蜂在里面吗？”她转而问道。

“当然了。”伊娃朝卧室角落点点头，倾斜的屋顶汇聚到一点，“他们在聊天，你听听。”

凯特琳集中起注意力。没错，她听见了一阵非常轻柔的悄悄话。她慢慢地走进房间里，看见南希的上半身躺在壁龛里，白白的双腿搭在外面荡来荡去。原来伊娃一直都关注着她，守护着她，而不去打搅她，就像是一只巴哥。

凯特琳跪下来爬过去。只见蜂蜂在三角形的窗户下边，蜷缩在篮子里，旁边摆着南希胀鼓鼓的粉色小包，里面装着那管魔力泡泡水，还有伊娃送给她的巴哥玩偶，在她不在朗汉普顿的时候，可以用来代替蜂蜂和蜜蜜。

凯特琳光是听见南希几丝极其微弱的声音，就已经要停止心跳了，她的声音是如此的轻柔，就像是林间的微风，或是拂过卵石滩的潮汐。

“……只有你知道，因为你是我的朋友，蜂蜂……”南希的脸埋进了蜂蜂柔软的黑耳朵里。可当她一看见妈妈，就立马停了下来，一脸愧疚。

凯特琳假装没有发现。“嘿！我要回家看看了，小俏妞希希。”她轻声说道，“建筑工人已经都修好了！你星期一就可以回你自己的床上睡觉了。”

南希郑重其事地眯起眼睛看着她，凯特琳看得出她是在用一种秘密规则来判断她要不要说话。南希往里面又挪了挪，然后招手让凯特琳过去。

凯特琳用胳膊肘撑着身体蜿蜒前行，这里面的空间不太够他们三个一起待着。

南希爬到她身边，直到她能够直接对着凯特琳的耳朵说话。南希身上温暖而稚嫩的气味突然包裹住凯特琳的心。“小心点，妈妈。”

不管她说的是什么，能听见她的声音，那种苦中带甜的宽慰感，已然如同一杯热巧克力，流淌到了凯特琳的心田。但是“小心点”？她觉得会发生什么事？

“我会的，宝贝。”她也说着悄悄话，“我会准备好你房间里的所有东西，要是你有什么需要的话，就让伊娃姑姑和乔尔他们知道。爸爸晚饭之前就会回来。”

南希没有说话，只把她柔软的脸贴近凯特琳的脖子，然后悄声道：“我爱你，妈妈。”

“我爱你，南希。”凯特琳说，“真的很爱很爱。”

“也爱蜂蜂。”

“也爱蜂蜂。”

她们轻抚着蜂蜂的毛皮，它用水汪汪的大眼睛盯着她俩。所以这是一个她新发现的安全小天地。凯特琳心想，在她房间的这里她会跟我说话，但是在这栋房子的别处，或者在别人的耳朵旁边却不会，也算是一点小小的进步吧。

她在想蜂蜂知不知道它有多荣幸。随后她又想起来完全是因为家里的两只巴哥，南希才会开口说话，所以说不定蜂蜂觉得她才该感到荣幸吧。

迟疑抓住了她的思绪。这样做能行吗？这么快就把南希和乔尔留给伊娃照看，还是靠她一个人。要是发生什么不测了呢？要是南希想说话呢？

凯特琳摇摇头。乔尔在这儿，不会发生任何坏事的，而且伊娃还会本能地用她鹰一般的眼睛看住他们。真正该担心的其实是她不在的时候，这两个孩子会被溺爱到何种程度。

布里斯托的建筑工人效率可真高，凯特琳心想。家里已经完全没有被水淹过的痕迹，就还剩下一点点石膏的味道，以及塑料板子上的一把电线从门口迂回到了狭窄的过道。厨房的天花板已经重新粉刷过了，两套橱柜也换过了。浴室的地面已经干透，并铺上了黑白色的瓷砖。

凯特琳回过头想想，其实真该感谢这次淹水，因为这里原本铺的是老旧的亚麻油地毡，如今因祸得福，得到了巨大的改善。她和帕特里克讨论了很多年要换掉浴室里脏兮兮的地毯，现在不过一周的时间，他们竟已经完成了。

“我们显然没时间再粉刷墙壁了。”被派来带凯特琳验收装修工作的建筑工人说道。这个人不是领班，他的 Polo 衫上印着公司的名字，那上面绣着他的名字“汤米”，丝线还新得发亮。“老板说他需要你选几种颜色，下周粉刷工就能过来，到时候屋子也刚好都干了。”

“没问题。”凯特琳说。她兜里的手机“叮”的一声，她整个上午都在等这条短信——是李发来的：

已经到了吗？我下班了——15 分钟之后到酒吧。

兴奋夹杂着愧疚如同蜘蛛一般在她心头攒动。凯特琳还是不确定自己有没有穿对衣服。她回布里斯托的路上，一直都在脑海里翻找她衣柜里的衣服，现在她只想溜进卧室，抓起那件露肩齐臀毛衣，前提是她得能穿得下她的紧身牛仔裤，那条裤子跟她的靴子……

“……等老板回来？”

凯特琳眨巴眨巴眼睛，汤米明显是在等她回答问题。“你说什么？”

“你能等我们老板回来吗？他去韦斯特伯里处理另一项工作了，很快就回来。”

“很快是多快？”

汤米的眼神从一边闪到另一边。“不知道，半个小时吧。”

在建筑工人的术语里，半个小时的意思就是一个小时，凯特琳简直一清二楚，甚至还可能是两个小时，乃至整个下午，而她还有约会在身。她在这儿耗着有什么意义？相同的话题再谈一遍？不懂装懂地点点头？只不过对象换成了一个领班的。

她朝浴室四周挥了挥手。“看起来已经很好了，我的意思是，楼下的天花板已经弄好了，电路你们也修好了，新换的地板比以前还好。”她咧嘴一笑，“要是哪里还不对劲，我们早就会发现了。”

“他有一张查验清单要过一遍……”

毫无疑问那是帕特里克的查验清单。“行吧，我可以再等半个小时。”凯特琳妥协了，因为汤米看起来惊慌无助，而她也需要在出门之前再找找衣服。“但是我还有约，所以他如果实在回不来，可以给我打电话，我把我电话号留给你。”

“好。”汤米将信将疑，凯特琳一口气背出她的电话号码。

太阳从云里探出来，浴室出人意料地沐浴在一片温暖的春光里。

凯特琳心动地想着，再过一个小时就是周末时间了，我要去跟一个帅哥喝苹果酒，有地可去，有家可回。我的孩子们开开心心地跟我的大姑子在一起，太阳也出来了，帕特里克终于不会再来骂我了。春天真的到了。

凯特琳给伊娃留了一大摞紧急情况下可以放给南希看的光碟，她看了百八十回也没腻（还有一摞更多的，是留给乔尔的），不过南希先是忧虑地在门厅里徘徊了半个小时，想着凯特琳可能会回来，而后又跟蜂蜂去了壁龛那边，上半身在里边，下半身在外边。伊娃忙着清理米克的旧衣服，按照安娜的建议，她把这些衣服分了堆，一些拿给慈善商店，一些捐给流浪汉收容所，还有一些送给朗汉普顿的业余表演社团。

不一会儿，乔尔走了过来，后面跟着蜜蜜，他的手上缠着领带，一股脑问了一大堆关于衣服、房子还有米克的问题，比凯特琳绕着圈子问的问题直接多了。

“伊娃姑姑，为什么你没有孩子呢？”乔尔问道，“你不喜欢小孩吗？”

“我当然喜欢小孩。”伊娃拿着米克在他们第一次结婚纪念日去纽约时穿的衬衫，心里有些迟疑，然后趁自己还没去回想彩虹屋[1]的鸡尾酒之前，立马折好，放进了袋子里，“我很喜欢跟你们两个待在一起。”

“那你为什么没有孩子呢？我们本来可以有堂兄弟姐妹的。”他一脸忧伤，“我们一个同辈的堂亲表亲都没有，学校里所有人都有。”

伊娃咬住下唇。要怎么跟一个孩子解释呢？“想要生孩子的话，很多东西都要到位。我当初万事俱备，就差一个对的时间。”

听起来倒是轻巧：这不是谁的错。但是随着伊娃的婚姻时光逐渐远去，她开始感觉自己像是站在远处望着日记里的那个米克，还有另一个自己，一个她常常认不出来的伊娃。她做过一系列选择，或者说，她是选择不做选择。为什么她过了这么久才明白这个道理？从前她选择了沉默，选择了无视她脑海里的声音，选择了任凭其他人、其他事替她做决定。

“要是你们能有堂兄弟姐妹就好了。”她听见自己用一个奇怪而欢快的口吻说道，“但是很多时候你不能什么都想要，有时候你会得到一些别的东西。”

“就像我圣诞节想要一只科莫多龙，结果却得到了一只荷兰猪。”

“差不多就这个意思。”

伊娃拿起下一件夹克。这件雨果博斯夹克是他们度假回来当天米克穿在身上的。光是看看，就能召回那天惊慌失措的气氛。她迅速掏出口袋里的东西，扔到梳妆台上，好让自己分分心。还是老样子——硬币、卡片、纸张、旧信封。

“所以你得到了别的什么东西？”乔尔的问题很单纯，也很欢乐，“蜂蜂和蜜蜜吗？我觉得，它们也不错，跟堂兄弟姐妹差不多吧。”

伊娃看着乔尔，感觉有点哽咽。

突如其来的电话铃声解救了她。是帕特里克。

“是你爸爸。”她告诉乔尔，“不知道他想干什么。”

“多半是叫你做什么事吧。”乔尔说，“我们能去做卡布奇诺吗？拜托拜托。”

---

① 位于纽约曼哈顿的高档餐厅。

“喂，伊娃，不好意思打扰你了。”帕特里克在他的车上，“你上午跟凯特琳聊过了吗？”

“她走之后就没有了，怎么了？”

“我昨晚给建筑工人发了一张查验清单，凯特琳应该联系那个人过一遍，但是那个人没找到她。她没联系过你吗？”

“她没这个必要啊，我们都好好的。”

“不好意思，这倒也是，我很高兴你们过得很开心。但是凯特琳没理由不接电话吧？”

“我也不知道啊，说不定是没电了，或者压在包的最下面了。”

电话那头沉默了片刻，接着是一阵气呼呼的声音。“行吧，那我亲自过去找她。”

“什么？你应该六点钟到这里来。”伊娃缓了缓声音，她不希望自己听起来像是在搬救兵，“我们都等着你来吃晚饭呢！”

“还有我的蛋糕。”乔尔说。

伊娃没注意到乔尔也在听，她挪开了几步。

“我会过去跟你们吃晚饭的，我重新安排一下下午的事——反正也不怎么重要，我可以在车里打电话解决。”他一边说，一边重设导航系统，“好了，我跟建筑工人只需要半个小时，如果有问题需要解决，我还能趁他们走人之前弄好。”

“你不觉得你应该让凯特琳自己解决吗？”伊娃忽然回想起那天晚上在火车上凯特琳沮丧的神情，她喝完两杯红酒，盯着窗外，诉说着她永远达不到帕特里克的要求。“那是她的房子。”

“那是我们的房子，我只是想确定所有东西都不会危及孩子们的安全。凯特不知道应该查看什么，而且就算那些人弄得不好，她也会说可以了，免得让那些人不舒服。但是明明就不够安全，你不应该说可以了。”

伊娃的心里闪过一丝对凯特琳的同情。他们的妈妈以前也是这样，任何事都得她亲自查验过。“凯特琳是个很能干的女人。”她说，“别为了证明你的观点，就把她当个婴儿来对待。”

“我不是为了证明什么观点，我这么做只是因为凯特琳告诉了建筑工人能联系上她，结果根本找不到人。要是你打通了她的电话，”帕特里克说，“告诉她我两点半到家。”

“行吧。”我已经够努力了，伊娃心想。

“也告诉孩子们我很期待见到他们！”帕特里克的声音柔和下来，“别不等我就开吃了。”

“那差不多六点的时候见吧。”

帕特里克挂断之后，伊娃本想把电话放回充电座上，旋即又改变主意，拨通了凯特琳的手机。得有人警告她一下，帕特里克这阵飓风要刮到她那儿去了。

电话响啊响，最后转入了语音信箱。

凯特琳活力四射的声音灌进伊娃的耳朵：“嗨，我是凯特琳，我没接到你的电话，请给我留言吧！拜拜！”

我应该说点什么吗？伊娃思索着，我为什么会感觉像是在警告她坏事要来临了？好奇怪，不是吗？

也还好。她心想，他是我弟弟，我经历这种事已经有三十七年了，她才七年。

“凯特琳，”她说，“帕特里克在去你们房子的路上，他大概两点半到。我这里一切都好，你不用担心！”

她刚挂掉电话，又突然想到：凯特琳没有打来电话问孩子们的情况，她难道不应该打过来确保一下上午平安无事吗？

凯特琳还好吗？

你变得跟帕特里克一样坏了，伊娃心想，然后她走去看着乔尔做卡布奇诺，他像是在训练自己当一个失业演员。

午餐过后，南希继续跟蜂蜂在厨房里玩耍，乔尔礼貌地拒绝了伊娃玩寻宝游戏的提议，选择在餐台上用平板电脑看电影。

“我要追的剧太多了。”乔尔告诉她，“妈妈只允许我每天看三十分钟，不然对我眼睛不好，但是我永远都没时间看完《博物馆奇妙夜 2》。”

“所以难道我不应该……”

“不要！”乔尔捂住电脑，咧嘴一笑，“只要你让我看，我就不告诉妈妈蜜蜜把南希的饭都吃了。”

伊娃知道自己被耍了。“再看半个小时，”她说，“然后就关掉。”

“成交。”乔尔说。

随后不久，电话响了，伊娃以为会是凯特琳打过来询问情况的，然而不是。电话那头是亚力克斯的声音，伊娃不自觉地说：“我去书房接一下电话，好吗，乔尔？你就跟南希好好待在厨房里，要是需要什么东西就来找我。”

乔尔没有抬头，只竖起了一根大拇指，于是伊娃迅速走进了私密的书房里。

“所以你还好吗？”亚力克斯说，“从伦敦之行里缓过神来了吗？”

“差不多吧。”伊娃随手挪了挪书桌上的东西。那天的会议之后，特鲁迪发来很多关于米克日记的邮件，可是伊娃一封也没看。然而她倒是看了亚力克斯给她的诗集，甚至还看了两遍。这本书让她回忆起很久以前，她曾多爱读诗。“我今天在行使当姑姑的义务。”

“嗯……你那边这么安静，不像是有孩子啊。”

“我知道。他们的妈妈说要是突然一阵吵闹就该担心了，要是太过安静，就更该担心了。”

亚力克斯笑了。“你听我说，我也不想聊你最不想聊的话题，但是我在看我自己做的笔记的时候，我发现我们从来没聊过我之前邮件发你的那个点子。”

“什么点子？”

“我本来是想在开会的时候说的，但是我想先跟你说说。不是只有你觉得……米克的日记里有一些问题。尤其是谢里尔，她直接列了一整张清单，上面全是她所说的‘不一致’的内容，至于尤娜嘛……我就不说她是怎么说的了。”

“我想象得出来。”伊娃坐到椅子上。

“你曾经说日记里有声音，米克的声音很强有力，他叙述对话的方式是他最厉害的地方。我就在想说不定我们也需要听到你们的声音，他妻子的声音。我都能想象出来你们三个组成一个希腊合唱队的样子。”

伊娃没有回应。从前的婚姻岁月里，有时候米克会讲伊娃也牵涉其中的故事。他会替伊娃说话，就像他给巴哥配音那样。伊娃一直都不大喜欢，因为听起来不像是她，哪怕她也会发笑。

“所以你会考虑自己写点东西吗？”亚力克斯说，“可以是给米克的一封信，或者是某一件事在你印象中是怎样的……我也不知道，就是个点子罢了。我感觉你说的那个你们相遇的故事，就是一口袋衣服那个——就很切题。我看那些日记的时候，常常想打电话问你，你是怎么回忆有些事的。”

“我不知道。”伊娃说，“会不太一样吧。我是在回忆，而米克……是在事情发生的时候写的。”

“但是你会考虑一下吗？”亚力克斯笑道，他口气里有种伊娃久未听闻的紧张感，“我不是想找借口总是打电话给你……呃，其实也是，但是……哈哈哈！我好不会说话……”

沉默降临电话两头，不过不是空空如也的沉默，而是含义深刻的沉默。

“亚力克斯，你给我的那本诗集……”伊娃刚开口，却被冲进房间里的乔尔打断了。

“伊娃姑姑！”乔尔跑进书房，然后靠在书桌上，摆动双腿，“花园里有奶牛！”

“对不起，亚力克斯，你稍等一下。”伊娃把电话扣在胸口，“没有啊，它们在栅栏的另外一边，宝贝。我知道它们看起来离我们很近，那是因为栅栏被树篱挡住了……”

“不是！真的有奶牛！就在花园里！”乔尔的表情又喜又怕，“有一头特别大的奶牛！在草地上拉了巨大的牛粪！”

“真的吗？”伊娃不知道乔尔是不是认真的，抑或是又在演一段戏。凯特琳肯定本能地就知道该怎么兴高采烈又鼓舞人心地回答他。然而她不会。

“是真的！你跟我来！”乔尔左蹦右跳，“快点！”

伊娃再三思量：花园里肯定进不来奶牛，不过有时候小牛犊倒是会过来树篱这边，咬点有意思的叶子吃，可是它们并不能真的穿过树篱里的铁丝网。所以这更像是乔尔又在飙戏，她去了花园多半会看见南希和两只巴哥穿得像奶牛，等着乔尔回来表演一些跟奶牛有关的歌舞。然后要是她不加入，就会显得很小气。

乔尔紧迫地叫了几声，于是伊娃把电话放回耳边。

“我要走了，这里发生了一点小事故。”她说。

“我听到了，那个孩子声音真洪亮，你应该让他报名戏剧班。”

“哈哈哈！我会告诉他的，他会高兴得不行。”

“很高兴我能带给别人快乐，”亚力克斯说，“祝你好运。”

伊娃急匆匆说了句“再见”，挂掉电话，转向乔尔。她希望他不会发觉自己潮红的脸颊。“好了，你成功吸引了我的注意力，我们去看奶牛吧！”

“它们就在后院！”乔尔眉飞色舞，过来抓起伊娃的手，没想到他的手指还挺有力气的。

他肯定是做了一件奶牛戏服，伊娃心想，或者是想拍我发现自己被整蛊了的反应。伊娃心生自豪——这是她作为姑姑第一天负责照顾两个侄儿侄女，他们都要假扮奶牛，定会是一则好故事。

凯特琳会大为惊奇。如果米克在这儿，他也会的。

闯入花园的奶牛

“哇！”伊娃努力压制着自己震惊的情绪，“你还真没开玩笑。”

她家后院里果然有一头大牛。

“在那儿！”乔尔站在日光浴室的玻璃桌上，朝着花园尽头的玫瑰花丛挥手，只不过那片小林子已经被差不多两吨重的牛挡住了，“就在那儿！好大一头奶牛啊！它会闯进屋子里来吗？它会撞碎落地窗吗？”

“那不是奶牛，是公牛。”伊娃不假思索地说出来，然后又意识到这话只会让乔尔更不放心。

“那可就惨了。”乔尔叹道。伊娃震惊得忘了叫乔尔快下来。此时此刻，骂几句脏话也一点不为过。

第一，她的玫瑰园里站着一头硕大的公牛，它是怎么进来的显而易见：花园那边的铁丝网就跟网眼窗帘似的被推到了一边，估计就是现在正在她园子里吃草的这头蠢货干的。

第二，那头牛的女性朋友抓住机会，跟着它跑来伊娃的花园里开阔眼界了——两头眼神无辜的棕色奶牛，身子足足有小汽车那么大，后面还跟着几只小牛犊。“她们”大口吃着伊娃的树篱，精瘦的屁股把野餐桌衬得很小，尾巴还摇来晃去挑逗着公牛。

还有几只奶牛兴奋地朝着多出来的这片草地赶过来。按照奶牛的好奇心，这里只需要五分钟时间就能变成挤奶场。伊娃完全不知道该怎么阻拦这波牛群，她依稀记得有一年夏天，新闻报道说当地有个人被一群奶牛踩死了。伊娃虽然在乡下待了快十年了，但仍旧会害怕奶牛。不知道怎么回事，奶牛比你想象的要大得多。

不过，它们也进不来屋子里，但是它们可以用蹄子把草坪搞得一团糟。

“它又开始便便了。”乔尔说。

“对玫瑰有好处。”伊娃尽力淡定地说。本以为事情已经糟糕到无以复加的地步，结果那头公牛一转身，盯上了那两只跟到花园里来的奶牛。它的下体一摆……双腿之间牛气冲天，然后缓缓压到了奶牛身上。

不要啊。伊娃愈发慌张，别让乔尔看见那种场面啊！

“乔尔，你发现了它们，真棒！”她的喉咙干涩无比，于是咽了一下口水。她才想起来另一件事：当有小牛犊在奶牛身边的时候，奶牛会变得“喜怒无常”。“我们得给农场主打个电话，让他来把它们赶回去。”

“他会用电击枪或者毒飞镖射它们吗？”乔尔满怀期待。

“不会，他多半会带一只牧羊犬来吧。”

“什么？用来赶奶牛？它们不是只会跟绵羊说话吗？牧羊犬怎么对付一群奶牛呢？它会跑过去咬它们的腿吗？”

“有可能。”

“还是说它只会汪汪叫，围着那些牛上蹿下跳？就跟刚才的蜜蜜一样。”

伊娃已经在往里屋走了，她在想自己有没有肯·托马斯的联系方式，但是乔尔的话让她停下了脚步。“什么？”

“就跟刚才的蜜蜜一样？它围着它们跑来跑去，告诉它们快回家。它是一只牧羊巴哥！不对！一只牧牛巴哥！”

伊娃的脸瞬间没了血色。蜜蜜在花园里？肯前几周才提醒过伊娃不要让狗接近牛群。他详细描述了有一次城里的狗跑来招惹他家的牛，最后自食恶果的事——一只狗的脑门正中一脚，直接被踢飞（兽医的想法）；另一只被牛群踩了，挨了不少罪。

“蜜蜜超级生气！”乔尔继续说着，“它一副‘喂，谁让你们进来了’的样子。”乔尔完美地模仿着蜜蜜慢吞吞的伯明翰口音，“马上给我回去！全都快滚！”

伊娃感觉自己快要晕倒了，就算是透过玻璃，她现在也想象得到那样的画面——蜜蜜怒气冲冲的脸，铿锵有力的步子……一头奶牛慢慢靠近，身宽体胖，吓到了蜜蜜。

“蜂蜂和蜜蜜现在在哪儿？”

“不知道，南希带它们去花园里小便了吧。”

“什么？南希去哪儿了？”

“我不知道，我觉得她是去给你摘花了。”乔尔突然认清了现实，“要是她也去那边了呢？”

伊娃早餐喝的咖啡涌到了她嗓子眼里，一种恐惧的情绪不断在身体里翻涌。南希在花园里，那里至少有三头巨大的牛，随时可能踢她，踩她，撞她……

一阵狂暴的犬吠声陡然传来，伊娃冲向日光浴室的侧门。两头奶牛回望着她，但没有移动身子。而那头公牛连头都懒得回。

两只狗都在外面。蜜蜜在玫瑰花丛里冲着一头奶牛大叫，而蜂蜂愣在原地，困在那头公牛和近处的奶牛中间。它看起来已经吓呆了，黑色的眼珠瞪得特别大，浑身散发着恐惧。

伊娃感觉自己的大脑运转得极其迟缓，而她的心跳却在飞速加快。

她该怎么办？乔尔急得直跳，不停地挥动双臂。伊娃突然幻想出一个可怕的画面：乔尔猛地冲出去，吓得那些牛惊慌逃窜。她必须保证至少有一个孩子在她的安全保护之下。

南希去哪儿了？天呐，南希！南希不会呼救，她甚至都不会冲着牛喊叫。她被封锁在自己沉默的世界里。

那头公牛朝着蜜蜜迈出不祥的一步，乔尔霎时间停止了浮夸而逞强的行径。他的脸被恐惧揉成了一团，他看起来突然幼小了很多。

“它们会进屋子里来吗？”他呜咽道，目光死死地扎在牛身上，“别让它们进来了！”

伊娃蹲下身，握住他的手臂。“它们不会进来的。”她说，“农场主马上就会来对付它们。你快去报警，告诉他们这里有几头牛走散了，告诉他们我们的地址。你很会跟警察通电话，乔尔。我去给农场主打电话。”

手机呢？她的手机呢？她必须让乔尔去打电话，但她又必须得给肯打电话。

乔尔的电话在他手里，他随时都准备拍视频，可是现在却不能。

“可以借我用一下吗？”伊娃问道，乔尔立即塞给了她。

那头公牛的注意力从奶牛转移到了呆若木鸡的蜂蜂身上。远处的蜜蜜又开始号叫了。公牛抬起一只大蹄子，重重地落在地上，小块草皮都跟着飞了起来。蜂蜂像是完全怔住了，一双瞪大的眼睛闪烁着恐慌。它太弱小了，长着一脸皱纹，又友好地伸着舌头，可谓毫无防备，实在太可怕了。

“那头公牛要去踩蜂蜂了吗？”乔尔想要鼓起勇气，却无能为力。他靠紧伊娃，伊娃都能感觉到他在发抖。

“不会的，一定不会。快给警察打电话。”伊娃推了他一把，“打完了就进去找南希，我没叫你，你就别下楼。”

“要是南希在外面呢？”乔尔的眼睛瞪得快跟蜂蜂的一样大了，“她不会说话！她没法叫那头牛走开！我要去帮她。”乔尔说着就往侧门冲，伊娃一把抓住了他。

“不行，乔尔。”她坚定地说，“你有最重要的工作要做，快去！南希多半在楼上，安安全全的。好了，你快去！”她把乔尔往门边一推，直到听见“咔嗒咔嗒”的跑步声，才回过身。

伊娃笨手笨脚地按着乔尔的手机键盘，眼睛盯着花园里的奶牛，脑子在飞速运转。她的手指在屏幕上刷来刷去，在谷歌上努力地搜索着肯·托马斯的号码。感觉过了好长时间，她终于找到并拨通了电话，可电话那头却忙音不断。

没有留言机，见怪不怪了。

她一遍又一遍地重拨，说不定肯就走进来，然后往门边小心地移上几步。伊娃记得有人告诉过她：奶牛动作很慢，但是当它们集结成群时，就会像是被关在一台笨重绞肉机里的困兽。直到现在它们都还没动，可是一旦它们一不留神踩到狗，就可能瞬间乱作一团。

南希到底去哪里了？花园里没有她的踪迹。这栋房子的前后花园连成一片，兴许她是跑到前面去了。只要她不在奶牛的视野之内就好——因为她根本不可能从它们中间冲出去。伊娃试探性地踏出室外一步，然后扫视整个草坪，然而她却只看见了奶牛、笨重的公牛和她那两只软弱又茫然的巴哥。

蜂蜂看起来弱不禁风。伊娃极力控制着自己的情绪，没有冲出去抓住它，那意味着要拿着他俩的生命冒险。

“蜂蜂。”伊娃低声喊道，想要对上它的目光，“蜂蜂！”

然而并没有什么用。

接着牛群那边有了动静。吃腻了树篱的叶子，一头奶牛朝玫瑰花丛走去，使得其他奶牛也紧随其后，速度比伊娃想得要快。她的鼻孔里泛起那股湿热酸楚的气味，她从来没跟奶牛离得这么近过。它们膨胀的乳房甩来甩去，突起的皮肤上散布着淡蓝色的血管，甚至连那些小牛犊看起来也比在树篱另一边的时候更大。

蜜蜜又开始吼叫了，这次更为狂野，公牛的注意力转向了它，屁股上的尾巴左右晃动。蜜蜜用后腿弹跳着，公牛粗壮的尾巴重重地打在它脸上，它随之失去平衡，伴随着一声惨叫，飞进了玫瑰花丛。

它的眼睛里满是惊惧，蜜蜜的眼睛圆鼓鼓的，公牛的尾巴直接扇在了它双眼之间。公牛开始转身，打算完成整套动作，而蜜蜜竟然挣扎着从树皮碎片里站了起来。它像是迷失了方向，仿佛看不大清楚，它原本光滑的身上也多了几条红色的划痕。

伊娃想都没想,直接上前去抓蜜蜜,那头公牛随之移动得更加迅猛。它目露凶光，口吐怒气，低头盯着僵硬的蜂蜂。它要做什么显而易见，问题就是它能有多快，它能把这无助的小狗踢得有多远。

肾上腺素在伊娃的血管里翻江倒海。蜂蜂很小巧，只要它想，它一定能飞快地逃离公牛，但它此时一动不动，伊娃都在怀疑它是不是犯了心脏病。

“蜂蜂！”疼痛撕裂了伊娃干涩的嗓子。

它站在原地，盯着那头公牛，而蜜蜜罩在玫瑰花下，鼓起勇气又吼又叫。

我该先救哪一只？伊娃思索着。可别让南希在楼上看到这一切，因为说不定一只甚至两只巴哥即将惨死牛蹄之下。

突然，伊娃听见了一声她认为绝不可能听见的喊叫。

“蜂蜂，快过来！”

一声稚嫩而清晰的童音响彻整个花园，有那么诡异的一秒钟，伊娃完全不知道那是谁。紧接着她反应过来了，那是南希。这是她第一次在现实生活里听见南希说出一句话，那声音真的美丽动人。

“蜂蜂，快过来！”南希又在伊娃看不见的地方喊了一声。她的声音听起来细致又纤弱，但却非常清楚明了，带着一种真切的紧迫感。她的语调也跟伊娃叫两只狗来吃奶酪时如出一辙。

蜂蜂好似一听见南希的声音就回过神来。它把它扁平的小脑袋转向南希，它终于发现了自己的处境有多危险，脸上显露出躁动与惊慌——一边站着一头巨大的公牛，另一边两头硕大的奶牛步步逼近，它们全都压低了头盯着它。

伊娃将自身安危置之度外，踉踉跄跄地跑进花园寻找南希，焦急地在视野里搜索着。她终于在草坪的另一边发现了南希，她站在一条长凳上，旁边长长的石路上是米克搭起来的庞大烤架。

“南希！”伊娃大喊，“别动！别下来！”

说时迟，那时快，只见一溜苍白的皮毛闪过，蜜蜜已经从花圃里冲出来，穿过花丛和奶牛，跑到了南希那边，奋力跳上长凳。要不是亲眼所见，伊娃简直不敢相信蜜蜜竟然有如此发达的运动细胞。

蜂蜂和南希之间仍然有好几头奶牛，但如果蜂蜂能有办法穿过奶牛的腿……

站在长凳上的南希俯下身，鼓励性地拍打着膝盖，就像平时伊娃把花园里的狗狗唤回来那样。“蜂蜂，快来这边啊！”

那些奶牛开始朝南希移动，它们以为南希是在给它们提供午餐。蜂蜂趁机开溜，而那头公牛也决定到此为止。它重重地一跺脚，却直接踩烂了草皮，蹄子深深陷进了土地里，它随之被绊倒，发出一声困惑的咆哮——怒火中烧，震耳欲聋——就在那一秒，蜂蜂朝南希飞奔过去，伊娃也跟在它身后猛冲。

她自己都不知道怎么会跑得这么快，但她做到了，南希紧贴在她胯上，双腿盘在她腰上。伊娃一手抓着蜜蜜的项圈，另一只手臂夹住又叫又抖的蜂蜂。紧接着，她忍着喉咙和胸口的剧痛，沿着屋子侧面狂奔，最后跌进门廊里，“轰”的一声把门摔上。

乔尔正站在门口，瞪大了眼睛，手里拿着电话。

伊娃竭力控制住自己上气不接下气的呼吸，想让孩子们看见一个淡定自若的大人，好让他们放心。可是她脑海里仍旧会闪过一幕幕刚才极有可能发生在两个孩子、两只狗还有她身上的血腥惨剧。

“我又叫错了。”乔尔说，“对不起，救护车和消防车也会来。”

“没事。”伊娃闭上双眼，“没关系。”

“真的吗？”乔尔将信将疑，伊娃伸出双臂抱住他。

“真的，快过来。”她说。然后她感受到两个幼小的身躯在她怀里，紧紧地贴着她。他们稚嫩的头发气味灌进她鼻子里，她能透过他们的皮肤感觉到他们的心跳。

此刻只有一个念头闪过她的脑海，并且这个念头超越了一切。

南希说话了！南希终于在伊娃家里第一次开口说话了，而且是为了伊娃而说的。她这一生从未欢欣鼓舞、心潮澎湃到这种地步。

情敌与情敌

“而且这里没有多少同时受到金属乐队[①]和卡洛尔·金[②]影响的乐队。”李的手肘撑在室外的桌子上，灰色的眼睛里闪动着痞气的笑意，“说实话，我们还挺独一无二的。”

这是你第九次“说实话”了，凯特琳心想。

她也微微一笑，想让自己停止数数，但她自知做不到。

可令人啼笑皆非的是，李今天帅出了新高度。他穿着深蓝色连帽卫衣，外面套了一件旧皮夹克，脖子上露出柔软的肌肤，让凯特琳有些无法自拔。显然他下班之前洗过澡了，因为他的头发在阳光下闪着湿漉漉的光，而他端着酒杯的手腕上还戴着三条皮手环——凯特琳对男士首饰毫无抵抗力。除此之外，他对这次约会显得尤为激动，不断抛来暧昧的神情，像是在说：“很棒，不是吗？”

可是他老是在说“说实话”，已经到了凯特琳很想大喊“你不必一直都说实话，你又不是朱迪法官[③]”。

别想了，她坚定地告诉自己，因为她知道这迹象可不太妙。

然后她又开始想：我希望南希找到法子告诉了伊娃她午餐想吃什么，乔尔会记得要解释一下她不喜欢食物上有酱汁吗？

“那就说说你今晚的表演吧。”凯特琳逼自己聚焦李的优点。他

---

① 美国摇滚乐队。

② 美国民谣歌手。

③ 美国法庭真人秀主角。

的吻、他的鼓技……这一切只关乎玩乐和肉体欢愉，还有……

“好，说实话，对我们来说，有点像是实现了一个梦想。”

第十次了。

“丹尼正在跟主办方谈，如果顺利的话，他们可能会签我们去他们的一个夏日音乐节上表演。”

“那就太厉害了！”凯特琳呷了一口苹果酒。可能他有点紧张吧，因为这是第三次约会，待会儿还有一场大型演出，晚一点可能还会邀我去他家过夜？“我很喜欢音乐节。”

“你会介意露营吗？”李笑着往前靠了靠，桌下面他们的膝盖碰到了一起，凯特琳把疑虑抛到一边，“肯定会很好笑，而且说实话，我们还真需要一个性感的和声歌手……”

“啊！”凯特琳忍不住叫出声来。

“怎么了？”李困惑地往后一坐。

“没什么。”凯特琳说，“就是……展示一下我的和声技巧！”她摇了摇头，“说实……说句真心话，我不太会唱歌。”

“不用担心，我们乐器的音量调得特别大，连诺亚的声音都听不见了。再来一杯？”李指了指她的空杯子。

“呃，这次就要一杯健怡可乐吧。”她说着拿起手机，“我得……你懂的，打个电话。”

“没问题，我马上回来。”李咧嘴一笑，从座位上滑下来，凯特琳看见他牛仔裤下又长又壮的大腿若隐若现。

她感觉心里很矛盾。

望着李慢悠悠地走进了酒吧，她把头埋进了手掌里。并不是她不喜欢李——她真的喜欢——可就是感觉有什么东西断开了。

她不得不承认，事实就是她想象中的李比现实中的李更吸引人。那个白日梦中的李在她想象里生活了好几个月，他围着公园跑步的时候，凯特琳就会想象跟他接吻会是怎样的感觉。现实中的李如此接近她的幻想实属难能可贵。但是她也无法忽视一些问题，李究竟是不是对的人？他们之间究竟有没有心灵相通的默契？他总爱说“说实话”其实无伤大雅，凯特琳说不定还觉得挺可爱的。

太阳躲到了云朵背后，凯特琳这一天的时光也少了些许光亮。

但是另一个迷茫的声音又在她脑子里反对道：李长得太好看了。这么多年都平淡地过了，干吗要放过一次欢愉的机会？况且他还是个鼓手！凯特琳这辈子就想跟一个鼓手谈一场恋爱，又不必非要嫁给他。

凯特琳想给斯卡利特发短信，跟她说说这进退两难的境况，但旋即又觉得通过问别人来验证自身的看法，这种行为很幼稚。

她把下巴搭到手上。房子的事无疑也是一次冲击，赶回家处理破败的房子把一切都毁了。凯特琳在脑海里微妙地想着：换成是伊娃，她会怎么做？伊娃肯定不会有炮友，她只会有送她诗集的大学教授。

但我跟伊娃又不一样，凯特琳想着，觉得内心深处搅动着一番抵触。

李拿着饮料回来的时候，她告诉自己要看情况而定。玩得开心一点，他那么热情，难道这还不值得发生点什么吗？

随后他们又喝了一杯饮料，吃了一些薯片，聊了一会儿天。凯特琳努力把注意力放在他要参加慈善马拉松上，每次他提到他在“康乐中心”工作，凯特琳都默默在心里加一句“健身房”。下班的人潮慢慢填满了室外的桌子，凯特琳知道面对现实的时刻就要到了：要么进入约会的下一垒，要么就趁早退出。

“那……”李扬起一撮眉毛，“你想吃点东西了吗？我五点半要到丹尼那儿做准备。”

凯特琳想硬下心说“不必了”，却听见自己说了声“行啊”。

“好！”李喜上眉梢，“那我们在路上买点炸豆饼吃。”

他站起身，凯特琳也跟着站起来，结果绊到了桌子。李一把抓住她，两个人差一点就要拥吻在一起。他俩靠得很近，近到凯特琳都能感觉到李温暖的呼吸。李的手指触碰到她柔软的手臂，她浑身翻涌起一阵欲望。李的身上闻起来有种性爱、夏日和皮衣的气味，总之就是各种能让凯特琳欲罢不能的气味。荷尔蒙在她体内不停地涌动。

李深深凝望着她的双眼，她犹豫不决。但正当李俯身要吻她时，凯特琳突然清醒过来。她要阻止这场约会继续往下发展。

“李。”她叫了一声，趁吻压下来的前一秒，她别过了头。李柔软的双唇擦过她的脸颊，在她眼下轻吻了一下。

然而就在此刻，凯特琳越过李的肩膀，看见了一个人，她立刻惊愕地推开了李。

她看见了帕特里克，他站在酒吧外面的人行道上，盯着他俩。

他穿着他最好看的那套深蓝色西装，头发保持着清早洗过之后的蓬松。而他的脸色却铁青，写满了不快。

“你在这里干什么？”凯特琳挤出一句话，脑子挣扎着想回过神，“你不是应该在朗汉普顿陪孩子们吗？”

“我没有！”帕特里克深色的眉毛紧皱在一起，“我上午就往这边赶了。我的车停在这条街上，离家最近的位置——停车位真难找。你来这儿多久了？”

“一个小时吧……”其实都两个多小时了。凯特琳瞟了一眼手表，天呐，都三个小时了。时间过得可真快。“你回这里来干什么？”

帕特里克一副要开骂的样子。“因为我在跟建筑工人交接！你几个小时之前就该跟他们联系了，结果你电话也不接。”

建筑工人，领班，烦死了。“我放在包里了。”凯特琳说，“我没有故意不接，只是没听见而已。”

“要是伊娃想给你打电话呢？你怎么可以这样不负责任？你是他们的妈妈。”帕特里克扬起手，“哦，对了，谢谢你让我知道了你把孩子们扔在我姐那儿待了一整天。我都没想到你会让她帮忙照顾孩子，然后自己跑来喝酒。”

“我没有！我就是回来解决房子的问题的。再说了，伊娃她自己想照顾孩子。孩子们很爱她，她愿意跟他们待在一起。”

李还站在凯特琳的身侧。他往前迈了一步，表明自己是跟凯特琳一起的。他看看帕特里克，又看看凯特琳，傲慢地扬起一撮眉毛。

老天！求你别说“你不打算介绍一下我们吗”，凯特琳心想。

“所以……你不打算介绍一下我们吗？”李不满地问道，口气足以激怒帕特里克。

“对不起，我忘了基本的礼仪了。”帕特里克伸出一只手，有那么一刻，凯特琳还以为他是要扇李一巴掌。但他没有，他极其不悦，却又相当礼貌。“我是帕特里克·里尔登，凯特琳的丈夫。”

“说实话，你是她的前夫。”李说道——又是那种不满的口吻。

“对，我是那种为了解决婚房问题可以绕道行驶两百英里的前夫。”

“那还是前夫，哥们儿。”

“那你是？”

“李·特恩布尔。幸会。”凯特琳发觉他的苏格兰口音比平日里重了几分。他是故意的吗？他是觉得自己需要谁来保护吗？她不需要，她现在完全不会对什么白马王子动心。

“啊，行了吧，你们两个。”凯特琳说道。她最不希望看到的，就是像电视剧里演的那样，两个男人围着你争吵不休。更何况帕特里克稳稳当当地站在对的一方。她知道他会默默地把今天的事记上一笔，添油加醋，夸大其词。然后在心里进一步看扁她。“李是我的朋友，我们来喝一杯，他待会儿要演出。”

李瞬间瞪大眼睛转向她。“你说什么？”

“别说了。”她话音刚落，又感觉这话也很蠢。真棒，凯特琳，你现在把两个人都惹怒了。“就是……我们待会儿再说这个。”

“你为什么不接电话？”帕特里克完全无视掉李，“你知道为什么建筑工人要找你吗？”

“签字验收呗，看起来已经挺好的了。”凯特琳挺了挺腰背。她真希望刚才没喝那杯苹果酒，现在酒精起作用了。“我只需要再给厨房涂料选几个颜色，就搞定了。”

帕特里克靠近桌子，认认真真在她面前放了一张打印出来的纸。“不是的，凯特琳。他们忘了把排气扇放进去，还有几个别的问题。”凯特琳看见那上面每一栏都有凌乱的红色笔迹。令她惊恐的是，她心里又升起了从前那种顽固不化的感觉，哪怕她知道是自己错了，她也只想坚持己见，而不是被人牵着鼻子走，这股冲动实在让她心烦。她妈妈为此叫她敢死队成员。

“所以你解决好了？真棒！好样的！谢谢了。”她这话是真心实意的，但听起来却像是挖苦讽刺。

帕特里克盯着她，显然已经火冒三丈。或者是因为那些建筑工人，或者是因为李，或者是因为凯特琳她自己也说不出是什么的鬼毛病。

“别这样。”她说着在包里翻找起手机，“我是在等着他——天呐，你看，我肯定是不小心调成了静音，只有……三个未接来电，都是你打的。还有……四个伊娃打的。”

仿佛他们都盯着手机看，手机感受得到似的，电话铃声突然响了，还是伊娃。凯特琳离开桌子，站直了身子。

“喂，伊娃！”凯特琳不好意思地说，“一切都还好吗？”

“都好！”伊娃听起来气喘吁吁，“刚才发生了惊人的事，我一直都在给你打电话！”

“怎么了？”凯特琳用余光扫了一眼帕特里克。他站得很近，眼睛直瞪着李。凯特琳走开了一步，帕特里克又立马跟上来。

“南希说话了！南希特别大声地说话了！”

伊娃的话在凯特琳脑子里震荡。“什么？”

“我们刚才在花园里，然后她叫蜂蜂过去！她说得可清楚了，我都不敢相信！”伊娃听起来像是啜泣了一声，“她的声音真好听，凯特琳。这都是因为蜂蜂！我真为他们感到骄傲！”

凯特琳的心像一块石头坠入了深井，落啊落，直到掉在一片黑暗之中。南希在她不在的时候对伊娃说话了？

但这是好事，她告诉自己，这是一种进步！很好！很好！

“发生什么事了？”帕特里克用唇语说道，凯特琳回给他一个“没什么”的口型，然后转过身。他说她不负责任那句话很伤她的心。

“真是太好了。”凯特琳挤出一句话，“但她本来就会跟蜂蜂说话，不是吗？在屋子里的时候？”

“对，但是这次不一样！”伊娃喜不自胜，凯特琳感觉到有种奇怪又不爽的烦躁感在她心头爬行，“我特别惊喜，我没想到她会这么沉着冷静——我以为她会害怕得不行，因为那些奶牛太大了，结果她直接喊出声，蜂蜂就跑过来了，然后……”

凯特琳的心一下就绷紧了。“什么奶牛？你说她害怕是什么意思？”

“哦，那是之前的事了。别紧张，现在都没事了，只不过……”

“我当然很紧张，伊娃。”凯特琳不是开玩笑，她脑子里的警钟已经震耳欲聋。奶牛？孩子们应该待在屋子里读书或者看 DVD。“永远不要对一个家长说别紧张。”

“你不要担心，就是有几头奶牛从牧场跑到了花园里。呃，还有一头公牛。两只巴哥困在牛群里了，可怜的蜂蜂，我都要吓死了，可南希简直是个英雄！她站在烧烤架旁边的凳子上，喊蜂蜂的名字，然后……”

“打住。”凯特琳浑身发冷，她知道自己已经面无血色，血液全都流到心脏里了。“倒回去，南希在室外跟一头走丢了的公牛在一起？怎么会这样？不是你让她出去的吧？”

伊娃终于停下来。凯特琳转头看见帕特里克聚精会神地盯着她，一脸惊恐。事实证明他说得对：凯特琳不接电话真的又愚蠢又危险。

“不是，当然不是，是她自己出去的。”伊娃支支吾吾，“我觉得……她是去摘花了。要是我们知道有奶牛在，我肯定不会让她去的……”

“为什么你没看好她？”凯特琳尖声喊道，“南希不会说话！她不会求救！你必须随时都看好她！她乱走的时候你在干吗？”

帕特里克握住了她的手臂，但她立刻甩开了。凯特琳怒火攻心，她还为留下南希一个人而愧疚，为帕特里克撞见她和李在一起而羞耻，为李目击了这一切而尴尬。她把所有事都弄得一团糟。

“这是为人父母一开始就要知道的道理！”她低声怒斥，“所有人都知道，你不能让孩子离开你的视线，你怎么会不知道？”

“我当时跟乔尔在一起。凯特琳，别反应过激了，拜托……”

“别告诉我该怎么反应——你根本无法想象我现在是什么感受。”她紧闭双眼，只看得见她那又弱小又沉默又恐惧的宝贝女儿困在一片满是高大奶牛的田地里。坚硬的牛蹄、硕大的身躯、挥舞的尾巴、粘连的大嘴。凯特琳感觉自己的五脏六腑统统都被扯了出来。“你都知道南希在外面了，你怎么还会只想着你的狗？简直……”

“我当然很担心南希！这根本都不用说！但是蜜蜜已经受伤了，那头公牛又盯上的蜂蜂，而且……”

“别再提你那两条蠢狗了，不准用说他们的口气来说我的女儿！”

伊娃沉默不语。

“我原本是很相信你的，伊娃。我相信你能照看好我的孩子！”凯特琳浑身发抖，“结果你居然干出这种事，这是你最后一次独自照顾他们！最后一次！从今以后，帕特里克必须也在场。”

“凯特琳！”伊娃伤了心，声音也变得微弱，但这也只会让凯特琳更生气——比气伊娃更气她自己。

“要是南希有个三长两短……”凯特琳刚开口，就感觉难受到说不出话来。

“把手机给我。”帕特里克走到她身边。

“不给！”她别过身，“别再命令我该做什么事情，帕特里克！”

“你吓坏了，而且你太无礼了，给我。”凯特琳奋力抵抗，然而帕特里克坚决地从她颤抖的手上夺过了手机。

“伊娃，是我。”帕特里克简练地说道，“南希现在在哪儿？她还好吗？”他一边听，一边说，“好，那就好，没事的。我知道……我知道……你别慌，告诉我究竟发生了什么。”

凯特琳瘫坐到座位上，李坐到桌子对面瞪着她。看李的样子，估计他很快也会不喜欢凯特琳了吧。

尴尬如同淋湿的衣服一般挂在他们中间。

“我是不是该走了？”他做了句口型。

“对。”凯特琳连强颜欢笑都做不到，她的脸根本动不了，她脑子里只有南希。南希需要她的时候，她不在她身边，没有人在南希身边，他们都是些什么人？“对不起，我今晚必须回去，我需要确保一切平安。”

“当然。”李看起来很不自在，“听起来好像挺糟的，希望你的小女儿没事。”他扬起眉毛，“你……跟他还好吗？”

凯特琳一时间没懂“他”指的是谁。“谁？哦，你是说帕特里克？呃，还好，他只是……他是南希的爸爸。这样吧，我晚点儿给你发短信，希望你表演顺利。祝你好运。”

“谢了。”李起身要吻她的脸颊，但又收了回来。感觉突然不对了，感觉一切都不对了。“回头告诉你表演精不精彩。”

凯特琳笑了笑，耳朵却削尖了在听帕特里克说话。他还在电话里下达着关于热甜茶、羽绒被、少儿频道的各项说明和指令，语气里充满了冷静和安抚。凯特琳听得怒火中烧，他怎么会去安抚伊娃？他怎么没有怒斥她把女儿置于了危险之中？他现在跟她站在一边了？

凯特琳捏紧了拳头，指甲深深扎进了手掌心里。假期的好心情都没了，仿佛从来就没好过。生活怎么可以说翻脸就翻脸？想来生活向来如此，每次大难临头的时候，她从没收到过任何警示。

她回过身跟李挥手道别，但他已经远去了，他在人行道上大步向前，转过街角，消失不见。

凯特琳感觉胸口压来一团重物，让她透不过气。

帕特里克说完话了。他把手机还给凯特琳，然后坐回到桌子边上，往前靠了靠，端详着她的表情。他经常这样，凯特琳总是在想，在他眼里她究竟是什么样子。

“茶？你想喝点茶吗？”他直率地问道，“你的脸都苍白了。”

“我没事。”凯特琳不假思索地说。

然后帕特里克就开始了。“我知道你很震惊，我也一样，但是你没必要跟伊娃说那番话。你无权教她怎么照顾我们的孩子，是你自己把他们扔给了她，然后跑来见你的新男友的。”

“你有没有搞错？我来这儿是为了跟建筑工人交接的，而且我空闲时间要干什么跟你一点关系都没有。是她在照顾孩子们，是她自愿的，她……”

“不要说了。”通常帕特里克只会生闷气，凯特琳从未见过他像现在这样暴跳如雷，“你用一套标准衡量你自己，用另一套标准衡量别人。你从来都只会考虑你自己，凯特琳，而且你根本都不自知。”

“胡说八道！”凯特琳眯起眼睛，“我每天醒来的所有时间都在照顾我的孩子，我今天有半天时间空着，我让一个我信任的人照顾他们，她是他们的亲人，结果却蠢到让他们身处险境！”

“伊娃就是犯了个错又怎样？我们都会犯错。”

“她不能在安全问题上犯错啊！而且她怎么能担心她的狗多过担心孩子——简直疯了。真的，帕特里克，别跟我说你不觉得这很离谱。”

别说了，凯特琳。一个声音在她脑子里警告道，别再故意跟他作对，然后把你自己推进死路里。

帕特里克皱起鼻子。“我不觉得。我当然很惊讶，但是你说伊娃犯错挺可笑的，尤其是在你自己犯了很多错误之后。”

“你什么意思？”

“你几周之前就让南希一个人走丢了，而且你还让乔尔不要告诉我。然后上次你想跟你的男友去派对，就把他们留给了……”帕特里克撇起嘴，“你的同事斯卡利特，结果乔尔把房子淹了，南希又被她那本讲火警的书吓坏了。”

“什么？她没有被吓坏，别瞎编，帕特里克。我们去伊娃家之后你根本都没见过她。”

“没有？我前几天晚上给又笨又粗心的伊娃打电话的时候，她告诉我的。有天下午你很忙，她就给南希读那本书，结果南希哭了。显然那次事故让她受到了精神上的创伤。”

凯特琳感觉心被掏空了似的。“我不知道这件事。”为什么伊娃不说？难道她隐瞒了很多这样的细节？难道林恩说对了——伊娃就是想趁凯特琳不在南希身边的时候，在她生活里建立起一定的地位？“她应该告诉我的，太奇怪了，居然瞒着我。”

“可能她不想让你知道，你的粗心大意竟然产生了这么令人痛苦的效果。”帕特里克言辞尖利，“你出门要么就完全相信别人能照顾好我们的孩子，要么就不要出门。你不能等到事情发生之后，才去定夺别人有没有履行好职责，还怪别人导致了这样的结果。”

凯特琳紧闭双唇，她知道帕特里克说得对。她感觉耻辱烧灼着她的灵魂。

“我简直不懂你为什么要这样，”帕特里克继续说道，“把事情全都丢给别人。就像今天，不去理那个领班，简直太不负责了——他等了你两个小时。他们还有别的工作要做，我还得把会议取消了，专门过来处理。但是你呢？你就是要去酒吧，于是你一走了之。现在又是谁给你的勇气去责怪别人？”他摇了摇头，“有没有搞错？”

“那你就别回来啊。”凯特琳反唇相讥，“让我们自己处理所有事情。哦，我忘了，你已经做到了呢，你觉得跟我们住在一起太麻烦，于是找了一份离我们无比远的工作，你就可以不必来给我们收拾烂摊子了。”

“你知道事实根本不是这样的……”帕特里克没再说下去，他盯着凯特琳，仿佛是第一次见到她。

帕特里克耸耸肩，怒火离他远去，留在他眼睛里的唯有失望。凯特琳感觉自己好渺小，又渺小又愚蠢，但仍旧在气头上。

“你到底怎么了？”帕特里克说，“你以前不是这样的。”

“都是因为你！”凯特琳恨恨地说，“你抽走了我生活里的开心快乐，所以我要来找回它们。”

帕特里克怔住了，像是被她扇了个耳光。她知道自己太过火了，但却又刹不住车。比起恨帕特里克，她更恨自己，不过指责帕特里克要容易得多。

“别说我无视孩子们，你才是那个两周才见他们一面的人。”她恶狠狠地说，“你把你的工作远远地排在我们前面。我除了要当妈妈，还要当半个爸爸。”凯特琳语速之快，让她都不知道自己在说什么。这些话来自她脑子里一个她一直不愿踏足的地方，至少当他俩和和气气的时候她不会去想。“你根本不知道一个幸福快乐的家庭生活需要的是什么。”

“这又是什么意思？”

“就是……”凯特琳用力拂了拂头发，“不可能了，帕特里克。我们永远都做不到的，就是因为你……”

她没有说下去。帕特里克一脸错愕，他眼神困惑，凯特琳的话说不出口，有什么东西阻止了她说出这致命一击。

“因为我什么？”帕特里克反复问道。

凯特琳注视着他，有话难言。

跟南希一模一样，凯特琳心想，这是来自里尔登氏沉默的力量。他们很清楚他们在做什么，帕特里克只是憋着那些问题不说，然后自己就会去猜他在想什么。但自己这么做根本毫无意义，因为他能轻而易举地看穿。

“别那样看着我！”凯特琳再也无法忍受了，“想说什么就说什么！”

帕特里克又等了片刻。凯特琳挑衅地扬起下巴，准备好迎接最难以入耳的话。

你是个烂到家的母亲，也是个没用的大人。

我从来没有爱过你。

南希不说话都是你的错。

这些话我无一没跟自己说过，凯特琳想大喊。

帕特里克开口的时候，声音是沙哑的，但他没有低下头。他的目光仍然在凯特琳的眼中熊熊燃烧。

“是他吗？”帕特里克故作淡漠，却紧张地舔了舔他干裂的嘴唇，“那个男的就是你……以前一直在见的那个人？”

“以前？”

“别装傻了，凯特琳。我都知道，是他吗？”

这个问题悬在空气里。凯特琳知道无论自己此刻说什么，都将改变事情的走向。如果她说“是”，那帕特里克定会悲痛欲绝；如果她说“不是”……那她的表情就会出卖她，帕特里克又会记一笔她是个骗子。

“不是你想的那样。”她脱口而出，旋即发觉这才是最差的答案。她相当于说了“是，也不是，我就是个骗子”。

帕特里克的神情闪烁了，一波受伤的表情如同炸弹爆炸般划过他的脸庞，凯特琳本能地想要伸出手安抚他破碎的尊严，然后解释给他听。但他的眼神迅速变得冷漠，凯特琳瞬间感受到一股寒意和他的不悦。

“我就知道。”他说着笑了笑，凯特琳从未见过如此黯淡萧瑟的微笑，“你觉得我总是想得到正确答案，然而，我也不是一直都这样。”

他们沉默无声地坐着，两个悲凉的人被周末喝酒寻欢的人潮包围。凯特琳知道他们离婚过程中“和平分居”的阶段已然告终。她很害怕，她不知道接下来会发生什么。

留宿

“我止不住地想凯特琳说的话，我半夜醒来也会想，天呐，她肯定觉得我是个大恶人，觉得我更关心狗，而不怎么关心乔尔和南希。可是她怎么可以这么想呢？”

“伊娃，别说了。”安娜停下脚步，指了指长凳，轻推着她过去坐下。她们在公园里，蜂蜂和蜜蜜已经围着花圃跑了一圈，最后来到一个咖啡小摊前，还从安娜牵着的彭哥那里偷来一个甜甜圈。“人在气头上的时候，总是会口不择言，往往都不是真心话，或者等我们冷静下来的时候，就不会那么想了。后来你见过凯特琳吗？或者孩子们？”

伊娃悲伤地摇摇头。“那个周末是他们用来探视的，他们要月底才会再来了。”

“那凯特琳来接他们的时候是什么样子？”

伊娃叹着气坐下来，塑料杯盖里飞出了点咖啡沫。“她没来，是帕特里克带他们回布里斯托的。他看起来也怪怪的，话也不怎么说。”一想到原本轻松快乐的周末时光变得又紧张又有人监控，伊娃的心里不由得一紧。她看到乔尔和南希一脸困惑不解，好像是觉得她不能照顾好他们，再加上凯特琳的不信任与气愤……“我一直都等着谁打个电话来说凯特琳改变安排了。”

“她不会的，别这样，就是一场意外罢了，每个人都可能碰上。有一次我爸把我落在宜家了，他带着一套衣柜配件、一大盒肉丸子和一个空的儿童汽车座椅回了家。我妈大发雷霆，说随便一个人都有可能把我带走！”安娜假装要抓扯她的头发，“我爸说我不会听别人的话，所以不可能被人带走。”

伊娃挤出一个微笑。安娜拼命让伊娃打起精神来，可是她明白自己肯定不会粗心大意地照看莉莉、贝卡和克洛伊。只要不是你自己的孩子，你就必须认真仔细。

“结果我受什么伤了吗？”安娜继续道，“当然没有。我爸还在我们的婚礼上讲了这个故事！菲尔承认他也干过一样的事，只不过是在健身房的儿童托管中心。那天晚上一直都有人走过来跟我们讲更不得了的故事。我确定你的父母也是一样的，只是你不记得了。”

伊娃来回拧着塑料杯盖。她喝咖啡的地方留下了一个乳白色的唇印。“说到点子上了，我还真记得。我爸……他不善于表达感情，他不是故意的，只不过没有那种养儿育女的本能。反正当年感觉不太好，所以我不想让乔尔和南希感觉他们所处的环境很不安全，非常不想。”

而且伊娃不想成为她爸那样的人，他根本就不该有孩子。伊娃忽地感到一丝凉意，这是另一件会让她一直想到三更半夜的事：说不定是什么潜意识里的本能微妙地让她避开了灾祸？选了一个错的人，下班时间越来越晚，并且没有丝毫转变的可能性。说不定她的身体知晓一个她不知道的事实。而凯特琳在电话那头的声音变得扭曲——你怎么可能想象得到我的感受？你……这个怪人。

“凯特琳说我无法理解她的感受——可能我就是理解不了。”她很难听到自己说出这样的疯言疯语，她想象不到把这话告诉安娜之外的任何人会是什么样，“如果我没有那种生儿育女的基因，那可能我永远都没法好好照顾他们。”

“你听我说。”安娜转过身，跷起二郎腿，“我们已经谈过这个了，当不当妈妈不是由道德决定的，而是由生理决定的。这次的事跟当妈妈没有关系——只跟当保姆有关系。上一个帮凯特琳照看孩子的人把他们家都毁了，真是绝了！你又没有造成什么伤害。下一次的时候，你把所有门都锁上，两只眼睛一直盯着他们。你已经吸取了教训，所以就往前看吧。”

“好吧。”伊娃说，“谢谢，你总是让我感觉什么难关都能渡过。”

“我还有一件事想告诉你。”安娜咬住下唇，“我也不知道此时当讲不当讲。”

“你说吧。”伊娃感觉心被人掏走了，肋骨下面一片黑洞。她大概猜得到安娜要说的是什么。“怎么了？别编故事说什么贝卡找到新工作了。”

“我……天呐，太不是时候了。”安娜小心地把空咖啡杯放到长凳上，然后直勾勾地望着伊娃的脸。安娜眼神真诚，一双蓝眼睛深邃又开明。她从来不会撒谎，她一撒谎就露馅。“我有小宝宝了。”

这简直就是安娜的口气，伊娃微笑着心想。她没单调乏味地说“我有了”，或者矫揉造作地说“我怀上孩子了”，她俩都嘲讽过后面这种说法。“我有小宝宝了”，这就是安娜的毕生所求：有一个她自己的孩子。哪怕她已经有了一个家庭。

“才刚怀上没多久。”她急忙继续说道，然后抓起伊娃的手：“这件事除了菲尔，真心只有你知道，我通常不会告诉别人，但是……我还记得我当时是什么感觉。我想告诉你是因为如果瞒着你的话，感觉……像是在侮辱我们之间的友情，侮辱你。也有可能就是我很自私地想告诉你。对不起。”

现在只剩我了。这句话在伊娃的脑子里默默地响起。只剩我还站在港口,其他朋友全都前往我抵达不了的彼岸了。她感觉一阵孤独来袭，吞噬了她的心。

“别说对不起。”她说，“我很为你高兴！真的。”

“是吗？你不用勉强的，你可以叫我闭嘴，永远不要再提。”

伊娃挤出一丝笑声。“那怎么可能？难不成九个月的时候你要假装自己吃得太多了？”

“对不起，对不起，我只是不希望你从莉莉或者书店的谁口中得知这个消息。我……我不希望让这件事毁了咱们之间的关系。我不会变成那些怀了孩子就讨人厌的人，我保证。或者至少不会变成比现在更坏的人。天呐，我原计划不是这样告诉你的。”

“安娜，别再道歉了。我很高兴。”伊娃把手缩了回来。这就是安娜敦促她去看医生的原因吗？那次说“为时不晚”的聊天——她当时已经知道了吗？伊娃有点哽咽，但不全是为她自己——还为了安娜，以及她藏不住的欣喜。一开始的惊讶褪去之后，伊娃发现她真的很为安娜开心。这个消息在她矛盾的灵魂之上钉了一颗尖利的钉子，但她仍旧为她的好友感到高兴。

“菲尔很激动吗？”

“对，怎么说呢，他现在很激动了。这完全是个惊喜，因为根本就是计划外的事。他都已经在说要去结扎了，我觉得肯定是吓到那些小蝌蚪了，于是它们决定背水一战。但就像我说的，我才怀上没多久，这也是我想告诉你的另一个原因。以防有什么……”安娜脸上闪过一丝阴影。

“住口，”伊娃说，“不会出任何差错的。”

她们就这样坐在长凳上，狗趴在她们脚边。公园对面，两个女人推着婴儿车走过，两只黑色的拉布拉多也听话地跟在一旁。她们就是伊娃和安娜以前常常睁大眼睛瞅着的辣妈，她们霸占掉公园露天咖啡店几处最佳座位，然后一边谈笑，一边堆起一大摞童装。

她们的笑声飘过花圃，传到伊娃和安娜这边，然而她俩都没有说话。

回家的路上，伊娃把最后三袋米克的衣服拿去了慈善商店。到此结束，最后一个衣柜也清理完毕。

不过，也留了几件伊娃实在舍不得拿给别人穿的衣物：他在花园里闲逛时穿的旧毛衣、他破旧的灯芯绒裤、他最喜欢的衬衫。这些都藏在一个五斗柜里，上面还有他的味道。这些都是他真正的衣服，而不是那些让他成为名人迈克尔·奎因的戏服，抑或是别人最喜欢看他穿的什么东西。

“噢，奎因太太，你对我们简直太慷慨了。”伊娃正要离开时，慈善商店的店长从后面的房间里冲了出来。“我想来道个谢，我们靠你的捐赠肯定已经筹集了几百英镑的善款了。”

“不用谢。”伊娃尴尬地说道。她其实是把衣服随机分给了几家商店，她不想看见一整个橱窗都又假又僵硬地陈列着米克的衣服。“我是在慈善商店碰见迈克尔的，所以感觉把这些都拿回来……挺合适的。”

“噢！我还以为你们是在书店碰见的。”

伊娃踟蹰了一下，然后摇了摇头，现在还继续撒谎已经没什么意义了。“不是，其实我们是在一家专门帮助老人的商店碰见的，镇中心那里。”

那位女士微微一笑。“啊，那就更好了。总之，我很高兴你给我们打来电话,我们正准备把这个寄给你来着。”她拿出一个大号信封,“我们在几件夹克里发现了一些私人物品,所有男士夹克的内兜都是噩梦！我们都没有看。”她补充道。伊娃接过信封。

摸起来就是米克常带的小玩意儿：硬币、卡片、电话号码。伊娃将其对折起来塞进了包里。她现在还不想看,无非又是看一眼然后扔掉。

“我听说你要出书了？”那位女士继续道，“肯定很有意思——里面会有很多朗汉普顿的内容吗？我们都觉得奎因先生是我们这里最出名的居民……”

伊娃还来不及回答，她的手机就响了。她道了个歉，走到店外接电话。

是帕特里克打来的。

“你介意我今晚留宿在你家吗？”他问道，“我明早在伍斯特有个会要开，我必须得有充沛的精力。”

“伍斯特？呃，当然可以。”他的口气听起来挺搞笑的。“一切都好吗，帕迪？”

他顿了顿，说：“等我见到你了再说。”

帕特里克十点钟到了伊娃家，带着旅行小包和一套西装。他也给伊娃带来了一束花。

“这是用来谢谢你愿意立刻收留我的。”他一边说，巴哥一边围着他的脚踝闻来闻去，“也是为上周五的事表达歉意的。”

“我才应该道歉……”伊娃刚开口，就看见帕特里克摇了摇头。

“不是，是我不好，这种事时有发生，凯特琳无权那么跟你说话。不过要是换了我，或者她妈妈，或者随便一个人在照顾两个孩子，她的反应都会是一样的。希望你不要太难受。”帕特里克看起来格外沮丧。

“她完全有理由生气，慌张……”

“她那种反应是因为她知道是她错了。如果她真有那么担心的话，那从一开始她就不会丢下南希。”帕特里克捋了一下头发，“听着，我有……我有事要跟你谈谈。我们泡杯茶吧。”

伊娃跟着他去了厨房，两只狗紧随其后，往日里活泼的叫声也没了，仿佛它们感受到了事情的严肃性，想要一听究竟。

“别跟我说要去伍斯特开会是你编的，你就是想来跟我道歉。”伊娃轻轻说道。帕特里克像是想让自己忙活起来，于是伊娃让他拿出茶壶，把热水烧上。“你给我打个电话就行了。”伊娃说。

“不是那样的。”伊娃看着帕特里克一连串细心的小动作——将热水倒进茶壶里，盖上盖子，然后靠在橱柜上。他盯着茶壶看了片刻，说：“我接到了一个职位的非正式面试。一个以前跟我共过事的人在伍斯特开了一家新公司，他在找西米德兰兹郡的地区经理。”

“但是你的新工作才干了几个月！”

“我知道。”

“他们会让你走吗？你不是准备推行什么新的促销活动吗？”伊娃在心里搜寻着理由。帕特里克仓促地做决定太不像他的个性了。“那边有什么麻烦了吗？”

“没有。”帕特里克靠在台子上，“我……我上周末把孩子们送回家的时候，跟凯特琳聊了聊。她说我不够关心孩子，这我不能接受，但是她怪我离他们太远了，这一点她说得对。我不喜欢离他们那么远，而且与此同时，我也不喜欢凯特琳的行事方式，所以我想搬到近一点的地方，以防……”帕特里克紧闭双唇。伊娃解读不了其中的深意。

“以防什么？”

“以防他们需要我时，我不在。”

“哎，帕特里克，凯特琳不会干傻事的。”

“她都不需要犯傻，她只要稍微粗心一下就会出事，她经常这样。我以前只是觉得她做事没有计划，但现在我觉得她做事只考虑自己，不考虑别人。乔尔都比她有常识。”

伊娃注视着帕特里克。每一次他谈及凯特琳的过失，他的话里都没有怨恨，更多的是失望。以前他也做过类似的事，他当年硬是不换他的第一辆车，那是一辆红色阿尔法·罗密欧，在修理厂的时间比在路上还多，帕特里克在那辆车上挥霍着时间和金钱，哪怕它明明就很不中用了。伊娃当时觉得很奇怪，帕特里克绝不宽容表现欠佳的商品，却总是坚持说那辆破车能够修好。他终归是很爱那辆车的，直到遇见凯特琳的前一年才卖掉它。

“我知道我想问的问题很蠢，但你为什么一开始让他们把你派去了纽卡斯尔？”伊娃问道。凯特琳说的是真的吗？他真的把工作放在他们之前了吗？

“这由不得我选——我怎么着都会被派过去。而且我真心以为这对我们都好——会是一个全新的开始。”他摊开双手，“我们在那里可以有一栋漂亮的房子，孩子们都有大卧室，还有一个花园。但是凯特琳就不，她编些莫名其妙的理由硬是要留在布里斯托，不愿意离开那栋房子和孩子们的学校。我觉得她就是不愿意来罢了。”

“她的很多回忆都在那栋房子里，你知道的。”伊娃拿起茶壶，倒了一杯茶，“她告诉过我她跟她外婆的故事，当时乔尔还是个小婴儿。那里是能让她安心的地方。”

“我懂，但我们不是非要把房子卖了，我们可以出租，但凯特琳就是割舍不下。当你知道你是在跟对方的过去竞争，而且还输了，就真的很艰难。还有……”他不自在地呼了一口气，“凯特琳没跟你说过吗？”

“说什么？”

“我还以为你俩已经成了闺蜜了。”

“我也以为。”伊娃拿起茶杯，“但我也猜不透别人的心思。你说吧。”

帕特里克顿了顿，半天提不起信心。他脸上流露出的努力让伊娃的心一沉，这就是他一直绝口不提的事吧。“我们之间有了第三者。”

“什么？”伊娃愣住了，茶杯正举到她的嘴边。

“她以前一直在撒谎，她总说她晚上是去学尊巴舞了，但是回来之后却从来不洗她练舞穿的衣服。一直在打电话，一直说自己需要自己的空间。她甚至还说我是在监视她，我说我需要知道她在哪里。我觉得这合情合理。她发过誓没发生什么事，然而……星期五她却在布里斯托见一个男的。所以不只是房子，另一个原因是她不想再跟我在一起了。”

“她从没跟我说过这个。”伊娃惊讶不已。她没想到凯特琳会有婚外情，从凯特琳谈起帕特里克时的样子来看根本猜不到。凯特琳很失望，很生气，但是不像是心猿意马的人那样漠不关心。米克有些朋友出过轨，伊娃也认识，他们眼中的腻烦与冷淡明显跟凯特琳的眼神不沾边。

帕特里克耷拉着肩膀，伊娃正想上前去安慰他，结果他的脸又瞬间没了表情。他咬紧了牙关，下颌像超人那样绷紧着。

“不过也没关系，那是她的选择，可是孩子们没有选择要离开我。我搬去那么远的地方是我错了，我要想方设法搬回去。所以我试探着发布了一些求职信息，然后这个机会就出现了。”他把茶杯从托盘上拿起来，“其实也就是往南方搬一点，但离孩子们就能近一些。凯特琳可以想干吗就干吗。”

“你说真的？”

“就算我想，我也回不去了。”帕特里克说，“我知道做人应该如何行事，而且我也不可能跟一个骗我也骗她自己的人住在一起。”过去的帕特里克回来了，容易动怒，又爱给人定性。伊娃在他的脸上看见了他们的妈妈，她知道无论她再说什么，都是浪费口舌，帕特里克已经下定了决心。她为凯特琳感到难过。

“你吃过饭了吗？”她问道，“要不要我给你做点吃的？”

帕特里克摇摇头。“我现在没什么胃口。”

伊娃辗转难眠，她合上的双眼后面万千思绪在翻涌，就像是喝了太多咖啡。而凯特琳、帕特里克、她妈妈、她爸爸一直在她的脑海里徘徊，尤其是她的父母。如果帕特里克觉得凯特琳与他们的婚姻背道而驰，那他就有失公平了。

伊娃在半明半暗里望向狗睡觉的地方——这样也好安抚一下自己——可她只看见蜜蜜四仰八叉地躺在奢华的床上。蜂蜂去哪儿了？这是她醒来的原因吗？

伊娃掀开羽绒被，穿上拖鞋，轻手轻脚地走到楼梯平台上。帕特里克的房间没有透光出来。很好，她心想，至少他在好好休息。

然而正当伊娃转身准备下楼去厨房的时候，她眼角的余光感觉到一处小小的动静。乔尔和南希的卧室门半开着，随着伊娃步步走近，她看见床上有一团黑影。

伊娃心跳加速。她继续走近，像是隐约听见一声叹息。月光在楼梯平台纯白的地毯上洒下一片珍珠灰色的光亮。伊娃越是靠近，心就越是“咚咚咚”地猛跳。她终于看见了房间里面。

南希单人床上的黑影是蜂蜂，它紧紧地蜷缩在南希的凯蒂猫羽绒被上，像是一个黄褐色的鸡蛋。它轻轻地打着呼噜，蜷在南希的枕头边上，紧贴着它走散的朋友。

伊娃会心一笑，想要走进房间里轻抚蜂蜂，结果却一眼瞧见帕特里克坐在乔尔床边，弓着背，手里握着什么东西，伊娃差点被吓掉了魂。

“帕特里克？你在这里干吗？”伊娃的视线逐渐延伸到有光亮的地方，只见帕特里克手里握着一只熊——是乔尔的泰迪熊，它的耳朵已经破损，还少了一只眼睛。凯特琳一直都没抽时间换上一个玻璃纽扣。

帕特里克点点头。他还穿着来时的衣服，衬衫的领口解开了一颗扣子，领带被扯得松垮垮的，一副睡眼惺忪的样子。

“睡不着。”

“那就下楼，我给你做可可饮料。”

他摇了摇头。“我只想坐在这里，每天我最喜欢这个时候，看着乔尔和南希睡觉。我以前问过凯特能不能让他俩晚点睡，这样我就能给他们读睡前故事了，但她不肯，非要让他们天天都早睡。”

伊娃坐到帕特里克身边。“别太伤心了，帕迪。”

帕特里克耸了耸肩。“我错过了很多小事情，他们洗澡，他们上床睡觉。我感觉我不在他们的回忆里。有时候我回家晚了，我就坐在地上，靠着他们的床，看着他们睡觉。”他拽了拽泰迪熊的耳朵，“我不愿意让他们惊醒过来，却没有人在他们身边帮他们赶走坏人，特别是乔尔。”

伊娃看见帕特里克的眼睛在微光里闪烁着，此情此景，伊娃心头一紧，她的弟弟像一只忠诚的看门狗那样坐在熟睡的孩子床边。这样无声无息的爱意可能他们永远也看不见。

看来就是这个意思吧，伊娃心想，父母之爱，只有当它真真切切触动到你的时候，你才会明白。她的心又是一紧，这一下是为她自己，因为这份爱她永远只能猜测，无法体会。

“换成是爸爸，他也会这么做的。”帕特里克说道。而伊娃却无法同意。

“错，”她说，“他绝对不会这么做。”

帕特里克转向她，伊娃却直勾勾地望着前方。“帕特里克，身为一个父亲，你比爸爸好一万倍。妈妈或许想让你觉得他是个慈爱又正派的人，但是……他不是。妈妈也希望他是，可他真的不是。”

伊娃感觉到帕特里克看向了她，当他准备为爸爸辩护的时候，伊娃平静地说：“你知道我最早的记忆是什么吗？是当你还是个婴儿的时候，有一次我下楼，听见爸爸告诉妈妈他从来都不希望我们来到这个世上。他们当时甚至都没在吵架。我想可能是妈妈在喂你吃东西的时候，叫他给我做午饭，结果他就说‘是你想要这两个孩子的，芭芭拉，我可不想要’。”

伊娃能清楚地听见他的声音，愤愤不平，根本就不像是在开玩笑。她还记得当初从她深爱的爸爸嘴里听到这样一句不像一个父亲该说的话时，她感觉有如晴天霹雳。在楼梯旁边向日葵印花的壁纸前面，她尽力安抚着不停啼哭的帕特里克，似乎只有这样爸爸就不会再说那种话了。

“他是那么说的吗？”

伊娃点点头。“我知道他的想法之后，事情也就越来越明了了。为什么他总是在诊所里不回来？那是因为他不想跟孩子在一起。妈妈总喜欢说爸爸很能干，很支持她在家照顾我们，但其实就是他不想回家跟我们待在一起而已。这不该是你这么努力的原因，每次听你这么说，我都很难受。”

帕特里克似乎很难以接受。“爸爸知道你听见他说的话了吗？”

伊娃摇摇头。“我不是说他爱骂人，我是说他……明显很厌恶父亲这个身份。我现在算是明白了。我之前花了很长时间才懂得他不是不喜欢我们，而是不喜欢养育孩子！我怀疑了很久我们不是他的孩子，而是他们收养的。真的，帕迪，他不是个好爸爸。妈妈给了你一个完全不存在的人物来当作学习的榜样，因为那才是妈妈希望他作为父亲该有的样子。妈妈知道他根本不是那样的人。但是爸爸死后，妈妈就揪住她心目中的那个爸爸不放，这是为了她自己，也是为了你……”伊娃的声音减弱了。

她眼中的南希就是这样的——小小的女孩，隐瞒着一个大大的秘密。

“我很担心南希。”伊娃小声地说道，“你的任何事我都很担心。”

帕特里克突然做了一个他长大以后就再也没做过的动作：他抬起了一只手臂环在他姐姐的肩上。这个动作直接把伊娃拉回到童年时代，年幼的帕特里克有时做了噩梦，她就会溜进他的房间里去安慰他，让他装作没事，然后帕特里克就会把手臂搭在伊娃的肩上，仿佛抓住前来安慰他的人就能驱散恐惧。

他们两个并肩坐在单人床上，伊娃感觉自己的呼吸开始变得缓慢，吸气，呼气，吸气，呼气，直到她跟帕特里克的呼吸频率变得一致。整个房间感觉越来越小，也越来越暗。一股平静的爱意出乎意料地充盈着伊娃的身体，她把所有人都默默放在了心底——她的弟弟、她的侄女、她的侄子、她的狗——然后用灵魂守护他们，用双臂紧紧地包裹他们。

“会好起来的。”伊娃低声说道。

她感觉帕特里克点了点头，不过没有说话。或许是说不出话了吧。难道他哭了？伊娃记得自己从未见过长大以后的帕特里克落泪。

“你们让这栋房子充满了生气。”她轻声说道，“你、南希还有乔尔，感觉现在这里成了一个充满欢乐的地方。”

帕特里克没说什么，却紧紧地搂着她。

伊娃继续说着，她感觉自己能够往黑暗里倾吐任何一桩心事。“米克死后，家里的狗变得很孤独，比我还要孤独。而现在乔尔让蜜蜜重新活泼起来，蜂蜂又那么喜欢南希。所以拜托你以后还要继续带他们来这儿，我保证不会再发生那样的事了。”伊娃咽了一下口水，不知道自己是不是提了过分的要求，“我知道我体会不了为人父母的爱，但是……”她话没说完，就被帕特里克打断了。

“别这么说。”帕特里克断断续续地说，“我第一次遇见乔尔的时候，对为人父母的了解跟你现在差不多——说不定还更少。但是这并没有影响我去爱他，也没有影响他来爱我，这一点我很清楚。我一开始爱他是因为他是凯特琳的孩子，之后我爱他是因为他本人，他是个很好的孩子，很搞笑，很体贴，他……很善良。我也犯过错，有时候我逼他逼得太紧了，可是乔尔原谅了我，因为他知道我有多希望一切能够顺利发展下去。”

伊娃的喉咙有些发紧。她一直都知道她的弟弟很关心这个孩子，哪怕他们之间的共同点少得可怜，然而伊娃却从没听过他如此直白地讲述出来。一字一句都痛并深爱着。

“南希出生之后，我更懂得照顾孩子了，但我对他们的爱没有不同。南希是我的孩子，而乔尔选择了成为我的孩子，而我也选择了成为他的爸爸。我们都需要学习如何相处。”

帕特里克把头靠向伊娃。“别跟我说你不明白什么是爱，伊娃。”他的话听起来虽很生硬，却是发自内心深处，那个他极少摆上台面开诚布公的地方。“你明白，你很明白什么是爱。”

月亮在窗帘后面游移，一束苍白的光亮洒在两张单人床之间。蜂蜷在南希的羽绒被上轻轻地动了动，然后紧紧地依偎在她枕头边上。原本荡漾在伊娃眼中的泪水终于从她的脸颊滑落。她哭了，尽管她莫名其妙地觉得似乎并没有感到那么悲伤。

破裂边缘

凯特琳站在咖啡厅柜台后面，一遍又一遍地擦拭同一个咖啡壶，力气也越来越大。她隐约感觉到斯卡利特和玛丽在厨房里望着她，但她并不在乎。她此刻要在乎的事情太多了。

帕特里克请律师寄来的信还在她夹克口袋里，如同一个正敲击着桌面等她回话的法警，满嘴都是客客气气的威胁。信纸很厚重，无疑表明如今的情况有多严重，虽然只有简短的几个自然段，但每一段文字都让她感觉不舒服。恶心，惭愧，害怕。

她妈妈说得对：只要帕特里克发现她已经开始了新生活，他的态度就会转变，变得怒不可遏。

凯特琳不停地擦着柜台，直到黑色的板面映射出她那张不悦的脸。帕特里克提出了房产分割，他毫不关心凯特琳为养育孩子做出的选择，尤其是南希尚未好转的语言障碍这方面。此外，他还想重新考虑财产方面的协议。所有主张都埋伏在了这张虚情假意又咄咄逼人的法律文书里，很明显，如今的境况已经不是那个调解员能够处理得了的了。

凯特琳停下手头的工作，靠在台子上，把脸埋进手里。

她不知道接下来该怎么办了。总的来说就是，首先，她很气帕特里克质疑她养育孩子的能力。再者，突如其来的敌意让她很惊慌，她知道自己也有错，但是她把对自己的怨恨发泄在了伊娃身上，所以现在她感到自己身陷绝境。凯特琳明白自己不能浪费时间乱找律师了，她没法独自面对这一切。尽管千百个不愿意，可她真的只能寻求帮助。

是时候找她妈妈请那个律师来帮忙了，而且她清楚必须得趁自己改变主意之前立刻行动。

现在过了午餐的时间，离下午茶还有一段间隔，咖啡厅里只坐了几桌人。再过二十分钟就三点了，通常三点十分的时候凯特琳会去学校接南希，也就是说她所剩的时间无多。孩子们的耳朵跟蝙蝠声呐一样灵敏，她可不想有他俩在场的时候打这个电话。

斯卡利特从厨房里出来，摆明了是来搜集八卦的。她还没来得及说话，凯特琳已经扯下污迹斑斑的围裙递给她。“我要打个电话，”她说，“你能替我一会儿吗？”

“但是你下班之前，乔安妮想跟我们谈话。”斯卡利特皱起了眉头，“她在从批发商那里回来的路上，她说她有重大消息要宣布。”

“事态紧急，就两分钟。”

“凯特，我估计是要新开一家咖啡厅了。”斯卡利特压低了声音，“我之前一不小心听见她在后面的办公室里跟人说的，然后……”

换成是上周的话，凯特琳肯定会欢呼雀跃，但是这周却高兴不起来。她现在根本不在乎乔安妮是不是要去火星开一家萨迪厨房。

“斯卡利特，我必须去打个电话。对不起，我马上回来。”

她迂回穿过一张张铺着格子布的桌子，差点撞上正抱着一堆文件走进来的乔安妮。凯特琳转身挥手致歉，看见几个常客点了些无聊的点心，小口小口地吃着胡萝卜蛋糕，还要把上面的坚果拿掉，搞得就像有辐射似的。她心想，我到底在这里干什么？

她想不出答案，但是她的妈妈肯定能给出至少一个答复。这就是她请求援助需要付出的代价。

铃声响到第三下的时候，林恩接起了电话。她会以其高超的职业水准迅速地给出了答案，让凯特琳既心生宽慰，又感到形势严峻。

“妈妈，是我。”她说，“对不起在你上班的时候打给你，但我真的需要你的建议。”

“你需要我的建议？”林恩装作很吃惊，“今天是愚人节？”

“我收到帕特里克的律师函了。”凯特琳咽了一下口水。她躲在咖啡厅旁边的一条小巷子里，空气里有一股脏水的味道。“你说得对，他决定动真格的了。他说房产要平分，还想回去继续调解。我觉得他的意思就是如果调解员不同意，他就会去法院请法官裁定。他能这么做吗？他能把乔尔和南希带到法庭上，让他们说想跟谁生活吗？”

凯特琳说着说着感觉浑身不舒服。南希站在法庭上，又害怕又无言，甚至还有人逼她说话。而乔尔则会说过多的话，硬生生装作没事。凯特琳握紧了拳头。

“噢！”林恩变了语气，“噢，天呐！”

“他还要重新考虑财产问题。他投过钱在装修房子上——他不能逼我把外婆的房子卖了吧？他不可能……把我们赶出去吧？”

凯特琳感觉胸口上站着一个人，她快要喘不过气来了。这条阴湿的小巷像是要把她夹在中间，她一闭上眼睛，那封信就浮现在她面前，每一段都是一枚炸弹。帕特里克说得出，就做得到。凯特琳知道这意味着他将背水一战，说不定还会抢走两个孩子，只要他力所能及……

“我不知道他为什么会这样，妈妈。”凯特琳一声哀叹。

“发生什么了吗？”林恩问道，“告诉我，凯特琳。”

她妈妈心里一清二楚，她是个聪明人，编个谎话一点意义都没有，但话一出口，凯特琳还是听见自己在改变一些片段。

“我上周在布里斯托见到他了。我回家解决房子的问题，他撞见我在跟一个朋友吃午饭。他……他立马就下了结论。然后伊娃本来应该照顾好孩子们的，结果她没发现南希走到一堆牛群里了，于是我……我当着帕特里克的面把她臭骂了一顿，告诉她永远也别想见两个孩子了。”凯特琳慢慢停下来，顿了顿。

“为什么不早点告诉我？”她说，“这简直糟透了。”

小巷尽头，一只猫从高墙上静悄悄地跳下来，两只鸟慌张地扑腾而上，翅膀撞到了砖头。

还有别的事凯特琳没有说，因为她觉得那些事很蠢。比如红酒瓶回收箱已经满了，她一连好几周都没记起来要拿出去，结果被帕特里克发现了。帕特里克一直爱唠叨她喝红酒喝得太多了，搞得她现在就像是个酒鬼。对帕特里克来说，这一切远比表面看起来的还要糟糕，他有鹰的眼睛，善于明察秋毫，他会把所有细节都拼凑起来，最后确保自己搞清楚了凯特琳在哪儿、干了什么。他把这叫作关心，而凯特琳却称之为监控。

都是我自作孽，她难过地想着，妈妈一定会这么说。是时候像个成年人那样做事了，要自己解决自己的问题。她说得对。

紧接着林恩开口说话了。她的口吻并不是自鸣得意，而是悲伤里带着关怀。“别担心，凯特琳，交给我，我五分钟之后打给你。”

凯特琳立即感到无比宽慰，就像是有冷水涌进了干裂的喉咙。“谢谢你，妈妈。”凯特琳知道自己已经语带哭腔，她感觉自己变回了十岁的小女孩。

电话那头停顿了片刻，林恩的声音一出，竟然是一片柔情。“这是妈妈应该做的。”她说道。

林恩丝毫没有浪费时间。两天过后，凯特琳来到了布里斯托顶级家庭法律师阳光普照的办公室里，她的妈妈坐在她旁边的皮椅上，接连问着凯特琳慌乱得答不上来的问题，更重要的是，还一边做着笔记。

一小时的会面结束之后，林恩和凯特琳的新律师希拉·马洛起立，站在北欧松木桌的两边握手道别，凯特琳心不在焉地跟着林恩走出大楼，穿过停车场，走向林恩的公家车。上车以后，林恩察看着工作邮件，而凯特琳默默在心里审视着残破的旧日生活，刚才狂轰乱炸的问题揭露出了过去的种种问题，就像是一座被炮击过后的城市：有些部分还辨认得出，但残垣断壁间全是令人心碎的细枝末节。那些旧日生活里细碎的时刻，她再也回不去了。

过了好久，林恩终于把手机插回充电器上，转头看着座位上的女儿。“我觉得刚才收获颇丰，希拉办理过几百件这样的案子了，就像她说的那样，哪怕她是在装腔作势。只要她写一封信，帕特里克的律师就再也不会给你发出任何消息。”

“那可不一定。”凯特琳说，“帕特里克的信上说他在重新安排工作，之后会离孩子们近一些。他这么做肯定是因为他觉得这至关重要。”

没想到凯特琳的心为之一痛。帕特里克愿意为了乔尔和南希回来，却不愿为了她留下。这说明了什么呢？

“你也别说得这么绝对，说不定是因为他在纽卡斯尔那边发展不顺利。”林恩在遮阳板的镜子里检查了一下自己的妆容，“孩子无非是他要出走最好的借口，他看起来就像是个甘愿为儿女牺牲的爸爸，这样他走的时候，也没人会问他尴尬的问题。”

“帕特里克不是那种人。”凯特琳说完，林恩就瞪了她一眼。

“他不是吗？他突然想起来修厨房的钱都是他给的，几周之前他都还没有表现得这么直接。你要强硬一点，凯特琳，你不能让他主宰一切，乔尔和南希是你的孩子。”

“不对，妈妈，他们是我们的孩子。帕特里克接纳了乔尔，而南希就是他的孩子。”

“那又怎样？你是他们的妈妈。”

凯特琳望着停车场，这些心事她能跟谁人说呢？如果在上周，她还可以跟伊娃说。然而现在她已经彻底毁掉了那份情谊。

“你怎么了，凯特琳？”林恩的声音抚慰人心。

凯特琳把头靠在冰冷的车窗上，目不转睛地看着仪表盘。

“我很害怕。”她说，“我害怕南希再也不会在外面说话，我害怕乔尔会觉得他又一次被爸爸抛弃了，我害怕我只能眼睁睁看着他们遭受不幸却无能为力。”

停车场另一边出现了一个人影，一个跟凯特琳差不多年纪的女人朝着车门自信地大步走去，手上提着一个公文包，身后跟着两个匆匆忙忙的实习生。那个女人穿着中跟鞋，像是在发号施令，嘴上涂着中性色调的口红，愉悦地微笑着。

我也能像她一样，凯特琳心想，在某个平行时空里，说不定那人就是我。

不过刚才她说的只是她恐惧的冰山一角，她还害怕自己永远也找不到一份体面的工作，她做铁板三明治已经做了十年了。她也害怕自己永远也遇不到一个合适的人，如今她有了两个孩子，孩子们的父亲还各不相同。她害怕自己会坠入这种不断遇上错的人，不断做错事的循环里。

“你还记得上一次我们两个单独坐在车里吗？”林恩问道。

“不记得了。”凯特琳说。

“我记得，当时我开车送你去上学，那是你大学最后一个学期了。”

哦对，那是他们那辆老沃尔沃，上面堆满了凯特琳的书和光怪陆离的海报。林恩半天找不到地方停车，最后凯特琳有些羞愧地下了车，而林恩叫了两个学生过来帮她。“当时爸爸去哪儿了？他因为什么原因去不了吗？”

“你猜对了，他要开会。”林恩转头看着她，脸上满是怀旧的情绪。“你知道吗？当初是我主动去接你回家的，但是你爸爸也很想去。你长大以后，他一直没有太多的时间陪你，我还挺‘羡慕’的。”

“我们其实没怎么聊天。”凯特琳说，“几乎全程坐在车里听电台。”

“我知道，但是……有些事过去了，你还是会想念的。时间过得太快，前一分钟你还是个婴儿椅上蛮横的小家伙，下一分钟你就已经在谈论时政，染头发了。”

“这……还算不上是我青春期干过的最坏的事……”

林恩叹了一口气。“总之，我还记得那次开车载你去学校，我当时就在想可能我们永远也不会这样了，母女俩单独一起坐车。你从大学回来就是个独立的大人了。我很想告诉你我有多么的激动，我很想说我知道你期末考试不会有问题，而且那些考试完全不重要。再过几个月你就要飞向外面的世界了，我等不及想要看你会去哪里。我真的好骄傲，骄傲到我都不知道该怎么说，才能让你不要感觉有负担。”

凯特琳本想说自己考试拿了高分，但是听见妈妈语气里的忧伤，她坠入了沉默。她也回到了当年那辆车里，她还记得当初她有多兴奋，然后……然后……格拉斯顿伯里，怀孕，一瞬间所有希望全部破灭。优秀的女孩不会带着孩子，一次又一次地换工作，一遍又一遍地想融入。优秀的女孩不会浪费生命，不会躲在公园里喝事先调好的金汤力。

“结果我却让你失望了。”凯特琳闷闷地说。

“并没有。”林恩转头看着她，眼里闪着泪光，“你飞去了不一样的方向，看见你煎熬我也很难受，我没有像我想象中那样处理好这件事。但最让我伤心的，是你没有回家。每天夜里当我想起你去找你外婆求助的时候，我都觉得我当初应该告诉你我有多么为你骄傲。不为你的成绩，而为你的精神，你的求知欲，你人见人爱的魅力。你永远都是我漂亮而优秀的女儿，你永远都不会让我失望。如果我让你有了与之相悖的感觉，那就是我作为一个母亲的失败。”

林恩一副灰心丧气的样子，凯特琳不忍直视。

“妈妈，你没有亏欠我什么，为什么你以前从来没说过这些话？”

“我试过了，我当初想要帮助你，但是你不愿意。你爸也是这样，不接受帮助。”林恩含泪微笑着，“你还记得你小时候，只有我才能帮你赶走噩梦吗？这就是当你带着乔尔，生活艰难的时候，我想要做的事——赶走你的噩梦。不管你长多大了，凯特琳，我永远都希望能帮你驱散坏事。”

凯特琳看着妈妈，这是她第一次把她看作是一个跟自己一样的女人，她也会害怕自己犯下的错误会给不堪一击的生活招来祸患。林恩的脸上显现出一种她以前从未见过的软弱——或者说这种情绪以前都被她选择性无视了。

想象着青春期的南希转身避开她，然后带上破碎的心去找林恩或者伊娃疗伤，凯特琳顿时被一阵苦痛撕裂。

“妈妈，”她说着把头埋进了林恩的肩膀，“对不起我让你失望了。”

她感受到林恩的手轻抚着她的头，仿佛她又变回了一个小女孩。“没有的事，”她听见妈妈对着她的头发低语，“你从没让我失望过，凯特琳。”

乔尔和南希见到凯特琳和外婆一起来接他们放学，激动溢于言表，但他们也没有傻到发现不了情况不妙。尤其是外婆跟妈妈两个人居然都红着眼睛，而且还没有斗嘴。

“快看谁来啦！外婆想给你们一个惊喜！”凯特琳说。

“为什么？”乔尔问。

“因为……就是个惊喜啊！”

“我带了蛋糕来！”林恩摇着一个袋子，那是她在城里一家美味烘焙坊买的，“大家都有份！”

南希怀疑地打量着蛋糕，她第一次去看言语治疗师之后吃的就是蛋糕。一想到这一点，凯特琳就思索着买蛋糕会不会是一个错误的决定。

他们回家的路上乔尔不停地说话，而不管凯特琳怎么努力让南希加入聊天，最后都以失败告终了。南希只是紧紧地牵着凯特琳的手，抬头冲着林恩微笑，然后时不时朝着一些猫和一只在乔尔看来“长得很像蜜蜜”的狗挥挥手，除此之外，凯特琳无能为力。

和往常一样，乔尔把手机攥在手里。

“这么小就用这么奢侈的手机啊？”林恩温和地问道。

“那是帕特里克的旧手机，他希望乔尔能跟他保持联系。”凯特琳做出一个无奈的表情，“乔尔基本上就只用摄像功能——我希望有一天我们可以把某些视频卖给电视台。”凯特琳低头看着南希，“我们也可以拍你跳舞，就像你书里的那只狗一样，那只不跳芭蕾舞的。”

南希扭了两下，把头转开了。

“妈妈，妈妈，妈妈！诺亚的妈妈把我们创世界纪录的表演放在YouTube上了！你想看吗？”乔尔挤进凯特琳和林恩中间。

“现在不想看，”凯特琳说，“回家再看吧。”

“你们学校？放到网上去？”林恩一脸担忧，“这样真的好吗？”

“真的超级好。”乔尔说，“现在已经有一百个赞了，说不定就有人看见我唱歌，然后叫我去试镜！”

凯特琳也不知道该不该提醒乔尔，在表演开始之前，他已经走了。

“乔尔，宝贝，你必须小心一点，网上有很多坏人。”林恩说。

“但要是有人看见我在网上唱歌，你就不用带我去参加试镜了，对吧？我可以在家完成！”

“不行，不行。”凯特琳说道。这一次她终于在她妈妈脸上看见了认同的表情，简直史无前例。

林恩留下来喝了杯茶，吃了块蛋糕，然后乔尔领着她看了看房子的修缮情况，顺便浮夸地重演了一遍水漫浴室的情景。

“水就是从这里漫出来的。”乔尔张牙舞爪地告诉她，“然后你往窗外看，那边停了一辆救护车和消防车……”

“你讲的比实际发生的夸张太多了吧。”凯特琳故作轻松地说道，脑子里却想着帕特里克的律师函，“你快带林恩外婆去看看我们要给浴室刷的新颜色。然后南希，你该睡觉了哦！”

“要不要外婆给你讲个故事啊？”林恩瞄了一眼凯特琳，“还有时间吗？”

“有啊，”凯特琳微笑道，“当然有，我们都很期待哦，对吗？”

南希热情地点了点头，凯特琳松了一口气，心里暖暖的。

没过多久，南希便睡了，林恩走了，凯特琳让乔尔晚半小时再去睡觉。她想跟乔尔单独待一会儿，只有他们两个人，一如凯特琳遇见帕特里克之前的那些年一样。她有事要告诉乔尔，这需要一处安静的空间，这样她才能读懂乔尔的表情。希拉警告过她，学校里的其他孩子有可能会聊到家里人离婚，当中不乏从大人那儿偷听来的些许传言。“最好是让他们对接下来会发生的事有个准备。”希拉说，“别让他们全靠自己去想象。”

凯特琳和乔尔一起蜷缩在沙发上，一起看《神秘博士》。反正没人瞧见，于是趁凯特琳喝咖啡的时候，乔尔依偎在了她怀里。凯特琳默默在心里记下每一处细微的回忆：他栗色的头发、暖暖的气息、脖子上的一点痣，刚好在他耳朵下面。

影片结束之后，她尽其所能以随意的口吻说：“乔尔，有件事我们要谈谈。”

她感觉乔尔的身子突然僵住了。“是因为奶牛的事吗？那不是谁的错，我当时在看着南希，伊娃姑姑也是，但是我们走了一下神。”

“宝贝，不关奶牛的事，我没有因为这件事生气，那就是一场意外罢了。”

“那是关于南希的事吗？她还好吗？”乔尔抬头望着她，眉头有些痛苦地皱着，“还是说关于明年上学的事？”

凯特琳深吸了一口气，这孩子太爱操心了。“都不是，我要说的……是件好事！爸爸要换新工作了，然后他就能多看看你和南希了。”

乔尔两眼放光，凯特琳有一丝心痛。“真的吗？”

“真的。”

“耶！”他举起拳头欢呼，“所以他什么时候会回家？”

“对不起，宝贝，他不会搬回来住。”凯特琳绞尽脑汁搜寻着合适的词句，可她自己也不知道怎样的话语才能叫作合适，“但是他确实很想多陪陪你和南希，他很想你们。”

乔尔难掩失望的神色，他打量着凯特琳的脸，不知该作何反应。“但是他不想你吗？”乔尔声音嘶哑。

凯特琳心碎了，却只能强装坚强。“我跟你爸爸打算分居一段时间，这样我们能相处得好一些。”

“所以我们去哪里住呢？跟你住，还是跟爸爸住？”

“跟我们两个一起住，之后我们所有人都要去跟一个特别的顾问聊聊这件事，要确保大家都能开心。”凯特琳先前并不想说出这种可能，但是林恩坚持要她让乔尔有个心理准备，以防万一。

“谁会去聊啊？”乔尔的脸上愁云密布，“就我去？还是我和南希都会去？”

“这个嘛……”谈话比凯特琳预期的要深入很多，但既然他问了，她也只能回答，“南希还太小，解释不清楚她想要什么，所以可能只有你会去，但是你不用太担心，不会很吓人的。没有什么正确答案，就是一次聊天而已，就像我们去跟南希的言语治疗师聊天一样，我们最近不都在做这件事吗？指不定她就有了线索，然后就知道该怎么帮助南希说更多的话了。”

去看言语治疗师挺有意思的，跟一个专业人士随意地聊聊天，想想有没有什么可能导致精神创伤的事逃过了家里的“探测雷达”。乔尔一眼就识破了治疗师的身份——他跟林恩一样洞察力极强。

乔尔泫然欲泣。“但是……要是我说错话了这么办？”

“没有什么话是错的。”凯特琳抓住他的光脚丫，一如他还年幼的时候。当初他很爱让凯特琳摇晃他的小胖腿。“你就说你想怎么样就行了，而且如果你很满意我们的提议，完全不用选择。说不定你也不需要去跟谁聊天——我只是想让你知道现在我跟你爸爸之间究竟是怎么回事，这样你就不用担心我们有什么事没告诉你了。”

“我们还会见到伊娃姑姑吗？”

“当然会。但是如果爸爸搬来了离布里斯托更近的地方，你们就不用到朗汉普顿那么远的地方去见他了，直接去爸爸那里就行。”

“所以我们不会隔一周就见到伊娃姑姑了？”

“看情况吧，她可能会过来找我们……听着，宝贝，现在一切都还没定呢，我有更多消息了会告诉你的。不过与此同时，我们还是多关注一下接下来比较有意思的事吧。”凯特琳搂着他，“学校里会有夏季展销会，然后你要表演一个舞台剧，然后南希有一个期末音乐会……”

“嗯……”

他们俩都知道，如果是在一年前，南希会在期末音乐会上担任领唱。她会穿着一条更大的仙女裙，面带微笑，站在舞台最前面又唱又跳。可是今年，凯特琳都不确定南希还愿不愿意站上舞台。她为此有些担心。

凯特琳抚摸着乔尔的额前碎发，那些细软的头发如今已经变硬了很多，已经长成了寻常男生那样。“你有在帮助南希练习吗？”她问道。

“有啊。”乔尔把玩着手机，“她会跟我一起跳跳舞，然后我唱歌，她也会跟着唱唱，但基本上不怎么出声。”

“你觉得她会跟其他小朋友这样吗？在舞台上的话？”

乔尔抬起头。“我也不知道，妈妈，我在努力地帮她，而且她也做得挺好的，但是那次我们试着在公园里唱歌跳舞的时候，她却做不到，就好像……”他皱起了脸，“她的腿在动，然后她是在脑子里唱歌，没有真的唱出来。”乔尔眨巴眨巴眼睛，“但她的眼神是在跳舞，你懂我的意思吗？就好像她想跳舞，但她又不能跳。反正我们不在的时候她跳不了，我真希望能帮到她。”

一阵酸楚和悲凉涌遍凯特琳的全身，她不想让乔尔看出来。“要不然我们去第一排她看得见的地方鼓励她？”凯特琳用手肘推了推乔尔。

“不如我们直接上台跟她一起唱歌，这样她会愿意吗？”

乔尔感到局促不安，想到凯特琳登台献唱他很惧怕，但想到自己表演又很欣喜。“也许吧。”乔尔在凯特琳的怀里，转头直视着她的眼睛。“妈妈，南希究竟还会不会好起来啊？”

“会的。”凯特琳说道，哪怕她暗自发过誓绝不骗孩子，“她当然会好起来的，而且我们还要买票在圣诞节的时候去参加‘大家一起唱’活动。我们都去，好吗？连我都要去一展歌喉。”

乔尔盯着她，目光又庄严又稚嫩，凯特琳恍惚看见了他长大之后的模样。凯特琳很少去想乔尔的亲生父亲，但每当此情此景她总会想起。她会想那个皮肤黝黑的冲浪男孩现在在干什么，他是不是也在用同样的眼神看着他的孩子，他是不是还留着长发。除了他在髋骨上的海豚文身之外，凯特琳只对他的头发还有点印象。还是说他已经成了光头，穿着西装，安逸地在澳大利亚城郊慢慢老去？他会是一个怎样的父亲？要是凯特琳当初要了他的电话，她的人生会不会因此而不同？

然而乔尔的眼神跟那个陌生人的并不相同——其实更有帕特里克的影子，又跟凯特琳的很像。这两个人静静地审视着乔尔，他们都相信他本人与他们想象中的样子别无二致。

凯特琳感觉自己不知不觉架起了戒备，旋即又停了下来。从现在起我要做那个最好的自己，她心想，为了孩子们一定要做到。我和帕特里克之间如何已经不重要了，为了乔尔和南希，我必须要严格自控。也许我毁掉了我原本可以拥有的生活，但我绝不能成为一个失败的母亲，我绝不能让他们失望。

想着想着，凯特琳踟蹰了。她的内心深处终究是害怕的，她害怕自己已经失败了。南希，沉默不语；乔尔，过分活泼却又忧心忡忡。而且他们都还没到青春期。凯特琳想起了她妈妈，林恩觉得她没做一个优秀学生该做的事，结果就是现在这个样子。

然而就在此时，乔尔伸出一只手摸了摸她的脸。他满眼都是信赖，他相信她能够让一切好转。

“我爱你，妈妈。”他说道。

凯特琳的心顿时融化了，熊熊的火光里有喜悦、骄傲、保护欲以及无助的疼爱。那一刻，牺牲也好，恐惧也好，刀山火海也好，凯特琳都愿意不假思索地为了她的儿子赴汤蹈火。

“我也爱你，宝贝。”凯特琳轻声说道。乔尔又钻进了她的怀里，她终于慢慢地理解了她自己的母亲。

不能说的秘密

乔尔和南希原定在这周末去朗汉普顿看帕特里克，可伊娃仍旧没有收到帕特里克明确这样的探视还要不要继续的消息。她很希望他们能来。凯特琳没有回复她长长的道歉短信，于是她就在想，是不是应该亲笔写一封信寄过去。但要是凯特琳还是不回应呢？她是不是要飞鸽传书或者发电报才行呢？

伊娃发觉自己比乔尔还爱攥着手机，当她走出朗汉普顿诊所的时候（安娜终于说服了她来做生育检查），一条语音留言弹在屏幕上，她立即心跳加速。

她迅速穿过停车场，准备接受又一轮的责骂，然而消息是亚力克斯发来的。“你好，伊娃，我是亚力克斯。”他听起来很急切，“我需要跟你聊两句，我再试试你的座机。不好意思，拜拜。”

这条留言半小时之后，他又打了一个电话。“伊娃，还是我，亚力克斯。你收到留言的话，能回我一个电话吗？我有事要跟你商讨一下，跟日记有关。谢谢。”

伊娃停在车子边上，两只巴哥在后座上朝她吐着舌头。它们很想出来撒欢，但是它们必须得在车里多待一会儿了。蜜蜜套着背带不停地跳，想让伊娃放它出来。蜂蜂难过地趴着，它在想念南希。

“你在那儿乖乖等着。”伊娃用米克的“蜜蜜音”命令着蜜蜜，然后拨通了亚力克斯的手机。

“伊娃！”铃声响了一下他就接起了电话，似乎松了一口大气，“你收到我含糊不清的留言了吗？不好意思给你留了那么多条。”

“没事，怎么了？是跟广告宣传有关吗？你表明立场了吗？”伊娃开着玩笑，但听得出来亚力克斯很认真。

“算是吧。”他尴尬地顿了顿，“呃，我想跟你当面谈谈，你今天有空吗？我要等到中午才能离开学校，但我们可以找个地方见一面。”

“没问题，你想来我这儿吗？”

“呃，不方便吧。不如去城里面？找个方便说话的地方。”

“我们去昆斯伍德森林公园吧。”伊娃说，“我把狗也带上，它们肯定很想见你。那边有个咖啡厅，我去车站接你。”

“嗯，好。”亚力克斯说。这一回他居然什么老套的词也没加。说真的，他听起来有一种忧郁的时髦感。

公园入口有几棵高大的橡树，伊娃站在树荫下拿起蜜蜜的狗绳，毕竟它是两只狗里边更难以捉摸的那一只，然后把蜂蜂的绳子递给了亚力克斯。他俩对望着，蜂蜂身上套着背带，亚力克斯身上穿着花呢夹克。他们那圆圆的棕色眼睛颇有几分相似。

“你确定要让我牵它吗？”亚力克斯故作紧张，“这责任很重大啊。”

“你小心一点它的粉丝就可以了。”伊娃回应道，然后往兜里多塞了些用作奖赏的狗粮，以确保安全。

两个人迈上了最好走的一条路，伊娃聊起了狗，聊起了亚力克斯的系列讲座。由于是工作日，路上没什么行人，春叶新绿，落英缤纷，感觉仿佛置身南希故事书里的那种森林。伊娃为自己的心情感到惊讶：去看医生没有让她觉得压抑，反倒是很受鼓舞。并不是因为金斯利医生说她虽然已经四十多岁了，但仍有怀孕的机会，而是因为她的生活终于由她自己做主了。所以她的生活还剩下一扇小窗——总比没有窗户要好得多。她既可以忠于她跟米克所做的决定——两人的婚姻生活里不要孩子，又可以有时间和机会成为一个母亲。

伊娃激动得要命，以后她再也不用在米克或者孩子之间做选择了，她再也不会被当初做出的人生重大抉择所束缚。

“好了。”她说道，她看见蜂蜂把扁平的脸埋进了风信子里。他们两个人坐到了一条长凳上，这条长凳是为了纪念一对叫艾达和斯坦利的老夫妇而设立的，前面正对着一棵盘根错节的智利南洋杉。伊娃瘫坐在上面，伸展着大长腿，而后又发觉这个姿势很不雅，而且头也快靠到亚力克斯的肩膀上了。她重新坐直了身子。“你想跟我说什么？”

“我不知该从何说起。”他说着抬手罩住脸，然后缓缓地擦下来，“感觉……”

“快告诉我。”伊娃说，“我们已经很熟了吧？我的意思是，你已经看过了我丈夫对我胸部的评价，你知道我们宠物的名字，我也没什么秘密可言了。”

“也对。”亚力克斯挤出了一个疲惫的微笑。他也往下瘫了一下，结果差点碰到伊娃的胳膊，两个人这么轻易就变得如此亲密，他有些吃惊，于是立刻恢复了正襟危坐的状态。“我们能走着说吗？动起来我感觉要好一点，我这一天坐着的时间太长了。”

伊娃点点头，于是他们重新散起步来。蜂蜂和蜜蜜立马冲到了前面，一前一后，好不欢腾。

“我昨天跟谢里尔·默里聊了聊。”亚力克斯说道。

“啊！你有一个听众了。”

“就在 Skype 上聊了一下，我需要跟她说明一些细节。你还记得我叫你们给我写点东西吗？她写了好多篇居心叵测的八卦文章，谈他们的婚姻，谈她自己的事业……特别搞笑，但是纯粹是在恶意中伤。谢里尔她太口无遮拦了。”

“那些做广告宣传的姑娘会很开心吧？”

“哦，开心得不得了。所以我们最后聊起了她的孩子——她在跟她那个摇滚明星前夫争抢监护权。”

“就是王室成员之前的那个？”

“没错。”亚力克斯瞥了她一眼，眼神里满是嘲弄与消遣，“估计她是在‘集邮’吧，不知道在演员、贝斯手以及现在的公爵之后会是谁。”

“一个寡头政治家？”

“怕是年纪有点大了吧，而且谁知道谢里尔嫁给一个政治家能不能谨言慎行。”

“这还用得着你说？”

“确实用不着。”

真惬意，伊娃心想，在空荡荡的小路上转悠，两边是高大的树木，一路谈笑风生，但亚力克斯明显是在兜圈子，他兜得越久，伊娃就越紧张不安。

随后他大声地吸了一口气，一股脑地说道：“我其实很感兴趣，你懂的，就是你说你和米克决定不生孩子这件事。那他和谢里尔从前会不会也有过类似的讨论，因为他俩也没有孩子。我知道这话听起来很多管闲事，但是站在一个传记作者的角度来讲，每一段婚姻都是不同的……当你谈起那件事的时候，感觉像是两个成年人在坦诚、相爱、追求同一个未来的基础上做出的成熟的决定。然而谢里尔和米克在一起的时候，他们还很年轻——我就很好奇，想猜一猜他们中的哪一方当初促成了这样的决定。显而易见，谢里尔遇见奥韦，那个摇滚明星之后，就改变了主意。跟那个公爵也一样。”

蜂蜂转头盯着伊娃，脸蛋颤抖着检视她是否安好。伊娃报以微笑，它又继续向前小跑起来。

“不知道你最终想表达什么，”伊娃说，“你继续吧。”

“谢里尔写到了婚姻生活里双方坦诚的问题，但自始至终她和米克都没有诚实地对待过彼此。真的很搞笑，出版社的布里欧尼简直欣喜若狂——一旦律师表明文章无诽谤之嫌，可以发表，她就会着手举行拍卖会，决定由哪家报纸的周日版洋洋洒洒地公布这些细节，但是……”

亚力克斯停下脚步，转头看着伊娃。他神情忧虑，仿佛是在谨慎地遣词造句。“她还提到了他们离婚前一年，她流过一次产。”

伊娃的心窝子里有什么东西忽闪了一下，那是一种不祥的预感，就像是一场火灾之前的点点火苗。

“然后……迈克尔的反应就是去做了结扎手术，等到做完了才告诉了谢里尔。”亚力克斯眼神流露着同情，“估计日记里总是提到的‘医院’就是在说这个吧。我想他在遇见你之后去做过检查，然后从你说话的口气来看，我猜测你还不知道这件事。我真的很不希望等这件事见报之后，你才得知实情。”

血液在伊娃的耳朵里发出巨响，她听得见自己的心跳鼓动在太阳穴和嗓子眼儿里。

米克做过结扎手术？而且还从没告诉过她？

“我……我还真不知道。”她说。然而知道了也改变不了什么，却又什么都改变了。如果她从一开始就知道他不会有孩子……

伊娃眨了眨眼睛，惊讶已经化为胸腔里的熊熊火焰，灼烧着她的记忆。究竟是怎样一颗匪夷所思的虚荣心才使得米克说是他不想要孩子，而不是要不了孩子？伊娃如果很早就知道真相会怎样？为什么他就不能告诉她呢？

伊娃想起了金斯利医生给她的一张单子，上面表明了女人在四十岁到四十四岁之间生育能力骤减。如果三年前，当她躺在床上看着熟睡的米克，自己在心里想象着他们二人基因相融的时候，当她还最后抱有一丝生子渴望的时候，她知道了这件事，她会怎么做？

她的意识过了好久才浸入心底，那一刻，一股强烈的感受如潮水般冲刷伊娃的身心，刺痛她的指尖。那是一种突然不了解自己、突然感受到脑子与心灵之间竟有看不见的鸿沟时的错愕与震惊。

此刻连蜜蜜都开始不开心地转起了圈，她感受到伊娃传递到绳索上地惶惶不安。

亚力克斯垂下脑袋。“我看到这些内容的时候完全不知该怎么办。一方面我觉得这故事引人入胜，米克面对他的每一任妻子都如此不同，仿佛他在扮演不同的角色，只不过换了女主角。但另一方面……我很气愤，为你而气愤。你之前说不生孩子是你们的选择，于是我猜测其实你是不知道实情的，况且你还这么信任他的坦诚——他说话这么直来直去，你是唯一一个会在意他名誉的人。一旦谢里尔开始宣传这本书，那这些事就包不住了。我感觉我有责任，如果不是我劝你进行这个项目，你可能永远也不会知道。”

伊娃一时失语。她不知该说什么，她感觉所有事都像是发生在一层厚厚的玻璃板后面。

亚力克斯神色不安。“伊娃，拜托你说句话，我是不是做错了？”

他把住伊娃的手臂。

伊娃回过神来。“没有，没有，亚力克斯，谢谢你能够告诉我……”

可她真的心怀感激吗？米克还撒了什么谎？尤娜或者谢里尔还会向她抖落出什么秘密？

伊娃开始感觉她的婚姻好像是发生在别人身上的事，这就跟她回忆往日单身时光时的感受一样——如同一条天际线在汽车后视镜里渐行渐远。那些日记早就将回忆从伊娃的心里抽离出来，然后用含沙射影的疑虑和各处小小的差异扯断了她跟米克之间的粘连。而此时此刻，这个消息彻底改变了一切。她真的是嫁给了一个演员。

伊娃和亚力克斯站在一片树林中间，周围有好几条路互相交错。一条通往观景台，有几条通往植物园，还有一条通往一片田地，两只狗已经在那边围着一个球弹来跳去了。

“所以我不知道我还能不能做下去。”亚力克斯揉着脸，说，“我原本答应做的项目不是这样的。我最开始跟罗杰谈的时候，他坚持要求最后出版出来的书要很严肃，要是那种演艺生涯回忆录，可是现在完全跑偏了。”

“你跟他说过了吗？要不我跟他说一下？”

罗杰，她心想，他会不会知道米克结扎的事？应该不会吧，他干吗要知道呢？

“说过了，他也很不开心，但是我们现在根本无能为力，毕竟合同都签了。出版社会全权掌控编辑事宜，跟他没什么关系了。我们可以起诉侵犯隐私权，但是我估计罗杰在看合同的时候，他以为大家会互相理解，互相谦让。结果很遗憾，事情并没有这样进行。”

改变谢里尔的故事，好让她自己的故事传播得更广，这公平吗？不，当然不公平。伊娃必须要跟其他所有人一样面对现实。

“我本来打算日记出版后，就去度个长假。”伊娃悻悻地说，“然而我都快认不出你口中的那个米克了，所以我已经开始想我到底要不要去在乎这些事了。”

“还有……”亚力克斯皱起眉头，看了一眼别处，然后又回头看着她。他似乎是在逼自己把话说出口。“干脆一口气把不愉快的话都说完吧。我跟谢里尔聊的时候，我的第一反应跟出版日记这件事毫无关系，我的想法完全跟工作不沾边。我只想到了你，想到你会作何感受。我不能想象你像现在这样伤心难过，我接受不了，我想要保护你。”

伊娃注视着亚力克斯，他眼镜后面的双眸在闪烁，当他把垂到脸上的头发拂到后面去的时候，伊娃莫名感到心弦被谁拉动了一下。

“我一直都在想你，”他继续说道，“而且最近我没看日记也会想到你。你是一个超凡出众的女人，你真的是个贵妇，希望你不要介意我说这么老土的话。你在婚姻生活里给予了米克支持、灵感和爱——如今你独自一人也很有尊严。”他摇了摇头，仿佛是想甩掉头脑里一连串的话语，“说句真心话，伊娃，我觉得他不配。我觉得……”

他没有再说下去。

“怎么了？”

“还轮不到我来想这些事吧。”亚力克斯与伊娃四目相对，“也许我应该多想想无关紧要的事，比如源文件……”

他们站在原地，相对无言。蜜蜜坐到了伊娃的脚上，她没有察觉。她正盯着亚力克斯柔软的嘴唇曲线，和他强烈而敏锐的目光。这样不对，伊娃心想，别看了。

终于，亚力克斯打破了沉默，伊娃心生感激，因为她不知该说什么。

“所以总结起来就是……”他说道，“现在我对这些日记跟你有一样的感觉，这堆破烂儿，我只想开心地甩手不管了。我必须承认，通常我做传记项目，最后都会感觉写书的人跟我是老朋友，但这次不一样了。我一如既往地在专业上敬佩迈克尔·奎因，但是我可能不大喜欢作为男人的那个他。”

“拜托你不要丢下我们。”伊娃说，“你都做了这么多工作了，他们已经快要完成了，不是吗？”她苦涩地微笑了一下，“除了你，我不知道我还能跟谁再经历一次这些事。”

伊娃的话悬在空气里，等她反应过来自己说了什么的时候，好似有另一层意思也随之展开，一种别样的感觉如落叶般飘摇在他们之间。

“我是说出版日记这件事。”她补充道。

“嗯，当然，”亚力克斯不自然地动了动，“用不着解释。”

伊娃一时间感到很尴尬，于是不由自主地说：“我也不知道我还愿不愿意再经历一次那样的婚姻。”话音刚落，她就希望自己根本没说过这句话，因了种种原因。

亚力克斯的肩膀僵住了，伊娃极度渴望时间能倒回，然后她再重新组织一下这句话，但你怎么可能能让时间倒回呢。说出来的话，就是泼出去的水，这也是为什么她时常告诫自己“沉默是金”。生活永远只能一镜到底，不像电影镜头那样可以重来。

伊娃搂紧了自己的夹克。天空日光闪耀，可气温却并没有看起来的那么温暖。亚力克斯刚才是在表明他对她有感觉吗？还是说伊娃理解错了？“亚力克斯，从现在开始我要闭嘴了，今天我有太多事需要去理解消化。我知道我肯定会说蠢话，不好意思。”

亚力克斯把着她的胳膊，而她没有挣脱。“请你告诉我，我没有冒犯到你吧？”

“没有。”伊娃摇摇头，“你完全没有冒犯我，我很感谢你的坦诚，现在轮到我变得笨手笨脚的了。”她转头朝亚力克斯笑了笑。此时此刻，连微笑居然都有了不一样的感觉。“谢谢你想到我。”

亚力克斯苦笑了一下，然后两个人转身踏上走回停车场的路。

乔尔失踪

凯特琳穿过帕特里克替她开着的门，心想，这种一贯做法又来了。

他可以在调解会议上，任凭凯特琳夸夸其谈，而他自己只消补充一些最为微小的细节，就能让调解员分分钟认为凯特琳很没用……然后他会替她把门打开，搞得就好像现在懂礼貌还有什么意义似的。

“谢谢。”凯特琳反讽地说道。

“不用谢。”帕特里克回应道，仿佛刚才的一小时里，他们没有因为谁照顾孩子以及每周照看多久而争论不休似的，“你要怎么回去上班？你要我载你一程吗？”

凯特琳转头看着他。林恩——还有她的律师希拉——都告诫过她，如今跟帕特里克相处，要尽量保持冷静和礼貌，免得最后由调解上升到走法律程序。她们一致指出，帕特里克穿越半个国家那么远的距离来解决建筑工人的问题已经很慷慨了，而凯特琳之前还多多少少地觉得这是理所应当的。但在上午的时候，帕特里克的律师发来了一条财产分割的新提议，她指出她的客户将在离布里斯托不远的地方找一个新住处，而他们的家庭住所净值很高。她写道：释放出一部分价值是合情合理的。换句话说，凯特琳要么买下帕特里克那部分的产权，要么就必须把房子挂出去卖了。

这样意料之外的后果让凯特琳怒不可遏。

“你还想载我一程？你怎么能这样？你的律师都叫我把房子卖了，那可是我们女儿唯一一处敢于讲话的地方啊！”她厉声说道，“你疯了吗？还是说你就是个……”

“凯特琳，我们没在讨论这个。”

“是吗？”她的眼中闪耀着怒火，“那我要从哪里把这笔钱变出来？你都不关心南希的吗？她真的——你听我说，帕特里克，我跟你强调过千万遍了——她只有在家的时候才会感到安全。如果我们搬家了……谁敢保证？可能她就再也说不出话了，这样你就高兴了？”

“我当然不会高兴，但我觉得我们还没有为南希安排好诊疗方案。”帕特里克整理着袖口。他穿来了他最好的那套工作西装，凯特琳知道他是想凭借他整齐的“装备”和联合国谈判专家似的态度来打动调解员。凯特琳很恨他能做得如此有条不紊，合情合理。她也恨她自己不能给予南希安全感，不能让她像从前一样说话、跳舞、唱歌。

“不管怎样，”帕特里克补充道，“她在伊娃家还会说话……在特定的情况下。”

“你给我住口！”凯特琳警告道，“别跟我提起这件事。”

帕特里克叹了一口气。“凯特琳，我们来调解、来商量的目的是要努力找到建设性的方法。如果你的戒备心还要继续这么重……我不是说你，我反正会尽我所能让事情顺利进行下去。”

“你这么做就是想要报复我。”凯特琳不假思索地说道。帕特里克的头立即弹了起来。

“你说什么？”

“是因为你觉得我在跟别人约会，不是吗？”凯特琳扬起了下巴，“你就是想用这种方式来报复我，因为我不再受你控制了。”

快闭嘴，凯特琳，她脑子里有一个声音在呐喊。她妈妈和希拉跟她强调过了一定不能这样。

“我真的一点也不在乎。”帕特里克说，“我终于不用管你要怎么糟蹋你自己的人生了。我本以为可以帮你，但是从现在起，你可以想干吗就干吗了——对你自己撒谎，嘴上说你在这儿其实你在那儿，随你的便吧——我只希望孩子们开心快乐。我已经做好了准备，要不顾一切确保他们过得幸福。”

凯特琳瞪着他，他语气里的轻蔑比任何暴躁的辱骂都更冷酷无情。不过话说回来，帕特里克从没暴躁地辱骂过她，他只会默默记下她干的蠢事，那些她自己都没法跟自己解释的事，然后静静地看着她。

帕特里克看了看表。“快三点了，你想要我去学校接孩子，然后直接把他们带去朗汉普顿吗？乔尔几点放学？”

“他加入了戏剧俱乐部。”

“新加入的？”

“对，跟他这次想参加的试镜有关，去当临时歌唱演员。”

“你没跟我提过。”

“这周才开始的。”

两个人瞪着对方。

“到底是怎么回事？”凯特琳说，“你可以为了孩子们找一份去伍斯特的新工作，却不愿意找一份能跟我待在一起的工作。”

凯特琳知道自己听起来很受伤，她确实很心痛。刚才一个小时的调解让她猛地想到了这个问题，调解员对于他们婚姻的一连串拷问让所有问题都暴露在了表面上。

帕特里克皱起眉头。“不能这样对比。”

“是吗？”

“是的，我也可以说，你为什么选择待在你的老房子里，而不跟我一起有一个全新的开始？你的过去比你的未来还要重要吗？”

“别说了，你知道事实不是这样的。”

“行。”他按了下车钥匙，“如果刚才在调解的时候都没取得什么成效，那我们现在在这儿多半也不会有什么进展。我去接孩子们了，行吗？你需要打电话告诉老师一声吗？他们的东西收拾好了吗？要不要我送你回家，然后你帮他们准备一下？”

他说着说着，手机响了起来。调解会议上，他的手机就一直在响。凯特琳声色俱厉地说：“你就不能把手机关了吗？”

“不是，”帕特里克接起了电话，“我是帕特里克·里尔登。”他瞥了一眼凯特琳。“是吗？估计她的手机关机了吧，有什么问题吗？”

他的脸上闪过一丝荫翳，凯特琳本能地去拿自己的手机。

四个未接来电，全都是学校打来的。她的心一沉。

“对，他没有，没有，绝对没有，我今天一下午都跟她在一起。

乔尔没有约牙医吧？”

他看了一眼凯特琳，凯特琳摇了摇头。

“没有，没有约牙医。好，我们马上过去。”

他挂掉电话，看着凯特琳，此时的他脸上已经没有了敌意。他看起来就是她记忆里那个爱忧心的帕特里克。

“怎么回事？”凯特琳的手紧紧抓着包带，尽管她还不知道帕特里克会说什么。

“乔尔中午的时候离开学校去看牙医了，”帕特里克面色苍白，“到现在还没回来。”

布里斯托星期五下午的交通状况不容乐观，因为有两个地方都在进行道路施工。不到五分钟，帕特里克的车就堵在路上了。

“你能掉头吗？”凯特琳恨不得立马跳下车走路过去。他们现在跟学校完全不在一个方向，她受不了坐在车里无所作为。“你高贵的语音导航就不能找一条别的路吗？”

“不行的，凯特琳，我跟你一样很想快点赶过去，但是……”

帕特里克的手机响了，车载免提显示是总部史蒂夫·盖尔打来的。他抱怨了一声，然后又自行住嘴。

“对不起，我得接这个电话，用不了多长时间。”他按了一下接听，“喂，史蒂夫，怎么了？”

史蒂夫的声音从音响里炸出来。“帕特里克，我刚才一直在哄骗布莱恩·诺曼说上个季度的数据没问题，但明显就少了一部分。”

“好，我马上查一下。”

“不用了，他要你跟他处理一些细节。所以如果你能一个小时以内完成好，那就不会出什么岔子了……”

凯特琳注视着窗外，大大小小的汽车像墙壁一样把他们包围。帕特里克处理完问题，挂断了电话。

“好了，”他说，“你要不要再给学校打个电话，看看他回去没有？或者问下你妈妈？乔尔有没有可能去她那儿了？”

“去伦敦？”凯特琳皱起眉头，“不可能！他干吗要去伦敦啊？”

帕特里克皱眉深思。“他知道我们今天要来参加调解会议吗？我要搬回来的事，你是怎么跟他说的？”

“我说你会搬到近一点的地方，但不会回来和我们住。”凯特琳转身对着他，“你先别说话，我也不想这么跟他说——我觉得我们应该一起告诉他们。我想都不敢想南希会作何反应。”

帕特里克还来不及回应，他的手机又响了起来，他没问凯特琳的意见就直接接通了电话。

“喂，是我，史蒂夫。抱歉，帕特里克，你能不能问一下预算安排得怎么样了？有些地方销售对计划不太满意。”

“好的。”帕特里克说。他听起来很有能力，但同时又失去了控制。“对不起，史蒂夫，有电话打进来了，我尽快过去找你。谢谢。”

凯特琳瞪着他。“拜托你能不要再接工作电话了吗？这件事比预算重要得多。”

“我没得选。”帕特里克回瞪着她，“我今天都不该来这儿——我本该在约克做实地考察。”

“行，随你的便吧。但你刚才什么意思，你问乔尔知不知道我们今天要来开会？”凯特琳坚持说道，“你怎么会觉得这是个问题呢？”

“我的意思是，他会不会为此担心？”

“他确实知道我们今天会见面，但不是为了什么吓人的事。我已经跟他说得很清楚了，一切都会好起来的。”但乔尔不在学校这件事深深刻在凯特琳脑子里，她感觉很不舒服，“我觉得我们不应该往最坏的方面想，说不定他只是想逃一下午的课，说不定他就是出去转转，说不定他正在家里吃玉米片。”

“肯定不在家，学校说老师去那边查看过了，没人在家。”

凯特琳呆呆地望着窗外。乔尔去哪里了？帕特里克又是凭什么觉得他能更好地推测出她儿子的下落？

因为乔尔也是他的儿子，凯特琳心想。然后她脑海里突然冒出一系列画面：乔尔握着帕特里克的旧手机，拍摄自己又唱又跳的视频，大聊凯特琳置之不理的 YouTube 话题，然后把视频放到网上，随时有可能被坏人盯上。那些坏人还会向这个十岁的“戏精”男孩保证，给他一个登台表演的机会……

“给学校打电话。”帕特里克说。这一次当他的手机再次响起时，凯特琳立刻靠过去，一下子挂断了电话。

“有完没完啊，帕特里克！我们的儿子不见了，结果你还在这儿接电话，聊销售季度！”她伸手过去拉支架上的手机。

帕特里克抓住她的手腕。“别闹了！这样就有帮助了吗？”

“我是在努力让你控制住你自己，我是在努力让你意识到现在你的工作是最不重要的事！”凯特琳听见自己的音调越来越高，“永远都是这样，我在你的列表里永远只排得上第四位、第五位，刚才也都证明了！你有毛病，你真的有毛病！”

凯特琳说话的时候，帕特里克的手机弹出一条短信，她话音刚落的时候，又“叮”了一声，紧接着手机就震动起来，总部史蒂夫·盖尔的名字又出现在了屏幕上。

“我的天呐！看都别去看。”凯特琳厉声说道。

“我没打算看。”

一辆救护车，后面跟着两辆警车一呼一应地鸣着警报，从他们旁边的固定车道驶过，他们俩双双惊恐地盯着窗外的动静。

“有事的话，他们早就给我们打电话了。”帕特里克声音颤抖着说，“肯定会有人打电话的。”

凯特琳什么也没说。帕特里克抓起她的手，紧紧地握了握，然后又松开，凯特琳把头靠在了靠枕上。

她闭上双眼，回想起第一次遇见帕特里克的那天。她还记得那团将她包围锁死的黑暗，为了她自己，也为了坐在车后座上的小男孩，她恨自己粗心大意，连故障救援保险过期了都不知道。天下着雨，她的手机也没电了。她还没准备好进入成年人的生活。来个人吧，她在心里默默祈求着。

随后就真有人来敲了她的窗户，她转过头，看见一顶针织帽下那双和善的眼睛。那个男人关切地皱着眉头，主动提出帮助。“你的车上怎么会连一个充电器都没有？”这是帕特里克对她说的第一句话，然后他就把他不用的充电器给了她。

凯特琳的心思飞回了那一刻，感觉就好像一部电影的最后一幕：她的生活终于有了意义，从前的种种坏事都只是一条崎岖坎坷的路，而道路尽头有这样一个好男人在等着她。帕特里克一直都是个好男人，不过凯特琳却没有如他所想的那样当一个好女人，可她并非没有警示过帕特里克。

这就是我这一生的故事。她心想，永远都没有人们希望的那么美好。

“你就是这么想的吗？”帕特里克小声地说道，凯特琳没太听清。

“什么？”

“你就是这么想的吗？我把你放在第四位或者第五位？”

凯特琳脸红了，但她的愤怒却不允许她道歉。

“你知道我没有这么做，对我来说，我的家庭就意味着一切。但我的工作就是这样的，凯特，永远都是这样，一个又一个的电话。”帕特里克听起来心灰意冷。

“我们的儿子不见了。”凯特琳说出“我们”这个词时，她的脑海里响起了她妈妈的声音，但乔尔是帕特里克的儿子——他给予了乔尔他的坦诚和决心，这份情谊比基因带给他的都要深得多。他是个好男人，凯特琳的脑子里出现了一个声音，一个正儿八经的好男人。

“我知道，但是问题接连不断啊。这是我分内的事——我应该去解决这些蠢问题，去找丢失的钥匙，去阻止错误的结果被摆上董事会，去保证该死的灭火器还有用……”帕特里克长叹一声，“我不想接电话，我当然不想，但我解决得越快……”

“就会有越多问题来找你。”凯特琳转头面对他，“就是这个道理，帕特里克。你效率越高，倒在你身上的烂事就会越多，就跟对付潮水一样，你是在跟……毫无意义的管理问题作斗争。”

“我挣钱靠的就是这个啊。”帕特里克沉着而耐心地说道。

凯特琳刚才对他的些许同情逐渐消退，他可真有牺牲精神。“但真的是这样吗？还是说你只是很享受那种不可被替代的感觉？我知道你觉得我完全不了解体面的工作是什么样的。”凯特琳反驳道，“但工作繁忙是一回事，巴不得别人需要你，以至于随时准备好无视家庭义务又是另一回事，我知道这两者的区别。”

“你真心认为相较于关心乔尔，我更关心销售吗？”

“为什么你这么惊讶呢？你一直都把工作排在我们前面啊。”

帕特里克抬手擦了一下脸。“不是的，凯特琳。我把工作排在我自己前面，这样你就可以无忧无虑地待在家里陪孩子了。”

“可你不觉得你在家跟我一起陪孩子，一起共享家庭生活会更好吗？我们没有活在十九世纪。”

凯特琳和帕特里克凝视着彼此，此刻他们比刚才在调解会上要坦诚得多，凯特琳心想，如今已经没有什么东西可以失去了。

“我不知道。”帕特里克说，“我永远都左右不了你想要的东西，因为我觉得你并不了解你自己。”

车流开始移动，之后前往乔尔学校的路上两人都沉默不语。

他们抵达学校的时候，让乔尔离开教室的老师正在校长办公室里啜泣。这才是她教学实践的第一周，结果就已经变成了她最可怕的噩梦。

“真的很对不起。”她不停地念叨着，“克拉夫老师有事出去了，我替了她十分钟，然后乔尔告诉我他有请假条，说你就在外面，但是找不到停车位。”

“监控视频拍到乔尔出了学校大门。”道格拉斯夫人说道，她看起来神色严肃。“我们通知了警察，他们正在找他，他肯定不会走远。”

“你怎么知道？”凯特琳说。她并不想故意这么咄咄逼人，她只是想听到她说“因为以前发生过这种事，最后发现他们都安然无恙地待在麦当劳里”。

然而道格拉斯夫人并没这么说，她开始安排人给各处打电话。

下一站是去接南希，凯特琳能想象到再出岔子带来的危险。因为他们迟到了，南希一个人跟谢利在幼儿园里看书等她，当她看见爸爸妈妈一起过来的时候，她的脸上先是会浮现出了凯特琳印象中那种发自肺腑的喜悦，然后她肯定读懂了他们的表情，因为那阵喜悦如乌云蔽日般瞬间消泯了，她用力合上了放在大腿上的图书。

帕特里克提前给谢利通了电话，此刻她只是在用惯常的欢乐语气掩饰担忧。“你们好，朋友们！”她说，“你们想来陪着南希吗？我们在看特别精彩的书！”

“嘿，南希！”凯特琳伸出双臂，“在看什么书呀？我们可以一起看吗？”她坐到女儿身后，希望南希感受不到正在她体内蔓延的焦虑。

帕特里克脱下夹克，提了提裤子，以便能坐到地上。

南希盯着他，然后伸出手摸了摸他的脸。这是她问好的方式。

帕特里克抚住她的小手，然后轻轻把他自己的手放在了南希粉嘟嘟的小脸上。凯特琳看得出来，帕特里克在拼尽全力控制自己的情感。

凯特琳搂着南希，把嘴凑到南希耳边。“南希，”她悄声说道，“你知道乔尔在哪里吗？”她努力让自己的声音听起来像是在玩一个游戏。

南希摇了摇头，细软的婴孩头发扫动在凯特琳脸上。

“你不知道吗？如果你知道的话，你会告诉妈妈吗？”她瞥了一眼帕特里克。通常南希在十万火急的时刻，会特别小声地在她耳边说句悄悄话，比如在想上厕所的时候。

“我打赌你知道乔尔在哪里。”帕特里克随意地说道，“他是不是在……这里？”他随手抓了一本书：有关农场的。

南希摇了摇头。

“他不在农场？”帕特里克一脸惊讶。

凯特琳抛给他一个匪夷所思的表情，但他仍不罢休。“那……这里呢？”

这一本书是关于学校的，属于那种他们为了准备入秋上小学，近来一直在看的书。凯特琳屏住了呼吸，如果南希知道乔尔不在学校，那……

南希盯着这本书，然后摇了摇头，最后把脸埋进了凯特琳的胸口。她感觉得到南希飞速跳动的心脏有如一只受惊的小鸟。

凯特琳和帕特里克的目光越过南希的头顶相接。凯特琳感觉整个世界都在离她远去，唯一支撑住她的，是帕特里克眼里的决心。那个眼神仿佛在说：“有我在。”而凯特琳真的很感激他此时能陪伴左右。

跟亚力克斯在森林里散完步回来之后，连瑰丽之家的感觉都变了。伊娃没脱外套就进了屋，她先前已经拿掉了很多跟米克的合照——门厅里的三张，还有厨房里的一大张，实在是太多了，有一些她都不忍心看，就感觉完全是另外两个陌生人的照片。

那也是两个幸福快乐的陌生人，伊娃提醒自己。她站在原地盯着一张相片，相片里她戴着一顶遮阳帽，笑靥如花。这些年她也改变了不少：她的脸瘦了，眼睛周围也出现了皱纹。但是那些照片里的伊娃却有她如今没有的一些选项，她阻止不了怨气在她心里蔓延。

米克走了。这是她第一次发觉自己不再渴望时间倒退，哪怕她真的渴望，那也只是因为她想要喊叫，想要听到一些答案。

伊娃开始做清洁，她想借此方式分散注意力，不去想那些让她火大的事。这一天剩下的时间她都在清理房间，为乔尔和南希的周末探视做准备。她来了个大扫除，给羽绒被除尘通风，把花园里摘来的鲜花放在大窗户边的五斗柜上，最后还把蜂蜂的空篮子放在了南希的床脚边，这样南希就会知道蜂蜂可以过去跟她一起睡觉。

冲了个澡之后，伊娃去朗汉普顿城里找安娜，打算告诉她亚力克斯跟她揭露的米克的秘密，但是安娜不在书店里。

“她去医院了。”克洛伊告诉伊娃，“她留下来这些东西。”柜台上放了一大摞给乔尔和南希的书，大都是睡前故事书，不过连这些书都让伊娃的心略微有些伤感。

朗汉普顿五彩缤纷的春色也没能让伊娃的心情好转，尽管她绕着城里走了一圈，想努力找些能让自己打起精神的事物。当她回到家时，邮差已经来过了，她家门前放了一个包裹。

伊娃带着好奇心走进厨房，剪开了包装胶带，蜂蜂和蜜蜜在她脚边巴望着，期待包裹里装的是食物。

“你觉得这是什么啊？”她用乔尔的“蜜蜜音”问蜂蜂，“是蛋糕吗？”

蜂蜂一听到“蛋糕”这个词，耳朵立刻竖了起来。这是它为数不多能听得懂的词，其中还包括了“上床”和“抱抱”。“走走”对他就一点效用也没有。

盒子里的东西用气泡布严严实实地包了起来，伊娃花了好一会儿才拆开。最后落在她手上的是一管泡泡水，瓶体上缠了一张便条。

是南希的东西，她开心地想着，然后她满怀着希望：是不是凯特琳想要握手言和了？她展开了便条。

然而字迹是一个大人的——是亚力克斯，留言也很短。

送你一些泡泡，把你自己的秘密心愿吹进去吧。不管泡泡飞到哪里，我都希望你的愿望能实现。亚力克斯

这是在道别吗？难道他把日记交由其他人接管了？

一想到再也不能跟亚力克斯说话，一丝孤独感竟然刺穿了伊娃的心。再也没有凌晨时分的搞笑邮件，再也没有老一代名人的八卦段子，再也没有电影节或者洒出来的咖啡或者自行车夹子之类的梗了。

我真的挺喜欢他这个人的，伊娃心想，但她知道她在骗自己。她的感觉不止于此。亚力克斯是第一个愿意倾听她的男人，他会好好地听她说话，然后鼓励她倾听自己的心声。他让她感觉自己是一个值得倾听的人。

伊娃放在桌上的手机突然响了起来，她抓起手机，希望是他打来的。

“是伊娃吗？我是凯特琳。”凯特琳语气不大自然。

伊娃克制住失望，然后让自己的声音听起来很愉悦，假装一切如常。“凯特琳，嗨！是为今晚的事打过来的吗？你会像往常一样把乔尔和南希送过来吗？”

快说“会”，快说“会”，伊娃心想。

“快说你会吧！”她半开玩笑似的补充道。为什么不呢？

她动身去拿水壶，结果听见电话那头似乎传来了一声抽泣，她瞬间停下了脚步。

伊娃怔住了。“凯特琳？你还好吗？”

“不好。”凯特琳强忍着泪水，“乔尔不见了，南希也完全不说话了。”这一回她是真的哭了，伊娃几乎听不清她在说什么。

“求你帮帮我。”

巴哥听到答案

伊娃从来没跟两只巴哥好好说过话，那是米克的工作，她很乐意让乔尔接手。

她的想象力可没有米克和乔尔那么天马行空，他们都会用巴哥极具表现力的眼神和特殊的习惯动作把聊天带入愈发荒诞的路子。而且这也是双向的——伊娃看得出来蜂蜂和蜜蜜很喜欢成为人类注意力的焦点，然后在“口技表演人”的笑声中又叫又跳。

伊娃知道自己缺乏想象力，也模仿不来那些口音。蜂蜂说话本来应该像阿兰·本奈特，但米克总说：“蜂蜂怎么变成威尔士的了呢？”

不过今天，她找到了它们的声音。在星期五的下班高峰时段，她从朗汉普顿驱车前往布里斯托，她焦急地等着有人打来电话告知乔尔的近况，而跟狗聊天是唯一能帮助她放松呼吸的事。

“你在车后面舒服吗，宝贝？”她用伯明翰口音问蜜蜜，“蜂蜂有没有给你足够的位置看外面呀？”

两只巴哥盯着她，它们被绑在了车的后座上。

也许被召唤过去见南希的不见得是伊娃，而是蜂蜂和蜜蜜。

“南希明显有什么难过的心事，她不跟我们说话了。”帕特里克从焦躁抓狂的凯特琳手中夺过电话之后就解释过了，“我们很担心她知道乔尔在哪儿，但是不想告诉我们，因为她怕给乔尔惹麻烦，所以我们希望，说不定她会……天呐，这听起来太扯了，我们在想她有可能愿意告诉蜂蜂……”

对伊娃来说，这一点也不扯。这些年他们住在一起，她给蜂蜂和蜜蜜讲了足够多的秘密。

“难道不是吗？”她又对蜂蜂说道，仿佛蜂蜂能洞察她的想法，“我们以前聊过很多很多的事。”

蜂蜂满眼困惑地望着她，吐出小小的舌头。

“我必须说你更懂得倾听，蜂蜂。”她转而用阿兰·本奈特的声音继续道。米克说得对，确实有点威尔士的味道。“你会帮助我们的小伙伴吗？”

蜜蜜叫了两声，惊奇地跳了起来，这绝对是它们第一次加入与伊娃的对话。

车载导航终于把伊娃带到帕特里克家的时候，他在门外候着。

“还是找不到吗？”伊娃一边问，一边把巴哥抱出来。

“找不到。”帕特里克看起来忧心如焚。他不停地抓着头发，他的颧骨之下也有一团阴影。“我们让所有人出去找，警察什么都没有找到。他的手机要么就是没信号了，要么就是没电了。”

“凯特琳怎么样了？”

“早就情绪失控了，一直在责怪她自己。”

“哎，别这样啊，这不是她的错。”

“她说这就是她的错。她告诉了乔尔我们正在见调解员，要讨论孩子们跟谁住，然后调解员有可能会跟他们谈谈他和南希的诉求。”帕特里克神色绝望，“可以想到乔尔肯定是以为他会被传唤到法庭上面对法官……你知道乔尔有多浮夸的，他看过很多那种法庭的戏码。”

伊娃做了个痛苦的表情。

“我不是在责怪她。”帕特里克叹息道，“我当时真的应该抽时间过去，我们应该一起告诉他。凯特琳只是在做她认为是对的事，她做的一切都是为了孩子们着想。”

伊娃原本防范着凯特琳的暴躁，然而霎时间也松懈了，并有些担忧。“她现在在哪儿？”

“她跟南希在楼上。进来吧，我帮你拿包。”

凯特琳和南希坐在南希的房间里，墙边一字摆满了玩偶和玩具。

南希坐在床上，身上是那件每次去伊娃家都会穿的“冰雪奇缘”T恤，腿上套着条纹裤袜。她看起来僵硬呆板，仿佛她脑海里正在翻江倒海，而她不敢动，因为一动就会喷薄而出。

凯特琳脸色煞白地抱着她。当她看见伊娃出现在门边的时候，她的脸上闪过一个怪异的表情：既有宽慰，也有尴尬。

不必觉得尴尬，伊娃想说，跟这次的事比起来，上次根本不值一提。

她伸出一只手，努力挤了挤笑脸。“你好，凯特琳。你好，南希！这是你的房间吗？你爸爸说我可以来看看。”

南希没有回应，凯特琳只是勉强笑了笑。伊娃把这权当作一种鼓励。

“我还带了两个朋友来见你。”她继续道，“我就想问一下你妈妈乐不乐意让它们上来呀？”

“噢！”凯特琳紧紧地搂住南希，“是我想的那两个朋友吗？”

“要不我去看看它们想不想上来？你们待在这儿，我很快就回来。”

帕特里克等候在楼梯平台上，蜂蜂和蜜蜜拴着绳子站在他身边。蜂蜂已经拉紧了绳子，想立刻见到它的朋友。而蜜蜜正闻着隔壁家通过屋顶窗跑进来的小猫。

“我在背带上装了小摄像头。”伊娃接过绳子，悄声道，“很多年前米克给我的，因为我们想看看我们不在的时候巴哥都在干什么。你会得到视频，也听得见一些声音。”

“好，但这真的有用吗？”帕特里克的目光停留在凯特琳和南希身上。她们正在玩玩偶的小屋，把一个个玩偶从一间房移到另一间房。

“你要下一个软件……给你看我的手机，已经都设置好了，反正就是可以偷听。如果南希有些事不能告诉我们，比如乔尔让她保守一个秘密，那我就让她告诉蜂蜂，然后你就能……听见。不过你要让我们单独跟巴哥待在一起。”

帕特里克皱了皱眉头，然后叫凯特琳过来。她匆匆走过来，还时不时回头瞄两眼南希。她正在无精打采地玩玩偶。

“伊娃，把你刚才跟我说的话告诉凯特琳，我去分散一下南希的注意力。”他悄声说道，然后伊娃照做了。

“我只是想帮你们把乔尔找回家。”伊娃说。她其实怀疑这个办法是不是太过火了。当时想来似乎是一则妙计，但可能确实有侵犯人隐私之嫌。说不定凯特琳会觉得这是在暗中监视，或者觉得伊娃又想要取而代之了。“我会谨慎跟狗互动的，我保证，我会非常小心。”

凯特琳凝视着伊娃，一双棕色的眼眸光亮透明。突然，她伸出双臂拥抱了伊娃。“谢谢你。”她的声音含含糊糊，很难听清，“我很抱歉。”

“没关系的。”伊娃抱了抱她，随后两手坚定地把着她的肩膀，“打起精神来，没什么大不了的，带帕特里克下楼喝杯茶吧。”

凯特琳眨了眨眼，用手快速地擦了下眼睛，然后明快地说：“南希，我要叫爸爸去给我们做特制煎饼咯。”

南希跪在玩偶小屋旁边，帕特里克耐心地让两个玩偶坐下“吃晚餐”。她并没有在玩，只不过是在被动地看着爸爸。帕特里克转头看着她，说：“怎么样？我觉得乔尔回家之后会想吃煎饼的，我要去做煎饼了，你需要两个小帮手吗？因为我知道有两个小朋友要来帮你了……”

伊娃给蜂蜂和蜜蜜松开了绳子，它们立刻飞快地奔向南希，然后把皱巴巴的脸凑到她脸上亲吻，她的脸上顿时绽放出一个甜美的微笑，一双小手正合其意地挠着它们的耳朵，伊娃霎时间热泪盈眶。

帕特里克低头看见巴哥疯狂索吻的这一幕，朝着伊娃点了点头，然后带着凯特琳走出了房间，留下伊娃和南希单独待在一起。

眼下艰巨的任务重重地压在伊娃身上。她要怎么做？她要怎么才能让一个完全不说话的小女孩开始沟通？

南希从巴哥的拥抱里钻出来，然后招她过去玩偶小屋那边。小屋搭在室内一个倾斜的角落里，所以近似一个壁龛，就好像她家那个狗狗的“藏身之处”。伊娃像帕特里克刚才那样盘腿坐下，然后让南希坐在她腿上，她用双臂环抱住南希，南希背靠在她的胸口上，蜂蜂也跟着爬了上来，它背带上的小摄像头现在正在直播南希的鼻孔。米克和伊娃有一次曾急匆匆地从城里赶回家，因为摄像画面完全不动了，他们还以为蜂蜂发生了不测。

从何开始呢？她思索着，可她的理性头脑早就分了心，因为南希正无所顾虑地歇在她身上，她的头发散发出淡淡的婴儿气息，她的脚丫带着柔软的力道踩着伊娃的脚踝——她竟如此信任她。

为什么我如此想要拥有这样的体验却从来没有听见我发出这样的心声呢？伊娃思索着，摇了摇头。

“快看我有什么！”她把手伸进包里，拿出了亚力克斯给她的泡泡水，“我想着你可能已经把魔法泡泡用完了，所以我把我的带来了。我们可以一起用，好吗？”

南希继续抚摸着蜂蜂，她没有从伊娃手上接过小瓶子。

“那，我先开始咯。”伊娃拿小魔棒沾了沾泡泡水，然后想了想她要许什么愿。可是她的愿望不能当着南希的面说，因为她希望时间能够倒退，这样就能找到乔尔，就能坦诚地面对自己，就能说出本该说出的话，就能做回她自己，而不是变成一个别人希望她成为的人。

你只能许那种能够实现的愿望，这是规则。

“我希望……”伊娃吹起了泡泡，“我希望一个小时之后，我和你，还有乔尔、你们的爸爸妈妈，我们能在你们的厨房里一起吃鱼和薯条！这个愿望怎么样？”

南希歪着脑袋，一脸不信服。

“那我再许一个。”伊娃摇了摇小魔棒，“我希望……这周末，你和乔尔能到我家来，跟我和巴哥还有你们的爸爸一起住！”她吹了一口气，这一次南希微微地笑了一下。

“我希望你、乔尔、你们的爸爸还有你们的妈妈能时常来和我住。”伊娃说，“看着你们俩围着我家跑来跑去，我好开心，而且蜂蜂和蜜蜜也很爱你们。”

南希挪得离她更近了些。

“我希望……”南希单纯的情感让伊娃空洞的心里填满了某种更轻盈、更温暖的东西，就好比鸭绒、苹果花抑或是肥皂泡，“我希望我们能把这些话也告诉乔尔，我想知道他在哪里，你知道吗，亲爱的？”

南希顿时怔住了，她的手也僵在蜂蜂的背上。

“这是个秘密吗？如果是的话，那你可以把它放进泡泡里，然后吹走它。”

伊娃说这话的时候，她意识到其中的错误：她不希望南希把秘密吹走，她是想让她把秘密告诉她。该死！

然而南希已经接过了小魔棒，并且闭上了双眼。紧接着她坚定地吹了一连串的泡泡，然后睁眼看了看吹得好不好，最后又闭上了。

所以还真有秘密，她知道乔尔去哪儿了。好在这只是刚开始。

伊娃搂着南希，她感觉得到她的心跳，以及随着她的呼吸而起起伏伏的肋骨。南希在她的怀里感觉很娇小，既脆弱，又坚强。

伊娃把呆若木鸡的蜂蜂举到南希的膝盖上，不过它的体重压在了伊娃的大腿上。“你知道谁最懂得倾听吗？是蜂蜂，我经常跟蜂蜂说话，对吧，蜂蜂先生？”

蜂蜂受惊地回望着她，用它那粉色的舌头舔着南希的手臂。她微笑了一下——这是快要笑出声来的前兆吗？

“蜂蜂爱你，南希，它真的很爱你。你说什么？”伊娃假装把头贴到蜂蜂的嘴边，努力和自己的尴尬抗争，“它说‘我很喜欢你，南希’。”

对于一个跟约克郡人结婚七年的人来说，她这约克郡口音可谓是烂透了，不过还是把南希逗笑了。

“你知道谁还爱你吗？蜜蜜。你好可爱。”她用蜜蜜的声音补充道，“还有我，我也爱你，南希，就像阳光一样。每当你和乔尔来到我家的时候，仿佛整个花园的花都开了，鸟儿也在树上歌唱。”

伊娃紧紧地抱着南希。“我会把我的秘密告诉蜂蜂，我告诉它，当迈克尔姑父去世的时候我有多难过。我告诉它，当你把它从大奶牛那里救回来的时候我有多抱歉。没想到你居然这么勇敢，你为了它呐喊了出来，我真的好骄傲。它也很为你而骄傲，对吧，蜂蜂？”

南希奖励了她一个大大的微笑，伊娃的心都为之一颤。她吻了吻南希的头顶，有种洗发水的味道。“所以说，如果你有一个秘密要告诉别人，而且魔法泡泡里又装不下的时候，为什么不告诉蜂蜂呢？”

伊娃咬着手指暗暗祈祷。南希若有所思，紧接着伊娃就惊喜地看见，南希往前靠了靠，把蜂蜂拉近了一些。伊娃必须竖起耳朵听她在说什么，因为她的悄悄话小声到只有一只狗能听见，或者狗身上的窃听器另一端的人才听得见。

“我希望爸爸能回家。”南希悄声说道，然后勇敢地抬头看着伊娃，仿佛天空就快要塌下来，而她已经做好了准备。

帕特里克和凯特琳就蹲在南希房间的门后，头都靠在伊娃的电话上。他们一人塞了一只耳机在耳朵里，于是两人靠得很近，以至于凯特琳都有些不自在了。不过她也渐渐发觉自己很想将帕特里克的手臂拉过来环抱住自己以求安慰。

“我经常和蜂蜂说话。”伊娃絮絮叨叨地说着。此刻画面落在了南希的胸前，这样可没什么作用——有一只狗貌似坐在了南希的大腿上，而另一只正紧贴着伊娃的腿，这边的镜头视角径直落在了玩偶小屋的厨房里。

把孩子们放在首位，然后叫伊娃把狗带来，这个想法牵动着凯特琳每一寸新生的决心。她不确定自己是否能够在直视两只巴哥的时候，不去想它们可能给南希带来的危险。凯特琳只是不顾一切地想要找到乔尔，如若南希知道什么线索，而且必须要借助伊娃的两只蠢巴哥才能够告诉她，那她甚至愿意为之赴汤蹈火，亲自去请来两只巴哥。

“别动！”帕特里克嘘声说。

“我没动。”

凯特琳不得不承认，今天下午帕特里克表现得特别好，他好男人的一面又充上了电。凯特琳已经开始抓狂，她的脑子里有声音在述说危险的陌生人和网络骗子，但是帕特里克安抚了她，报了警，然后把南希扛在他肩上并带到车上，就好像今天不过是一个充满欢乐的日子而已。看着帕特里克放下自己的恐惧，只为了让南希感觉一切如常，凯特琳的心都融化了。

凯特琳瞥了一眼帕特里克，他正盯着手机屏幕，注视着其实毫无动静的玩偶小屋。先前在车里的那一个小时其实很不可思议，凯特琳以前并不知道帕特里克的工作居然那么烦人，不停地有人打来电话，不停地在监控——换成是她，她早就疯了。难怪帕特里克有点控制狂的味道，也难怪他在家里总是不想闲聊，而是不停地制作清单。你怎么可能从那种状态里随随便便就抽离出来呢？

可怜的帕特里克。悔恨的念头在凯特琳的心中一闪而过，她突然明白自己对帕特里克竟是如此缺乏谅解。会不会为时已晚？是不是她把一切都搞砸了？

帕特里克轻轻推了一下凯特琳，只见镜头从玩偶小屋移到了伊娃的腿上。

“南希说了几句话。”他低语道。

“说什么了？”

“我听不太清楚。”他摆弄着音量键，将其调到了最大。

伊娃时而带着傻兮兮的腔调，时而因为忘了又操起了自己的口气，她说着：“你知道全世界谁最爱你吗？是你的爸爸妈妈，你和乔尔对他们来说是最为特别的，你们是比钻石、珍珠、阳光更加特殊的存在。”

手机里又传来听不大清的声音。

“对，比巴哥还要特别。”

凯特琳惊讶地看着帕特里克。南希说话了吗？

他同样错愕地点了点头。

摄像头移动了。那只巴哥用耳朵蹭着南希，好像是在安慰她。“你能有最漂亮的房子，最好看的衣服，或者世界上最多的钱，但是这些都不如你在爸爸妈妈的心中那么珍贵。”伊娃声音沙哑地说道，“所以永远不要认为爸爸他不爱你了，会离开你。”

摄像头静止了好一会儿，凯特琳开始怀疑是不是坏掉了，结果她又看见一缕白色的头发垂在了摄像头前，并且听见了南希的声音。她的声音非常小，就像是在对着一只狗的耳朵说悄悄话。

“蜂蜂，我以前许愿让爸爸离开，结果他就真的走了。”

一只冰冷的手狠狠地打在了凯特琳的心上。她看着帕特里克，他看上去也十分苦痛。

“你是什么时候许的这个愿啊，南希小姐？”那是伊娃模仿狗说话的声音，她正在诱导南希跟狗聊天。

“是在伦敦的时候，我们当时在玩许愿的游戏。如果我们看见了书里的东西，妈妈就会让我们许愿。”南希深吸了一口气，“爸爸当时在生气，他对着乔尔大喊，也对妈妈发火，我就许愿让他离开……然后，他就真的走了。”

真是令人心碎的逻辑。可怜的南希，原来她是这么想的。

凯特琳想站起来冲到南希身边，但是帕特里克伸手抓住了她的胳膊，阻止了她。伊娃继续用狗狗的声音说了起来。

“无论你说什么，他都永远不会离你而去的。你知道吗，我们还记得你出生的那天，你知道你爸爸做什么了吗？”

伊娃沉默了片刻，这一次，她用她自己的声音说道：“他给我打了电话，告诉我他有一颗小星星了，而且从粉色的脚趾到金色的头发，这个小宝宝就是一个完美的存在。他有了美丽的女儿和可爱的儿子，他想象不出还有什么事会让他感到悲伤。他说这两个孩子的心会永远安安全全地保管在他的口袋里，而他自己的心则安安全全地保管在孩子们的口袋里。”

凯特琳泪流满面地望着帕特里克，他仍然注视着屏幕，眼睛里早已噙满了泪水。他真的对伊娃说过那样的话？南希出生当晚，帕特里克激动万分，他沉醉在幸福快乐之中。凯特琳当时觉得自己太爱这个男人了，这个男人平日里沉默寡言，不过那一刻他站在产房里，却充盈着惊喜和爱意。然而后来，他又回到了沉默寡言的状态。为什么会这样？因为他认为这是作为父亲应该做的？

“我当时许愿，希望我能看到一辆像我的书里那样的消防车，后来就出现了一辆！”南希的声音微弱却清晰，“然后我许愿想要一只狗，然后你就出现了，蜂蜂。”

“这就是你不喜欢跟我一起读那本书的原因吗？你觉得那本书是在听你的话吗？”

手机屏幕上的头发动了一下——南希在点头。

“所以这……这也是你不喜欢在外面聊天的原因吗？因为你怕别人听到你的愿望，最后导致愿望实现，对吗？”

凯特琳的呼吸在她胸腔里爆发，有如篝火烟雾般熊熊燃烧。她的手一阵疼痛，才意识到帕特里克正紧紧地抓着她的手。

南希抽了下鼻涕，然后点了点头：“我很害怕，所以我不说话了。而现在，我是不能说话了。”

凯特琳急忙站起身。这一次，她一定要去到她宝贝的身边，她一定要去。然而帕特里克再一次拉住了她。

“再等一会儿。”他低声说，“伊娃在跟她说话，让她说完。”

“你了解许愿是怎么一回事吗，南希小姐？”伊娃的声音十分轻柔，“只有那些注定会实现的才是心愿，那就是为什么魔法泡泡会破掉的原因，是我们许错了心愿！你许愿看到消防车的时候，它无论如何都会来。你许愿想要一只小狗的时候，蜂蜂已经计划要来看你了。”

“真的吗？”南希的声音很小。

“我经常许愿。”伊娃悄声说着，“我以前许愿，希望我能有一个小男孩，就像乔尔那样，善良聪明，眼睛蓝蓝的，笑容甜甜的。但是那个愿望没有实现，可能是命中注定实现不了。但是我并不难过，因为我想要的其实是一个大家庭，南希，如今你们来到了我身边，你和乔尔，还有你们的爸爸妈妈。”

“还有蜂蜂和蜜蜜。”

“对，还有蜂蜂和蜜蜜。你们都是我的家人，我们都是一家人。”

凯特琳此刻为伊娃感到心痛无比。她记得伊娃把南希从火车上带下来时，她脸上矛盾的表情，就好像她怀里抱着的是无价珍宝，但转瞬又都会失去。她怀抱着她的骄傲，她的渴望和她对南希的关爱。伊娃知道，她永远不可能会有一个属于自己的孩子，她也绝不会把一切视作理所应当。

凯特琳瞥了一眼帕特里克，刹那间恍然大悟。他们先前是多么的为难伊娃，他们让伊娃开门迎接乔尔和南希，期望她能够得心应手，期待她会为此感激不尽。伊娃并没有不近人情——让她煎熬又挣扎的远不止丧夫之痛。

帕特里克难过地看了看凯特琳，好像他之前也从没想过这一点。

头发划过摄像头，南希拥抱着她的姑姑。“别哭，伊娃姑姑。”她说，“别哭了。”

“我没有哭，小甜心，我只是很难过，在你本该开心快乐的时候，你却一直都很难过。我们宁愿听着你唱歌、呼喊，看着你跳舞、玩耍……”

两只狗爬到伊娃大腿上的时候，麦克风沙沙作响。凯特琳猜想它们一定是紧紧地抱在了一起。

随后，伊娃随意地低声说：“你能告诉蜂蜂乔尔在哪儿吗？它今晚想邀请乔尔一起喝茶，爸爸需要开车去接他吗？”

伊娃真聪明，她没有煞有介事地说起这件事。

南希忘了她本该守住这个秘密，她对着狗耳朵轻声低语：“他去火车站了，他要等妈妈从那个他不得不选择以后要去生活的地方回来。”

“噢，他不必那么做……”伊娃继续说着，而凯特琳已经听到了足够的信息。

她把耳机从耳朵里扯下来，起身跑进了房间。伊娃和南希还有两只狗都坐在玩偶小屋旁边。南希看见妈妈凭空冒出来，一脸惊讶，可同时也急切地伸出了双臂，像小时候那样让凯特琳把她抱起来。

伊娃也抬起头来，凯特琳热泪盈眶地向她微笑。伊娃做到了其他任何人都没做到的事，她让南希重新开口说话了，凯特琳想对她说声谢谢，但是却哽咽了。

伊娃把南希举起来，好让凯特琳可以把她揽进怀里。随后帕特里克也到房间里来了。他手中的车钥匙叮叮作响，仿佛早就计划好了一样。他的脸是湿的，但他却装作一切如常。

“准备好走了吗，小俏妞希希？”他问道。

凯特琳心想，当帕特里克伸出臂膀抱住自己小女儿和妻子的时候，就是他最完美的时刻。帕特里克是个好父亲，也是个心地善良的男人。他们俩之间确实存在问题，但是为了这一刻去克服种种问题不是很值得吗？努力变成更好的自己，而不是让自己面目全非不是很值得吗？

“我们去车站接乔尔吧？”帕特里克说道。南希点了点头。

他们屏住了呼吸，南希皱起小脸，悄声说：“好！”随后立刻把小脸藏进了妈妈的头发里，用力地微笑着，喘息着。

重拾我们的一切

如果伊娃当时没有清空房间，用南希喜欢的渐变阳光黄来粉刷墙壁，她就永远不可能发现这封信。

信装在慈善店几个月前送还给她的信封里，她在捐米克的衣物的时候，忘了把这些小玩意儿拿出来。伊娃后来才想起来，这封信封上没有地址的信，原本是放在米克的深蓝色外套里的，恰好就是他们在圣特罗佩度假时，他为她戴上“永恒之戒”那晚穿的那一件。

伊娃不必打开来看也知道，信是给她的。

伊娃坐到床上，读起信来。米克已经走了三年了，如果不看照片，伊娃已经不太记得他的鼻子长什么样，然而他的声音却清晰地萦绕于耳，就好像他就站在她的面前。

我亲爱的小伊娃（这话都把我说老了！）：

因为我的懦弱，我不敢坐在你的身旁，牵着你的手，当着你的面说出这些话，所以我只能给你写下这封信。我是个懦夫，也是个口齿不清的傻瓜。我总是只能在脑子里写下最美的词句，尤其是写下我对你的真心。所以，请原谅我，我只是想要好好向你表达我的心意。

我们谈过要孩子的事。我那时告诉你，如果你是真的想要，我可以给你自由，你可以去找一个能让你成为好妈妈的男人。我当时骗你说，我不想再要孩子了。其实，那并不全是真的。

伊娃，说句心里话，我和尤娜毁了泰森。一如伟大的诗人所言，我们用我们不靠谱的遗传基因、糟糕的养育方式和最好的意图毁掉了他。但是我不能，也不会再次犯下这样的错。我的基因就是个酒鬼，它自私自利、目光短浅，所以我无法有责任心地塑造出一个人类生命。我不能将我和尤娜经受的苦难、疼痛、忧愁和纷扰，在亲爱的你身上重演。因为我懂你，伊娃，你担心你会成为一个坏母亲，因为你冷酷无情的父亲在你肩上压上了可怕的重担。而你歇斯底里地想要证明他大错特错了。

我老了，亲爱的，我已经六十一岁了，我衰老的肝脏你都可以用来做肉酱了，我也恨极了锻炼。我不希望我死的时候，我的孩子还没长到足以在我的墓碑前喝一杯的年纪。我年轻时有很多朋友，他们年少丧父，最后也一直都过得不如意。

说到这儿，我必须要坦白，以上其实都是次要的，因为实际上我不能有孩子，我是指生理上的不能。在慈善商店认识你的两周前，我做了结扎手术。如果你偏要知道的话，我当时其实还能感觉到疼痛。我很虚荣，所以奢望当时的你不要觉得我已经老得软弱无力了。那时我冲动地决定结扎，就是因为我前文所述的原因，那些都是百分之百的实话。而我的第二任（也是倒数第二任）妻子，她要是成了妈妈，优秀程度肯定还不及你的百万分之一。我今生都会为了这个决定而悔恨痛苦，我真的很抱歉。我确实也曾回到过医院，询问是否可以修复结扎。但是，哎，奈何之前的首席医生技艺过于精湛。

现在我已经向你坦白了所有。我之前不愿告诉你，是因为我害怕失去你。这世间，已经没有比守在你身旁，更让我魂牵梦萦的事了。我觉得我的人生行进到这一刻已经算是很慢了，就像行星旋转到位一样。我不愿跟谁分享你，我不能冒任何失去你的风险，除了度尽余生听你说话，注视你美丽的面容，同你一起把我们的房子变成家，其他的我什么都不想要。虽然我明白，在别人看来，你我没有什么共同点，但是伊娃，你的灵魂可以和我共鸣，那是在这个纷繁复杂的人世间，最为珍贵的事了。

所以，你能理解我的抉择吗？告诉你的话，我可能会失去你；不告诉你的话，我还是可能会失去你，因为你会厌弃我的懦弱。我没有选择，我也不介意告诉你，我真的胆小如鼠。不论你怎么看待这封信，我美丽的妻子，请你原谅我。因为，我永远都专属于你。

米克

伊娃坐在床上，把信来来回回读了三遍。读第二遍和第三遍时，不禁潸然泪下。她拭去了满面泪痕，走进了书房，拿出用来给亚力克斯写备忘的笔记本，她要写一篇文章，讲述跟一个大众情人共同生活的故事，以此为她亡夫日记的出版开个好头。

亲爱的米克：

谢谢你对我如此坦诚。虽然为时已晚，但好在聊胜于无。谢谢你给我的那些时光，谢谢你让我重新认识了自己。连我自己也不确定，与你相遇后的这十年里，我是不是比以前更加了解我自己了，不过可以肯定的是，我十分清楚我不是哪一类人，而有时候，这恰恰是个更好的开始。

谁知道呢？也许我的人生也快要和命中注定的爱情相遇了，我唯愿如是，我知道我的人生从没有停滞不前。与你相爱，是我这一生最美好的决定，我们曾一起创造的，都是幸福和快乐。

爱你的，伊娃

伊娃又读了一遍这封回信，然后就把它装起来，放进了一件米克的夹克内兜里，那是一件他曾经总是穿着在花园里浇水的旧灯芯绒衣服。总有一天，那件夹克也会被扔掉，也许不是现在，但是离那一天也不远了。

伊娃合上了空房里的衣柜，径直来到客厅，不假思索地拿起了电话。她不自觉地拨通了一个号码，她的身体好像已经不受大脑控制一般。但与此同时，她却莫名深信自己正在做一件正确的事。

“喂！”电话接通了，她说，“方便说话吗？”

“是伊娃吗？和你通话，任何时候都方便。你怎么样？”

亚力克斯的声音让她的内心平静下来。虽然平静，但内心里的兴奋也渐渐高涨起来，就如同飞机起飞前会紧张一样。

“很忙，我先搞定了你给我留的作业。”伊娃习惯性地避开大厅里的镜子和那不可饶恕的光线，随后又逼自己回到镜子面前，看着镜子里的倒影。没错，她发现自己眼睛周围生出一些皱纹。是的，她的脖子开始变得像她妈妈那样，但她的脸上却泛起了一丝光泽。她的眼睛里充盈着温润和明亮，她明白这些是从何而来。

“好样的。”亚力克斯说道，“我可以让你来编辑一下尤娜的那部分吗？她是一个不会使用标点符号的笨女人。你还做了什么呢？”

“我决定去度个假。”伊娃继续说着，但是脑海里早已波澜起伏，“我想去我从未去过的地方，做一些我从未做过的事，因此我安排了一个特别活动，我要在布雷肯比肯斯山上骑着矮种马跋涉。”

“什么？”亚力克斯笑了起来，而且出人意料笑得特别大声，“我以为你会说你要去果阿和乌龟游泳。不过，果阿有乌龟吗？我不清楚。我最远只到过戛纳。”

“我也不清楚，反正我已经跟乌龟游过泳了。”伊娃回答道，“还有海豚，遗憾的是我没跟鲨鱼游过。我游泳潜水的日子已经过去了，我在想……”她现在想去做一件她从未做的事，一件大事。“你想陪我一起去吗？”

“去布雷肯？万一我已经骑着矮马跋涉过了呢？”

“那你就可以帮我拉紧缰绳。”伊娃嗓子一紧，但是还是尽力保持了语气平缓，“或者是马上的其他什么东西也可以。”

亚力克斯又笑了起来。“如果你想象得出来我坐在马背上，而且你也不害怕我可能会造成事故的话，我还有什么可说的呢？我愿意去，什么时候？”

“下个月的第二个周末。我在伦敦有几个会要开，我有了一个商业点子，乔尔和南希也会过来待几个晚上，但如果你那时候要讲课或者要忙别的事儿，我们可以换个时间。”

两个人沉默了片刻，伊娃想象亚力克斯推了推鼻梁上的眼镜，眯起眼痞气地看着自己的样子，就如同她现在这样看着镜子里的自己。

“伊娃，你怎么这么了解读者？”他说，“你怎么知道去威尔士骑马旅行就是我所期望的呢？”

伊娃正要开口，但亚力克斯竟更加温柔地补充道："我还要和你在一起。"伊娃发现自己已然失语，她的脸上洋溢出灿烂的笑靥。

凯特琳走进伊斯特维尔公园的时候，帕特里克在入口等着她。远远地，凯特琳便从他挺直腰板看公告的样子认出了那是他——他双手插袋，眼睛盯着布告板上的消息，全然没有注意到身边正拿着冰激凌或是推着婴儿车四处闲逛的人。

凯特琳想知道帕特里克是否还记得，当年他就是在这个公园里向她求的婚。当时，他们看着乔尔沿着湖边小道旋转前行，仿佛在朝一个隐身的剑客挥着重剑——就像罗宾汉那样。此时，帕特里克突然转过身来，那句话就脱口而出了。他甚至都没有戒指，或者备好一段誓词。那很不像帕特里克的风格。

"我只是想让我们的余生都能像今天这样。"帕特里克说。随后，他就不停地向凯特琳道歉，请求她原谅他没有筹备一场有烛光和蒂芙尼戒指的求婚。

不过凯特琳仍旧立马接受了他的求婚，尤其是在得知他没有特意安排这一切后，凯特琳明白，帕特里克是真心想要和她长相厮守。

"谢谢你能来。"凯特琳走上前时，帕特里克说道，他一脸疲惫和紧张。"乔安妮没有介意你换班吧？"

凯特琳差点顺口说出"当我告诉她你请假要和我出去聊聊的时候，她几乎给我们所有人都放了一天假"，但是凯特琳不想把事情搞砸。自从她和帕特里克把短暂离家出走的乔尔从火车站"解救"出来后（其实对乔尔来说，那算不上最残酷的考验，毕竟他大多数时候都在咖啡厅里忍着不去和陌生人说话，这才是要他的命），他们俩近来都能友好诚恳地沟通。这种感觉如此不同，凯特琳渐渐意识到，从前的日子是有多难熬。

"没事的，"凯特琳说，"就是换班而已，你一定是请了一天的假吧？"

凯特琳的语气中带着一丝惊讶，帕特里克尴尬地拖起脚步往前走。"这件事很重要，我想和你好好谈谈。现在……快尘埃落定了。"

“早就已经尘埃落定了。”凯特琳斩钉截铁地说，“乔尔一直缠着让伊娃带他去见米克的前经纪人。南希踮起脚尖旋转舞蹈，已经跳坏了一双鞋了。我又回到了被家务逼疯的状态。可以说一切如常了。”

“但我是说，你的事。”帕特里克用诚恳的目光直直地看着凯特琳，然后在她的眼睛里搜寻着什么，“和你在一起的时候，我希望我们能坦诚地对待彼此。我不想让你把获救的感激和我们的感情混为一谈，你总是喜欢那种被人营救的感觉。”

凯特琳满脸通红。“你总是喜欢摆出一副乐于救人的姿态。”他们注视着彼此，剑拔弩张。

再多说一个词，再走错一步，就会让今天的对话得到像过去一样的下场。凯特琳无法忍受生活再这样下去，有些事必须要改变了。

“我不……”凯特琳刚开口，却又阻止了自己凭直觉去回击，她试图去接受那些她不愿面对的事实。她深吸了一口气。“帕特里克，我很高兴你一直在我们身边，我们需要你，但我再也不需要在任何事情上被谁拯救了。我是一个母亲，一个成年人，从现在开始，当我捅了娄子的时候，我会自己去弥补。”

凯特琳是认真的。“我跟你讲，”她接着说道，毕竟帕特里克一向十分在意证据，“昨晚，家里发生了一个……意外，我上网找到了拧开U形管的方法。然后我成功了。”

凯特琳说得轻描淡写，但是她却相当自豪。南希为她鼓掌，乔尔发誓再也不在水槽里洗谁的首饰了，然后也为她鼓了掌。

“哪一个水槽被堵住了？是谁干的？”帕特里克眉头一皱，怒气渐起，随后他又调整了自己的情绪，说，“不错，你做得……很好。”

“谢谢。”

两个人陷入了沉默，随后帕特里克说：“我们继续散步吧？”

“好啊。”凯特琳说道。虽然今后会艰难无比，但是他们必须面对。“散散步可能更容易一些。”

他们走了好久，穿过了公园里的草地保龄球场，两个人一路无言。之后帕特里克说：“凯特，我想告诉你，我已经得到了我申请的那份离家更近的工作。我需要下一些通知，不过计划是八月份之前回来。”

凯特琳又惊又喜，她没有感到宽慰，但却由衷地觉得高兴。“真是个天大的好消息！孩子们一定会特别激动的。”

“那就好，我也一直很想念他们。”他踟蹰了片刻，好像并不满意这个回答，于是接着问道，“那你呢？”

凯特琳在脑子里仔细思忖，她不想答错这个问题。自从乔尔回家之后，她时常思考这件事。她在脑海里在把所有可能出现的对话都过了一遍，这样才能准备好迎接所有可能出现的结局。

但是，脱口而出的话让她自己万分惊讶。“帕特里克，你为什么决定和我分开？”这不是她准备好的台词，原本会是更长更好听的一段话。“我做错什么了吗？还是你觉得我在和别人约会？可是我并没有。”

帕特里克久久地凝视着凯特琳，似乎不太相信她，然后开口说道：“你听我说，我们的婚姻进行不下去了，不是吗？我所做的一切努力，都只会让你不想再待在我身边。从前的我们很融洽，我知道我们可以相处得有多好，但是再也回不去了。”

“这条路不好走。”凯特琳说，“我早就告诉过你，有两个孩子会很让人抓狂。我需要更多的空间，你需要更多的关怀，而孩子们就像吸血鬼一样吸食掉了我们的精力……我们都没错，我们只是早就该学会放自己一马。”

“可真就只是如此吗？”帕特里克眼神敏锐，这样的表情曾经让凯特琳一度卸下防卫的心墙。“你看起来一直都很不高兴。”

“我是在不满意我自己。”凯特琳坦言道，“我以前不像现在这样看得通透。眼下我正在面对这个问题，我妈妈带我去见了一个女的，她让我在沙盘里画画，然后谈我对于失败的恐惧。老实说，这是我这么多年一直在谈论的东西，但是仍然……”

“呃，感觉好像都是由我造成的。”帕特里克坦率地说，“我恨我自己让你感到痛苦，让你深陷一段死去的婚姻。我们一说话就吵架，然后你就会躲避我。我以为我是在帮你，我以为我是在给予你自由，让你去寻找更好的东西。”

“你觉得对孩子们来说我们离婚更好吗？”她停下脚步，怀疑地盯着帕特里克，“这到底是什么逻辑？”

帕特里克也停了下来，他看上去很难过。“我以为我们能够解决问题。”他承认道，“我曾经读到过一些文章，说一些夫妇分居之后仍然能好好地养育子女……”他摇了摇头，“但是我错了，我真的大错特错。我止不住地想起南希，我们可怜的宝贝，她居然认为我走了都是她的错。”

“至少现在我们知道为什么她不说话了。”凯特琳说道。她并不想触及这份痛苦，最后一次跟言语治疗师的会面对她来说依然很艰难，但至少她和帕特里克愿意共同承担起这份罪恶感。“如果我们再像之前一样云里雾里地过下去，那可能最后会演变成更加棘手的问题。”

“乔尔也是，我居然让他觉得除了逃避，他已经无路可走。我是个糟糕得不能再糟糕的爸爸，真的……该死！我曾经最想要的就是一个家，而我却亲手把它毁了。”

帕特里克的声音里充斥着痛苦，凯特琳惊愕地转过头，发现帕特里克已经泪盈眼眶。她从没有听过帕特里克说出如此绝望的话，想来她也从没有听过帕特里克承认他自己做错了事。

“我只是在尽力让乔尔和南希能有一个完美幸福的童年。”他逼自己用嘶哑的声音继续说着，“我不敢相信我是如此幸运，能遇见一个像你这样的女人，能够拥有我们可爱的孩子。而且我拼尽全力……”

“别说了。”凯特琳抓住他的胳膊，“帕特里克，人无完人，如果你的人生一直在追求十全十美，你会疯掉的。我们就是现在这个样子，我们只能尽我们所能。而且我们也因为努力而爱着对方，不是吗？”

这些话就是凯特琳原本想要表达的内容，但是帕特里克的反应却让她不知所措。她看着帕特里克那张轻而易举就能读懂的脸，即使是到了此时此刻，即便他红着眼眶的双眸里还写着伤痛，当他看着凯特琳的时候，眼里却仍旧燃烧着纯粹的爱火，仿佛他是在向她述说心事。南希的眼睛也是这样的，澄澈透亮，极富表现力。

我爱他。凯特琳心想，情感如森林大火般将她席卷。我爱这个坚定、耐心、善良的男人，如果我错过了他，那这就一定会成为我一无是处的人生中，犯下的最大错误。

“我并不完美。”她强调道，“但是我愿意为了你，变成最好的自己，和你只此一生。”

帕特里克欲言又止。他把凯特琳的脸颊捧在手心，盯着她看了片刻。有那么一瞬间，凯特琳害怕他是在思考该如何道别。

“于我而言，你就是完美的，凯蒂。”帕特里克最终还是开口说话了，“由于你我的缺点，我们致使了好多令人难以置信的事发生。但我也知道没有你的生活，会是……”他摇了摇头，仿佛想不出一个足够有力的词来诠释。

“回来吧。”凯特琳说，“回家吧，帕特里克。”

“家”这个词让一种难以形容的温柔闪现在帕特里克的脸上。凯特琳猛地抱住了他，然后吻着他。她深吸了一口气，也深深地吸入了他皮肤上淡淡的柑橘香味，还有他干净衬衫的味道，还有他的唇、他的嘴以及环绕在她背后的臂膀，是如此的熟悉而让人兴奋。他一点点地将凯特琳拉近，直到她融入他温暖的怀抱之中。他们就是天造地设的一对，凯特琳的心与灵魂也用同样的力道缠绕着他——就好似有一把钥匙正在开一把锁。两片破碎的陶瓷重新拼合在一起，用金色胶水修补之后，变得美丽而新奇——于是他们安然深知，他们之间的裂痕永远都有办法补好。

我们拯救了彼此，凯特琳心想，我们因此而平等。

他们站在原地拥吻，直到他们脸上的眼泪蒸发殆尽，直到阳光温热了凯特琳的后背。

帕特里克轻轻地笑了笑，后退了一步，然后指了指公园尽头的咖啡店，问：“想喝杯茶吗？”

凯特琳点了点头。她知道自己的睫毛膏已经花了，但她也毫不在意。此刻她只想像南希一样旋转跳跃，放声高歌。

“干脆我自己泡吧。”她说，“我们回家。”

南希穿着粉色芭蕾小短裙，站在靠近舞台中央的地方。她不是这次演出的女主角，但是她有一句词唱得比其他人都更大声。

大厅里座无虚席，全都是小朋友的爸爸妈妈，南希感觉有一点焦虑不安。观众们都微笑着鼓着掌，南希努力让自己不要紧张，这是她升学前最后一场音乐会。就如乔尔所言，南希希望这场演出能够无与伦比。

南希忘掉谢利讲的——要把歌声传递到大厅的最后一排，转而欢喜地注视着前排那一张张熟悉的面孔。爸爸妈妈坐在正中间的位子上，他们紧握着彼此的手。乔尔坐在爸爸的身边，正在为南希摄像，不过严格来说这么做是不允许的。乔尔的旁边坐着伊娃姑姑和她的朋友亚力克斯，这个叔叔戴着一副很奇特的眼镜。南希可以清清楚楚地看见爸爸妈妈看不到的东西——亚力克斯会趁伊娃姑姑没看他的时候，对着她傻笑，而伊娃姑姑也一直会对着亚力克斯笑，就是那种很意味深长的微笑。

我待会儿要把这件事告诉蜂蜂。南希心想，我要问它怎么看伊娃姑姑的这位朋友。南希和乔尔会去跟蜂蜂和蜜蜜住一阵子，而爸爸妈妈会搬去伍斯特的新房子。南希和乔尔之后会有各自的卧室，而且爸爸还承诺会让他们养一条属于自己的狗狗。

南希心花怒放，喜笑颜开。

音乐声渐起，南希和其他小花仙子一齐迈步向前，高声歌唱。她感觉自己的心好似插上了翅膀一般翩翩飞扬。

图书在版编目（CIP）数据

亲爱的小孩 / (英) 露西·狄伦 (Lucy Dillon)著；周星竹译. -- 南京: 江苏凤凰文艺出版社, 2019.1
书名原文: All I Ever Wanted
ISBN 978-7-5594-2500-3

Ⅰ. ①亲… Ⅱ. ①露… ②周… Ⅲ. ①长篇小说 - 英国 - 现代 Ⅳ. ①I561.45

中国版本图书馆CIP数据核字（2018）第150932号

著作权合同登记号：10-2018-342

书　　名	亲爱的小孩
作　　者	(英) 露西·狄伦 (Lucy Dillon)
译　　者	周星竹
责任编辑	邹晓燕　黄孝阳
出版发行	江苏凤凰文艺出版社
出版社地址	南京市中央路 165 号，邮编：210009
出版社网址	http://www.jswenyi.com
发　　行	北京时代华语国际传媒股份有限公司　010-83670231
印　　刷	北京中科印刷有限公司
开　　本	880 × 1230 毫米　1/32
印　　张	11
字　　数	250 千字
版　　次	2019 年 1 月第 1 版　2019 年 1 月第 1 次印刷
标准书号	ISBN 978-7-5594-2500-3
定　　价	52.00 元